HEYNE BÜCHER

Fantasy

Herausgegeben von Wolfgang Jeschke

Von Henry Rider Haggard erschienen in gleicher Ausstattung in der Reihe HEYNE SCIENCE FICTION & FANTASY:

Sie · 06/4130
Allan Quatermain · 06/4131
Ayesha – Sie kehrt zurück · 06/4133
Sie und Allan · 06/4133
König Salomons Diamanten · 06/4134
Die heilige Blume · 06/4135
Das Halsband des Wanderers · 06/4136
Tochter der Weisheit · 06/4137
Das Sehnen der Welt · 06/4138
Morgenstern · 06/4146
Als die Welt erbebte · 06/4147
Das Nebelvolk · 06/4148
Das Herz der Welt · 06/4149
Kleopatra · 06/4310
Der Geist von Bambatse · 06/4311
Allan Quatermain der Jäger · 06/4367
Allan Quatermain und die Eisgötter · 06/4368
Das Elfenbeinkind · 06/4369
Der gelbe Gott · 06/4370
Heu-Heu oder das Monster · 06/4466

Weitere Ausgaben sind in Vorbereitung.

HENRY RIDER HAGGARD

Das Elfenbeinkind

Fantasy Roman

18. Band der Haggard-Ausgabe

WILHELM HEYNE VERLAG
MÜNCHEN

HEYNE SCIENCE FICTION & FANTASY
Band 06/4369

Titel der englischen Originalausgabe
THE IVORY CHILD
Deutsche Übersetzung von Hans Maeter
Das Umschlagbild schuf Vicente Segrelles/Norma

Redaktion: Wolfgang Jeschke
Die englische Erstausgabe erschien (nach einem Vorabdruck 1915 in einigen Zeitungen) im Januar 1916 bei Cassell in London; die amerikanische im April 1916 bei Longmans, Green in New York

Printed in Germany 1987
Umschlaggestaltung: Atelier Ingrid Schütz, München
Satz: Schaber, Wels
Druck und Bindung: Elsnerdruck, Berlin

ISBN 3-453-00413-2

INHALT

1

Allan erteilt eine Lektion im Schießen

Jetzt komme ich, Allan Quatermain, zu der Geschichte, die vielleicht eins der seltsamsten aller Abenteuer war, die mir im Laufe eines Lebens, das bisher wahrlich nicht als zahm oder langweilig bezeichnet werden kann, widerfahren ist.

Neben vielen anderen Dingen berichtet sie von dem Krieg gegen das Volk der Schwarzen Kendah und vom Tod Janas, seines Elefantengottes. Wie oft habe ich mich seither gefragt, ob dieses Wesen mehr gewesen war als nur ein gigantisches Tier des Waldes oder nicht. Es scheint unwahrscheinlich, sogar unmöglich, doch der Leser eines zukünftigen Tages mag das selbst entscheiden.

Auch mag er sich seine eigene Meinung über die Religion des Volkes der Weißen Kendah bilden, und über ihre Behauptung, einen gewissen Grund an magischem Wissen zu besitzen. Über diese Magie will ich lediglich eine Anmerkung machen: Falls sie überhaupt existierte, so war sie auf keinen Fall unfehlbar. Um ein einziges Beispiel zu nennen: Harût und Marût waren auf Grund von Weissagungen davon überzeugt, daß ich, und ich allein, Jana töten könnte, was sie dazu veranlaßte, mich nach Kendahland einzuladen. Doch schließlich war es Hans, der Jana tötete. Ich wäre fast von ihm getötet worden!

Doch nun zu meiner Geschichte.

In einem anderen Bericht, unter dem Titel »*Die heilige Blume*«*, habe ich geschildert, wie ich gemeinsam mit einem jungen Gentleman namens Scroope nach England zurückreiste, teils, um ihn nach einem Jagdunfall sicher heimzubringen, teils, um zu versuchen, eine einzigartige Orchidee

* HEYNE SCIENCE FICTION & FANTASY Band 06/4135

für einen meiner Freunde abzuliefern, der von den Weißen »Bruder John« genannt wurde, und von den Eingeborenen »Dogeetah«, und der allgemein als verrückt galt, jedoch geistig absolut normal war. So normal war er, daß er eine anscheinend völlig aussichtslose Suche mehr als zwanzig Jahre lang durchhielt, bis er sie – mit bescheidener Unterstützung von meiner Seite – schließlich zu einem seltsam erfolgreichen Abschluß bringen konnte. Doch diese ganze Geschichte ist in dem Buch *»Die heilige Blume«* erzählt worden, und ich nehme lediglich Bezug darauf, um zu erklären, wie es kam, daß ich mich in England befand.

Während ich mich in diesem Lande aufhielt, wohnte ich für einige Tage bei Scroope, oder vielmehr bei seiner Verlobten und ihrer Familie in deren prachtvollem Haus in Essex. (Ich nenne es Essex, um zu verhindern, daß der wirkliche Ort identifiziert werden kann, doch befand sich das Haus in Wirklichkeit in einer der benachbarten Grafschaften.) Während meines Besuches dort wurde mir von meinen Gastgebern ein noch viel schönerer Besitz gezeigt, ein herrliches altes Schloß mit aus Ziegeln gemauerten Tortürmen, das wunderbar renoviert und in ein sehr luxuriöses, modernes Gebäude verwandelt worden war. Wir wollen den Besitz »Ragnall« nennen, den Wohnsitz eines Barons gleichen Namens.

Ich hatte viel über Lord Ragnall gehört, der nach allen Berichten eine Art »Wunderbarer Crichton«* zu sein schien. Man sagte von ihm, daß er eine blendende Erscheinung und von hoher Bildung sei – er hatte seinen College-Abschluß mit zwei Einsen bestanden; ein großer Sportler – er war beim Achterrennen zwischen den Universitäten Kapitän des Oxford-Bootes gewesen; ein bemerkenswerter Redner, der im House of Lords bereits Beachtung gefunden hatte; ein

* Nach James Crichton, einem schottischen Gelehrten (1516–1585), der ein unstetes Wanderleben in Europa führte und wegen seiner umfassenden Sprachkenntnisse und seines unglaublichen Gedächtnisses in allen Disputationen den Sieg davontrug, was ihm den Beinamen »The Admirable« eintrug. – *Anm. d. Hrsg.*

Jäger, der in Indien Tiger und anderes Großwild geschossen hatte; ein Dichter, der unter einem Pseudonym einen erfolgreichen Gedichtband veröffentlicht hatte; ein guter Soldat, bis er den Dienst quittierte; und schließlich ein Mann von enormem Reichtum, der neben seinen Liegenschaften auch mehrere Kohlengruben besaß, und dem sogar eine ganze Stadt im Norden Englands gehörte.

»Gütiger Himmel«, rief ich aus, als die Aufzählung beendet war, »er scheint mit einer ganzen Schatulle voll goldener Löffel im Mund geboren worden zu sein. Ich hoffe, daß er nicht an einem von ihnen erstickt« – und setzte hinzu: »vielleicht hat er Pech in der Liebe.«

»Da hat er gerade am meisten Glück«, antwortete die junge Lady, mit der ich sprach – es war Scroopers Verlobte, Miß Manners – »denn er ist mit einer Lady verlobt, die, wie ich hörte, das schönste, liebenswerteste und intelligenteste Mädchen in ganz England ist, und sie beten einander geradezu an.«

»Gütiger Himmel!« wiederholte ich. »Da frage ich mich, was das Schicksal mit Lord Ragnall und seiner perfekten Lady *wirklich* vorhaben mag.«

Ich war dazu verdammt, das eines Tages mitzuerleben.

So geschah es, daß ich, als man mich am nächsten Vormittag fragte, ob ich die Wunder von Ragnall Castle zu sehen wünsche, sofort mit ›ja‹ antwortete. In Wirklichkeit jedoch war mir mehr daran gelegen, Lord Ragnall selbst kennenzulernen, wenn das möglich sein sollte, denn die Aufzählung seiner vielen Begabungen hatte die Phantasie eines armen Kolonisten, wie ich es war, beflügelt, der noch nie Gelegenheit gehabt hatte, eine Art menschlichen Engel mit eigenen Augen zu sehen. Menschliche Teufel hatte ich zur Genüge kennengelernt, doch nicht einen einzigen Engel – jedenfalls keinen männlichen Geschlechts. Außerdem ergab sich vielleicht sogar die Möglichkeit, einen Blick auf die noch engelgleichere Lady zu erhaschen, mit der er verlobt war, und die Miß Holmes hieß, wie ich gehört hatte. Also sagte ich, daß ich nichts lieber täte, als dieses Schloß kennenzulernen.

Dorthin fuhren wir also durch die klare, kühle Luft, denn es war Dezember. Als wir das Schloß erreichten, erfuhr Mr. Scroope, daß Lord Ragnall, mit dem er gut bekannt war, irgendwo in der Nähe auf der Jagd sei, er jedoch selbstverständlich seinen Freund durch das Schloß führen dürfe. Also traten wir drei ein, denn Miß Manners, die Scroope bald heiraten würde, hatte uns mit ihrer Kalesche hergefahren. Der Wächter am Haupttor führte uns zum Portal des Schlosses, wo wir einem anderen Mann übergeben wurden, den er als Mr. Savage anredete und mir zuflüsterte, daß er der persönliche Diener seiner Lordschaft sei.

Ich behielt diesen Namen im Gedächtnis, weil ich meine, noch niemals einen Menschen gesehen zu haben, der seinem Namen weniger Ehre machte, denn er sah alles andere als wild aus. Ehrlich gesagt wirkte er auf mich wie ein Herzog, der sich als Diener verkleidet hatte, oder zumindest so, wie ich mir Herzöge vorstelle, da ich niemals einen gesehen hatte. Seine Kleidung – er trug der frühen Tageszeit entsprechend einen Cutaway – war untadelig. Seine Manieren waren exquisit, von einer an Parodie grenzenden Höflichkeit, doch mit einem Anflug überheblichen Stolzes im Hintergrund. Er sah auch ausgesprochen gut aus, hatte eine schmale Nase und habichtartige Augen, und sein schütter werdendes Haar unterstrich die allgemeine Wirkung. Sein Alter mochte zwischen fünfunddreißig und vierzig Jahren liegen, und die Art, mit der er sich meines Hutes und Stokkes bemächtigte, die ich bei mir zu behalten versuchte, zeigte, wie ich meinte, Charakterstärke. Wahrscheinlich überlegte ich mir, betrachtete er mich als einen irgendwie ungewöhnlichen Menschen, der die Bilder und andere Kunstgegenstände mit einem Stock beschädigen mochte, und da er keine Möglichkeit sah, mich zu seiner Hergabe zu bewegen, ohne Mißtrauen zu erwecken, war ihm nichts anderes übrig geblieben, als mir auch meinen Hut abzunehmen.

Zu einem späteren Zeitpunkt gestand Mr. Samuel Savage mir, daß meine Vermutung absolut richtig gewesen war. Aus meinem etwas unkonventionellen Aussehen hatte er, wie er mir sagte, geschlossen, daß ich einer von jener gefährlichen Klasse sei, von der er in den Zeitungen gelesen hatte, nämlich ein ›Hanarchist‹. Ich schreibe das Wort so, wie er es aussprach, denn hier zeigte sich etwas recht Merkwürdiges. Dieser Mann, der so makellos und in einigen Dingen so gebildet war, besaß eine Schwäche, die alles zunichte machte: seine Unsicherheit mit dem H. Dreimal mochte er es korrekt anwenden, doch das vierte fiel aus dem Rahmen, entweder durch sein Fehlen oder durch seine nicht gerechtfertigte Anwendung. Wenn er die Gemälde Ragnalls beschrieb, konnte er in flüssigen, kunstvollen Sätzen sprechen, die einem Dichter nicht zur Schande gereicht hätten. Dann, plötzlich, erschien das ›H‹, wo es nicht hingehörte, oder fehlte, wo es sein sollte, und die Illusion war vorbei. Es war wie ein plötzlicher Guß kalten Wassers über den Rükken. Ich habe nie erfahren, woher seine Familie stammte; das war ein Thema, über das er niemals sprach, vielleicht, weil er es selbst nicht genau wußte; doch wenn ein Graf normannischen Blutes ein hübsches Küchenmädchen von natürlichem Charme aus Cockney geheiratet hätte – es wäre für mich sehr wohl vorstellbar, daß Samuel Savage ein Kind einer solchen Verbindung hätte sein können. Ansonsten war er ein guter, treuer Mann, für den ich große Hochachtung empfinde.

Bei dieser Gelegenheit führte er uns durch das Schloß oder, richtiger gesagt, durch dessen nicht privaten Räume, zeigte uns viele Kunstschätze, und zumindest zweihundert Bilder hervorragender, längst verstorbener Maler, was ihm Gelegenheit gab, seine besonderen, wenn auch etwas ungeordneten Geschichtskenntnisse zu demonstrieren. Offen gestanden begann ich mir bald zu wünschen, er würde sich weniger in Einzelheiten ergehen, da solche riesigen Räume an einem Dezembertag ungemütlich kalt sind. Scroope und Miß Manners schien es jedoch warm zu sein, wahrscheinlich von den inneren Feuern gegenseitiger Liebe, doch da für mich niemand da war, dem ich irgendwelche Gefühle entgegenbringen hätte können, außer vielleicht Mr. Savage, zeigte die Temperatur von wenigen Graden über dem Gefrierpunkt bei mir ihre Wirkung.

Schließlich nahmen wir unseren Weg von der großen Galerie zu der kleinen durch einen geheizten und gemütlichen Raum, der, wie ich erfuhr, Lord Ragnalls Arbeitszimmer war. Als wir für einen Moment bei einem der Kaminfeuer stehenblieben, entdeckte ich an der Wand ein Gemälde, das durch einen Vorhang verdeckt war, und fragte Mr. Savage, was es sei.

»Das, Sir«, antwortete er mit einer Art herablassender Distanz, »ist das Porträt der zukünftigen Lady des Hauses, dessen Anblick seine Lordschaft allein sich vorbehält.«

Miß Manners kicherte, und ich sagte: »Oh, vielen Dank. Was für eine Geste bösen Omens!«

Dann, als ich durch eine offene Tür die Halle erblickte, wo mir Stock und Hut abgenommen worden waren, blieb ich etwas zurück, und während die anderen in der kleinen Galerie verschwanden, glitt ich in die Halle, nahm meine Sachen an mich und trat in den Garten hinaus, in der Absicht, mich dort zu ergehen, bis mir warm sein würde und Scroope wieder erschiene. Während ich auf einer Terrasse auf und ab ging, auf der, wie ich mich erinnere, mehrere sehr verfroren wirkende Pfaue hockten, wie gewissenhafte Vögel, die wußten, daß es ihre Pflicht war, dekorativ zu wirken, ganz gleich, wie kalt es auch sein mochte, hörte ich zwei Schüsse, die anscheinend in einem Eichengehölz abgefeuert worden waren, das etwa fünfhundert Yards entfernt war, und überlegte, daß sie wahrscheinlich von einem kleinkalibrigen Gewehr stammten, und nicht von einer Schrotflinte.

Da meine Neugier für diese, für mich fast berufliche Angelegenheit geweckt war, ging ich auf das Gehölz zu, wobei ich einen kleinen Umweg durch dichtes Gebüsch machte. Schließlich erreichte ich den Rand einer Lichtung und sah zwei Männer in der Deckung einer herrlichen Eiche stehen. Einer von ihnen war ein junger Wildhüter, und der andere mußte, seinem Aussehen nach, Lord Ragnall sein. Er war tatsächlich ein prächtig aussehender Mann, sehr groß, sehr breitschultrig, sehr anziehend, mit einem Spitzbart, einem freundlichen, liebenswürdigen Gesicht und großen dunklen Augen. Er trug einen Umhang auf den Schultern, der über einen Samtmantel geworfen war, und wenn er nicht das kleine, doppelläufige Gewehr in der Hand gehalten hätte, hätte er wie ein von van Dyck gemaltes Bildnis ausgesehen, das, wie mir Mr. Savage kurz vorher erklärt hatte, einen der Vorfahren seiner Lordschaft zur Zeit Charles I. darstellte.

Hinter einer anderen Eiche stehend, erkannte ich, daß er Waldtauben zu schießen versuchte, wenn sie einfielen, um Eicheln zu fressen, da die frostige Witterung sie hungrig gemacht hatte. Von Zeit zu Zeit tauchten diese herrlichen blauen Vögel auf und schwirrten einen Moment auf der Stelle, bevor sie sich setzten, woraufhin der Jäger feuerte – und sie fortflogen. *Bäng! Bäng!* machte das doppelläufige Gewehr, und die Tauben stoben auf.

»Verdammt!« sagte der Jäger mit einer angenehmen, lachenden Stimme, »das ist nun das zwölfte Mal, daß ich sie verfehlt habe, Charles.«

»Sie haben sie am Schwanz getroffen. Ich habe eine Feder davonfliegen sehen. Aber wie ich Ihnen schon sagte, Mylord, gibt es keinen Menschen, der eine fliegende Taube mit einer Kugel treffen kann, selbst wenn sie anscheinend reglos in der Luft zu stehen scheint.«

»Ich habe von einem gehört, Charles. Mr. Scroope hat einen Freund aus Afrika zu Gast, der, wie er schwört, vier von sechsen herunterholen kann.«

»Dann, Mylord, hat Mr. Scroope einen Freund, der lügt«, sagte Charles, während er ihm das zweite Gewehr reichte.

Das war zuviel für mich. Ich trat vor, hob höflich meinen Hut und sagte: »Sir, vergeben Sie mir bitte, daß ich Sie störe, aber Sie schießen nicht richtig auf diese Waldtauben. Obwohl sie auf der Stelle zu schweben scheinen, bevor sie sich setzen, sinken sie weitaus schneller, als Sie annehmen mögen. Ihr Wildhüter hat sich geirrt, als er behauptete, Sie hätten dem letzten Vogel, auf den Sie beide Läufe abfeuerten, eine Feder aus dem Schwanz geschossen. Bei beiden Schüssen haben Sie mindestens einen Fuß zu hoch gehalten, und was da herabfiel, war ein dürres Eichenblatt.«

Einen Moment lang herrschte Stille, die von Charles gebrochen wurde, der mit schwerer Stimme sagte: »Sowas von Frechheit!«

Lord Ragnall – denn er war es – blickte mich zuerst verärgert, dann amüsiert an.

»Sir«, sagte er, »ich danke Ihnen für Ihren Rat, der zweifellos ausgezeichnet ist, denn es stimmt, daß ich jede Taube verfehlt habe, die ich mit diesen verfluchten leichten Gewehren zu schießen versuchte. Doch wenn Sie auch in der Praxis demonstrieren würden, was Sie freundlicherweise in der Theorie expliziert haben, wäre der Wert Ihres Rates noch größer.«

So sprach er, wobei er zweifellos die Art meiner Anrede karikierte (denn er hatte Sinn für Humor), die durch Nervosität etwas gespreizt ausgefallen war.

»Geben Sie mir das Gewehr«, antwortete ich und legte meinen Mantel ab.

Er reichte es mir mit einer Verbeugung.

»Seien Sie vorsichtig«, knurrte Charles. »Das Ding ist gespannt und hat einen Stecher.«

Ich rief ihn durch einen scharfen Blick zur Raison, oder versuchte es vielmehr, doch dieser unglaubliche Wildhüter starrte nur zurück, mit einem unverschämten Ausdruck in seinen runden, vogelartigen Augen. Noch nie zuvor hatte ich eine solche Wut auf einen Dienstboten gespürt. Und dann kam mir ein entsetzlicher Gedanke. Was war, wenn ich danebenschießen würde? Ich wußte nur wenig vom Flugverhalten der englischen Waldtauben, die mit einer Kugel schwer zu treffen waren, und überhaupt nichts von diesen Gewehren, obwohl ich mit einem Blick erkannte, daß es ausgezeichnete Waffen ihrer Art waren und von einem berühmten Büchsenmacher stammten. Wenn ich bei dieser Sache versagte, wie sollte ich dann die Verachtung Charles' und die höfliche Amüsiertheit seines adeligen Herrn ertragen? Ich betete fast, daß sich keine weiteren Waldtauben mehr zeigen würden und die Angelegenheit meines vermeintlichen Könnens so im Zweifel verbliebe.

Doch dem sollte nicht so sein. Die Vögel flogen einzeln und paarweise auf der Suche nach ihrem Lieblingsfutter, und der Umstand, daß ein paar von ihnen verscheucht worden waren, vermochte sie nicht abzuhalten. Wenig später hörte ich Charles murmeln: »Jetzt passen Sie auf! Hier ist Ihre Chance, seiner Lordschaft zu zeigen, wie es gemacht werden muß, obwohl er zufälligerweise der beste Schütze dieser Grafschaft ist.«

Während er sprach, tauchten zwei Tauben auf, die eine ein Stück hinter der anderen, und sie stießen steil herab. Als sie die Lücke in dem Eichendickicht erreichten, begannen sie zu schwirren, in Vorbereitung des Landens, denn von uns konnten sie nichts sehen, da die vordere von ihnen etwa fünfzig Yards entfernt war, und die andere etwa siebzig Yards. Ich hielt auf die nächste, zielte, indem ich Sinkgeschwindigkeit und -winkel berücksichtigte, und berührte den Abzug des Gewehrs, dessen leichter Rückstoß den Kolben an meine Schulter preßte. Die Kugel traf den Vogel in den Kropf, aus dem ein Schauer von Eicheln explodierte, die er gefressen hatte. Die zweite Taube, die Gefahr witterte, begann fast senkrecht in die Höhe zu steigen. Ich feuerte den zweiten Lauf ab und schoß ihr, vom Glück begünstigt, den Kopf ab. Dann riß ich das andere Gewehr, das Charles automatisch nachgeladen hatte, aus dessen Hand, denn in diesem Augenblick sah ich zwei weitere Tauben heranfliegen. Auf die erste riskierte ich einen schwierigen Schuß und traf sie im Hinterteil, wobei der Schwanz abgerissen wurde, und brachte sie so, wenn auch noch flatternd, zu Boden. Dann zielte ich auf die vierte, doch als ich den Abzug berührte, ertönte nur ein Klicken, nicht mehr.

Dies war die Gelegenheit, es Charles heimzuzahlen, und ich nahm sie sofort wahr.

»Junger Mann«, sagte ich, während er mich mit offenem Munde anstarrte, »Sie sollten lernen, mit Gewehren sorgfältiger umzugehen, da es gefährliche Waffen sind. Wenn Sie einem Jäger eine Waffe übergeben, die nicht geladen ist, so beweist das, daß Sie zu jeder Dummheit fähig sind.«

Dann wandte ich mich Lord Ragnall zu und sagte: »Ich muß mich wegen des dritten Schusses entschuldigen, weil ich da einen ähnlichen Fehler begangen habe wie den, vor dem ich Sie warnte, Sir, und nicht weit genug vorhielt. Aber dieser Patzer mag dazu dienlich sein, Ihrem Diener den Unterschied zwischen der Schwanzfeder einer Taube und einem Eichenblatt zu demonstrieren.« Ich deutete auf eine Feder des Vogels, die langsam zu Boden schwebte.

»Also, wenn dieser kleine Kerl nicht der gestiefelte Teufel ist ...!« murmelte Charles fast unhörbar.

Doch sein Herr brachte ihn durch einen scharfen Blick zum Schweigen, zog seinen Hut vor mir und sagte: »Sir, die Praxis überragt die Theorie, was ungewöhnlich ist. Ich gratuliere Ihnen zu einem Können, das fast ans Wunderbare grenzt, falls es nicht pures Glück war ...«

»Es ist nur natürlich, daß Sie so denken«, antwortete ich, »doch wenn noch mehr Tauben kommen sollten und Mr. Charles dafür sorgt, daß das Gewehr geladen ist, hoffe ich, Sie eines Besseren belehren zu können.«

In diesem Augenblick wurden jedoch durch lautes Rufen Scroopes, der nach mir suchte, und einen hellen Schrei Miß Manners' alle Tauben im Umkreis von einer halben Meile verscheucht, ein Umstand, über den ich nicht traurig war, denn wer konnte wissen, ob ich alle, oder auch nur einen der nächsten Vögel getroffen hätte.

»Ich glaube, meine Freunde rufen mich, also möchte ich mich von Ihnen verabschieden«, sagte ich verlegen.

»Einen Augenblick, Sir«, rief er. »Darf ich Sie vorher um Ihren Namen bitten? Der meine ist Ragnall – Lord Ragnall.«

»Ich heiße Allan Quatermain«, sagte ich.

»Oh!« rief er überrascht, »das erklärt alles. Charles, dies ist Mr. Scroopes Freund, der Gentleman, den Sie als – Aufschneider bezeichneten. Ich denke, Sie sollten sich bei ihm entschuldigen.«

Doch Charles war verschwunden – um die Tauben einzusammeln, vermutete ich.

In diesem Augenblick tauchten Scroope und die junge Lady bei uns auf, da sie unsere Stimmen vernommen hatten, und nun begannen allseitige Erklärungen.

»Mr. Quatermain hat mir eine Lektion im Schießen fliegender Tauben mit einem kleinkalibrigen Gewehr erteilt«, sagte Lord Ragnall und deutete auf die erlegten Vögel.

»Darin ist er ein Meister«, sagte Scroope.

»Das ist mir klar geworden«, antwortete seine Lordschaft. »Wenn Sie mir nicht glauben, so fragen Sie meinen Wildhüter.«

»Es ist das einzige, was ich kann«, erklärte ich bescheiden. »Das Schießen ist mein Beruf, und um in Übung zu bleiben, habe ich es mir zur Gewohnheit gemacht, auf fliegende Vögel mit Kugeln zu schießen. Ich habe keinerlei Zweifel, daß Eure Lordschaft mich beim Schießen mit Schrot weit abhängen würden, denn das ist ein Sport, in dem ich nur geringe Praxis habe.«

»Ja«, unterbrach Scroope, »da würdest du nicht die geringste Chance haben, Allan, da du gegen einen der besten Schützen ganz Englands stündest.«

»Da bin ich nicht so sicher«, sagte Lord Ragnall lachend. »Ich habe das Gefühl, daß Mr. Quatermain voller Überraschungen steckt. Aber, wenn er dazu geneigt ist, werden wir das bald feststellen. Wenn Sie einen Tag erübrigen können, Mr. Quatermain: morgen wollen wir in dem Gehölz dort drüben jagen, das bis jetzt unberührt geblieben ist, und ich hoffe, daß Sie sich uns anschließen werden.«

»Das ist sehr freundlich von Ihnen, doch leider unmöglich«, antwortete ich. »Ich habe keine Jagdwaffen bei mir.«

»Oh, das macht nichts, Mr. Quatermain. Ich habe zwei Hinterlader« – die waren zu jener Zeit noch neu – »die mir zur Begutachtung zugesandt wurden. Ich will sie zurückgeben, da sie einen für mich viel zu kurzen Kolben haben. Ich denke, daß sie für Sie gerade passend sind und stelle sie Ihnen gerne zur Verfügung.«

Wieder fand ich Entschuldigungen, weil ich befürchtete, daß der in seine Schranken verwiesene Charles alle möglichen Geschichten über mich verbreiten würde, und weil ich vermeiden wollte, mich vor einer Gruppe großer Herren zu blamieren, die zweifellos wegen ihres Könnens zu dieser Jagd eingeladen worden waren.

»Gut so, Allan«, rief Scroope, der von jeher das Talent besaß, in jeder Situation das Falsche zu sagen, »du hast vollkommen recht, dich nicht mit Lord Ragnall beim Schießen auf hoch fliegende Fasanen messen zu wollen.«

Ich wurde rot, denn es lag ein Körnchen Wahrheit in seiner plumpen Bemerkung, woraufhin Lord Ragnall taktvoll sagte: »Ich habe Mr. Quatermain zur Jagd eingeladen, nicht zu einem Preisschießen, Scroope, und ich hoffe, daß er kommen wird.«

Das ließ mir keinen Ausweg, und es blieb mir nichts anderes übrig, als schweren Herzens zuzusagen.

»Tut mir leid, daß ich nicht auch Sie bitten kann, Scroope«, sagte seine Lordschaft, als die Einzelheiten besprochen worden waren, »doch wir können bei dieser Jagd nur sieben Flinten unterbringen. Aber wollen Sie und Miß Manners nicht morgen abend zum Dinner kommen und im Schloß übernachten? Ich würde gerne Ihre zukünftige Frau mit meiner zukünftigen Frau bekannt machen«, setzte er hinzu und wurde dabei ein wenig rot.

Miß Manners, die von Neugier auf die wunderbare Miß Holmes verzehrt wurde, von der sie viel gehört hatte, ohne jedoch bisher Gelegenheit zu finden, sie kennenzulernen, nahm die Einladung sofort an, bevor Scroope einen Ton herausbringen konnte, worauf dieser sich anbot, mich am Morgen herüberzubringen und für mich zu laden. Von der Angst bedrückt, der Obhut des unsympathischen Charles überantwortet zu werden, versicherte ich, daß ich ihm dafür sehr dankbar wäre, und damit war alles geregelt.

Auf unserem Heimweg fuhren wir durch ein kleines Landstädtchen, und der Anblick einer Büchsenmacherwerkstatt erinnerte mich daran, daß ich keine Patronen besaß. Also ließ ich anhalten, um welche zu kaufen, da Lord Ragnall glücklicherweise das Kaliber der Waffen erwähnt hatte, die er mir leihen wollte. Der Büchsenmacher fragte mich, wie viele Patronen ich haben wolle, und als ich antwortete: »einhundert«, starrte er mich an und sagte: »Wenn ich richtig vermute und Sie zu der morgigen Winterjagd auf Ragnall gehen, sollten Sie lieber dreihundertfünfzig mitnehmen – mindestens. Ich werde dort sein, um zuzusehen, wie viele andere auch, und ich erwarte, daß bis zum letzten Stand am See jedes Gewehr fast zweihundert Schuß verfeuert hat.«

»Gut«, antwortete ich, da ich befürchtete, durch weitere Diskussion noch mehr Unwissen zu zeigen. »Ich werde die Patronen morgen früh auf dem Weg zur Jagd abholen. Bitte laden Sie sie mit drei Drachmen Pulver.«

»Geht in Ordnung, Sir, und mit einem Achtel Nummer 5 Schrot, Sir? Das ist die Körnung, die alle Gentlemen verwenden.«

»Nein«, antwortete ich, »Nummer 3; bitte sorgen Sie dafür. Guten Abend.«

Der Büchsenmacher starrte mich an, und als ich den Laden verließ, hörte ich ihn zu seinem Gesellen sagen: »Dieser afrikanische Gent scheint anzunehmen, daß er mit Rehposten auf Straußenjagd geht. Ich glaube nicht, daß er etwas taugt, ganz gleich, was man von ihm sagen mag.«

2

Allan schließt eine Wette ab

Tags darauf trafen Scroope und ich etwa ein Viertel vor zehn Uhr auf Ragnall Castle ein. Auf unserem Wege dorthin hielten wir bei dem Büchsenmacher, um meine dreihundertfünfzig Patronen abzuholen. Ich mußte über drei

Gold-Sovereigns dafür bezahlen, da so etwas in jenen Tagen recht teuer war, woraus ich lernte, daß ich meinen Unterricht im englischen Fasanenschießen nicht gratis bekommen würde. Der Büchsenmacher, den Scroope mit seinem Wagen zum Schloß mitnahm, betonte jedoch, daß die Patronen spottbillig seien, da er und sein Geselle fast die ganze Nacht gebraucht hätten, sie mit dem von mir verlangten Nummer-3-Schrot zu laden.

Als ich aus dem Wagen stieg, trat ein vornehm wirkender, wohlbeleibter Gentleman, mit einem roten Wams und einem Samtmantel bekleidet, in herrschaftlicher Haltung auf uns zu, gefolgt von einem Individuum, das ich als Charles erkannte, der unter jedem Arm ein Gewehr trug.

»Das ist der oberste Wildhüter«, flüsterte Scroope, »zeige ihm den nötigen Respekt.«

Erschrocken nahm ich meinen Hut ab und wartete.

»Spreche ich mit Mr. Allan Quatermain?« fragte seine Majestät mit tiefer, grollender Stimme und musterte mich dabei mit kalten, feindseligen Augen.

Ich sagte ihm, daß dem so sei.

»Dann, Sir«, fuhr er fort, und zögerte ein wenig vor dem ›Sir‹, als ob er vermutete, daß ich lediglich ein afrikanischer Kollege gleichen Standes sei, »habe ich von seiner Lordschaft den Auftrag, Ihnen diese beiden Flinten zu übergeben, und ich hoffe, daß Sie sorgfältig mit ihnen umgehen, da sie zum Verkauf oder zur Rückgabe hergeschickt wurden. Charles, erkläre diesem ausländischen Gentleman die Funktionsweise dieser Waffen, und wenn du das tust, halte die Mündung immer nach unten oder nach oben gerichtet. Sie sind zwar nicht geladen, aber es ist immer gut, ein gutes Beispiel zu geben.«

»Ich danke Ihnen«, antwortete ich ein wenig verärgert, »doch glaube ich, mit so ziemlich allem vertraut zu sein, was man über Schußwaffen wissen muß.«

»Das freut mich zu hören«, sagte seine Majestät mit sichtlicher Skepsis. »Charles, wie ich hörte, wird Squire Scroope für diesen Gentleman laden, und ich hoffe, daß er es tun kann, ohne sich und andere zu gefährden. Der Befehl seiner Lordschaft lautet, daß du sie begleitest und die Patronen trägst. Und, Charles, du wirst die abgefeuerten Schüsse zählen und die erlegten Vögel, aber nur die wirklich getöteten, ohne die noch lebend niedergebrachten.«

Diese Anweisungen wurden in einem gewichtigen Flüsterton gegeben, der auch für unsere Ohren bestimmt war. Scroope lachte leise und Charles grinste, in mir riefen sie jedoch Empörung hervor.

Ich nahm eine der Waffen und betrachtete sie. Es war ein kostbares und prachtvoll gefertigtes Meisterstück seiner Epoche.

»Die Flinte ist absolut in Ordnung, Sir«, grollte der Rotwams. »Wenn Sie sie nur richtig halten, erledigt sie alles andere von selbst. Aber halten Sie die Mündung nach oben, Sir, halten Sie sie nach oben, denn ich weiß, welches Kaliber sie hat, ohne mich durch Augenschein davon überzeugen zu müssen. Außerdem werden Sie mir sicher nicht verübeln, wenn ich Sie darauf hinweise, daß wir hier, auf Ragnall, den Schuß auf niedere Fasanen nicht mögen. Ich erwähne das nur, weil der letzte Gentleman, der aus dem Ausland kam – er war Franzose – den ganzen Tag über nichts schoß, außer einer Fasanenhenne, die durch die Baumkronen strich, zwei Treibern, dem Hut seiner Lordschaft und einem Star.«

Scroope brach in brüllendes, idiotisches Gelächter aus. Charles, dem zu entkommen mir das Schicksal nicht vergönnt hatte, wandte mir den Rücken zu und krümmte sich, wie von plötzlichen Leibschmerzen geschüttelt, und ich kochte vor Wut.

»Verdammt, Mann«, rief ich, »was fällt Ihnen ein, mir Belehrungen zu erteilen? Kümmern Sie sich gefälligst um Ihre Angelegenheiten, und ich werde mich um die meinen kümmern!«

In diesem Moment erschien hinter einem der Gebäude – wir standen im Hof der Stallungen, in der Nähe der Tür des Waffenraums – Lord Ragnall. Ich erkannte, daß er den letzten Teil unseres Gesprächs mitgehört hatte, denn er wirkte verärgert.

»Jenkins«, sagte er, an Rotwams gewandt, »tun Sie, was Mr. Quatermain Ihnen gesagt hat und kümmern Sie sich um Ihre Angelegenheiten. Sie wissen vielleicht nicht, daß er mehr Löwen, Elefanten und anderes Großwild erlegt hat, als Sie Katzen geschossen haben. Aber abgesehen davon, kommt es Ihnen nicht zu, ihm oder einem anderen meiner Gäste Belehrungen zu erteilen.«

»Ich bitte um Vergebung, Mylord«, rief Jenkins, und sein Gesicht, das so rot war wie sein Wams, wurde etwas bleich; »ich wollte ihm nicht zu nahe treten, Mylord, aber Elefanten und Löwen fliegen nicht, Mylord, und solche, die daran gewöhnt sind, auf Bodentiere zu schießen, neigen dazu, zu tief zu halten, Mylord. Die Treiber sind bereits in der Hunt-Schonung, Mylord.«

Mit diesen Worten zog er sich eilig zurück und verschwand. Lord Ragnall sah ihm nach und sagte dann mit einem leisen Lachen: »Ich möchte mich bei Ihnen entschuldigen, Mr. Quatermain. Dieser alte Narr war ein Teil meines Erbes, gewissermaßen; und das schönste dabei ist, daß er der schlechteste und gefährlichste Schütze ist, den ich jemals erlebt habe. Andererseits aber ist er der beste Fasanen-Heger der Grafschaft, also sehe ich ihm manches nach. Aber kommen Sie doch herein, bitte! Charles wird sich um Ihre Flinten und Patronen kümmern.«

Also wurden Scroope und ich durch eine Seitentür in die große Halle des Schlosses geführt und dort den anderen Jagdgästen vorgestellt, von denen die meisten die Nacht im Schloß verbracht hatten. Es waren alles berühmte Jäger. Über einige von ihnen hatte ich in *The Field* gelesen, einer Zeitschrift, die ich mir in Afrika regelmäßig kaufte, obwohl ich häufig, wenn ich meine ausgedehnten Expeditionen unternahm, ein ganzes Jahr lang kein Exemplar davon zu Gesicht bekam.

Zu meinem Erstaunen stellte ich fest, daß ich einen der anwesenden Gentlemen kannte. Wir waren uns, zugegeben, seit einem Dutzend Jahren nicht mehr begegnet, aber ich vergesse nur selten ein Gesicht und war sicher, daß ich mich in diesem Fall nicht irrte. Diese gemeinen Züge, diese kleinen, unsteten, grauen Augen, diese rote, spitze Nase konnten keinem anderen gehören als van Koop, der zu seiner Zeit in Südafrika durch gewisse gigantische Betrügereien Berühmtheit erlangt hatte, die so gerissen waren, daß das Gesetz ihm nichts anhaben hätte können; und eines der Opfer dieser Betrügereien war ich gewesen, mit einer Summe von 250 Pfund – damals ein erheblicher Betrag für mich.

Als wir uns das letzte Mal getroffen hatten, war es zu einer stürmischen Auseinandersetzung gekommen, die damit geendet hatte, daß ich ihm in meiner Wut erklärte, ihn ohne Zögern zu erschießen, wenn er mir auf dem Veld über den Weg laufen sollte. Vielleicht war das einer der Gründe dafür, daß Mr. van Koop so rasch aus Südafrika verschwunden war, denn ich muß hinzufügen, daß er ein Feigling ersten Ranges war. Ich glaube, er hatte die Halle gerade betreten, nachdem er von seinem Besitz, der sich in einiger Entfernung von Ragnall Castle befand, herübergefahren war. Auf jeden Fall wußte er nicht, daß ich bei dieser Jagd anwesend sein würde, denn sonst, dessen bin ich sicher, wäre er ihr ferngeblieben. Er wandte sich um, sah mich und flüsterte verblüfft: »Allan Quatermain, gütiger Himmel!« jedoch laut genug, um von Lord Ragnall, der in der Nähe stand, gehört zu werden.

»Ja, Mr. van Koop«, antwortete ich mit freundlicher Stimme, »Allan Quatermain, und ich hoffe, Sie freuen sich genauso, mich wiederzusehen, wie ich mich freue, Sie zu treffen.«

»Ich fürchte, hier liegt eine Verwechslung vor«, sagte Lord Ragnall und blickte uns beide prüfend an. »Dies ist Sir Junius Fortescue, bis vor kurzem noch Mr. Fortescue.«

»Tatsächlich?« antwortete ich. »Ich kann mich zwar nicht erinnern, daß er jemals bei diesem Namen genannt wurde, aber wir sind ... ah ... alte Freunde.«

Lord Ragnall entfernte sich, als ob er nicht wünschte, diese Konversation fortzusetzen, die niemand sonst überhört haben konnte, und van Koop drängte sich an mich heran.

»Mr. Quatermain«, sagte er leise, »meine Lebensumstände haben sich seit unserem letzten Treffen grundlegend verändert.«

»So scheint es«, antwortete ich, »doch die meinen sind in etwa die gleichen geblieben, und ich wäre Ihnen deshalb verbunden, wenn Sie mir jetzt die 250 Pfund zurückzahlen würden, die Sie mir schulden – mit Zinsen. Wenn nicht, könnte ich hier eine recht gute Geschichte über Sie zum besten geben.«

»Oh, Mr. Quatermain«, antwortete er mit einem Lächeln, das in mir den Wunsch wachrief, ihn kräftig irgendwohin zu treten, »Sie wissen doch, daß ich diese Schuld bestreite.«

»So?« sagte ich scharf. »Nun, vielleicht werden Sie meine Geschichte ebenfalls bestreiten. Die Frage ist nur, wird man Ihnen glauben, wenn ich die Beweise dafür liefere?«

»Haben Sie jemals etwas von Verjährungsfrist gehört, Mr. Quatermain?« fragte er grinsend.

»Nicht, wenn es um Fragen des Charakters geht«, sagte ich fest. »Also, was werden Sie tun?«

Er überlegte einen Moment, dann antwortete er: »Hören Sie, Mr. Quatermain, Sie waren immer ein recht guter Jäger, deshalb möchte ich Ihnen ein Angebot machen. Wenn ich heute mehr Vögel erlege als Sie, werden Sie mir versprechen, den Mund über meine Affären in Südafrika zu halten; wenn Sie mehr erlegen als ich, werden Sie genauso Ihren Mund halten, doch dann werde ich Ihnen diese 250 Pfund zahlen, und die Zinsen für sechs Jahre.«

Ich überlegte ebenfalls einen Moment, da ich wußte, daß dieser Mann immer einen Trumpf im Ärmel versteckt hatte. Natürlich konnte ich ihn abweisen und einen Skandal machen. Aber das war nicht meine Art und würde mich keinen Schritt näher zu meinen 250 Pfund bringen, die, wenn ich gewinnen sollte, wieder in meine Tasche zurückkehrten.

»In Ordnung, abgemacht!« sagte ich.

»Warum geht es bei Ihrer Wette, Sir Junius?« fragte Lord Ragnall, der sich uns wieder näherte.

»Das ist eine ziemlich lange Geschichte«, antwortete er, »doch um es kurz zu machen: vor Jahren, als ich Afrika bereiste, hatten Mr. Quatermain und ich einen kleinen Disput über die Summe von fünf Pfund, die ich ihm seiner Ansicht nach schuldete, und um nicht wieder über eine solche Kleinigkeit zu streiten, haben wir ausgemacht, daß ich heute gegen ihn schießen werde.«

»So?« sagte Lord Ragnall ernst, und ich konnte erkennen, daß er van Koops Angabe über die Höhe der Wette nicht glaubte; vielleicht hatte er mehr mitgehört als wir vermuteten. »Um ehrlich zu sein, Sir Junius, halte ich nicht viel von Wetten – und etwas anderes ist es doch nicht – in meinem Hause. Außerdem hat Mr. Quatermain, wie ich mich erinnere, gestern erklärt, noch nie Fasanen geschossen zu haben, so daß dieser Wettstreit alles andere als fair ist. Aber Sie beide müssen am besten wissen, was Sie tun. Nur möchte ich Ihnen eines sagen: da es um Geld geht, muß ich jemanden bestimmen, dessen Entscheidung beim Auszählen Ihrer Vögel bindend ist.«

»Einverstanden«, sagte van Koop, oder, richtiger, Sir Junius. Ich sagte nichts, denn, um ehrlich zu sein, schämte ich mich bereits der ganzen Affäre.

Wie es der Zufall wollte, gingen Lord Ragnall und ich vor den anderen zu dem ersten Gehölz, das eine halbe Meile oder mehr entfernt war.

»Sie haben Sir Junius bereits früher kennengelernt?« fragte er mich.

»Ich habe Mr. van Koop früher kennengelernt«, antwortete ich, »vor etwa zwölf Jahren, kurz bevor er aus Südafrika verschwand, wo er ein bekannter und ... ah ... sehr erfolgreicher – Spekulant war.«

»Um hier aufzutauchen. Vor zehn Jahren hat er hier einen großen Besitz erworben. Und vor drei Jahren wurde er geadelt.«

»Wie konnte ein Mann wie van Koop zu einem Adelstitel kommen?« fragte ich.

»Durch Kauf, nehme ich an.«

»Durch Kauf? Seit wann sind Ehrungen in England käuflich?«

»Sie sind so wunderbar unerfahren, Mr. Quatermain, wie man es von einem Jäger aus Afrika erwartet«, sagte Lord Ragnall lachend. »Ihr Freund ...

»Verzeihen Sie, Lord Ragnall, ich bin ein sehr bescheidener Mensch, der nicht einmal mit Ihrem Wildhüter auf der gleichen Stufe stehen mag, und deshalb würde ich nicht wagen, Sir Junius, ehemals Mr. van Koop, meinen Freund zu nennen, zumindest nicht im Ernst.«

Er lachte wieder.

»Nun, der Mann, mit dem Sie Wetten abschließen, hat seiner Partei großzügige Spenden zukommen lassen. Ich erzähle Ihnen das, weil ich es sicher weiß, aber über die Höhe der Summen bin ich nicht informiert. Es ist verschiedentlich von Beträgen gesprochen worden, die sich zwischen fünfzehn- und fünfzigtausend Pfund bewegen, und es mag Zufall sein, daß er kurz darauf den Titel eines Baronet erhielt.«

Ich starrte ihn an.

»Das ist die ganze Geschichte«, fuhr er fort. »Ich mag den Mann nicht, aber er ist ein erstklassiger Fasanen-Jäger, was ihm überall die Türen öffnet. Die Jagd ist hier zu einer Art Fetisch geworden, Mr. Quatermain. So hat es sich zu einer Tradition entwickelt, daß wir auf diesem Besitz mehr Fasanen schießen müssen als auf jedem anderen in dieser Grafschaft, und deshalb muß ich dazu die besten Schützen einladen, die nicht immer die besten Menschen sind. Es wurmt mich, doch sieht es so aus, als ob ich das tun muß, was vor mir getan wurde.«

»Unter diesen Umständen fühle ich mich versucht; die Sache ganz aufzugeben, Lord Ragnall. Jagd als Sport ist in Ordnung, doch wenn sie zum Geschäft wird, macht sie keinen Spaß mehr. Ich weiß das, da ich sie viele Jahre lang als Beruf ausüben mußte.«

»Ein guter Gedanke«, antwortete er. »Zunächst aber hoffe ich, daß Sie Sir Junius Ihre fünf Pfund abnehmen. Er ist so eitel, daß ich gerne fünfzig Pfund daraufsetzen würde, nur um zu sehen, daß Sie es tun.«

»Dazu besteht kaum eine Chance«, sagte ich, »denn, wie ich Ihnen bereits sagte, habe ich noch nie Fasanen geschossen. Dennoch will ich es versuchen, da es Ihr Wunsch ist.«

»Das ist richtig. Und, hören Sie, Mr. Quatermain, halten Sie gut vor. Sehen Sie, jetzt berate ich Sie, so wie Sie gestern mich beraten haben. Schrot fliegt nicht so schnell wie eine Kugel, und der Fasan ist ein Vogel, der sich zumeist schneller bewegt als man annimmt. So, wir sind da. Charles wird Ihnen Ihren Stand zeigen. Ich wünsche Ihnen viel Glück.«

Zehn Minuten später begann das Treiben durch ein langgestrecktes Gehölz, nachdem alle sieben Schützen in Sichtweite voneinander postiert waren. Ich war so darauf konzentriert, die Vorbereitungen zu beobachten, die mir völlig neu waren, daß ich mir erst einen Hasen und dann eine Fasanenhenne durch die Lappen gehen ließ, und diese Fasanenhenne schlug einen eleganten Bogen und wurde mit einem wunderbaren Schuß von van Koop heruntergeholt, der zwei Plätze rechts von mir stand.

»Höre, Allan«, sagte Scroope, »wenn du deinen afrikanischen Freund schlagen willst, solltest du endlich aufwachen, denn du wirst es nicht schaffen, wenn du dir nur die Landschaft betrachtest oder das Eichhörnchen auf jenem Baum.«

Also wachte ich auf. Just in diesem Augenblick kam ein Schrei: »Hahn voraus!« Ich dachte, daß damit ein Fasanenhahn gemeint sei und war verwundert, als ein wunderbarer brauner Vogel mit einem langen Schnabel durch die Wipfel der Eichen auf mich zuflog.

»Soll ich den schießen?« fragte ich.

»Natürlich. Es ist eine Waldschnepfe«, antwortete Scroope.

In diesem Augenblick schoß der braune Vogel in einer Entfernung von zehn Yards über mich hinweg. Ich feuerte und tötete ihn, denn an der Stelle, wo er sich befunden hatte, war jetzt nichts als eine Wolke von Federn. Es war ein schneller und intelligenter Schuß, glaubte ich zumindest. Doch als Charles vorlief und nur einen Schnabel und einen Kopf vom Boden auflas, lief ein Lachen durch die ganze Reihe der Jäger und Jagdgehilfen.

»Höre, alter Junge«, sagte Scroope, »wenn du schon Nummer-3-Schrot verwendest, mußt du deine Vögel aus einigem Abstand erlegen.«

Dieser Zwischenfall regte mich so auf, daß ich drei leicht zu schießende Fasanen hintereinander verfehlte, während van Koop seiner Strecke zwei weitere hinzufügte.

Scroope schüttelte den Kopf, und Charles stöhnte laut. Jetzt, da ich nicht in Konkurrenz zu seinem Herrn stand, war er plötzlich auf meiner Seite und wollte, daß ich gewönne, denn auf irgendeine geheimnisvolle Weise hatte sich die Nachricht von der Wette herumgesprochen, und mein Gegner erfreute sich bei den Wildhütern nicht gerade großer Beliebtheit.

»Da kommt wieder einer«, sagte Scroope und deutete auf einen anfliegenden Fasan.

Es war ein außergewöhnlich hoch fliegender Fasan, der außerhalb des Dickichts aufgescheucht worden sein mußte, so hoch, daß, obwohl drei Gewehre auf ihn schossen, einschließlich der Waffe van Koops, keiner der Schüsse zu treffen schien. Dann feuerte ich, und, in Erinnerung an Lord Ragnalls Rat, mit weitem Vorhalt. Sein Flugverhalten änderte sich. Er schoß noch immer mit gleicher Geschwindigkeit durch die Luft, doch mit der Schwungkraft eines Steins, und fiel fünfzig Yards rechts von mir zu Boden, tot.

»Das ist besser!« rief Scroope, während Charles über sein ganzes rundes Gesicht grinste und murmelte: »Dem haben Sie es aber richtig gegeben.«

Dieser Schuß schien mein Selbstvertrauen zu stärken und meine Leistung erheblich zu steigern, obwohl ich feststellen mußte, daß es vor allem die hochfliegenden und schwierigen Fasane waren, die ich traf, während ich die leichten

Schüsse häufig verpatzte. Van Koop jedoch, der wirklich ein vollendeter Künstler war, holte niedrige und hohe herunter.

Lord Ragnall, der den benachbarten Stand innehatte, und dem meine etwas ungewöhnliche Leistung aufgefallen war, bat mich, mit ihm hinter die Linie der anderen Schützen zurückzutreten.

»Ich sehe, daß die hoch fliegenden Vögel Ihnen mehr liegen, Mr. Quatermain«, sagte er, »und die kriegen Sie von hier aus besser.«

Wir befanden uns jetzt in einer leichten Senke zwischen zwei langgestreckten Gehölzen, die etwa dreihundert Yards voneinander entfernt lagen. Das, in dem gerade getrieben wurde, steckte voller Fasanen, und das Schießen dieser ausgesuchten Schützen war ein wirklich einmaliges Bild. Ich kam hier ganz gut zurecht, fast so gut, doch nicht ganz, wie Lord Ragnall, doch das ist schon sehr ordentlich, denn er war ein hervorragender Schütze.

»Bravo!« sagte er zu Ende des Treibens. »Ich glaube, Sie haben doch noch eine Chance, Ihre fünf Pfund zu gewinnen.«

Als ich jedoch beim Mittagsimbiß, mehr als eine halbe Stunde später, feststellte, daß ich dreißig Fasanen hinter meinem Gegner lag, schüttelte ich den Kopf, und das taten alle anderen auch. Im großen und ganzen war dieser Imbiß, den wir im Hause eines der Wildhüter einnahmen, ein angenehmes Mal, obwohl van Koop so ununterbrochen und so großspurig redete, daß es unseren Gastgeber und einige der anderen Gentleman, die sehr nette Menschen waren, ziemlich irritierte. Schließlich fühlte er sich bemüßigt, sich an mich zu wenden, und fragte, wie es mir während der letzten Jahre meines ›Elefanten-Abschießens‹ ergangen sei.

»Recht gut«, antwortete ich.

»Dann sollten Sie unseren Freunden einige Ihrer berühmten Geschichten erzählen; Sie haben mein Wort darauf, daß ich Ihnen nicht widersprechen werde«, sagte er und setzte hinzu: »Sie müssen wissen, daß sie anders sind als wir und keine Erfahrung in der Großwildjagd haben.«

»Ich wußte nicht, daß Sie welche haben, Sir Junius«, erwiderte ich gereizt. »Ich kann mich erinnern, daß Sie mir in Afrika erzählten, das einzige größere Tier, daß Sie jemals erschossen hätten, sei ein Zugochse gewesen, der an Blutharnen erkrankt war. Auf jeden Fall ist Schießen für mich Beruf, und kein Vergnügen, wie für Sie, und von beruflichen Dingen rede ich nicht.«

Das und das Lachen der anderen brachten ihn zum Schweigen, woraufhin Scroope, der treueste aller Freunde, von einigen meiner Abenteuer berichtete, bis mir die Ohren dröhnten und ich aufstand und hinausging, um nach dem Wetter zu sehen.

Es hatte sich während der Mittagspause stark verändert. Das Versprechen eines sonnigen Tages, das der Vormittag gegeben hatte, war nicht eingelöst worden; der Himmel war bedeckt und ein Wind, der mit scharfen Böen blies und ständig stärker wurde, trieb gelegentlich Schneeschauer vor sich her.

»Ich kann Ihnen versichern«, sagte Lord Ragnall, der neben mich getreten war, »daß das Dickicht am See – das ist unser letzter Stand heute nachmittag – uns einiges abfordern wird. Wir sollten dort mit diesem Team siebenhundert Fasanen schießen, doch bezweifle ich, daß wir auch nur fünfhundert schaffen werden. Jetzt, Mr. Quatermain, werde ich Sir Junius und Sie in den hinteren Teil des Gehölzes stellen, wo Sie die besten Chancen haben, da die Fasanen sich bei diesem Wind nicht über den See wagen. Außerdem werde ich mit Ihnen gehen, wenn es Ihnen recht ist, da sechs Gewehre für dieses Treiben völlig ausreichen und ich nicht beabsichtige, heute noch mehr zu schießen.«

»Ich fürchte, daß Sie enttäuscht werden«, sagte ich nervös.

»O nein, bestimmt nicht«, antwortete er. »Ich sage Ihnen offen: wenn Sie auch nur eine Saison Praxis haben würden, wären Sie meiner Meinung nach der beste Fasanenjäger von uns allen. Im Moment verstehen Sie die Verhaltensweise der Vögel noch nicht gut genug, das ist alles; außerdem sind die Flinten Ihnen fremd. Trinken Sie ein Glas Cherry-Brandy, das wird Ihre Nerven beruhigen.«

Ich trank den Cherry-Brandy, und kurz darauf brachen wir auf. Das Gehölz, in dem wir schießen wollten, in das wir den ganzen Vormittag über Fasanen hineingetrieben hatten, war fast eine Meile lang. An seinem oberen Ende war es breit und verjüngte sich zum anderen auf etwa zweihundert Yards. Dort umschloß es hufeisenförmig einen kleinen See, der einen Durchmesser von ungefähr fünfzig Yards hatte. Vier der Schützen wurden um die Rundung dieses Gewässers aufgestellt, jedoch an seinem der Waldung abgewandten Ufer, so daß die Fasanen über sie hinwegstreichen mußten, wenn sie zu einem weiteren Gehölz flogen, das sich hinter diesem auf der Kuppe eines Hügels befand. Van Koop und ich wurden jedoch angewiesen, unsere Stände – er auf der linken Seite, ich auf der rechten – etwa siebzig Yards entfernt auf einer schmalen Zunge kleiner Lichtungen einzunehmen, wo wir den See zur Linken, respektive zur Rechten hatten. Ich stellte mit Unbehagen fest, daß die Schützen, die unterhalb von uns am anderen Ufer des Gewässers standen, alles beobachten konnten, was wir taten oder nicht taten; und auch, daß eine kleine Gruppe von Zuschauern, unter denen ich meinen Freund, den Büchsenmacher, erkannte, sich an einer Stelle versammelt hatten, von wo aus sie, ohne uns zu stören, das Schießen verfolgen konnten. Auf dem Weg zum Boot, mit dem wir über das Gewässer gebracht werden sollten, kam es jedoch zu einem Zwischenfall, der meine Stimmung merklich hob und mir einigen Applaus einbrachte.

Ich schritt mit Lord Ragnall, Scroope und Charles in einer Entfernung von etwa sechzig Yards an einer Reihe hoher Bäume entlang, als aus weiter Ferne, von der anderen Seite des Gehölzes, der Ruf »Rebhühner über Ihnen!« in der Reibeisenstimme des rotwamsigen Jenkins ertönte, der gerade das Treiben durch dichtes Unterholz überwachte, bevor er wieder zu seiner Armee am oberen Ende des Gehölzes stoßen würde.

»Aufpassen, Mr. Quatermain! Sie kommen in diese Richtung«, sagte Lord Ragnall, während Charles mir eine geladene Flinte in die Hand drückte.

Sekunden später erschienen sie über den Baumwipfeln, ein riesiger Schwarm in langer, weit auseinandergezogener Formation, dessen Fluggeschwindigkeit ich nicht abschätzen konnte, da er von einer starken Bö des aufkommenden Sturmes ergriffen wurde. Ich feuerte auf den ersten Vogel, der zu meinen Füßen niederfiel. Ich schoß den anderen Lauf ab, und ein zweites Rebhuhn fiel hinter mir zu Boden. Ich ergriff die andere Flinte und holte ein drittes herunter, als es sehr hoch über mich hinwegflog. Dann fuhr ich herum und feuerte auf den letzten der davonfliegenden Vögel, und auch er fiel herab, obwohl es ein sehr weiter Schuß gewesen war.

»Bei allen guten Geistern«, rief Scroope, »so etwas habe ich noch nie erlebt«, und Lord Ragnall sah mich bewundernd an, während Charles einen anerkennenden Pfiff ausstieß.

Doch jetzt will ich die Wahrheit sagen und meine ganze Hinterhältigkeit enthüllen: das zweite Rebhuhn war nicht das, auf das ich gezielt hatte. Ich war zu weit nach hinten abgekommen und hatte das ihm folgende erwischt. Doch in meiner Eitelkeit gestand ich das damals nicht ein, zumindest nicht bis zu jenem Abend.

Die vier toten Rebhühner – keins von ihnen war nur angeschossen – wurden unter vielen Gratulationen eingesammelt, und dann gingen wir weiter und wurden in einem Nachen über den See zum Rand des Dickichts gestakt. Als wir in das Boot stiegen, bemerkte ich, daß Charles neben den schweren Taschen auch eine Schachtel mit Patronen unter dem Arm trug und fragte ihn, woher er sie habe.

Von Mr. Popham, antwortete er – das war der Name des Büchsenmachers –, der sie mitgebracht habe für den Fall, daß mein Bestand nicht ausreichen sollte. Ich sagte nichts dazu, doch da ich wußte, daß mir weit mehr als die Hälfte der dreihundertfünfzig Patronen, die ich gekauft hatte, verblieben waren, fragte ich mich, was für eine Art von Jagd dies werden würde.

Wir nahmen also unsere Plätze ein, und während wir das taten, frischte der Wind plötzlich zu einem wütenden Sturm auf, der abwechselnd aus allen Richtungen zu blasen schien. Heimwärts fliegende Krähen und von den Treibern aufgestörte Tauben wurden wie Herbstlaub über unsere Köpfe hinweggeweht; Wildenten, von denen ich eine erwischte, schossen wie Pfeile über uns dahin; die hohen, kahlen Eichen schüttelten ihre Äste und stöhnten, während unweit von uns eine Föhre umgerissen wurde und klatschend ins Wasser stürzte.

»Es ist ein ziemlich wildes Wetter«, sagte Lord Ragnall, und während er sprach, kam van Koop von seinem Stand herüber; er wirkte sehr verängstigt und schlug vor, die Jagd abzubrechen.

Lord Ragnall fragte mich, was mein Wunsch sei. Ich antwortete, daß ich gerne weitermachen würde, die Entscheidung jedoch bei ihm läge.

»Ich glaube, daß wir hier auf diesen offenen Stellen ziemlich sicher sind, Sir Junius«, sagte er, »und da die Fasanen ohnehin schon so aufgestört worden sind, kommt es nicht mehr darauf an, wenn sie ein wenig umhergeblasen werden. Aber wenn Sie anderer Meinung sein sollten, können Sie gerne ausscheiden und zu den Gentleman am anderen Ufer des Sees gehen. Ich werde nach meiner Flinte schicken und Ihren Platz einnehmen.«

Also van Koop das hörte, überlegte er es sich anders und sagte, er würde weitermachen.

Also begann das Treiben. Zu Anfang blies der Wind von rückwärts, und immer mehr Fasanen flogen über unsere Köpfe hinweg, die meisten von ihnen zu tief für die Schützen auf der anderen Seite des Wassers, die trotz allen Könnens nicht viel Erfolg hatten. Wir waren angewiesen worden, nicht auf Vögel zu schießen, die von hinten über uns hinwegflogen, also ließ ich diese in Ruhe. Van Koop jedoch interpretierte die Order offenbar nicht in dem Sinn, denn er schoß auf mehrere der Fasanen, holte einen oder zwei herunter und verfehlte andere.

»Der Bursche ist kein Jäger«, hörte ich Lord Ragnall bemerken. »Ich vermute, es ist wegen der Wette.«

Dann schickte er Charles hinüber und ließ ihn auffordern, sich an die Anweisung zu halten.

Wenig später drehte der Sturm nach Norden und blies mit ständig zunehmender Gewalt aus dieser Richtung. Die Fasanen flogen jedoch weiter durch die Deckung der Bäume, denn sie wollten zu dem Gehölz auf dem Hügel, in dem sie aufgewachsen waren. Aber als sie den Schutz der Bäume verließen und die ganze Kraft des Sturmes spürten, machten die meisten von ihnen kehrt und kamen zurück, mit einer unglaublichen Geschwindigkeit, und manche von ihnen so hoch, daß sie fast außer Reichweite von Schrotflinten waren.

Während der folgenden dreiviertel Stunde oder länger – wie ich glaube erwähnt zu haben, war das Gehölz sehr langgestreckt – erlebte ich ein Schießen, wie ich es wohl nie wieder sehen werde. Hoch über die ächzenden Bäume hinweg, oder über den See zu meiner Linken, jagten die sturmgetriebenen Fasanen in endloser Prozession. Eigenartigerweise stellte ich fest, daß dieses wilde Treiben mir zusagte, denn je weiter die Zeit fortschritt, und je unmöglicher die Fasanen zu treffen waren, desto besser schoß ich. Einer nach dem anderen fielen sie hinter mir herab und landeten krachend im Unterholz oder platschend im Wasser, bis die Flinten so heiß waren, daß ich sie fast nicht mehr halten konnte. Es waren ihrer so viele Vögel, daß ich sie mir nach Belieben auswählen konnte; auch bemerkte ich, daß die meisten von ihnen vom Sturm gepackt und dadurch in eine bestimmte Flugkurve gezwungen wurden und daß der richtige Moment zum Schießen gekommen war, unmittelbar bevor sie in diese Kurve abkippten. Die Erregung war stark, und die Jagd herrlich, wie jeder mir nachfühlen können wird, der einmal im Dezember auf Fasanen geschossen hat, die in einem wütenden Sturm aus einem Gehölz brechen. Van Koop hatte sich auch gut gehalten, doch bei den anderen Schützen war es verhältnismäßig ruhig geblieben. Die armen Burschen waren gezwungen, dort hinten zu stehen und uns aus der Ferne zuzusehen.

Als das Treiben sich seinem Ende näherte, brachen die Fasanen in immer dichter werdenden Schwärmen hervor, und ich, wie gesagt, schoß besser und besser. Das mag daraus ersichtlich sein, daß ich, obwohl sie sehr hoch flogen, und trotz ihrer unglaublichen Geschwindigkeit, meine letzten dreißig Fasanen mit nur fünfunddreißig Patronen erlegte. Der letzte von allen, ein prachtvoller Hahn, tauchte allein aus dem Nichts auf, als wir annahmen, daß alles vorbei wäre. Ich vermute, daß er aus dem Gehölz auf dem Hügel aufgestört wurde oder daß die unwiderstehliche Kraft des Sturmes ihn zurücktrieb, als er es gerade erreicht hatte. Er schoß heran, so hoch über uns, daß er in dem dunklen Schneetreiben winzig wirkte.

»Zu weit – sinnlos!« sagte Lord Ragnall, als ich die Flinte hochriß.

Ich feuerte trotzdem, hielt – ich weiß nicht wieviel – vor, als ich abdrückte, und siehe, der Fasan starb mitten in der Luft und fiel mit einem mächtigen Aufspritzen weit hinter uns in das Uferwasser des Sees. Der Schuß war so außergewöhnlich, daß alle, die ihn gesehen hatten, einschließlich der Treiber, von denen die meisten inzwischen an uns vorbeigezogen waren, in Jubelrufe ausbrachen, und der rotwamsige alte Jenkins, der bei uns stehengeblieben war, bemerkte: »Der Teufel soll mich holen, wenn das nicht ein Meisterschuß war!«

Scroope machte mich ziemlich wütend, weil er mir so hart auf den Rücken schlug, daß es schmerzte, und ich dadurch beinahe den zweiten Lauf der Flinte abgefeuert hätte. Charles schien nur aus einem einzigen Grinsen zu bestehen, und Lord Ragnall gratulierte mir kurz mit den Worten: »Habe noch nie in meinem Leben eine Jagd so genossen«, und wies dann die Männer an, alle erlegten Fasane einzusammeln und dabei genau darauf zu achten, daß die meinen von denen Sir Junius Fortescues sorgfältig getrennt wurden.

»Sie sollten auf diesem Stand einhundertdreiundvierzig haben«, sagte er, »unter Berücksichtigung aller möglicherweise nur angeschossenen Vögel. Charles und ich kommen auf die gleiche Zahl.«

Ich bemerkte, daß ich nicht glaubte, viele Vögel nur angeschossen zu haben, da das Nummer 3 Schrot mir gute Dienste geleistet habe, und dann wurde ich mit dem Boot zum anderen Ufer übergesetzt, wo mich weitere Gratulanten empfingen. Da jede Fortsetzung der Jagd durch das Wetter unmöglich geworden war, gingen wir zum Schloß zurück, um unseren Tee einzunehmen.

Als ich meine Tasse geleert hatte, kam Lord Ragnall, der den Raum für kurze Zeit verlassen hatte, zurück und bat uns, hinauszugehen und die Strecke zu besichtigen. Also traten wir auf den Schloßhof und sahen sie dort in endlosen Reihen auf dem schneebestäubten Gras liegen, aufgeteilt in drei Partien, die allgemeine und zwei separate.

»Das sind die Strecken von dir und von Sir Junius«, sagte Scroope. »Ich bin neugierig, wer von euch beiden gewonnen hat. Ich würde einen Sovereign auf dich setzen, alter Junge.«

»Dann bist du ein Esel«, antwortete ich ziemlich irritiert, denn bis zu diesem Moment hatte ich die Wette völlig vergessen.

Ich erinnere mich nicht mehr, wie viele Fasanen insgesamt erlegt worden waren, doch waren es erheblich weniger, als man erwartet hatte, wegen des Sturms.

»Jenkins«, sagte Lord Ragnall zu Rotwams, »wie viele haben Sie bei der Strecke von Sir Junius gezählt?«

»Zweihundertundsiebenundsiebzig, Mylord, dazu zwölf Hasen, zwei Waldschnepfen und drei Tauben.«

»Und wieviele bei der von Mr. Quatermain?« Und dann setzte er, an uns gewandt hinzu: »Ich möchte Sie darauf hinweisen, Gentleman, daß die Fasane so sorgfältig wie möglich aufgelesen und voneinander getrennt wurden, so daß die von Jenkins festgestellten Zahlen als endgültig betrachtet werden müssen.«

»Einverstanden«, antwortete ich, doch van Koop äußerte sich nicht. Und dann, als wir gespannt warteten, kam die überraschende Antwort.

»Zweihundertundsiebenundsiebzig Fasanen, Mylord, die gleiche Anzahl wie Sir Junius, Baronet, fünfzehn Hasen, drei Tauben, vier Rebhühner, eine Ente, und ein Schnabel – ich meine, eine Waldschnepfe.«

»Dann sieht es so aus, als ob Sie Ihre fünf Pfund gewonnen hätten, Mr. Quatermain, und ich gratuliere Ihnen dazu«, sagte Lord Ragnall.

»Einen Moment mal«, unterbrach van Koop. »Die Wette bezog sich allein auf Fasanen; alles andere zählt nicht.«

»Ich glaube, daß die Bezeichnung ›Vögel‹ verwendet wurde«, bemerkte ich. »Aber, um ehrlich zu sein, habe ich dabei allein an Fasanen gedacht, so wie Sir Junius zweifellos auch. Deshalb haben wir, wenn die Zählung stimmt, ein Unentschieden und keinen Sieger.«

»Wir alle schätzen Ihre Haltung in dieser Angelegenheit, für die es auch eine andere Auslegung gegeben hätte«, sagte Lord Ragnall. »Unter diesen Umständen behält Sir Junius die fünf Pfund in seiner Tasche. Es ist Pech für Sie, Quatermain«, setzte er unter Fortlassung der Anrede ›Mister‹ hinzu*, »daß der letzte hohe Fasan, den Sie schossen, nicht gefunden werden konnte. Er ist in den See gefallen, wie Sie wissen, und wahrscheinlich ans Ufer geschwommen und weggelaufen.«

»Ja«, antwortete ich, »und das, obschon ich geschworen hätte, daß er tot war.«

»Das hätte auch ich geschworen, Quatermain, doch Tatsache bleibt, daß er nicht vorhanden ist.«

»Wenn wir alle die Fasanen, die wir erlegt zu haben glauben, hier liegen hätten, wären unsere Strecken erheblich größer, als sie es sind«, bemerkte van Koop spöttisch und mit einem Ausdruck der Erleichterung auf dem Gesicht, und setzte auf seine unerträgliche, gönnerhafte Art hinzu:

---

* Was Anerkennung und »Dazugehören« signalisiert – *Anm. d. Übers.*

»Trotzdem haben Sie ungewöhnlich gut geschossen, Quatermain. Ich hätte nicht geglaubt, daß Sie mir so nahe auf den Pelz rücken würden.«

Ich fühlte mich versucht, ihm entsprechend zu antworten, tat es aber nicht.

Lord Ragnall aber sagte: »Mr. Quatermain hat mehr als gut geschossen. Seine Leistung am See-Gehölz war die beste, die ich jemals erlebt habe. Als Sie beide dort antraten, Sir Junius, waren Sie ihm um dreißig Fasanen voraus, und Sie haben an dem Stand siebzehn Patronen mehr verfeuert.«

Dann, gerade als wir uns umwandten, um wieder hineinzugehen, geschah etwas. Der rundäugige Charles kam keuchend auf den Schloßhof gelaufen, gefolgt von einem anderen Mann mit einem Hund, den man eigens darauf angesetzt hatte, die von mir erlegten Fasanen einzusammeln, und der in seiner Hand einen sehr zerzausten Fasanenhahn ohne Schwanz hielt.

»Ich habe ihn, Mylord«, keuchte Charles, atemlos vom Laufen; »den des kleinen Gents – ich meine den, welchen er mit dem letzten Schuß aus den Wolken geholt hat. Er ist direkt in den Uferschlamm gefallen und dort steckengeblieben. Tom und ich haben ihn mit einer Stange herausgefischt.«

Lord Ragnall nahm den Vogel in die Hände und betrachtete ihn prüfend. Er war fast kalt, doch offensichtlich erst kürzlich getötet worden, da seine Gliedmaßen absolut beweglich waren.

»Das senkt die Waagschale zugunsten von Mr. Quatermain«, sagte er, »also, Sir Junius, sollten Sie jetzt zahlen und ihm gratulieren, so wie ich es tue.«

»Ich protestiere«, rief van Koop, der jetzt sehr wütend aussah, und noch gemeiner als sonst. »Woher soll ich wissen, daß dies Mr. Quatermains Fasan ist? Die Summe, um die es geht, ist höher als fünf Pfund, und ich halte es für meine Pflicht, Einspruch zu erheben.«

»Weil meine Männer es sagen, Sir Junius; und da sie sahen, aus welcher Höhe dieser Fasan gefallen ist, muß ihre Behauptung wahr sein.«

Dann untersuchte er den Fasan genauer und wies darauf hin, daß er offenbar nur eine Wunde aufwies, einen Schuß durch den Hals, dicht hinter dem Schnabelansatz, von dem keine Austrittswunde zu finden war. »Was für eine Schrotkörnung haben Sie benutzt, Sir Junius?« fragte er.

»Nummer 4 auf dem letzten Stand.«

»Und Sie haben Nummer 3 benutzt, Mr. Quatermain. Eine Frage: hat sonst noch jemand Nummer 3 verschossen?«

Alle Anwesenden schüttelten den Kopf.

»Jenkins, schneiden Sie den Kopf des Vogels auf. Ich denke, daß die Schrotkugel, die ihn tötete, in seinem Gehirn steckt.«

Jenkins tat es unter Verwendung seines Taschenmessers. An den Schädelknochen gepreßt fand er die Schrotkugel.

»Ohne Zweifel Nummer 3«, sagte er.

»Sie werden zugeben, daß die Sache damit entschieden ist, Sir Junius«, sagte Lord Ragnall. »Und da die Wette hier abgeschlossen wurde, sollten Sie sie auch hier einlösen und bezahlen.«

»Ich habe nicht genügend Geld bei mir«, sagte van Koop mürrisch.

»Ich glaube, Ihr Bankier ist auch der meine«, sagte Lord Ragnall ruhig, »also können Sie hier im Haus einen Scheck ausstellen. Kommen Sie wieder herein, Gentleman, es ist kalt in dem Wind!«

Also gingen wir ins Rauchzimmer, und Lord Ragnall, der sichtlich verärgert war, holte sofort ein Scheckformular aus seinem Arbeitszimmer und reichte es van Koop mit einer sehr nachdrücklichen Geste.

Er nahm es, wandte sich mir zu und fragte: »Ich kann mich noch an die Summe erinnern, aber wie hoch sind die Zinsen? Es tut mir leid, Sie damit belästigen zu müssen, doch im Rechnen war ich noch nie besonders gut.«

»Dann müssen Sie sich während der vergangenen zwölf

Jahre sehr verändert haben, Sir Junius«, konnte ich mir nicht verkneifen festzustellen. »Aber lassen wir die Zinsen. Es reicht mir, wenn Sie mir die Schuldsumme zurückzahlen.«

Also stellte er den Scheck auf 250 Pfund aus und warf ihn vor mir auf den Tisch, wobei er etwas in der Richtung sagte, daß es immer ein Fehler sei, Geschäft mit Vergnügen zu verbinden.

Ich nahm den Scheck zur Hand, sah, daß er richtig ausgestellt war, wenn auch mit einer fast unleserlichen Schrift, und trocknete die Tinte, indem ich ihn in der Luft hin und her fächelte. Während ich das tat, beschloß ich, daß ich das Geld dieses erfolgreichen Halunken, das ich auf eine solche Art zurückgewonnen hatte, nicht anrühren würde.

Einem vielleicht törichten Impulse nachgebend, sagte ich: »Lord Ragnall, dieser Scheck ist für eine Schuld, die ich schon vor Jahren abgeschrieben habe. Während des Mittagessens sprachen Sie von einem Landhospital, für das Sie Kapitalspenden von den Gentleman dieser Grafschaft zu erhalten versuchen, und auf eine Frage von Sir Junius Fortescue feststellten, daß er noch keinen Beitrag zu diesem Fonds geleistet habe. Würden Sie mir deshalb erlauben, Ihnen Sir Junius' Spende zu übergeben – die auf seinen Namen eingetragen werden soll, wenn es Ihnen recht ist?« Damit reichte ich ihm den Scheck, der auf mich oder Überbringer ausgestellt worden war.

Er blickte auf den Betrag, und als er sah, daß es sich nicht um fünf Pfund, sondern 250 Pfund handelte, errötete er und fragte: »Was sagen Sie zu diesem Akt der Großzügigkeit von seiten Mr. Quatermains, Sir Junius?«

Er erhielt keine Antwort, da Sir Junius schon fort war. Ich habe ihn nie wiedergesehen, denn einige Jahre darauf ist dieser Mann in tiefer Schande gestorben. Seine Leidenschaft für betrügerische Spekulationen hatte ihn erneut überkommen, und er wurde bankrott unter Umständen, die ihn zwangen, das Land zu verlassen und nach Amerika auszuwandern, wo er bei einem Eisenbahnunglück umkam, als er ins Landesinnere reiste. Ich habe jedoch erfahren, daß er nie wieder eingeladen wurde, auf Ragnall zu jagen.

Der Scheck wurde dem Landhospital übergeben, jedoch nicht, wie ich es erbeten hatte, als Spende von Sir Junius Fortescue. Zwei Jahre später erfuhr ich, daß dieses Geld dafür verwendet worden war, dort einen kleinen Krankenraum für Kinder einzurichten, der das »Allan Quatermain-Zimmer« genannt wurde.

Diese lange Geschichte jener Dezember-Jagd habe ich Ihnen erzählt, weil sie zum Beginn einer langen und engen Freundschaft mit Ragnall wurde.

Als Lord Ragnall feststellte, daß van Koop gegangen war, ohne sich zu verabschieden, verlor er kein Wort darüber. Er nahm nur meine Hand und schüttelte sie.

Bleibt noch festzustellen, daß ich, abgesehen vom Element des Wettbewerbs, der sich hineingedrängt hatte, diesen Tag sehr genossen habe, doch als ich dazu kam, seine Kosten zusammenzurechnen, war ich froh, nicht zu weiteren Vergnügen dieser Art eingeladen worden zu sein. Hier ist die Aufstellung, aus einem alten Notizbuch abgeschrieben:

Patronen, einschließlich solcher, die nicht verschossen und Charles geschenkt wurden	*£ 4 0 0*
Jagdlizenz	*3 0 0*
Trinkgeld an Rotwams (Wildhüter)	*2 0 0*
Trinkgeld an Charles	*1 0 0*
Trinkgeld an Mann, der Charles half, den Fasan zu finden	*5 0*
Trinkgeld an Mann, der meine Fasanen einsammelte	*1 0 0*
insgesamt:	*£ 10 5 0*

Wahrlich, die Fasanenjagd in England ist – oder war – ein Sport nur für die Reichen!

3

Miß Holmes

Zweieinhalb Stunden vergingen, die ich zumeist liegend verbrachte, um mich auszuruhen und die Kopfschmerzen loszuwerden, die von dem ständigen, raschen Schießen hervorgerufen worden waren, oder von dem Heulen des Sturms, oder von beidem; und mit dem Einreiben meiner rechten Schulter mit Salbe, da sie von dem Rückstoß der Flinten schmerzte. Dann erschien Scroope, worum ich ihn gebeten hatte, da ich mich allein in den zahlreichen, langen Korridoren des großen, alten Schlosses nicht zurechtgefunden hätte, und gemeinsam gingen wir zu einem weiträumigen Salon hinab.

Es war ein wunderbar eingerichteter Raum, der nur bei besonderen Anlässen benutzt und von – meiner Schätzung nach – mindestens dreihundert Wachskerzen erhellt wurde, die ein sanftes Licht an die mit Holz verkleideten und mit Gemälden bedeckten Wände warfen, auf die kostbaren, antiken Möbel, und auf die juwelengeschmückten Damen, die dort versammelt waren. Nach meiner Ansicht wird es niemals irgendeine künstliche Beleuchtung geben, die der von Wachskerzen in ausreichender Menge gleichkommt. Es war eine große Gesellschaft, die sich hier zusammengefunden hatte; ich glaube, daß dreißig Menschen sich an jenem Abend zu Tische setzten, zu einem Essen, das gegeben wurde, um Lord Ragnalls zukünftige Frau den Menschen vorzustellen, über die zu gebieten ihr bestimmt war.

Miß Manners, die im Schmuck ihrer Juwelen und ihrer eleganten Kleidung sehr glücklich und anziehend wirkte, gesellte sich sofort zu uns und informierte Scroope, daß ›sie‹ gleich erscheinen würde, die Zofe in der Garderobe habe es ihr soeben gesagt.

»So?« antwortete Scroope gleichgültig. »Mir ist nur wichtig, daß du gekommen bist, alle anderen sind mir egal.«

Dann sagte er ihr, daß sie wunderbar aussähe und blickte sie so liebevoll an, daß ich mich veranlaßt sah, einen oder zwei Schritte zurückzutreten, um interessiert ein Gemälde zu betrachten, auf dem Judith damit beschäftigt war, Holofernes den Kopf abzuschneiden.

Kurz darauf wurde eine breite Doppeltür am Ende der Halle aufgestoßen, und der untadelig gekleidete Savage, der als eine Art Zeremonienmeister fungierte, verkündete in wohlgesetzten, doch sehr vernehmlichen Worten: »Lady Longden und the Honourable Miß Holmes.« Ich starrte zur Tür, wie alle anderen auch, doch für eine Weile füllte Ihre Ladyschaft sie aus, eine füllige und, für meinen Geschmack, grundhäßliche Frau, in schwarzen Satin gekleidet – sie war Witwe – und mit sehr großen Brillanten behängt. Ihr Haar war weiß, sie hatte eine Hakennase und dunkle durchdringende Augen – und sie war stark erkältet. Das war alles, was festzustellen ich Zeit hatte, denn plötzlich kam ihre Tochter in mein Blickfeld.

Wahrlich, sie war ein schönes Mädchen, oder, richtiger, junge Frau, denn sie mußte zwei- oder dreiundzwanzig Jahre alt sein. Nicht sehr groß, doch von perfekten, weiblichen Proportionen, und ihre Bewegungen waren so graziös wie die einer Hindin. Sie ähnelte überhaupt einer Hindin, besonders durch die Feinheit ihrer Gesichtszüge und ihrer großen, feuchten Augen. Sie war eine dunkle Schönheit, mit üppigem, braunem, welligem Haar, einem klaren, olivfarbenem Teint, einem perfekt geformten Mund und sehr roten Lippen. Für mein Empfinden sah sie mehr italienisch oder spanisch als angelsächsisch aus, und ich glaube, daß sie von der Seite ihres Vaters her etwas südländisches Blut in den Adern hatte. Sie trug ein rosarotes Kleid, und ihr einziger Schmuck waren eine Perlenkette und eine Kamelie. Ich konnte nur einen Makel an ihrer vollendeten Erscheinung entdecken, und das war ein seltsames, weißes Mal über ihrem Busen, dessen Form genau der einer Mondsichel entsprach.

Das Gesicht beeindruckte mich jedoch mit mehr als nur

seiner äußeren Schönheit. Es war klar, intelligent, sympathisch und, in diesem Moment, glücklich. Doch sah ich mehr darin; ich sah – etwas Geheimnisvolles. Ihre Mutter sagte etwas zu ihr, wahrscheinlich über ihr Kleid, worauf ihr Lächeln für einen Moment erlosch, und da, aus dem tiefsten Innern heraus, erschien dieser Schatten eines angeborenen Geheimnisses. Eine Sekunde später war er verschwunden, und sie lachte wieder; doch ich, der daran gewöhnt war, zu beobachten, hatte ihn bemerkt, vielleicht als einziger aller Anwesenden. Außerdem erinnerte er mich an irgend etwas.

Was war es? Ah! Jetzt wußte ich es. An einen Ausdruck, den ich einst auf dem Gesicht einer gewissen Zulufrau namens Mameena gesehen hatte, besonders im Augenblick ihres wundersamen und tragischen Todes. Der Gedanke ließ mich erschauern; ich kann nicht sagen, warum, denn gewiß, überlegte ich, hatte dieses vornehme und vom Glück begünstigte englische Mädchen nicht das geringste mit jenem schicksalsgetriebenen Kind des Sturms gemeinsam, dessen dunkler und erhabener Geist in der Frau namens Mameena wohnte. Sie waren so weit voneinander getrennt wie Zululand von Essex. Dennoch war ich sicher, das beide in Verbindung mit verborgenen Dingen standen.

Lord Ragnall, der in seinem Abendanzug mehr denn je wie ein herrlicher van Dyck aussah, trat vor, um seine Verlobte und deren Mutter mit einer höflichen Verneigung zu begrüßen, und ich wandte mich wieder ab, um meine Betrachtung der kraftstrotzenden Judith und des sehr häßlichen Kopfes von Holofernes fortzusetzen. Plötzlich hörte ich eine sanfte Stimme – eine sehr schöne und erregende Stimme – hinter mir fragen: »Welches ist er? Oh! Du brauchst nicht zu antworten, Lieber. Ich erkenne ihn von deiner Beschreibung.«

»Ja«, antwortete Lord Ragnall Miß Holmes – denn sie war es – »du hast recht. Ich werde dich gleich mit ihm bekannt machen. Aber, Geliebte, wer soll dich zu Tische führen? Mir ist es leider unmöglich – deine Mutter, weißt du; und da heute niemand mit einem Adelstitel anwesend ist, darfst du wählen. Möchtest du den alten Dr. Jeffreys, den Geistlichen?«

»Nein«, antwortete sie mit ruhiger Entschiedenheit, »den kenne ich, er war schon einmal mein Tischherr. Ich wünsche mir Mr. Quatermain. Er ist interessant, und ich möchte von ihm über Afrika hören.«

»Gut«, antwortete er, »und er ist wirklich interessanter als alle anderen zusammen. Aber, Luna, warum denkst und sprichst du ständig von Afrika? Man könnte glauben, daß du dort leben wolltest.«

»Das könnte eines Tages durchaus der Fall sein«, antwortete sie träumerisch. »Wer weiß schon, wo man einst lebte und wo man leben wird!« Und wieder sah ich den geheimnisvollen Ausdruck auf ihr Gesicht treten.

Ich hörte nicht mehr von dieser Konversation, von der jemand, dessen Ohren nicht durch lebenslanges Lauschen in nächtlicher Stille geschärft waren, überhaupt nichts vernommen hätte. Um ehrlich zu sein, ich verdrückte mich und ging zum anderen Ende des großen Raums, in der Hoffnung, so den gutgemeinten Absichten Miß Holmes' entgehen zu können. Ich mag nun einmal nicht auf ein Podest gehoben werden, und ich fühlte, daß es nicht passend war, wenn unter all den anwesenden Lokalgrößen ausgerechnet ich auserwählt sein sollte, die zukünftige Dame des Hauses bei einer solchen Gelegenheit zu Tische zu führen. Doch es war vergebens, denn wenig später hatte Lord Ragnall mich aufgespürt und trat gemeinsam mit der jungen Lady auf mich zu.

»Ich möchte Sie mit Miß Holmes bekannt machen, Quatermain«, sagte er. »Sie möchte gerne von Ihnen zu Tische geführt werden, wenn Sie so gütig sein würden. Sie interessiert sich sehr für ... für ...«

»Afrika«, sagte ich.

»Für Mr. Quatermain, der, wie ich gehört habe, einer der größten Jäger von Afrika ist«, korrigierte sie mich mit einem strahlenden Lächeln.

Ich verneigte mich, da ich nicht wußte, was ich sagen sollte. Lord Ragnall verschwand lachend, und ließ uns zurück. Das Abendessen wurde angesagt. Kurz darauf bewegten wir uns inmitten einer langen, glänzenden Prozession durch die Haupthalle des Schlosses zum Bankettsaal, einem prachtvollen Raum mit einer Decke wie die einer Kirche, der, wie gesagt wurde, bereits zu Zeiten der Plantagenets erbaut worden war. Hier führte Mr. Savage, der offensichtlich nach der künftigen Herrin Ausschau gehalten hatte, uns zu unseren Plätzen, die sich zur Linken von Lord Ragnalls Platz befanden, welcher am Kopfende der breiten Tafel saß, mit Lady Longden zu seiner Rechten. Dann sprach der alte Geistliche, Dr. Jeffreys, ein aufgeblasener und etwas schmuddeliger Kirchenmann, das Tischgebet und bat den Himmel, uns wahrlich dankbar für das Mahl zu machen, das wir jetzt verzehren würden.

Und es war wahrlich sehr viel an Essen und Trinken, wofür man dankbar sein konnte, doch von all dem ist nur wenig in meiner Erinnerung verblieben, außer dem Anblick von silbernen Platten und Schüsseln, Champagner, Pracht, und dem ständigen Servieren von Speisen, die ich nicht essen wollte. Woran ich mich gut erinnere, ist Miß Holmes, und nichts anderes als Miß Holmes, an den Charme ihrer Konversation, das Strahlen ihrer wunderschönen Augen, den Duft ihres Haars, an ihr sehr schmeichelhaftes Interesse an meiner unwürdigen Person. Um die Wahrheit zu sagen, wir liefen aufeinander zu ›wie Feuer im Wintergras‹, wie die Zulus sagen, und als das Essen beendet war, brannte das Gras noch immer.

Ich glaube nicht, daß es Lord Ragnall besonders erfreute, doch glücklicherweise war Lady Longden eine sehr gesprächige Frau. Anfangs erging sie sich über ihre Erkältung, nieste in regelmäßigen Abständen und mußte nach den Entrées nach einem frischen Taschentuch schicken. Dann wechselte sie zu geschäftlichen Dingen über, und seinem gelangweilten Gesicht nach zu urteilen suchte sie seinen Rat für irgendwelche Streitfälle. Dreimal hörte ich, wie er ihr riet, sich an einen Anwalt zu wenden, doch es nützte nichts.

Schließlich, als er glaubte, ihr endlich entkommen zu sein, begann sie einen recht heftigen Disput mit Dr. Jeffreys über Kirchenfragen – ich begriff, das sie zur ›niederen‹ Kirche gehörte, er zur Hochkirche – und verlangte von seiner Lordschaft, dabei als Schiedsrichter zu fungieren.

»Bitte versuch dich zu konzentrieren, George«, hörte ich sie ihn zurechtweisen. »Die Gedanken abschweifen zu lassen, wenn hochgeistliche Fragen zur Diskussion stehen, (Niesen) zeugt nicht gerade von Ehrfurcht. Würdest du dem Mann sagen, daß er die Tür schließen soll? Diese Zugluft ist gräßlich. Es ist unmöglich, uns beiden recht zu geben, was du eben behauptet hast, da metaphorisch Dr. Jeffreys auf dem einen Pol steht und ich auf dem anderen.« (Niesen)

»Dann wünschte ich, am Wendekreis des Krebses zu sein«, hörte ich ihn mit einem Stöhnen murmeln.

Vergebens; während der nächsten Dreiviertelstunde mußte er seine Aufmerksamkeit auf dieses Thema konzentrieren. Da Miß Manners auf meiner anderen Seite saß und Scroope, unbehindert von der Gegenwart einer zukünftigen Schwiegermutter, zu ihrer Linken, waren Miß Holmes und ich praktisch allein.

Sie sagte: »Ich habe gehört, daß Sie Sir Junius Fortescue heute im Schießen geschlagen und viel Geld von ihm gewonnen haben, das Sie dem Landhospital übergaben. Ich mag das Schießen nicht, und auch nicht das Wetten, und ich finde es seltsam, weil Sie nicht aussehen wie ein Mann, der wettet. Doch ich verachte Sir Junius Fortescue, und das ist etwas, das uns beide verbindet.«

»Ich habe niemals gesagt, daß ich ihn verachte.«

»Nein, aber ich bin sicher, daß Sie es tun. Ihr Gesicht hat sich verändert, als ich seinen Namen nannte.«

»Sie haben recht. Aber, Miß Holmes, mir liegt daran, Ihnen klarzumachen, daß Sie auch recht hatten, als Sie sagten, ich sähe nicht aus wie ein Mann, der wettet.« Und ich erzählte ihr einiges über die Geschichte von van Koop und den 250 Pfund.

»Ah!« sagte sie, als ich fertig war. »Ich habe immer gespürt, daß er ein Ekel ist. Und nur weil er vorgab, der niederen Kirche anzugehören, wollte meine Mutter mich ... – aber das ist ein Geheimnis.«

Dann gratulierte ich ihr zu der bevorstehenden Hochzeit und sagte, wie schön es sei, hin und wieder zu sehen, daß alles wie in einem wirklichen, glücklichen Märchen sei; Schönheit, männliche und weibliche, vereint durch Liebe, hohen Rang, Reichtum, zahllose Freunde, körperliche Gesundheit, ein wunderbares und uraltes Heim in einem friedlichen Lande, wo es keinerlei Gefahren gäbe – zumindest nicht jetzt – Achtung und Liebe einer Vielzahl von Bediensteten, die Aussicht auf eine befriedigende und nützliche Karriere der Art, die den meisten Menschen verschlossen ist, kurz gesagt alles, was Menschen, die nicht königlichen Geblütes sind, sich wünschen oder verdienen mögen. Ehrlich gesagt, nach meinem zweiten Glas Champagner wurde ich über diesen und verwandte Punkte recht redselig, dazu bewegt durch Erinnerungen an das Elend, das in der Welt ist, und das in einem solchen Kontrast zu dem Lose dieses wunderbaren und glänzenden Paares stand.

Sie hörte mir aufmerksam zu und antwortete dann: »Ich danke Ihnen für Ihre freundlichen Gedanken und Wünsche. Aber finden Sie nicht, daß ein böses Omen in solcher Rede liegt, Mr. Quatermain? Ich glaube, daß dem so ist; daß Ihnen, als Sie zu sprechen aufhörten, einfiel, daß die Zukunft letzten Endes uns allen so verborgen ist – wie das Gemälde, das hinter seinem rosenfarbenen Vorhang in Lord Ragnalls Arbeitszimmer hängt, vor Ihnen.«

»Woher wissen Sie das?« fragte ich leise und mit einiger Schärfe. Denn durch einen höchst seltsamen Zufall war, als ich meine etwas altmodische, kleine Eloge zu Ende brachte, eben diese Überlegung in meinem Gehirn aufgetaucht, und mit ihr die Erinnerung an das verhängte Gemälde, auf das Mr. Savage mich am Morgen des Vortages hingewiesen hatte.

»Das kann ich nicht sagen, Mr. Quatermain, aber ich weiß es. Sie haben eben an dieses Bild gedacht, nicht wahr?«

»Und wenn ich daran gedacht habe«, sagte ich in Vermeidung einer klaren Antwort, »was bedeutet das schon? Obwohl es vor allen anderen verborgen ist, braucht er doch nur den Vorhang beiseite zu ziehen und sieht – Sie.«

»Angenommen, er würde eines Tages den Vorhang beiseite ziehen und nichts sehen, Mr. Quatermain?«

»Dann ist das Bild eben gestohlen worden, das ist alles, und er muß danach suchen, bis er es wiederfindet, was ihm zweifellos früher oder später gelingen wird.«

»Ja, früher oder später. Aber wo? Vielleicht haben auch Sie im Laufe Ihres Lebens ein Bild oder zwei verloren, Mr. Quatermain, und sind deshalb besser geeignet, diese Frage zu beantworten als ich.«

Eine Weile herrschte Schweigen, denn dieses Gespräch über verlorene Bilder weckte Erinnerungen, die mir die Kehle zuschnürten.

Dann begann sie wieder zu sprechen, leise, rasch und mit unerwarteter Leidenschaftlichkeit, wobei sie jedoch bewundernswürdig Haltung bewahrte. Da sie wußte, daß alle Augen auf sie gerichtet waren, waren ihre Gesten und der Ausdruck ihres Gesichtes die einer jungen, eleganten Lady, die über alltägliche Dinge spricht, wie Tanzen, oder Blumen, oder Juwelen. Sie lächelte oder lachte sogar gelegentlich. Sie spielte mit dem goldenen Salzstreuer, der vor ihr stand, und als sie etwas Salz verschüttete, warf sie es über ihre linke Schulter und schien mich zu fragen, ob ich auch ein Opfer dieses alten Aberglaubens sei, und so weiter.

Doch während der ganzen Zeit sprach sie ernsthaft über ernste Dinge, wie ich sie ihr nie zugetraut hätte. Dies ist im wesentlichen das, was sie sagte, denn ich kann nicht mehr alles wortwörtlich wiedergeben; nach so vielen Jahren ist die Erinnerung daran verblaßt.

»Ich bin nicht wie andere Frauen. Irgend etwas bewegt mich, Ihnen das zu sagen, etwas sehr Reales und Mächtiges, das mich dazu drängt, wie es ein kräftiger Mann tun mag. Das ist seltsam, weil ich noch nie zu einem anderen Menschen darüber gesprochen habe, nicht mit meiner Mutter, zum Beispiel, auch nicht mit Lord Ragnall. Keiner der beiden würde es verstehen, obgleich sie es auf verschiedene Art mißverstehen würden. Meine Mutter würde glauben, daß ich einen Arzt aufsuchen sollte! Er ...« – sie deutete mit einem Kopfnicken auf Lord Ragnall – »würde annehmen, daß meine Verlobung mich verwirrt hat, oder daß ich religiöser sei, als es für mein Alter normal ist, und zuviel über ... nun, über das Ende aller Dinge nachgegrübelt hätte. Von Kindheit an habe ich begriffen, daß ich ein Geheimnis bin, das in die Mitte vieler weiterer Geheimnisse gefügt ist. Diese Erkenntnis kam mir plötzlich eines Nachts, als ich etwa neun Jahre alt war. Ich schien die Vergangenheit und die Zukunft zu sehen, obwohl ich nichts von ihnen begriff. Eine so lange, lange Vergangenheit, und eine so endlose Zukunft. Ich weiß nicht, was ich damals sah und manchmal noch heute sehe. Es kommt wie ein Aufblitzen, und genauso schnell ist es verschwunden. Mein Geist kann es nicht festhalten. Es ist zu groß für meinen Verstand; genausogut könnte ich versuchen, Dr. Jeffreys in dieses Weinglas zu stecken. Nur zwei Tatsachen sind fest in mein Herz geschrieben. Die erste ist, daß mir großes Leid bevorsteht, seltsames und ungewöhnliches Leid; und die zweite, daß ich, oder ein Teil von mir, immer und ständig etwas mit Afrika zu tun haben werde, einem Kontinent, über den ich nichts weiß, außer dem, was ich aus einigen ziemlich langweiligen Büchern erfahren habe. Und außerdem – dies ist ein neuer Gedanke –, daß ich sehr viel mit *Ihnen* zu tun haben werde. Das ist es, warum ich so an Afrika und an Ihnen interessiert bin. Erzählen Sie mir von Afrika und von sich, solange wir Gelegenheit dazu haben.« Sie kam ziemlich plötzlich zum Ende und setzte mit lauterer Stimme hinzu: »Sie haben Ihr ganzes Leben dort verbracht, nicht wahr, Mr. Quatermain?«

»Ich glaube, daß Ihre Mutter recht hat – wegen des Arztbesuches, meine ich.«

»Das *sagen* Sie, aber Sie *glauben* es nicht. Oh! Sie sind sehr leicht zu durchschauen, Mr. Quatermain – zumindest für mich.«

Also begann ich sehr eilig – denn diese Themen wurden mir ungemütlich, in gewissem Sinn sogar gefährlich – über das erstbeste zu sprechen, das mir über Afrika einfiel, nämlich die Geschichte von der Heiligen Blume, die von einem riesigen Affen bewacht wurde, und von der ich durch einen Weißen erfahren hatte, der unter dem Namen »Bruder John« bekannt war. Außerdem sagte ich ihr, daß an dieser Geschichte etwas dran sei, da ich ein gepreßtes Exemplar dieser Blume mitgebracht habe.

»Oh! Zeigen Sie es mir«, sagte sie begierig.

Ich erwiderte, daß ich das nicht tun könne, da es in einem Safe in London deponiert sei, wohin ich tags darauf zurückkehren würde. Ich versprach jedoch, ihr ein Aquarell in Originalgröße zuzusenden, das ich hatte anfertigen lassen. Sie fragte mich, ob ich zurückgehen würde, um diese Blume zu suchen, und ich antwortete, daß ich es hoffe, wenn ich die dazu notwendigen Arrangements treffen könne. Dann fragte sie, ob es noch weitere Projekte gäbe, die ich in Afrika vorhabe. Ich antwortete ihr, es gäbe deren mehrere. Zum Beispiel habe ich von Bruder John und indirekt aus zwei oder drei anderen Quellen von der Existenz eines bestimmten Stammes in Ost-Zentralafrika gehört – Araber oder Halbaraber – die angeblich ein Kind anbeteten, das immer Kind bliebe. Ich nähme an, daß dieses angebliche Kind ein Zwerg sei, sagte ich, doch da ich immer an religiösen Bräuchen der Eingeborenen interessiert bin, deren Spielarten unendlich vielfältig sind, würde ich gerne die Wahrheit über diese Angelegenheit herausfinden.

»Da Sie von Arabern sprechen«, unterbrach sie mich, »möchte ich Ihnen eine seltsame Geschichte erzählen. Als ich ein Kind von acht oder neun Jahren war – es war kurz vor jener ›Erweckung‹, von der ich Ihnen erzählte – spielte ich unter der Obhut meines Kindermädchens in den Kensington Gardens, denn wir lebten zu jener Zeit in London. Sie unterhielt sich mit einem jungen Mann, von dem sie behauptete, daß er ihr Cousin sei, und befahl mir, mit meinem Reifen zu spielen und sie nicht zu belästigen. Ich trieb meinen Reifen über das Gras auf ein paar Ulmen zu. Hinter einem dieser Bäume traten plötzlich zwei hochgewachsene Männer hervor, mit langen weißen Gewändern und Turbanen bekleidet, die mir wie Gestalten der Bibel in einem Bilderbuch vorkamen. Einer von ihnen war ein älterer Mann mit glühenden schwarzen Augen, einer Hakennase und einem langen grauen Bart. Der andere war erheblich jünger, doch an ihn kann ich mich nicht so gut erinnern. Sie waren von brauner Hautfarbe, sahen ansonsten jedoch fast wie Europäer aus; auf keinen Fall wie Neger. Mein Reifen rollte dem älteren Mann an die Beine, und ich blieb reglos stehen, da ich nicht wußte, was ich sagen sollte. Er bückte sich höflich und hob den Reifen auf, machte jedoch keine Anstalten, ihn mir zurückzugeben. Sie sprachen erregt miteinander, und einer von ihnen deutete auf mein mondsichelförmiges Muttermal, das Sie hier unter meinem Hals sehen, denn es war heiß an jenem Tag, und ich trug eine weit ausgeschnittene Bluse. Es war wegen dieses Muttermals, weshalb mir mein Vater den Namen ›Luna‹ gab. Der ältere der beiden sagte in gebrochenem Englisch: ›Wie dein Name, hübsches Mädchen?‹

Ich sagte ihm, daß ich Luna Holmes hieße. Da zog er eine Schachtel aus duftendem Holz aus seinem Gewand, öffnete sie und nahm eine Süßigkeit heraus, die aussah, als ob sie gefroren wäre; er reichte sie mir, und da ich damals auf Süßes geradezu versessen war, steckte ich sie sofort in den Mund. Als nächstes rollte er den Reifen über das Gras im Schatten der Bäume – es war Abend und begann bereits zu dunkeln – wobei er sagte: ›Lauf Mädchen, fang ihn!‹

Ich begann zu laufen, doch irgend etwas im Geschmack der Süßigkeit veranlaßte mich, sie auszuspucken. Dann wurde alles nebelig, und das nächste, was mir bewußt wurde, war, daß der junge Orientale mich auf den Armen hielt, während das Kindermädchen und ihr ›Cousin‹, ein kräftiger Mann, der wie ein Soldat wirkte, vor uns standen.

›Kleines Mädchen schlecht geworden‹, sagte der ältere Araber. ›Wir suchen Polizisten.‹

›Sie lassen sofort das Kind los‹, erwiderte der ›Cousin‹ und ballte die Fäuste. Dann wurde ich wieder ohnmächtig, und als ich zu mir kam, waren die beiden weißgekleideten Männer fort. Während des ganzen Heimwegs schimpfte mein Kindermädchen mit mir, weil ich von Fremden Süßigkeiten angenommen hatte, und sagte, wenn meine Eltern davon erführen, würden sie mich züchtigen und sofort zu Bett schicken. Natürlich flehte ich sie an, ihnen nichts zu sagen, und schließlich gab sie meinen Bitten nach. Wissen Sie, ich glaube, daß Sie, Mr. Quatermain, der erste Mensch sind, dem ich von dieser Episode erzähle, über die das Kindermädchen bestimmt kein Wort verloren hat, obwohl danach, wenn immer wir in den Kensington Gardens spazieren gingen, stets ihr ›Cousin‹ dabei war, um uns zu beschützen. Sie hat ihn später geheiratet, glaube ich.«

»Glauben Sie, daß die Süßigkeit eine Droge enthielt?« fragte ich.

Sie nickte. »Es war etwas sehr Seltsames daran. Es war in der folgenden oder der übernächsten Nacht, nachdem ich sie teilweise gegessen hatte, daß ich das erlebte, was ich heute meine Erweckung nenne, und begann, an Afrika zu denken.«

»Haben Sie diese Männer jemals wiedergesehen, Miß Holmes?«

»Nein. Nie wieder.«

In diesem Augenblick hörte ich Lady Longden mit strenger Stimme sagen: »Meine liebe Luna, es tut mir leid, deine angeregte Konversation stören zu müssen, aber wir alle warten auf dich.«

Und so war es auch, denn zu meinem Entsetzen sah ich, daß alle Gäste sich bereits erhoben hatten, alle außer uns.

Miß Holmes machte sich eilig davon, während Scroope mir ins Ohr flüsterte: »Ich muß schon sagen, Allan, wenn du dich weiter so offensichtlich um diese junge Lady bemühst, wird seine Lordschaft bestimmt eifersüchtig werden.«

»Sei nicht albern«, sagte ich scharf. Doch es lag ein Körnchen Wahrheit in seiner Bemerkung, denn als Lord Ragnall auf seinem Wege zur anderen Seite der Tafel an mir vorbeiging, sagte er mit leiser Stimme und einem etwas gezwungenen Lächeln: »Nun, Quatermain, ich hoffe, daß Ihr Dinner nicht so langweilig war wie das meine, wenn auch Ihr Appetit zu wünschen übrig ließ.«

Das erinnerte mich daran, daß ich außer dem ersten Entrée keinen Bissen gegessen hatte. So verstört ich war, daß ich alle Versuche Scroopes, mich in ein Gespräch zu verwikkeln, ignorierte und schweigend Portwein trank und meinen Magen mit Datteln füllte, bis wir wenig später in den Salon zurückgingen, wo ich mich so weit entfernt wie nur möglich von Miß Holmes setzte und ein Buch mit Bildern von Jerusalem studierte.

Während ich so beschäftigt war, trat Lord Ragnall, der mich ob meines Alleinseins zu bedauern schien – oder vielleicht von Miß Holmes dazu aufgefordert –, zu mir und begann mit mir über die Großwildjagd in Afrika zu sprechen. Außerdem fragte er mich, was meine feste Adresse dort sei. Ich sagte ihm, daß ich in Durban zu erreichen sei und fragte meinerseits, warum er das wissen wolle.

»Weil Miß Holmes geradezu verrückt nach Afrika zu sein scheint und ich fürchte, eines Tages von ihr dorthin verschleppt zu werden«, antwortete er ziemlich düster.

Es waren prophetische Worte.

In diesem Moment wurde unser Gespräch von Lady Longden unterbrochen, die kam, um ihrem zukünftigen Schwiegersohn gute Nacht zu wünschen. Sie sagte, sie müsse zu Bett gehen und ihre Füße in Wasser und Senf baden, da ihre Erkältung so schlimm sei, was in mir die Frage erweckte, ob sie diese Kur im Bett durchzuführen gedächte. Ich empfahl ihr, Chinin zu nehmen, ein Rat, den sie ohne jeden Zusammenhang mit der eisigen Bemerkung quittierte, daß sie vermute, ich würde in Afrika die ganze Nacht über aufbleiben. Ich erwiderte, daß ich das recht häufig täte und darauf wartete, daß die Sonne des nächsten Tages aufginge, denn dieses Mitglied der britischen Aristokratie irritierte mich.

So schieden wir voneinander, und ich sollte sie niemals wiedersehen. Sie ist vor vielen Jahren gestorben, und ich nehme an, daß sie jetzt im Reiche der Schatten ihre ehemaligen Bekannten langweilt, denn ich kann mir nicht vorstellen, daß sie jemals einen Freund hatte. In dieser Zeit wird viel vom Einfluß der Vererbung gesprochen, doch glaube ich nicht recht daran. Wer, zum Beispiel, hätte sich vorstellen können, daß zwei in jeder Weise so verschiedene Menschen wie Lady Longden und Miß Holmes Mutter und Tochter waren? Unseren Körper ererben wir zweifellos von unseren Vorfahren, nicht aber unsere Individualität. Die kommt aus weiter Ferne auf uns.

Viele der Gäste brachen zu der Zeit ebenfalls auf, da sie einen langen Heimweg durch die eisige Nacht vor sich hatten, obwohl es erst wenige Minuten nach zehn Uhr war. Denn wie es zu jener Zeit selbst in vornehmen Häusern noch der Brauch war, hatten wir bereits um sieben diniert.

4

Harût und Marût

Nachdem Lord Ragnall seine Gäste höflich zur Tür geleitet hatte, kehrte er zurück und fragte mich, ob ich Karten spielen oder lieber Musik hören wolle. Ich versicherte ihm gerade, daß mir schon der Anblick von Spielkarten verhaßt sei, als Mr. Savage auf seine lautlose Art erschien und seine Lordschaft respektvoll fragte, ob unter den im Hause noch weilenden Gentlemen einer sei, dessen Vorname *Herkomm-a-zany* laute. Lord Ragnall blickte ihn prüfend an, als ob er ihn verdächtige, betrunken zu sein und fragte ihn dann, was er damit meine, eine so lächerliche Frage zu stellen.

»Ich meine, Mylord«, antwortete Mr. Savage mit einem Anflug von Gekränktsein, »daß zwei ausländische Individuen in weißer Kleidung angekommen sind und darauf bestehen, sofort mit einem Mr. *Her-komm-a-zany* zu sprechen, der im Schloß weile. Ich habe ihnen gesagt, sie sollten verschwinden, da der Butler mir sagte, er könne sich keinen Reim auf ihre Worte machen, doch sie setzten sich einfach in den Schnee und erklärten, auf *Her-komm-a-zany* warten zu wollen.«

»Dann bringen Sie sie wohl besser in den alten Wachraum, geben ihnen zu essen, schließen sie ein und schikken einen der Stalljungen nach dem Polizisten. Ich vermute, daß sie es auf die Fasane abgesehen haben.«

»Einen Moment«, sagte ich, da mir etwas eingefallen war. »Sie könnten nach mir gefragt haben, obwohl ich mir nicht vorstellen kann, wer sie mir geschickt haben mag. Mein Eingeborenenname ist Macumazahn, den Mr. Savage möglicherweise nicht richtig verstanden hat. Soll ich hinausgehen und mit diesen Männern sprechen?«

»Das würde ich Ihnen bei dieser Kälte nicht anraten, Quatermain«, sagte Lord Ragnall. »Haben sie gesagt, was sie wollen, Savage?«

»Ich vermute, daß sie Zauberer sind, Mylord. Zumindest sagte einer von ihnen, als ich ihnen befahl, zu verschwinden; ›Sie verschwinden als erster, Gentleman.‹ Dann, Mylord, hörte ich ein zischendes Geräusch aus meiner Jackentasche, und als ich mit der Hand hineinfuhr, fand ich dort eine Schlange vor, die auf den Boden fiel und verschwand. Das hat mich völlig paralysiert, Mylord, und während ich so stand und mich fragte, ob ich gebissen worden sei, sprang eine Maus aus dem Haar des Küchenmädchens. Sie hatte über die Kleidung der beiden gelacht, Mylord, doch jetzt schreit sie vor Hysterie.«

Die ernste Miene, mit der Mr. Savage diese unheiligen Wunder schilderte, führte dazu, daß wir, wie das Küchenmädchen, in lautes Gelächter ausbrachen. Von unserem Lachen angelockt, erschienen Miß Holmes und Miß Manners, die sich miteinander unterhalten hatten, und einige der anderen Gäste, die fragten, was geschehen sei.

»Savage hat uns erklärt, daß sich zwei Zauberer im Küchenbereich befänden, die Schlangen aus seiner Tasche und Mäuse aus dem Haar eines der Küchenmädchen erscheinen ließen, und die Mr. Quatermain sprechen wollen«, antwortete Lord Ragnall.

»Zauberer! Oh, hol sie herein, George!« rief Miß Holmes, und Miß Manners und die anderen, die der höflichen Konversation müde wurden, unterstützten ihre Bitte.

»Meinetwegen«, antwortete er, »obwohl wir hier genügend Mäuse haben und sie nicht noch mehr herbringen müssen. Savage, gehen Sie und sagen Sie Ihren Freunden, daß Mr. *Her-komm-a-zany* im Salon auf sie wartet, und daß wir anderen gerne einige ihrer Kunststücke sehen würden.«

Savage verneigte sich und ging hinaus, wie ein Held zu seiner Hinrichtung, denn an seiner blassen Gesichtsfarbe war zu erkennen, daß er große Furcht hatte. Als er fort war, machten wir uns an die Arbeit und räumten einen Platz in der Mitte des Raumes frei, vor dem wir dann Stühle aufstellten, auf denen die Zuschauer sitzen konnten.

»Zweifellos sind es indische Gaukler«, sagte Lord Ragnall, »und die brauchen Platz, um ihren Mangobaum aus dem Boden wachsen zu lassen, wie ich sie es habe in Kaschmir tun sehen.«

Während er sprach, wurde die Tür geöffnet und Mr. Savage erschien; dieser ging erheblich schneller, als es sonst seine Gewohnheit war. Außerdem bemerkte ich, daß er die Taschen seines Schwalbenschwanz-Rockes mit den Händen fest zudrückte.

»Mr. Ho-rat und Mr. Mo-rat«, verkündete er.

»Ho-rat und Mo-rat«, wiederholte Lord Ragnall.

»Harût und Marût, vermute ich«, sagte ich. »Ich glaube, irgendwo gelesen zu haben, daß sie großartige Magier waren, deren Namen diese beiden anscheinend angenommen haben.« (Später habe ich entdeckt, daß sie im Koran erwähnt wurden, als Meister der Schwarzen Kunst.)

Kurz darauf traten zwei Männer herein. Der erste war ein hochgewachsener, orientalisch wirkender Mensch mit einem ernsten Gesicht, weißem Bart, Hakennase und glühenden, habichtartigen Augen. Der zweite war kleiner und ziemlich füllig, und wesentlich jünger. Er hatte ein freundliches, lächelndes Gesicht, kleine Knopfaugen und war glatt rasiert. Ihre Hautfarbe war auffallend hell; in der Tat habe ich schon etliche Italiener gesehen, die erheblich dunkler waren; und um ihre Erscheinung war eine gewisse Aura von Macht.

Sofort fiel mir die Geschichte ein, die Miß Holmes mir während des Essens erzählt hatte, und als ich unauffällig zu ihr hinüberblickte, sah ich, daß sie blaß geworden war und ein wenig zitterte. Ich glaube jedoch nicht, daß jemand von den anderen dies bemerkte, da sie alle die beiden Fremden anstarrten. Außerdem bekam sie sich sofort wieder in die Gewalt, suchte meinen Blick und legte einen Finger an die Lippen, eine Geste, die mir zu schweigen gebot.

Die Männer waren in dicke, pelzgefütterte Mäntel gekleidet, die sie jetzt auszogen, ordentlich zusammenfalteten und auf den Boden legten, und dann standen sie dort in Gewändern von schimmerndem Weiß, und mit großen weißen Turbanen.

Somalische Araber hohen Ranges, erkannte ich und sah, daß sie jeden von uns mit ihren wachen Augen musterten, während sie ihre Kleidung ordneten. Der eine schloß die Tür, obwohl Savage sich noch im Raum befand, so als ob sie seine Anwesenheit wünschten. Dann traten sie auf uns zu, jeder von ihnen mit einem geschmückten Korb, die offensichtlich aus gespaltenem Rohr geflochten waren und wahrscheinlich ihre Zauberrequisiten enthielten, sicher auch die Schlange, die Savage in seiner Tasche gefunden hatte. Zu meiner Überraschung traten sie aber direkt auf mich zu, stellten ihre Körbe ab, hoben beide Hände über den Kopf, wie Menschen, die einen Kopfsprung ins Wasser machen wollen, und verneigten sich so tief, daß ihre Fingerspitzen den Boden berührten. Dann sprachen sie, jedoch nicht auf arabisch, wie ich es erwartet hatte, sondern auf Bantu, das ich natürlich fließend beherrsche.

»Ich, Harût, Oberster Priester und Magier des Volkes der Weißen Kendah, grüße dich, o Macumazahn«, sagte der ältere der beiden.

»Ich, Marût, Priester und Magier des Volkes der Weißen Kendah grüße dich, o Wächter-bei-Nacht, den zu finden wir so weit gereist sind«, sagte der jüngere.

Und dann gemeinsam: »Wir beide grüßen dich, o Lord, der klein scheint, doch groß ist, o Häuptling mit einer schweren Vergangenheit und mit einer machtvollen Zukunft. O Geliebter Mameenas, die ›hingegangen‹ ist, doch von dort unten noch immer zu uns spricht, Mameena, die bei uns war und bei uns ist.«

Jetzt war es an mir, bleich zu werden und zu zittern, was jedem verständlich sein wird, der die Geschichte von Mameena gelesen hat, und an Miß Holmes, mich aufmerksam zu mustern.

»O Töter von bösen Menschen und von Tieren!« fuhren sie mit ihrer sonoren, monotonen Intonation fort, »der, wie unsere Magie uns enthüllt, dazu bestimmt ist, unser Land von einen furchtbaren Geißel zu erlösen, wir grüßen dich, wir verneigen uns vor dir, wir anerkennen dich als unseren Herren und Bruder, dem wir Schutz und Sicherheit schwören, bei uns und in der Wüste, und dem wir eine reiche Belohnung versprechen.«

Wieder verneigten sie sich, einmal, zweimal, dreimal, dann verschränkten sie die Arme vor der Brust und standen schweigend vor mir.

»Was, um alles in der Welt, sagen sie?« fragte Scroope. »Ich konnte zwar ein paar Worte aufschnappen« – er sprach ein wenig Zulu – »aber nicht viel.«

Ich sagte es ihm mit wenigen Worten, und die anderen hörten ebenfalls zu.

»Was bedeutet Mameena?« fragte Miß Holmes mit entsetzlicher Direktheit. »Ist es ein Frauenname?«

Als sie gesprochen hatte, verneigten sich Harût und Marût, als ob sie den Namen ehren wollten. Ich muß zu meiner Schande gestehen, daß ich zu diesem Zeitpunkt reichlich verwirrt wurde, obwohl dazu wirklich nicht der geringste Grund bestand, und murmelte etwas von einem Eingeborenenmädchen, das zu ihrer Zeit einiges Unheil angerichtet habe.

Miß Holmes und die anderen Ladies blickten mich mit amüsierter Skepsis an, und zu meiner Bestürzung wandte der alte Harût sich Miß Holmes zu und sagte nach der unvermeidlichen Verneigung in gebrochenem Englisch: »Mameena, sehr schöne Frau, vielleicht noch schöner als Sie, Lady. Mameena lieben weißen Lord Macumazahn. Sie ihn lieben, als sie leben, sie ihn lieben jetzt, wo tot ist. Sie mir gerade wieder gesagt. Sie bitten weißen Herrn, Ihnen zu erzählen hübsche Geschichte, wie er sie küssen, bevor sie sich töten.«

Es ist müßig, zu berichten, daß diese ganze, irreführende Information von den Anwesenden mit einer Aufmerksamkeit aufgenommen wurde, die man nur als verzückt bezeichnen kann, und das in einer beinahe heiligen Stille, die nur durch ein plötzliches Kichern Scroopers unterbrochen wurde. Ich blickte ihn mit einem finsteren Stirnrunzeln an. Dann fiel ich über den ehrwürdigen Schurken Harût her und bombardierte ihn in Bantu mit Fragen, und die anderen lauschten so andächtig, als ob sie sie verstanden hätten.

Ich fragte ihn, wie er dazu käme, hier einzudringen und mich schlechtzumachen. Ich fragte ihn, wer, zum Teufel, er überhaupt sei. Ich fragte ihn, woher er etwas über Mameena wisse, und sagte ihm schließlich, daß ich es ihm früher oder später heimzahlen würde, bevor ich erschöpft schwieg.

Er stand reglos und sah aus wie eine Statue des Patriarchen Hiob, so wie ich ihn mir vorstelle, und als ich fertig war, erwiderte er, ohne auch nur einen Muskel zu rühren und auf englisch:

»O Lord, Zikali, Zulu Zauberer, Freund von mir! Alle großen Zauberer Freunde, genau wie alle Elefanten und alle Schlangen. Zikali mich hat Mameena kennen gemacht, und sie erzählen mir Geschichte und senden dir viel Liebe und sagen, sie immer warten auf dich.« (Mehr Kichern von Scroope, und noch gespanntere Aufmerksamkeit von Miß Holmes und anderen.) »Wenn du wollen, ich dir zeigen Mameena, bevor ich gehen.« (Gemurmel von Miß Holmes und Miß Manners: »O ja – *bitte!*«) »Das Kleinigkeit. Aber wozu so lange zurückliegende Fru von so vielen?«

Dann wechselte er plötzlich zu Bantu über und setzte hinzu: »Ein Spaß ist ein Spaß, Macumazahn, obwohl oft tiefe Bedeutung in einem Spaß liegt, und du sollst Mameena sehen, wenn du es willst. Ich bin hergekommen, um dich zu bitten, meinem Volk einen großen Dienst zu erweisen, der nicht unbelohnt bleiben soll. Wir, das Volk der Weißen Kendah, das Volk des Kindes, stehen im Kriege mit den Schwarzen Kendah, unseren Vasallen, welche uns an Zahl überlegen sind. Die Schwarzen Kendah haben einen bösen Geist als Gott, der von Anbeginn an in dem größten Elefanten der ganzen Welt wohnt, einem Tier, das niemand töten kann, das jedoch viele tötet und andere verhext. Solange dieser Elefant, der Jana heißt, am Leben ist, leben wir, das Volk des Kindes, in Angst und Schrecken, denn Tag für Tag tötet er welche von uns. Wir haben erfahren – auf welche Weise, spielt keine Rolle –, daß nur du imstande bist, diesen Elefanten zu töten. Wenn du kommst und ihn tötest, werden wir dir den Ort zeigen, an den alle Elefanten gehen, um dort zu sterben, und du sollst ihr Elfenbein haben, viele Wagenladungen, und reich werden. Bald wirst du auf eine Reise gehen, die mit einer Blume zu tun hat, und du wirst Völker aufsuchen, die Mazitu und die Pongo, die auf einer Insel in einem See leben. Weit jenseits der Pongo, auf der anderen Seite der Wüste, wohnt mein Volk, die Kendah, in einem geheimen Lande. Wenn du uns besuchen kommst, was du bestimmt tun wirst, so reise zum Norden des Sees, wo die Pongo leben, verweile am Rande der Wüste und jage dort, bis wir kommen. Nun spotte über mich, wenn du das willst, aber vergiß es nicht, denn diese Dinge werden geschehen, wenn die Zeit dafür gekommen ist, obschon es noch eine Weile dauern mag. Vergiß es nicht, auch wenn wir uns bis dahin nicht sehen werden. Wenn du Gold brauchst, oder das Elfenbein, das so gut wie Gold ist, dann reise zum Norden des Sees, wo die Pongo leben, und ruf die Namen von Harût und Marût.«

»Und ruf die Namen von Harût und Marût«, wiederholte der jüngere Mann, der bis dahin kein Interesse an dem Gespräch gezeigt hatte.

Dann, bevor ich antworten konnte, bevor ich alles wirklich begriffen hatte, denn dieser Atem aus dem wilden und geheimnisvollen Afrika, der mich plötzlich in diesem Salon in Essex streifte, schien mich zu überwältigen, begann der unbeschreibliche Harût auf englisch mit seiner Gauklerroutine.

»Reiche Ladies und Gentlemen wollen Trick von arme, alte Zauberer aus Mitte von Afrika sehen. Nun gut, wir wollen etwas zeigen, doch bitte daran denken: keine Magie, alles nur einfache Trick. Wir sie Ihnen lernen, wenn Sie bezahlen. Bitte, nicht zu genau hinsehen, wenn Sie nicht lernen wollen, wie gemacht wird. Was Sie wollen sehen? Baum, das aus dem Nichts wächst, wie? Gut. Bitte mir geben den Teller aus – wie nennen? – Porzellan.«

Dann begann die Vorstellung. Der Baum wuchs prächtig auf dem Porzellanteller, abgeschirmt von einer Sofadecke. Eine Anzahl von kleinen Stöcken tanzte dann auf besagtem Teller, offenbar ohne berührt zu werden. Auf einen Pfiff Marûts hin kroch wieder eine Schlange aus der Tasche des entsetzten Mr. Savage, der die Vorgänge aus respektvoller Entfernung beobachtete, richtete sich auf dem Teller zu voller Größe auf, fing Feuer und verbrannte zu Asche, und so weiter.

Die Vorführung war sehr gut, doch, ehrlich gesagt, beachtete ich sie nicht sonderlich, denn ich hatte Ähnliches bereits früher gesehen; außerdem waren meine Gedanken zu sehr mit dem beschäftigt, was Harût zu mir gesagt hatte. Schließlich kamen die beiden zum Ende, und während die Zuschauer laut applaudierten, begann Marût, die Requisiten zusammenzupacken, als ob die Vorstellung vorbei wäre. Dann bemerkte Harût beiläufig: »Der Herr Macumazahn denkt, dies sehr armselige Sache, und er haben recht. Sehr armselige Sache, jeder Zauberer kann besser machen. Alles gewöhnliche Trick ...« – hier fiel sein Blick auf Mr. Savage, der im Hintergrund stand und sich wie ein Aal wand. »Was los mit dem Gentleman? Bruder Marût, geh nachsehen!«

Bruder Marût ging und befreite Mr. Savage von zwei weiteren Schlangen, die verschiedene Teile seiner Kleidung in Besitz genommen zu haben schienen, und auch, unter großem Gelächter, von einer toten Ratte, die er aus Savages wohlgeölten Haaren zu ziehen schien.

»Ah!« sagte Harût, als sein Komplize mit dieser Beute zurückkam, »Schlangen lieben den Gentleman sehr. In Afrika er könnte viel Geld verdienen. Und er hält sich Ratte im Haar; hungrige Schlange will immer Ratte. Doch, wie ich sage, dies armselige Sache. Jetzt Sie wollen sehen etwas Besseres, wie? Mameena, wie?«

»Nein«, erwiderte ich entschlossen, während alle anderen lachten.

»Elefant Jana, den wir wollen töten, wie? So, wie er aussieht diese Minute?«

»Ja«, sagte ich, »den würde ich gerne sehen. Aber wie willst du ihn mir zeigen?«

»Das sehr einfach, Macumazahn. Du rauchen etwas Kendah Tabak und sehen viele Dinge, wenn du haben die Gabe, und ich *glaube,* du sie haben, und ich fast *sicher,* jene Lady sie auch haben.« Er deutete auf Miß Holmes. »Manchmal sind Dinge, Leute wollen sehen, und manchmal sind Dinge, Leute nicht wollen sehen.«

»Dakka«, sagte ich verächtlich und meinte damit den indischen Hanf, mit dem sich die Eingeborenen in vielen Teilen Afrikas berauschen.

»O nein, nicht Dakka, das gewöhnliches Zeug; diese Tabak viel besser als Dakka, wächst nur in Kendah-Land. Du glauben, alles Unsinn? Du werden sehen, Macumazahn. Mir geben Streichholz, bitte.«

Während wir ihm zusahen, streute er ein wenig Tabak – zumindest sah es wie Tabak aus – in eine kleine Holzschale, die er ebenfalls aus seinem Korb nahm. Dann sagte er etwas zu seinem Gefährten, Marût, der eine Flöte, die aus einem dicken Rohr gefertigt war, aus seinem Gewand hervorzog, und auf ihr eine wilde und melancholische Melodie zu spielen begann, deren Klang eine Wirkung auf mein Rückgrat ausübte, wie es der Fall ist, wenn ich in großer Höhe stehe. Dann begann Harût mit leiser Stimme etwas zu singen, von dem ich nicht ein Wort verstand, dessen Melodie mit der Musik der Flöte inmitten dieser magischen Zeremonie etwas unpassend wirkte, nahm etwas Tabak aus der Holzschale, entzündete ihn und warf ihn zu dem anderen. Fahler, blauer Rauch stieg aus der Schale auf, und mit ihm ein sehr süßlicher Duft, nicht unähnlich dem eines Beetes von Nachthyazinthen in einem Treibhaus, doch intensiver.

»Jetzt Rauch einatmen, Macumazahn«, sagte er, »und mir sagen, was du sehen. Oh, keine Angst, das nicht gefährlich. Nur wie Zigarette. Sehen.« Er atmete etwas von dem Rauch ein und blies ihn durch die Nasenlöcher aus, worauf sich sein Gesicht zu verändern schien, obgleich ich nicht definieren konnte, worin diese Veränderung bestand.

Ich zögerte, bis Scroope sagte: »Nun mach schon, Allan, drück dich nicht vor diesem afrikanischen Abenteuer. Ich werde es versuchen, wenn du dich nicht traust.«

»Nein«, sagte Harût ziemlich scharf, »*Sie* nicht gut.«

Nun wurde ich von Neugier überwältigt, oder vielleicht von der Furcht, ausgelacht zu werden. Ich nahm die Schale in die Hände und hielt sie mir unter die Nase, während Harût mir die Sofadecke, die er bei dem Mangobaum-Trick verwendet hatte, über den Kopf warf, um den Rauch nicht entweichen zu lassen, vermute ich.

Anfangs war mir der Rauch unangenehm, doch als ich mich schon entschloß, die Schale abzustellen, schien er erträglich zu werden und in die innersten Nischen meines Seins einzudringen. Die allgemeine Wirkung war nicht unähnlich der von Lachgas, das Zahnärzte ihren Patienten geben, jedoch mit diesem Unterschiede: während Lachgas Gefühllosigkeit hervorruft, schien dieser Rauch den Geist in Flammen zu setzen und jederlei Beschränkung von Zeit und Entfernung fortzubrennen. Die Dinge verschoben sich vor meinem Blick. Es war, als ob ich mich nicht mehr in jenem Raum befände, sondern mit unvorstellbarer Geschwindigkeit durch die Luft raste.

Plötzlich schien ich vor einer Nebelwand zu halten. Der Nebel hob sich vor mir, und ich sah ein wildes und wunderbares Bild. Dort war ein See, umgeben von dichtem afrikanischen Busch. Der Himmel über ihm war noch gerötet vom letzten Leuchten des Sonnenuntergangs, und in ihm schwebte der Vollmond. Auf dem Ostufer des Sees befand sich eine weite, offene Ebene, auf der nichts zu wachsen schien, und überall auf dieser Ebene lagen die Skelette von Hunderten von Elefanten verstreut. Dort lagen sie, einige von ihnen fast völlig mit grauem Moos bewachsen, das von den Knochen herabhing, und aus dem ihre gelben Stoßzähne hervorragten, als ob sie schon seit Jahrhunderten so lägen; andere noch von verwesendem Fell bedeckt. Ich wußte, daß ich den Elefantenfriedhof sah, den Ort, an den diese gewaltigen Tiere gingen, um zu sterben, so wie es einst auch, wie mir berichtet wurde, die inzwischen ausgestorbenen Moas auf Neu Seeland zu tun pflegten. Während meines ganzen Lebens als Jäger hatte ich Gerüchte über solche Friedhöfe gehört, jedoch noch niemals einen zu Gesicht bekommen, auch nicht im Traum.

Siehe! Dort war ein Elefant, der gerade starb, ein gewaltiger, hagerer Bulle, der aussah, als ob er mehrere hundert Jahre alt sei. Er stand dort, von einer Seite zur anderen schwankend. Dann hob er seinen Rüssel, um zu trompeten, vermute ich, obwohl ich natürlich nichts hören konnte, sank dann langsam auf die Knie und blieb so sitzen, in der letzten Erschlaffung des Todes.

Etwa in der Mitte dieses Friedhofes befand sich eine kleine Erhebung aus abgeschliffenem Fels. Plötzlich erschien auf diesem Felsen der riesigste Elefant, den ich in meiner langen Erfahrung als Jäger jemals erblickt hatte. Er hatte einen gewaltigen Stoßzahn, der andere war deformiert oder abgebrochen. Die Flanken des Tiers waren mit Narben bedeckt, Spuren vieler Kämpfe, und seine Augen glühten rot und heimtückisch. Mit dem Rüssel hielt er den Leichnam einer Frau, deren Kopf herabhing. Diese hielt noch im Tode mit den Armen ein Kind umklammert, das noch zu leben schien.

Der Einzelgänger, wie eine Bestie dieser Art genannt wird, ließ die Leiche zu Boden fallen und stand eine Weile über ihr, mit seinen großen Ohren fächelnd. Dann tastete er mit dem Rüssel nach dem Kind, hob es auf, schwang es hin und her und schleuderte es schließlich hoch in die Luft, so daß es weit entfernt aufschlug. Darauf ging er zu dem Elefanten, den ich gerade hatte sterben sehen, rammte ihn mit dem Schädel und warf ihn auf die Seite. Dann, nachdem er seinen Rüssel erhoben hatte, wie um triumphierend zu trompeten, trottete er auf den Rand des Friedhofs zu und verschwand.

Der Nebelvorhang senkte sich wieder herab, und in den wallenden Schwaden sah ich, vage – glaubte ich zu sehen – nun, es ist egal, wen oder was ich dort sah. Dann erwachte ich.

»Nun, haben Sie irgend etwas gesehen?« fragte ein Chor von Stimmen.

Ich sagte ihnen, was ich gesehen hatte, wobei ich das letzte Bild wegließ.

»Also wirklich, alter Junge«, sagte Scroope, »du mußt verdammt schnell sein, um all das mitzubekommen, denn deine Augen waren nicht länger als zehn Sekunden geschlossen.«

»Dann frage ich mich, was du sagen würdest, wenn ich wirklich alles schildern würde«, antwortete ich, denn ich fühlte mich noch benommen und nicht ganz klar.

»Du sehen Elefant Jana?« fragte Harût. »Er töten Frau und Kind, wie? Das er tun jede Nacht. Und deshalb wollen Volk der Weißen Kendah, *du* ihn töten und nehmen all das Elfenbein, das sie nicht wagen berühren, weil ist an heiligem Ort und Schwarze Kendah sie nicht lassen. Also er noch leben. Das ist, was wir wollten wissen. Großen Dank, Macumazahn. Du sehr guter In-Ferne-Sehen-Mensch. Wie ich vorher denken. Kendah Tabakrauch wirken sehr gut bei dir. Und jetzt schöne Lady«, setzte er an Miß Holmes gewandt hinzu. »Sie auch wollen sehen? Besser sehen. Wer weiß, was sehen werden?«

Miß Holmes zögerte einen Moment lang und blickte mich mit einem fragenden Ausdruck an. Doch ich reagierte nicht, da ich, offen gestanden, sehr darauf gespannt war, was *sie* erleben mochte.

»Ja«, sagte sie.

»Ich möchte dich bitten, Luna, es zu lassen«, sagte Lord Ragnall unruhig. »Ich denke, es ist für die Ladies Zeit, sich zur Ruhe zu begeben.«

»Hier ist ein Streichholz«, sagte Miß Holmes zu Harût, der gerade dabei war, mehr Tabak in die Schale zu streuen, den leichten Anflug eines Lächelns auf seinem ernsten statuenhaften Gesicht. Harût nahm das Streichholz mit einer tiefen Verneigung entgegen und steckte das Zeug auf die gleiche Art wie zuvor in Brand. Dann reichte er die Schale, aus der wieder der blaue Rauch aufwallte, Miß Holmes und ließ die Sofadecke über die Schale und über ihren Kopf fallen, den sie umhüllte wie ein Brautschleier. Ein paar Sekunden später riß sie die Decke herunter und ließ die Schale, in der das Feuer erloschen war, zu Boden fallen. Dann stand sie reglos, mit geweiteten Augen. Sie war von einer wundersamen Schönheit und trotz ihrer mangelnden Größe, von unbegreiflicher Majestät.

»Ich war in einer anderen Welt«, sagte sie so leise, als ob sie zu der Luft spräche, »ich bin einen weiten Weg gereist. Ich fand mich in einer kleinen Felsengrotte. Es war dunkel in dem Raum, nur die Flamme in der Schale beleuchtete ihn. Es war nichts dort, außer der wunderbaren Statue eines nackten Kindes, die aus gelblichem Elfenbein geschnitzt zu sein schien, und ein Hocker aus Elfenbein und Ebenholz, dessen Sitzfläche mit Schnüren bespannt war. Ich stand vor der Statue des Elfenbeinkindes. Sie schien zum Leben zu erwachen und mich anzulächeln. Um ihren Hals trug sie eine Kette aus roten Steinen. Das Elfenbeinkind küßte mich, nahm sie ab und legte sie mir um den Hals. Dann deutete es auf den Hocker, und ich setzte mich auf ihn. Das war alles.«

Harût war ihren Worten mit gespanntem Interesse gefolgt, hatte ich bemerkt, auch wenn er es zu verbergen suchte. Dann bat er mich, sie ihm zu übersetzen, was ich tat.

Als er ihre ganze Bedeutung begriff, blieb zwar sein Gesicht ausdruckslos, doch ich sah seine Augen mit dem Feuer des Triumphes erglühen. Ich hörte, wie er Marût einige Worte zuflüsterte, die ich folgendermaßen zu verstehen glaubte: »Das Heilige Kind akzeptiert seine Hüterin. Der Geist der Weißen Kendah findet wieder eine Stimme.«

Dann verneigten sich beide, fast unfreiwillig, wie es schien, mit höchster Ehrfurcht vor Miß Holmes.

Ein Durcheinander von Stimmen erhob sich.

»Was für ein alberner Traum«, hörte ich Lord Ragnall irritiert sagen. »Ein Elfenbeinkind, das zum Leben zu erwachen scheint und dir eine Halskette gibt. Wer hat schon einen solchen Unsinn gehört?«

»Wer hat schon einen solchen Unsinn gehört?« wiederholte Miß Holmes, wie in höflicher Zustimmung, doch mit einer Stimme, die der eines Automaten ähnelte.

»Also wirklich«, unterbrach Scroope, an Miß Manners gewandt, »dies ist wahrlich eine außergewöhnliche gesellschaftliche Unterhaltung, nicht wahr, meine Liebe?«

»Ich weiß nicht so recht«, antwortete Miß Manners zweifelnd, »für meinen Geschmack ist sie ein wenig zu unheimlich. Zaubertricks sind schön und gut, doch wenn es zu Magie und Visionen kommt, kriege ich Angst.«

»Nun, ich denke, daß die Vorstellung vorbei ist«, sagte Lord Ragnall. »Quatermain, würden Sie Ihre Gaukler-Freunde bitte fragen, was ich ihnen schuldig bin?«

Harût, der die Worte verstanden hatte, unterbrach das Zusammenpacken seiner Sachen und antwortete: »Nichts, o großer Lord, nichts. Wir Ihnen viel schuldig. Hier wir erfahren, was seit langem wollen wissen. Ich meine, ob Elefant Jana noch immer Menschen von Kendah töten. Kendah Tabak nicht zu uns sprechen. Sprechen nur zu neuem Geist. Sie große Gabe haben, Lady, und du auch, Macumazahn. Du nicht mögen mehr Kendah Tabak rauchen und in Vergangenheit blicken? Du sehen! Sehr voll, Vergangenheit, lernen dort viel über uns alle; lernen, wie Dinge begannen. Machen verstehen vieles, das heute seltsam erscheinen. Nein? Dann werden sehen später, weil Vergangenheit mächtig ziehen und laut rufen, nur keiner hören, was sagen. Gute Nacht, o großer Lord. Gute Nacht, o schöne Lady. Gute Nacht, Macumazahn, bis wir uns sehen wieder und du kommen, zu töten Elefant Jana. Segen von Himmels-Kind, das Regen geben, das beschützen vor aller Gefahr, das geben Nahrung, das geben Gesundheit, auf sie alle.«

Dann schritten sie, rückwärts gehend und unter vielen Verneigungen, zur Tür, wo sie ihre langen Mäntel überzogen.

Auf ein Zeichen Lord Ragnalls hin geleitete ich sie hinaus, eine Aufgabe, die Mr. Savage, der noch mehr Schlangen befürchtete, mir nur zu gerne überließ. Wenig später standen wir vor dem Schloß zwischen den im Sturm ächzenden Bäumen in der eisigen Kälte.

»Was hat das alles zu bedeuten, o Männer von Afrika?« fragte ich.

»Beantworte dir diese Frage selbst, wenn du Angesicht zu Angesicht dem großen Elefanten Jana gegenüberstehst, in dem ein böser Geist wohnt, o Macumazahn«, antwortete Harût. »Nein, hör mir zu! Wir sind sehr fern unserer Heimat, und wir suchten Nachrichten durch solche, die imstande sind, sie uns zu geben, und diese Nachrichten haben wir nun erhalten, das ist alles. Wir sind Verehrer des Himmlischen Kindes, das ewige Jugend und alle guten Dinge schenkt, doch seit einiger Zeit hat das Kind keine Zunge mehr. Heute jedoch hat es wieder gesprochen. Suche nicht mehr zu wissen, du, der zu gegebener Zeit alle Dinge erfahren wird!«

»Suche nicht mehr zu wissen!« wiederholte Marût, »der schon jetzt vielleicht zu viel weiß, auf daß dir kein Unheil widerfahre, Macumazahn.«

»Wo werdet ihr heute nacht schlafen?« fragte ich.

»Wir schlafen nicht hier«, antwortete Harût, »wir gehen zu Fuß in die große Stadt und suchen dort einen Weg, um nach Afrika zurückzukehren, wo wir dich wiedersehen werden. Du weißt, daß wir keine Lügner sind, oder gewöhnliche Gedankenleser, oder Vorführer von Tricks, denn hat nicht Dogeetah, der wandernde weiße Mann, dir von dem Volke erzählt, das das Himmelskind verehrt, von dem er gehört hatte? Geh wieder hinein, Macumazahn, bevor du in dieser entsetzlichen Kälte Schaden nimmst, und nimm dies mit dir, als Hochzeitsgeschenk vom Kinde des Himmels für jene, die es heute traf, die schöne Lady, die mit dem Zeichen des jungen Mondes geprägt ist, und die den großen Lord, den sie liebt, heiraten wird.«

Damit drückte er mir ein in Leinen eingewickeltes Päckchen in die Hand und verschwand mit seinem Begleiter im Dunkel.

Ich kehrte in den Salon zurück, wo die anderen noch immer über die merkwürdige Vorstellung der beiden Zauberer diskutierten.

»Sie sind fort«, sagte ich in Beantwortung von Lord Ragnalls Frage, »um nach London zu gehen, wie sie sagten. Aber sie haben mir ein Hochzeitsgeschenk für Miß Holmes ausgehändigt.« Ich deutete auf das Päckchen.

»Öffnen Sie es, Quatermain!« sagte er.

»Nein, George«, widersprach Miß Holmes lachend, denn inzwischen schien sie sich wieder völlig gefangen zu haben, »ich mag meine Geschenke selbst auspacken.«

Er zuckte die Achseln, und ich reichte ihr das Päckchen, das sauber in Leinen vernäht war. Irgend jemand brachte eine Schere, und die Fäden wurden zerschnitten. In dem Leinen befand sich eine Halskette aus wunderbaren roten Steinen, oval geschliffen wie Bernsteintropfen, und von der Größe von Rotkehlcheneiern. Sie waren roh poliert und auf einen Faden gereiht, den ich sofort als ein Haar aus dem Schwanz eines Elefanten erkannte. Aus gewissen Merkmalen schloß ich, daß diese Steine, die Spinelle, Karfunkel oder sogar Rubin sein mochten, sehr alt waren. Möglicherweise hatten sie einst den Hals einer Dame des alten Ägypten geschmückt. Eine wunderbar gearbeitete kleine Statuette, ebenfalls aus rotem Stein, die in der Mitte der Halskette herabhing, deutete darauf hin, daß dies der Fall sein mochte, denn sie schien die Darstellung eines der großen Götter der Ägypter zu sein, des kindlichen Horus, Sohn der Isis.

»Das ist die Halskette, die mir das Elfenbeinkind in meiner Vision überreichte«, sagte Miß Holmes sehr leise.

Und dann legte sie die Kette mit einer entschlossenen Bewegung um den Hals.

5

Der Plan

Das Nachspiel dieses Abends kann mit kurzen Worten wiedergegeben werden, und der Leser mag seine eigenen Schlüsse daraus ziehen. Ich berichte es so, wie es sich abspielte.

In jener Nacht fand ich kaum Schlaf. Es mag dies an der Aufregung der großen Jagd gelegen haben, bei der ich mich unerwartet im Wettstreit mit einem Mann fand, den ich nicht mochte, und der mich in vergangenen Jahren betrogen hatte, gar nicht zu reden von der physischen Belastung durch das kalte und stürmische Wetter. Oder es mag sein, daß meine Phantasie durch das Erscheinen dieses seltsamen Paares, Harût und Marût, angeregt worden war, die offenbar auf der Suche nach mir gewesen waren, siebentausend Meilen von jenem Ort entfernt, wo sie etwas über einen so unbedeutenden Menschen mit einem rein lokalen Ruf erfahren haben konnten. Oder es mag sein, daß die Bilder, die sie mir zeigten, als ich unter dem Einfluß der Rauchschwaden ihres ›Tabaks‹ stand – oder unter ihrer Hypnose –, eine ungewöhnliche Herrschaft über mein Gehirn erlangt hatten.

Und schließlich war da der eigenartige Zufall, daß die schöne Verlobte meines Gastgebers mir ein Erlebnis aus ihrer Kindheit erzählte, von dem sie, wie sie behauptete, nie zuvor gesprochen hatte, und daß eine oder zwei Stunden später die beiden Hauptfiguren jener Erzählung leibhaftig vor unseren Augen erschienen (denn ich hatte von Anfang an keinerlei Zweifel, daß es dieselben Männer waren) der mich bewegte und mich mit Vorahnungen erfüllte. Auf jeden Fall war das Ergebnis, daß ich nicht schlafen konnte.

Stunde um Stunde lag ich wach, grübelte und wartete nervös auf das Schlagen der Stalluhr Ragnalls, die einst den Turm der Kirche geziert hatte und jede Viertelstunde mit zermürbender Monotonie registrierte. Ich gelangte zu dem Schluß, daß die Herren Harût und Marût gewöhnliche arabische Gaukler waren, wie ich sie oft in afrikanischen Häfen ihre Vorstellung hatte geben sehen. Dann schlug die Uhr wieder, und ich entschied, daß der Elefantenfriedhof, den ich in dem Rauch gesehen hatte, zweifellos existierte und ich mir diese tausend Pfunde Elfenbein holen würde, bevor ich starb. Als der nächste Viertelstundenschlag ertönte, war ich mir im klaren, daß es so einen Elefantenfriedhof nicht gab – obwohl übrigens auch mein alter Freund Dogeetah oder Bruder John mir etwas davon erzählt hatte – daß es jedoch einen Stamm gab, der Keddah hieß, von dem er mir ebenfalls berichtet hatte, dessen Menschen ein Kind anbeteten, oder vielmehr die Statue eines Kindes.

Nun hatten die alten Ägypter, über die ich immer gerne las, wenn ich Gelegenheit dazu fand, ebenfalls ein Kind angebetet, nämlich Horus, den Erlöser. Und jenes Kind hatte eine Mutter namens Isis, deren Symbol die Mondsichel war, die große Göttin der Natur, die Herrin der Mysterien, deren Kult zehntausend Priester verschworen gewesen waren –

berichten uns nicht Herodot und andere, besonders Apuleius, ausführlich über sie? Und ein seltsamer Zufall wollte es, daß Miß Holmes das Symbol einer Mondsichel auf der Brust trug. Und als sie ein Kind war, hatten jene beiden Männer, oder andere, die ihnen sehr ähnlich waren, einander auf dieses Mal aufmerksam gemacht. Und ich hatte sie am Abend wie gebannt darauf starren sehen. Und in ihrem durch Rauch hervorgerufenen Traume war das ›Himmlische Kind‹, Horus – oder das Double von Horus, sein *Ka,* wie es die Ägypter nennen, wenn ich mich recht erinnere –, bei ihrem Anblick erwacht, hatte sie geküßt und ihr die Halskette der Göttin gegeben, und … und so weiter. Was mochte das bedeuten?

Endlich schlief ich ein, über der Frage brütend, was es bedeuten *könnte,* bis mich die Schläge der vermaledeiten Uhr wieder aufweckten und ich die ganze Sache von vorne durchdenken mußte.

Nach und nach – es war bereits gegen Morgen – wurde mir klar, daß keine Hoffnung auf Schlaf mehr bestand, daß ich völlig wach war, und, noch schlimmer, von einer seltsamen Angst befallen wurde, daß Miß Holmes irgend etwas zustoßen könne. Diese Angst wurde so stark, daß ich schließlich aufstand, eine Kerze anzündete und mich ankleidete. Ich wußte zufällig, in welchem Zimmer Miß Holmes schlief. Der Raum, in den ich sie hatte eintreten sehen, lag an demselben Korridor wie mein Gemach, wenn auch am anderen Ende, in der Nähe einer Treppe, die Gott weiß wohin führte. In meinem Portemanteau, der von Miß Manners Haus herübergebracht worden war, befand sich unter anderem auch eine kleine, doppelläufige Pistole, die ich aus alter Gewohnheit stets bei mir trug, beide Läufe mit Pulver und Blei geladen, jedoch ohne aufgesetzte Zündhütchen, die sich zusammen mit weiterer Munition in einem kleinen Lederbeutel befanden, der am Pistolengurt hing. Ich nahm die Pistole heraus, setzte die Zündhütchen auf und steckte die Waffe in meine Tasche. Dann glitt ich lautlos aus dem Zimmer, trat hinter eine große Standuhr, beobachtete Miß

Holmes Zimmertür und überlegte mir, wie lächerlich ich mich machen würde, wenn irgend jemand mich hier entdeckte.

Eine halbe Stunde später sah ich im Licht des untergehenden Mondes, das durch ein Fenster hereinfiel, die Tür aufgehen und Miß Holmes heraustreten, in einen Morgenrock gehüllt, um ihren Hals lag noch immer die Kette, die Harût und Marût ihr gegeben hatten.

Das Mondlicht fiel auch auf ihr Gesicht, und es verriet mir, daß sie schlafwandelte.

Lautlos wie ein Geist glitt sie zur anderen Seite des Korridors und verschwand dort. Ich folgte ihr und erkannte, daß sie eine uralte Wendeltreppe hinabgestiegen war, die sich in der dicken Mauer des Schlosses befand. Ich folgte ihr, völlig lautlos auf meinen Wollsocken, und tastete mich vorsichtig voran, da ich nicht wagte, ein Streichholz anzuzünden. Unter mir hörte ich ein Geräusch, als ob sich jemand an schweren Riegeln zu schaffen machte. Dann knarrten rostige Scharniere und ich sah matten Lichtschimmer. Als ich die Tür erreichte, sah ich Miß Holmes durch einen Garten eilen, der sich in dem trockengelegten Burggraben des Schlosses befand. Dieser Garten grenzte, wie ich tags zuvor bemerkt hatte, als wir ihn auf unserem Weg zum ersten Gehölz durchschritten hatten, an dichtes Buschwerk, durch das mehrere Wege verliefen, die zur hinteren Zufahrt des Schlosses führten.

Durch diesen Garten eilte Miß Holmes, und ich lief hinter ihr her, wobei ich die Deckung jedes Busches ausnutzte, als ob ich ein Wild beschliche. Sie drang in das Buschwerk ein und bewegte sich jetzt bedeutend schneller, denn sie schien während des ganzen Weges ihren Gang immer mehr beschleunigt zu haben, so wie ein Stein immer schneller wird, wenn er einen Hang hinabrollt. Es war, als ob das, was sie anzog – denn ich war sicher, daß sie von irgend etwas angezogen wurde – immer stärker auf ihren schlafenden Willen einwirkte, je mehr sie sich ihm näherte. Für eine Weile kam sie mir in den Schatten unter den hohen Bäumen aus den

Augen. Doch dann, plötzlich, sah ich sie wieder; sie stand völlig reglos vor einem Erdloch, das entstanden war, als der Sturm eine der mächtigen Ulmen umgerissen hatte, die die hintere Zufahrt an beiden Seiten säumten. Doch sie war nicht mehr allein, denn zwei Gestalten in langen Mänteln traten jetzt auf sie zu, in denen ich Harût und Marût erkannte.

Dort stand sie, mit waagrecht vorgestreckten Armen, und auf sie zu, lautlos und geduckt wie Löwen, die eine Antilope beschleichen, kamen Harût und Marût. Außerdem entdeckte ich durch die kahlen Äste der umgerissenen Ulme etwas, das wie eine geschlossene Kalesche aussah, die auf der Zufahrtsstraße stand. Und ich hörte auch das Stampfen von Pferdehufen auf dem gefrorenen Boden. Ich lief am Rande der kleinen Lichtung entlang, wobei ich mich im tiefen Schatten hielt, und spannte im Laufen die Hähne der Pistole, die ich in der Tasche trug. Dann, mit zwei, drei Sätzen, sprang ich aus dem Dunkel und stellte mich zwischen Miß Holmes und die beiden Afrikaner.

Nicht ein Wort wurde gesprochen. Ich glaube, daß wir alle drei unbewußt darauf bedacht waren, die schlafende Frau nicht aufzuwecken, da wir wußten, daß es sonst zu einer entsetzlichen Szene kommen würde. Nachdem sie mir durch Zeichen bedeutet hatten, beiseite zu treten – natürlich vergebens – zogen Harût und Marût gefährlich aussehende Krummdolche aus ihren Gewändern und verneigten sich – selbst in dieser Situation verließ sie nicht ihre gewohnte Höflichkeit. Ich verneigte mich ebenfalls, und als ich mich wieder aufrichtete, stellten diese beiden unternehmungslustigen Orientalen fest, daß ich meine Pistole auf das Herz Harûts gerichtet hielt. Nun erkannten sie, daß das Spiel verloren war, da ich sie beide erschießen könnte, bevor mich ein Messer auch nur berührte.

»Dieses Mal hast du gewonnen, o Wächter-bei-Nacht«, flüsterte Harût leise, »doch beim nächsten Mal wirst du verlieren. Diese schöne Lady gehört uns und dem Volk der Weißen Kendah, denn sie ist mit dem Symbole des jungen Mondes gezeichnet. Der Ruf des Himmelskindes ist in ihrem Herzen vernommen worden und wird sie heim zu dem Kind bringen, so wie er sie heute nacht hierher zu uns gebracht hat. Nun führe sie zurück, ohne sie aus ihrem Schlaf zu wecken, o tapferer und kluger Mann, der du wahrlich ein Wächter-bei-Nacht bist.«

Dann waren sie fort, und kurz darauf hörte ich den Hufschlag von Pferden, die in schnellem Trab die Straße entlangliefen.

Einen Moment lang überlegte ich, ob ich loslaufen und die Pferde erschießen sollte. Zwei Überlegungen hielten mich davon ab. Die erste war, daß dann meine Pistole leergeschossen sein würde, und selbst, wenn ich nur ein Pferd tötete und einen geladenen Lauf zurückbehielte, konnte ich damit nur einen Mann erschießen und war wehrlos gegen den Dolch des anderen. Die zweite Überlegung war, daß ich jetzt wie zuvor vermeiden wollte, Miß Holmes zu wecken.

Ich trat lautlos auf sie zu, und da ich nicht wußte, was ich sonst tun sollte, ergriff ich eine ihrer ausgestreckten Hände. Sie wandte sich sofort um und kam mit mir, als ob sie mich erkennte, blieb jedoch in festem Schlaf. Wir gingen zurück zum Schloß, durch die noch immer offenstehende Tür, und die Wendeltreppe hinauf zu ihrem Zimmer, auf dessen Schwelle ich ihre Hand aus der meinen löste. Der Raum war dunkel, und ich konnte nichts sehen, doch ich blieb stehen und lauschte, bis ich das Geräusch hörte, wenn ein Mensch sich auf ein Bett sinken läßt, und kurz darauf das Hochziehen einer Decke. In der Gewißheit, daß sie für eine Weile sicher war, schloß ich die Tür, die sich nach außen öffnete, wie es bei älteren Türen oft der Fall ist.

Dann, als ich eine Weile nachgedacht und erkannt hatte, daß die Situation in mehrfacher Hinsicht höchst unangenehm war, ging ich in mein Zimmer und zündete eine Kerze an. Es war meine Pflicht, Lord Ragnall zu berichten, was vorgefallen war, und das so bald wie möglich. Doch ich hatte keine Ahnung, in welchem Teile dieses riesigen Gebäudes seine Räume lagen, noch war es, aus ersichtlichen

Gründen, wünschenswert, das ganze Haus zu alarmieren und so für Gesprächsstoff zu sorgen. In diesem Dilemma erinnerte ich mich daran, daß Mr. Savage, Lord Ragnalls Diener, mir einen Klingelknopf gezeigt hatte, als er mich am vergangenen Abend zu meinem Zimmer geleitete, der eine Glocke über seiner Zimmertür in Bewegung setzte. Er nannte sie die ›Notglocke‹. Ich hatte ihm desinteressiert erklärt, daß ich mit Sicherheit keine Verwendung dafür haben würde.

»Wer weiß?« hatte Mr. Savage prophetisch erwidert. »Es gibt Menschen, die behaupten, daß es in diesem alten Schloß spuke, was ich nach dem, was wir heute abend gesehen haben, gerne glauben will. Falls Sie also Geistern begegnen sollten, die, sagen wir einmal, wie diese beiden Halunken, Harum und Scarum – oder wie immer sie sich nennen mögen – aussehen, nun, Sir, zu zweit fühlt man sich immer besser als allein.«

Ich dachte an diese Glocke, zögerte jedoch, aus Gründen, die ich eben erwähnte, sie zu benutzen. Dann verließ ich das Zimmer und blickte umher. Wie ich es gehofft hatte, verlief der Glockendraht entlang der Wand, gebündelt mit weiteren Drähten, die in die verschiedenen Räume führten.

Ich machte mich daran, diesem Draht zu folgen. Es war dies keine leichte Aufgabe; zwei- oder dreimal mußte ich unwillkürlich an jenen griechischen Helden denken, der mit Hilfe eines Fadens seinen Weg durch ein Labyrinth fand. Ich habe vergessen, ob es ein Stier war oder eine Frau, hinter der er her war, doch mit Sorgfalt und Ausdauer ist es ihm schließlich gelungen, eines von beiden zu finden – oder vielleicht auch beides.

Ich ging Treppen hinab und Korridore entlang, meinen Blick auf den Draht geheftet, der sich hin und wieder mit anderen Drähten bündelte, bis er mich schließlich zu einer mit rotem Fries bespannten Tür führte, durch die ich in einen Trakt gelangte, der offenbar ein moderner Anbau des Schlosses war. Hier endete der Draht an einer gefährlich aussehenden, großen Glocke, die direkt über einer Tür hing.

An dieser Tür klopfte ich, in der Hoffnung, daß es die Tür zu Mr. Savages Zimmer sei, und ernstlich darum betend, daß sich hinter ihr nicht das Schlafgemach der Köchin oder eines anderen weiblichen Wesens befand. Zu spät, ich meine, erst nachdem ich geklopft hatte, fiel mir ein, daß ich in dem Fall in einer recht peinlichen Lage sein würde. Doch hier erwies sich Fortuna als Freundin, was den Tugendhaften nicht immer gewährt wird. Denn ich hörte eine Stimme, die ich als die von Mr. Savage erkannte, mit einem leichten Zittern fragen: »Wer, zum Teufel, ist da?«

»Ich«, antwortete ich nervös.

»›Ich‹ reicht mir nicht. ›Ich‹ könnte Harum sein, oder auch Scarum, oder ein noch Schlimmerer. Wer ist ›ich‹?«

»Allan Quatermain, Sie Idiot«, flüsterte ich durch das Schlüsselloch.

»Anna wie? – Aber das ist mir egal. Gehen Sie fort, Anna! Ich spreche später mit Ihnen.«

Nun trat ich gegen die Tür, und endlich wurde sie, sehr vorsichtig, von Mr. Savage geöffnet.

»Gütiger Himmel, Sir«, sagte er, »was tun Sie hier, Sir? Und sogar angekleidet, um diese Stunde. Ist das eine Pistole, was da aus Ihrer Tasche ragt – oder ist es der Kopf einer Schlange?« Und er sprang hastig zurück, eine feierliche Gestalt in einem langen weißen Nachthemd, das er offenbar über seiner Unterkleidung trug.

Ich trat ins Zimmer und schloß die Tür, worauf er mich höflich einlud, mich zu setzen, und sagte: »Sind es Geister, Sir, oder sind es Harum und Scarum, an die ich die ganze Nacht über denken mußte? Es war auch sehr kalt, Sir, da ich mich nicht traute, die Decke hinaufzuziehen, aus Furcht, daß noch mehr Reptilien in ihr stecken könnten.« Er deutete auf seine Abendjacke, die auf einem anderen Stuhl hing, beide Taschen nach außen gedreht, und setzte mit tragischer Stimme hinzu: »Wenn ich daran denke, daß dieser neue Rock ein Nest von Schlangen gewesen ist, die ich von Kindheit an wie Gift gehaßt habe, und das, obwohl ich – fast – Antialkoholiker bin.«

»Ja«, antwortete ich ungeduldig, »es sind Harum und Scarum, wie Sie sie nennen. Führen Sie mich sofort zu Lord Ragnalls Schlafzimmer!«

»Ah, Sir, sie wollten einbrechen, vermute ich, oder vielleicht noch Schlimmeres«, rief er erregt, während er ein paar unterschiedliche Kleidungsstücke überzog, und nach einem Gürtel griff, der an einem Haken hing. »Jetzt bin ich bereit; ich hoffe nur, daß sie keine Schlange zurückgelassen haben. Ich habe den Anblick von Schlangen noch nie ertragen können, und das scheinen sie zu wissen – diese Bestien.«

Wenig später erreichten wir Lord Ragnalls Schlafraum, den Mr. Savage betrat, und in Beantwortung einer leisen, verblüfften Frage verkündete: »Mr. Allan Quatermain wünscht Sie zu sprechen, Mylord.«

»Was gibt es, Quatermain?« sagte Lord Ragnall, richtete sich im Bett auf und gähnte. »Haben Sie Alpträume gehabt?«

»Ja«, antwortete ich, und nachdem Savage uns verlassen und die Tür hinter sich geschlossen hatte, berichtete ich ihm alles, was hier niedergeschrieben wurde.

»Gütiger Himmel!« rief er, als ich fertig war, »wenn es nicht um Sie gewesen wäre, um Ihre Intuition und Ihren Mut ...«

»Um mich geht es hier nicht«, unterbrach ich ihn. »Die Frage ist, was wollen Sie jetzt unternehmen? Werden Sie versuchen, diese Männer festnehmen zu lassen, oder wollen Sie schweigen und nur veranlassen, daß sie überwacht werden?«

»Das weiß ich wirklich nicht. Selbst wenn wir sie erwischen sollten, würde die ganze Geschichte in einem Gerichtssaal höchst merkwürdig klingen, und man könnte alles mögliche hineindeuten.«

»Ja, Lord Ragnall, es würde so merkwürdig klingen, daß ich Sie bitten möchte, sofort mit mir zu kommen, um sich die Beweise für das anzusehen, was ich Ihnen gesagt habe, bevor sie von Regen oder Schnee verwischt werden, und einen zweiten Zeugen mitzubringen. Lady Longden vielleicht.«

»Lady Longden! Dann könnte man es genausogut gleich in der *Times* veröffentlichen. Ich hab's! Savage. Er ist treu und kann schweigen.«

Also wurde Savage hereingerufen, und während Lord Ragnall sich eilig ankleidete, berichtete ich ihm mit kurzen Worten, was geschehen war, unter Androhung fristloser Entlassung, wenn er auch nur ein Sterbenswörtchen davon weitergeben sollte. Ehrlich, das Gesicht von Savage zu beobachten, war so gut wie eine Theatervorstellung. So verblüfft war er, daß er nur hervorbringen konnte: »Diese schwarzbärtigen Schurken! Nun ja, nicht umsonst sind sie Freunde von Schlangen.«

Dann, nachdem wir uns versichert hatten, daß Miß Holmes in ihrem Zimmer war, gingen wir die Wendeltreppe hinab und verließen das Schloß durch die Seitentür, die wir hinter uns verschlossen. Mittlerweile war die Morgendämmerung angebrochen, und es war hell genug, daß Lord Ragnall und Savage an einigen Stellen, wo der Schnee, der nach dem Sturm liegengeblieben war, die Abdrücke der kleinen Hauspantoffeln erkennen konnten, die Miß Holmes getragen hatte, und die meiner bestrumpften Füße.

Auf der Lichtung war es noch leichter, da jeder Schritt, den wir vier gemacht hatten, genau zu verfolgen war. Außerdem befanden sich auf der hinteren Zufahrt die Hufabdrücke der Pferde und die Radspuren der Kalesche, mit der man Miß Holmes hatte entführen wollen. Außerdem entdeckten wir durch einen Glückszufall – denn das untermauerte meine Theorie endgültig – ein Bündel, das in grobes Leinen eingeschlagen war und aus der Kalesche gefallen zu sein schien, als Harût und Marût das Weite suchten. Es enthielt ein orientalisches Frauengewand und einen Schleier, die, wie ich vermute, dazu bestimmt waren, Miß Holmes zu verkleiden, die in dieser Aufmachung als Frau oder Tochter eines der beiden Entführer hätte ausgegeben werden können.

Savage hob dieses Bündel auf – nur um es sofort mit einem Aufschrei fallen zu lassen, denn unter ihm lag eine vor

Kälte erstarrte Schlange, zweifellos eine von denen, die bei den Vorführungen verwendet worden waren.

Diese Entdeckungen und viele weitere Details, hielt Lord Ragnall nach unserer Rückkehr zum Schloß in allen Einzelheiten in einem Notizbuch fest, und als das Protokoll fertig war, wurde es von uns dreien unterzeichnet.

Ansonsten gibt es über diesen Teil der Geschichte nicht viel zu berichten. Die Angelegenheit wurde in die Hände von Detektiven gelegt, welche herausfanden, daß die zwei Orientalen nach London gefahren waren, wo sich die Spuren der Kalesche, die sie dorthin gebracht hatte, verloren. Wenige Tage später wurde jedoch festgestellt, daß sie noch am Nachmittag des gleichen Tages auf einem Dampfschiff namens *Antelope* eingeschifft hatten und nach Ägypten abgereist waren, zusammen mit zwei Frauen, die wahrscheinlich mitgebracht worden waren, um sich um Miß Holmes zu kümmern. Sie dorthin zu verfolgen war in jenen Tagen sinnlos, selbst wenn es ratsam gewesen wäre, es zu tun.

Doch zurück zu Miß Holmes. Sie kam zum Frühstück herunter und sah reizend aus, wenn auch etwas blaß. Wieder saß ich neben ihr und fand so Gelegenheit, sie zu fragen, wie sie in der vergangenen Nacht geschlafen habe.

Sie antwortete, sehr gut und auch sehr schlecht, da sie sich nicht erinnern könne, jemals in ihrem Leben so fest geschlafen zu haben, aber alle möglichen seltsamen Träume gehabt habe, von denen jedoch nichts in ihrer Erinnerung verblieben sei, ein Umstand, der sie sehr verstimme, da die Träume sicherlich äußerst interessant gewesen seien.

Dann setzte sie hinzu: »Wissen Sie, Mr. Quatermain, ich fand getrockneten Schlamm an meinem Morgenmantel, und meine Pantoffel waren damit völlig verklebt und durchnäßt. Wie erklären Sie sich das? Es ist, als ob ich im Schlaf hinausgegangen wäre, was natürlich absurd ist, da ich noch niemals in meinem Leben schlafwandlerische Neigungen hatte.«

Da ich mich der Aufgabe, irgendeine überzeugende Erklärung dieses Phänomens zu erfinden, nicht gewachsen fühlte, stieß ich die Marmeladenschale auf dem Tisch um, und zwar so, daß etwas von der Marmelade auf ihr Kleid tropfte, und tarnte meine Ablenkung mit langatmigen Entschuldigungen. Lord Ragnall kam mir zu Hilfe mit einer überraschenden Erklärung, an die ich mich leider nicht mehr erinnern kann, und so ging dieser kritische Moment vorüber.

Kurz nach dem Frühstück verkündete Scroope, daß Miß Manners' Kalesche bereit sei, und wir brachen auf. Bevor wir das Schloß verließen fand ich noch Gelegenheit, ein paar private Worte mit meinem Gastgeber, mit Miß Holmes und mit dem wunderbaren Mr. Savage zu sprechen. Letzterem bot ich übrigens ein Trinkgeld an, das er zurückwies und erklärte, daß er nach allem, das wir gemeinsam durchgemacht hätten, nicht zulassen könne, ›daß Geld zwischen uns käme‹, womit er meinte, daß es von meiner Tasche in die seine überginge.

Lord Ragnall fragte mich nach meinen Adressen in England und auch in Afrika, die er notierte.

Dann sagte er: »Wirklich, Quatermain, ich habe das Gefühl, Sie schon seit Jahren zu kennen, und nicht erst seit drei Tagen; wenn Sie es mir gestatten, möchte ich hinzusetzen, daß ich gerne viel mehr über Sie wissen würde.« (Es war ihm bestimmt, diesen Wunsch erfüllt zu sehen, der arme Kerl, obwohl keiner es zu jener Zeit ahnte.) »Wenn Sie jemals wieder nach England kommen sollten, hoffe ich, daß Sie dieses Haus zu Ihrem Quartier machen.«

»Und wenn Sie jemals nach Afrika kommen sollten, Lord Ragnall, hoffe ich, daß Sie Ihr Quartier in meiner Vier-Zimmer-Hütte an der Berea bei Durban aufschlagen. Sie werden dort ein herzliches Willkommen finden und etwas zu essen, doch kaum mehr.«

»Es gibt nichts, das ich lieber täte, Quatermain. Die Umstände haben mich in diesem Lande in eine bestimme Position gebracht, doch, um ehrlich zu sein, gibt es vieles an diesem Leben, dessen ich herzlich müde bin. Aber wie Sie wissen, werde ich bald heiraten, und das bedeutet das Ende aller Reisen, fürchte ich, da meine Frau natürlich wünscht, ihren Platz in der Gesellschaft einzunehmen und so weiter.«

»Natürlich«, antwortete ich, »denn nicht vielen jungen Mädchen ist es vergönnt, eine englische Peeress zu werden, mit allem, was dazugehört, nicht wahr? Dennoch bin ich nicht sicher, ob Miß Holmes nicht Geschmack am Reisen finden wird, obwohl ich sicher *bin,* daß sie besser daran täte, zu Hause zu bleiben.«

Er blickte mich forschend an. »Sie glauben doch nicht, daß etwas Ernstes an dieser Geschichte dran ist?«

»Ich weiß nicht, was ich davon halten soll«, antwortete ich, »ich bin nur der Meinung, daß Sie gut daran täten, Ihre Frau sorgfältig zu behüten. Was diese Orientalen in der vergangenen Nacht versucht haben, und, wie ich glaube, schon vor mehr als zehn Jahren, könnten sie bald wieder probieren, oder auch erst in einigen Jahren, denn offensichtlich sind sie geduldige und entschlossene Männer, die viel zu gewinnen haben. Es ist ja auch ein eigenartiger Zufall, daß sie dieses Mal in ihrer Haut hat, das auf diese Leute offenbar so anziehend wirkt, und, um es kurz zu sagen, auf verschiedene Art anders ist als die meisten jungen Frauen. Wie sie mir gestern abend selbst sagte, Lord Ragnall, sind wir von Geheimnissen umgeben; Geheimnisse von Blut, von ererbtem Geist, von dieser Welt im allgemeinen, in der wir wahrscheinlich alle von sehr wenigen, gemeinsamen Vorfahren abstammen. Und jenseits davon liegen die anderen Geheimnisse des unendlichen Universums, zu dem wir gehören, und die schon jetzt ihre mächtigen und geheimen Einflüsse auf uns ausüben mögen, wie sie es, obwohl wir es nicht wissen, seit Jahrmillionen in dem Unendlichen getan haben, aus dem wir kommen, und in das wir gehen.«

Ich fürchte, daß ich sehr ernst gesprochen hatte, denn er sagte: »Wissen Sie, Sie ängstigen mich ein wenig, wenngleich ich nicht genau verstehe, was Sie meinen.«

Dann verabschiedete ich mich von ihm.

Mein Gespräch mit Miß Holmes war kürzer.

Sie bemerkte: »Es war mir ein großes Vergnügen, Sie

kennenzulernen, Mr. Quatermain. Ich habe noch nie jemanden getroffen, dem ich mich so nahe fühlte – mit einer Ausnahme, natürlich. Es ist seltsam, sich vorzustellen, daß ich eine verheiratete Frau sein werde, wenn wir uns wiedersehen.«

»Ich glaube nicht, daß wir uns wiedersehen werden, Miß Holmes. Ihr Leben ist hier, und das meine ist in der tiefsten Wildnis eines Kontinents, der weit entfernt ist.«

»Oh! Doch, wir sehen uns wieder!« antwortete sie. »Ich habe das und viele andere Dinge erfahren, als ich gestern abend mein Gesicht in diesen Rauch hielt.«

Dann trennten auch wir uns voneinander.

Schließlich kam Mr. Savage, der mir meinen Mantel brachte. »Leben Sie wohl, Mr. Quatermain«, sagte er. »Wenn ich alles andere vergessen sollte, so werden mir Sie und diese Halunken, Harum und Scarum, und ihre Schlangen doch immer unvergeßlich bleiben. Ich hoffe, es ist mir nicht bestimmt, sie jemals wiederzusehen, Mr. Quatermain, aber dennoch bin ich mir dessen nicht sicher.«

»Ich auch nicht«, antwortete ich in einer Art Vorahnung, und darauf folgte die Episode mit der Zurückweisung des Trinkgelds.

6

Die Bona Fide Goldmine

Volle zwei Jahre waren verstrichen, seit ich Lord Ragnall und Miß Holmes Lebewohl gesagt hatte, und als der Vorhang sich wieder lüftet, sieht man mich auf dem Stoep* meines kleinen Hauses bei Durban sitzen, in tiefes Grübeln versunken und von Trauer erfüllt. Den Grund für diese Trauer will ich gleich erklären.

---

* Terrasse

Während der vergangenen Zeit hatte ich ein- oder zweimal etwas über Lord Ragnall erfahren. So erhielt ich einen Brief Scroopes, in dem dieser mir über die Hochzeit seiner Lordschaft mit Miß Holmes berichtete, die anscheinend ein sehr glanzvolles Ereignis gewesen war, einer der Höhepunkte der gesellschaftlichen Saison Londons. Zwei Vertreter des Königshauses hatten der Zeremonie beigewohnt, ein Herzog war Trauzeuge gewesen, und die Geschenke sollen, allen Berichten zufolge, großartig und von unermeßlichem Werte gewesen sein, unter ihnen auch eine unschätzbar kostbare Perlenkette, ein Geschenk Lord Ragnalls an seine junge Frau. Ein Ausschnitt aus einer Gesellschaftszeitung, den Scroope seinem Brief beigelegt hatte, erging sich in ausführlichen Schilderungen der prachtvollen Erscheinung des Bräutigams und der lieblichen Schönheit der Braut. Genauso ausführlich wurde auch ihre Kleidung beschrieben, mit Ausdrücken, die für mich spanisch waren. Ein Absatz jedoch interessierte mich brennend. Er lautete:

Die Braut rief einige verwunderte Bemerkungen hervor, da sie nur ein einziges Schmuckstück trug, obwohl die Ragnall-Brillanten, die schon viele Jahre lang nicht das Licht des Tages erblickt haben, als einige der schönsten des ganzen Landes bekannt sind. Es war eine Halskette, die aus großen, jedoch nur grob polierten Rubinen zu bestehen schien, an der ein kleiner Anhänger in Gestalt eines ägyptischen Gottes hing, der ebenfalls aus einem Rubin gefertig war. Es muß bemerkt werden, daß dieser Schmuck, obwohl bei einem solchen Anlaß höchst ungewöhnlich, ihrer Schönheit sehr angemessen war. Lady Ragnalls Grund dafür, unter den vielen Preziosen, die sie besitzt, ausgerechnet dieses Stück auszuwählen, wurde zum Anlaß lebhafter Diskussionen. Als sie von einer Freundin gefragt wurde, warum sie diese Kette gewählt habe, antwortete sie, wie berichtet wird, daß sie ihr Glück bringen solle.

Warum also hatte sie dieses barbarische Geschenk von Harût und Marût getragen und es allen anderen Juwelen, die ihr zur Verfügung standen, vorgezogen? fragte ich mich. Es war so seltsam, daß es beinahe unheimlich wirkte.

Die zweite Information über die beiden erreichte mich

durch eine alte Ausgabe der *Times,* die ich über ein Jahr später erhielt. Es war die Mitteilung, daß Lord Ragnall ein Sohn und Erbe geboren worden war und Mutter und Kind wohlauf seien.

Das also ist das Ende einer sehr seltsamen Geschichte, dachte ich.

Für mich waren die vergangenen zwei Jahre recht ereignisreich gewesen. Als erstes unternahm ich, gemeinsam mit meinem alten Freund, Sir Stephen Somers, eine Expedition nach Pongoland, auf der Suche nach der wundervollen Orchidee, welche er seiner Sammlung hinzufügen wollte. Über diese Reise und unsere ungewöhnlichen Abenteuer habe ich bereits geschrieben und brauche deshalb nicht weiter auf sie einzugehen, möchte jedoch feststellen, daß ich sehr versucht war, in das Land nördlich jenes Sees zu gehen, in welchem die Pongo lebten. Ich war sehr gespannt zu sehen, ob die Herren Harût und Marût wirklich erscheinen würden, um mich in das Land zu führen, wo der wundervolle Elefant, der angeblich von einem bösen Dämon besessen war, darauf wartete, durch mein Gewehr getötet zu werden. Ich widerstand jedoch diesem Impuls, wozu ich auch durch die Umstände gezwungen wurde. Schließlich kehrten wir sicher nach Durban zurück, und hier faßte ich den Entschluß, niemals wieder mein Leben bei solchen verrückten Expeditionen aufs Spiel zu setzen.

Durch gewisse Umstände, die ich an anderer Stelle geschildert habe, befand ich mich im Besitz einer erheblichen Geldsumme, und diese beschloß ich so anzulegen, daß sie mich davon unabhängig machte, in den wilderen Regionen zu jagen und Handel zu treiben. Wie immer, wenn man Geld zur Verfügung hat, bot sich auch bald eine Gelegenheit dazu, und zwar in Gestalt einer Goldmine, die an der Grenze von Zululand entdeckt worden war, eine der ersten, die jemals in dieser Region gefunden wurde. Ein jüdischer Händler namens Jakob machte mich auf sie aufmerksam und bot mir die Hälfte als Anteil an, wenn ich das Kapital aufbringen würde, das zum Betreiben der Mine erforderlich war. Ich machte eine Inspektionsreise dorthin und überzeugte mich, daß es wirklich eine gute Anlage war. Ich brauche hier nicht auf Einzelheiten einzugehen, und ich habe, offen gesagt, auch nicht den Wunsch dazu, da das Thema für mich noch immer schmerzlich ist, sondern will nur feststellen, daß dieser Jude und seine beiden Freunde vor meinen Augen Gold aus dem Sand wuschen und mir dann das wunderbare Quarzriff zeigten, aus dem es in weit zurückliegenden Erdzeitaltern herausgespült worden war. Die Nachricht über unsere Entdeckung verbreitete sich wie ein Lauffeuer, und da allgemein bekannt war, daß ich, was immer sonst ich auch sein mochte, zumindest ehrlich war, kam es bald zur Gründung einer kleinen Gesellschaft, mit Mr. Allan Quatermain als Vorsitzender der Bona Fide Gold Mine, Limited.

Oh, diese Gesellschaft! Noch heute träume ich oft von ihr, wenn ich Magenbeschwerden habe.

Unser Grundkapital war gering, 10000 Pfund, von denen der Jude namens Jakob und seine Freunde sich die Hälfte nahmen (ohne Gegenleistung, natürlich) als Preis für die Abtretung ihrer Schürfrechte. Ich hielt diesen Anteil für reichlich hoch und sagte ihnen das auch, besonders nachdem ich erfahren hatte, daß diese Rechte sie genau drei Dutzend Flaschen *Square-Face*-Gin, einen zusammengebrochenen Ochsenwagen, vier alte Kühe, die nicht mehr kalben konnten, und fünf Pfund in bar gekostet hatten. Doch als mir klargemacht wurde, daß es allein ihren speziellen Kenntnissen und ihrer Genialität zu verdanken war, diesen Besitz entdeckt und seinen potentiell unermeßlichen Wert richtig erkannt zu haben, und daß ihnen diese Summe außerdem nicht in bar ausgezahlt werden sollte, sondern als Gutschein, der nur eingelöst werden konnte, wenn der Erfolg gesichert war, gab ich nach einer Nacht gründlichen Nachdenkens mein Einverständnis.

Bevor ich mich bereit erklärte, den Posten des Vorsitzenden zu übernehmen, der mit einem Jahresgehalt von hundert Pfund dotiert war (das ich nie erhielt), kaufte und bezahlte ich Anteilscheine im Werte von tausend Pfund Sterling. Ich erinnere mich, daß Jakob und seine Freunde darüber sehr überrascht zu sein schienen, da sie mir fünfhundert ihrer Anteile gratis angeboten hatten, ›als Anerkennung für die Garantie meines Namens‹. Diese wies ich jedoch zurück und erklärte, daß ich keine anderen Menschen dazu überreden würde, in ein Unternehmen zu investieren, in das ich nicht selbst Geld gesteckt hätte; woraufhin sie meine Entscheidung akzeptierten, und sogar recht enthusiastisch.

Schließlich wurden die noch fehlenden 4000 Pfund gezeichnet, und wir begannen mit der Arbeit. Arbeit ist ein guter Name dafür, jedenfalls, so weit es mich betraf, denn nie in meinem ganzen Leben habe ich mich so abrackern müssen.

Wir begannen mit dem Auswaschen einer kleinen, kiesgefüllten Senke und erzielten dabei Ausbeuten, die wirklich erstaunlich waren. So erstaunlich waren sie, daß bei ihrer Veröffentlichung unsere Aktien um 10 Shilling anstiegen. Jakob und Co nahmen diese Gelegenheit sofort wahr, um mehr als die Hälfte ihrer Anteile an kaufwütige Interessenten abzustoßen, und erklärten mir, daß sie dies nicht um des persönlichen Profits willen täten, den sie verabscheuten, sondern ›um die Basis des Unternehmens durch frisches Blut zu verbreitern‹.

Es geschah kurz nach diesem Boom, daß der Kies, der die reiche Fundstelle umgab, nur noch kieshaltig war, und deshalb wurde beschlossen, eine kleine Ramme zu kaufen, um damit das Quarz zu zerstoßen, aus dem das Gold durch einen pactolischen Bach ausgeschwemmt worden sein sollte.* Wir verhandelten mit einer Firma in Kapstadt über diese Ramme ... – doch warum soll ich diese triste Affäre in all ihren Einzelheiten wiedergeben? Der Wert der Aktien begann

* Nach dem Fluß Pactolus im antiken Lydien, der für seine goldhaltigen Sande berühmt war. – *Anm. d. Hrsg.*

zu bröckeln. Zunächst sanken sie auf ihren Nominalwert von einem Pfund, dann auf fünfzehn Shilling, schließlich auf zehn. Jakob – er war leitender Direktor der Gesellschaft – erklärte mir, daß es notwendig sei, ›den Markt zu stützen‹, was er bereits in sehr ausgedehntem Maße tue, und daß ich als Vorsitzender ›bei diesem guten Werk ein Beispiel geben müsse‹, um meinen Glauben an das Unternehmen zu demonstrieren.

Ich gab ein Beispiel in Höhe von weiteren fünfhundert Pfund, was alles war, das ich mir leisten konnte. Es war ein Schock für das bißchen Vertrauen in die menschliche Natur, die mir noch verblieben war, als ich später entdeckte, daß die tausend Aktien, die ich für meine fünfhundert Pfund gekauft hatte, das Eigentum Jakobs gewesen waren, obwohl man sie mir unter verschiedenen anderen Namen verkauft hatte.

Schließlich kam es zur Krise, denn bevor die Ramme geliefert wurde, war unser Kapital restlos verbraucht, und es gab niemanden, der auch nur einen Halfpenny gezeichnet hätte. Es waren sogar Schuldverschreibungen ausgestellt worden, und von den fünftausend Pfund, die angeboten worden waren, hatten auch tausend Pfund abgesetzt werden können; wer der Käufer war, blieb mir jedoch zu jener Zeit ein Geheimnis. Schließlich wurde eine Sitzung einberufen, um die Liquidation der Gesellschaft zu beschließen, und bei dieser Sitzung, nach drei schlaflosen Nächten, führte ich den Vorsitz.

Als ich das Zimmer betrat, stellte ich zu meiner Überraschung fest, daß von den fünf Direktoren außer mir nur einer anwesend war, ein ehrlicher, alter, im Ruhestand lebender Schiffskapitän, der für dreihundert Pfund Aktien gekauft hatte. Jakob und die beiden Freunde, die seine Interessen vertraten, hatten, wie sich herausstellte, an jenem Morgen eine Schiffsreise nach Kapstadt angetreten, wohin sie von mehreren Verwandten gerufen worden waren, die mit den unterschiedlichsten Krankheiten darniederlagen.

Es war zu Beginn eine ziemlich stürmische Sitzung. Ich

erklärte die Lage, so gut es mir möglich war, und als ich gesprochen hatte, wurde ich mit Fragen bombardiert, die ich nicht zufriedenstellend beantworten konnte, weder für mich, noch für die anderen. Dann wurde ich von einem Gentleman, Inhaber von zehn Aktien, der offensichtlich getrunken hatte, ohne Umschweife beschuldigt, die Anteilseigner betrogen zu haben, indem ich gefälschte Berichte verfaßt hätte.

Wutentbrannt sprang ich auf, und obwohl er mir körperlich weit überlegen war, forderte ich ihn auf, mit mir hinauszugehen und dort mit mir zu streiten, woraufhin er sofort die Sitzung verließ. Dieser Zwischenfall löste Gelächter aus, und dann kam die ganze Wahrheit zutage. Ein Mann mit Mischlingsblut stand auf und erzählte eine Geschichte, die sich später als wahr erwies. Jakob hatte ihn dazu angestellt, die Mine zu ›salzen‹, das heißt, den Kies, den wir als erstes auswuschen, stark mit Goldkörnchen zu untermischen, (was der Mischling, wie er beteuerte, in aller Unschuld getan habe) und ihn dann um seinen Lohn betrogen. Das war alles. Ich lehnte mich völlig überwältigt zurück. Dann erhob sich ein braver Mann unter den Teilnehmern, der selbst Geld bei dieser Angelegenheit eingebüßt hatte, und den ich kaum kannte, und hielt eine edle, versöhnliche Rede, die viel dazu beitrug, meinen Glauben an die Menschheit wiederherzustellen.

Er sagte im wesentlichen, daß ich, Allan Quatermain, nicht nur im Interesse der Aktionäre wie ein Pferd gearbeitet habe, sondern durch dieses Unternehmen auch praktisch ruiniert worden sei, und daß der wirkliche Dieb Jakob sei, der jetzt die Flucht zum Kap ergriffen habe, unter Mitnahme des großen Profits, der durch den Verkauf der Aktien erzielt worden sei. Er beendete seine kurze Rede mit der Aufforderung zu einem ›dreifachen Hurra für unseren ehrlichen Freund und Mitbetroffenen, Mr. Allan Quatermain‹.

So seltsam es erscheinen mag, die anderen stimmten kräftig ein, und ich dankte ihm mit Tränen in den Augen, wobei ich ihm versicherte, ich sei glücklich, diesen Raum so arm zu verlassen, wie ich es jemals gewesen bin, jedoch mit einem Ruf, der, wie mein Gewissen und ihre Güte mir versicherten, unbefleckt war.

So wurde der Liquidationsbeschluß gefaßt und die Sitzung geschlossen. Nachdem ich meinem Retter aus einer äußerst unangenehmen Situation die Hand geschüttelt hatte, ging ich leichten Herzens nach Hause. Mein Geld war zwar verloren, das war nicht wegzuleugnen; meine Vertrauensseligkeit in andere hatte mich dazu gebracht, mich zum Narren zu machen, indem ich etwas, das ich für augenscheinlichen Beweis hielt, als Tatsache akzeptierte, obwohl es mir an jedem Fachwissen mangelte, um das zu verifizieren. Doch meine Ehre war gerettet, und wie ich in meinem Leben immer wieder erfahren habe, ist Geld nichts im Vergleich zur Ehre, eine Feststellung, die Shakespeare vor langer Zeit getroffen hat, doch ist dies eine Wahrheit, die man, wie viele andere, erst durch eigene Erfahrung wirklich schätzen lernt.

Unweit des Ortes, an welchem unsere Besprechung stattgefunden hatte, gelangte ich in eine Seitenstraße, die sich noch im Embryonalzustand befand, denn es gab dort erst zwei oder drei Häuser, die in großen Gärten standen, und einen ziemlich breiten, schlammigen Wassergraben, der auf ihrer einen Seite neben dem Gehsteig verlief. Mit Ausnahme zweier Menschen war die Straße leer, doch diese beiden erregten meine Aufmerksamkeit. Es waren ein weißer Mann, in dem ich das rundliche und halb betrunkene Individuum wiedererkannte, das mich des Betrugs an den Aktionären beschuldigt hatte und dann hinausgegangen war, und ein hagerer, alter Hottentotte, der mich aus dieser Entfernung, es waren fast hundert Yards, an einen gewissen Hans erinnerte.

Dieser Hans, sollte ich erklären, war ursprünglich ein Diener meines Vaters gewesen, der in der Kapkolonie als Missionar gewirkt hatte, und später mein Gefährte bei vielen Abenteuern. So konnten er und ich als einzige entkommen, als der Zulukönig Dingaan Retief und seine Buren ermordete (ich habe in dem Buch »Marie« darüber berichtet), und er gehörte auch zu meiner Expedition, als wir nach jener wunderbaren Orchidee suchten, über die ich in dem Buch ›Die Heilige Blume‹ berichtete.

Hans besaß seine Schwächen, unter denen vor allem sein Hang zum Alkohol erwähnt werden muß, doch war er ein tapferer und einfallsreicher alter Bursche, wie er es bei dieser Orchideen-Expedition ausreichend bewiesen hatte. Außerdem hing er an mir mit einer Liebe, die jene von Frauen übertraf. Jetzt, nachdem er zu etwas Geld gekommen war, auf eine Weise, die ich nicht unbedingt beschreiben muß – denn ist sie nicht an anderer Stelle berichtet worden? –, hatte er sich als eine Art kleiner Häuptling auf einer Farm unweit von Durban niedergelassen, wo er wegen seiner Taten in Ruhm und Ehren lebte.

Der weiße Mann und Hans waren in einen heftigen Streit verstrickt, der auf holländisch geführt wurde, und von dem einige Sätze durch die Brise zu mir herübergeweht wurden.

»Du dreckiger, kleiner Hottentotte!« schrie der Weiße und schwang einen Stock, »ich reiß dir die Leber heraus. Was fällt dir ein, hinter mir herzuschnüffeln wie ein Schakal?« Und er schlug nach Hans, der zur Seite sprang.

»Du Sohn einer weißen Sau«, schrie Hans zurück (denn in dem Moment, als ich seine Stimme hörte, wußte ich, daß es tatsächlich Hans war), »hast du es gewagt, den Baas einen Dieb zu nennen? Ja, einen Dieb, du Wühler im Dreck, du Fresser von Unrat und Gewürm, du Schwein in der Gosse – den Baas, dessen abgeschnittene Nägel mehr wert sind als du und deine ganze Sippe, ihn, dessen Ehre so hell ist wie das Sonnenlicht, und dessen Herz reiner ist als der weiße Sand am Ufer des Meeres.«

»Ja, das habe ich getan«, brüllte der Weiße, »denn er hat mir mein Geld aus der Goldmine gestohlen.«

»Warum, du Schwein, bist du dann weggelaufen? Warum hast du es ihm dann nicht draußen, außerhalb des Hauses gesagt?«

»Ich werde dir zeigen, wie man wegläuft, du kleiner gelber Kläffer!« schrie der andere und erwischte Hans mit einem Schlag auf die Rippen.

»Oh! Du willst mich laufen sehen, wie?« sagte Hans und sprang mit wunderbarer Gelenkigkeit ein paar Schritte zurück. »Dann sieh her!«

Mit diesen Worten senkte er den Kopf und stürmte vor wie ein Büffel. Er rammte ihn dem Weißen in den Bauch, so daß der rücklings fortgeschleudert wurde und mit einem lauten Platschen in der tiefsten Stelle des schlammigen Wassergrabens landete. Hier sollte ich anmerken, daß die Waden eines Hottentotten seine schwächsten Körperteile sind, sein Kopf jedoch der härteste und gefährlichste Teil seiner Anatomie. Er scheint in der Tat die Eigenschaften einer Kanonenkugel anzunehmen, ohne daß sein Besitzer dabei mehr als momentane Benommenheit verspürt; ich habe einen halb beladenen Ochsenwagen auf einer schlammigen Straße über den Kopf eines Hottentotten rollen sehen.

Nachdem Hans seinen entscheidenden Rammstoß angebracht hatte, lief er um eine Ecke und verschwand, während ich angstvoll wartete, was mit seinem Gegner geschehen sein mochte. Zu meiner Erleichterung kroch er fast eine Minute später aus dem Graben, von oben bis unten mit Schlamm bedeckt und von Wasser triefend, und hinkte langsam die Straße hinab, den Kopf so tief gesenkt, daß er aussah, als ob man seinen Körper zusammengefaltet hätte, und die Hände auf das gepreßt, was man medizinisch als Zwerchfell bezeichnet. Nun ging auch ich weiter, brüllend vor Lachen. Ich habe oft gehört, daß die Hottentotten als die niedrigste Form der menschlichen Rasse bezeichnet werden, doch sie können, sagte ich mir, zumindest gute Freunde derer sein, die sie anständig behandeln – eine Tatsache, für die ich sehr bald weitere Beweise erhalten sollte.

Als ich mein Haus erreicht, meine Pfeife gestopft und mich auf dem zerfledderten Rohrstuhl der Veranda niedergelassen hatte, setzte jene Reaktion ein, die so oft dem Jubel über das Entkommen aus einer großen Gefahr folgt. Es traf zwar zu, daß mich niemand verdächtigte, ich hätte ihn bei der Affäre dieser dreimal verfluchten Goldmine betrogen, doch was war mit den anderen Angelegenheiten?

Ich dachte an die biblische Geschichte von Jakob und Esau mit einer neuen und sehr starken Sympathie für Esau. Ich fragte mich, was aus meinem Jakob werden mochte. Der biblische Jakob war durch sein Linsengeschäft sehr wohlhabend geworden, und das, überlegte ich, mochte auch diesem gerissenen Nachfahren gelingen, der so bezeichnenderweise seinen Namen trug. Um es vorwegzunehmen: Ich hörte nie wieder etwas von ihm, doch glaube ich, wenn ich an seine spezielle Begabung denke, daß er, wie van Koop, mit einem anderen Familiennamen versehen, ebenfalls von der britischen Regierung mit einem Adelstitel belohnt wurde. Auf jeden Fall hatte ich das Linsengericht in Form von wertlosen, doch teuer bezahlten Aktien gegessen, nachdem ich beim Tanz um das goldene Kalb hart gearbeitet hatte, während Bruder Jakob mit meinem Erbe, oder vielmehr meinem Geld, bedacht worden war. Wahrscheinlich rechnete er es gerade an Bord des Schiffes in Sovereigns um und kicherte bei dem Gedanken an die Aktionärsversammlung, bei der ich den Vorsitz geführt hatte. Nun, er war eben ein Dieb und würde seinen Weg gehen zu jenem Ziel, das Dieben bestimmt sein mag; warum also sollte ich mir weiter den Kopf über ihn zerbrechen? So wie ich meine Ehre behalten hatte, mochte er meine Ersparnisse behalten.

Aber ich hatte einen Sohn zu ernähren, und wie sollte ich das tun, mit knapp dreihundert Pfund, einer Sammlung von guten Gewehren und diesem kleinen Haus bei Durban als einzige Besitztümer, die mir verblieben waren? Geschäftlichen Unternehmungen in jeder Form hatte ich für alle Zeiten abgeschworen. Sie waren zu hoch – oder zu niedrig – für mich; also sah es so aus, als ob mir allein mein alter Beruf als Jäger verbliebe. Wieder mußte ich diese Abenteuer suchen, denen ich abgeschworen hatte, als mein Unglücksstern so hell über einer Goldmine gestrahlt hatte. Was also sollte es sein? Elefanten, nahm ich an, da dies die einzigen Tiere sind, die zu töten sich finanziell lohnte. Doch die meisten meiner alten Jagdgründe waren mehr oder weniger leergeschossen. Die Konkurrenz von jüngeren Berufsjägern, von nomadisierenden Back-Veld-Buren und sogar eingeborenen Wilddieben, die sich in den Besitz von Gewehren gebracht hatten, wurde sehr bedrohlich. Wenn ich überhaupt wieder hinauszog, mußte ich jetzt tiefer ins Land vordringen.

Während ich diese Überlegungen anstellte, die relativen Vorteile und Nachteile verschiedener möglicher Jagdreviere gegeneinander abwog, wurde meine Aufmerksamkeit durch eine Art Hüsteln erregt, das von der anderen Seite eines großen Gardenienbusches zu kommen schien. Es war kein menschliches Husten, sondern klang eher wie der Laut, den eine bestimmte, kleine Antilopenart ausstößt, wahrscheinlich als Paarungsruf – was natürlich unmöglich war, da es hier um Umkreis von vielen Meilen keine Antilopen gab. Doch ich wußte, daß es aus einer menschlichen Kehle kam, denn hatte ich es nicht schon oft in Stunden von Schwierigkeit und Gefahr gehört?

»Komm näher, Hans!« sagte ich auf holländisch, und sofort kroch aus einer Aloe, die vor der Granatapfelhecke wuchs, die hagere Gestalt des alten Hottentotten hervor wie eine große gelbe Schlange. Warum er diese Methode der Annäherung wählte, anstatt den bequemen Gartenweg zu benutzen, kann ich nicht sagen, doch war das absolut seiner geheimnistuerischen Natur gemäß, von hundert Generationen seiner Vorfahren ererbt, die ihr Leben damit zugebracht hatten, sich den Blicken mörderischer Feinde zu entziehen.

Er hockte sich vor mir auf den Boden und starrte teilnahmslos die flammende Kugel der versinkenden Sonne an, ohne auch nur einmal zu blinzeln, wie es auch Geier tun.

»Du siehst aus, als ob du dich geprügelt hättest, Hans«, sagte ich. »Das Oberteil deines Hutes ist abgerissen; du bist mit Schlamm bespritzt, und da ist eine Schwellung wie von einem Stockhieb auf deiner linken Brustseite.«

»Ja, Baas. Du hast recht, wie immer, Baas. Ich hatte einen Streit mit einem Mann wegen sechs Pence, die er mir schuldet, und habe ihn mit dem Kopf umgerannt, wobei ich vergaß, vorher den Hut abzunehmen; deshalb ist er jetzt ruiniert, was mir leid tut, da es ein ziemlich neuer Hut ist, noch keine zwei Jahre alt. Der Baas hat ihn mir geschenkt. Er hat ihn in einem Laden in Utrecht gekauft, als wir von Pongoland zurückkamen.«

»Warum lügst du mich an?« fragte ich. »Du hast mit einem weißen Mann gestritten, und es ging um mehr als sechs Pence. Du hast ihn in einen Graben gestoßen und dich dabei mit Schlamm bespritzt.«

»Ja, Baas, so war es. Dein Geist spricht wahr zu dir über diese Sache. Doch weicht er ein wenig vom Pfade der Wahrheit ab, denn ich habe gegen den weißen Mann wegen weniger als sechs Pence gekämpft. Ich habe der Liebe wegen mit ihm gekämpft, welche nichts wert ist.«

»Dann bist du ein noch größerer Narr, als ich angenommen habe, Hans. Was willst du jetzt?«

»Ich möchte ein Pfund leihen, Baas. Der weiße Mann wird mich vor den Richter bringen, und der wird mich zu einer Strafe von einem Pfund verurteilen, oder vierzehn Tage im *trunk.** Es stimmt zwar, daß der weiße Mann mich zuerst geschlagen hat, doch der Richter wird nicht dem Wort eines armen, alten Hottentotten glauben, wenn er von einem weißen Mann angeklagt wird, und ich habe keine Zeugen. Er wird sagen: ›Hans, du warst wieder betrunken. Hans, du bist ein Lügner und verdienst, ausgepeitscht zu werden, was dir beim nächsten Mal auch blühen wird. Zahl ein Pfund Strafe und noch zehn Shilling dazu, was der Preis guter, weißer Gerechtigkeit ist, oder geh für vierzehn Tage in den *trunk* und mach dort Körbe für die große Königin.‹ Baas, ich habe den Preis für die Gerechtigkeit, die zehn Shilling kostet, aber ich möchte das Pfund für die Strafe borgen.«

»Hans, ich glaube, daß jetzt eher du in der Lage bist, mir ein Pfund zu leihen, als ich dir eins leihen könnte. Mein Beutel ist leer. Hans.«

---

* Gefängnis

»Ist dem so, Baas? Aber das macht nichts. Wenn es sein muß, kann ich vierzehn Tage lang Körbe für die große, weiße Königin machen, in denen sie ihr Essen aufbewahren kann, oder Matten, an denen sie sich ihre Füße abwischen kann. Der *trunk* ist gar kein so schlechter Ort, Baas. Er gibt einem Zeit, über die Gerechtigkeit des weißen Mannes nachzudenken, und dem Großen Vater im Himmel zu danken, weil die kleinen Sünden, die man nicht begangen hat, entdeckt und bestraft worden sind, während die großen Sünden, wie zum Beispiel ... – aber lassen wir das lieber, Baas – nicht herausgekommen sind. Dein verehrter Vater, der Prädikant, hat mich gelehrt, immer ein dankbares Herz zu haben, Baas, und wenn ich bedenke, daß ich insgesamt nur drei Monate lang im *trunk* gewesen bin, der ich, wenn alles herausgekommen wäre, mindestens drei Jahre dort hätte sitzen müssen, erinnere ich mich an seine Worte.«

»Warum solltest du überhaupt in den *trunk* gehen, Hans, wenn du reich bist und eine Strafe zahlen kannst, selbst wenn sie hundert Pfund betrüge?«

»Vor einem Monat oder zweien war ich wirklich reich, Baas, doch jetzt bin ich arm. Ich habe nichts zurückbehalten außer zehn Shilling.«

»Hans«, sagte ich streng, »du hast wieder gespielt; du hast wieder getrunken. Du hast deinen Besitz und deine Rinder verkauft, um deine Spielschulden bezahlen und *Square Face* kaufen zu können.«

»Ja, Baas, und es hat mir nichts Gutes gebracht, wie es scheint. Ich habe getrunken. Ich habe das Land und die Rinder für 650 Pfund verkauft, Baas, und mit dem Geld andere Dinge gekauft.«

»Was hast du gekauft?« fragte ich.

Er fummelte in einer Tasche seiner viel zu weiten Jacke herum, und dann in der anderen, und brachte schließlich ein verknülltes und verschmutztes Papier zum Vorschein, das einer Banknote glich. Ich nahm das Papier und betrachtete es eingehend, und dann wäre ich beinahe ohnmächtig geworden. Es bescheinigte, daß Hans Eigentümer von ich weiß nicht wie vielen Schuldverschreibungen oder Aktien, ich kann mich nicht mehr erinnern, welches von beiden, der Bona Fide Gold Mine, Limited, sei, jener Gesellschaft, deren unglücklicher Vorsitzender ich gewesen war, wofür er eine Summe von über sechshundert Pfund Sterling bezahlt hatte.

»Hans«, sagte ich mit matter Stimme, »von wem hast du dies gekauft?«

»Von dem Baas mit der krummen Nase, Baas. Von dem, der Jakob genannt wurde, nach dem großen Mann in der Bibel, von dem dein Vater, der Prädikant, uns erzählt hat, jener, der so dünn war und sich ein Ziegenfell anzog und seinem Bruder Maisbrei gab, als er hungrig war, nachdem er von der Jagd heimgekommen war und eine Antilope geschossen hatte, Baas, und der dessen Farm und dessen Rinder bekam, Baas, und dann auf einer Leiter zum Himmel emporstieg, Baas.«

»Und wer hat dir gesagt, daß du sie kaufen sollst, Hans?«

»Sammy, Baas, er, der dein Koch war, als wir nach Pongoland gingen, und der sich in der Maisgrube versteckte, als die Sklavenhändler die Stadt Beza niederbrannten, und halb gekocht herauskroch, wie eine Henne aus dem Backofen. Der Baas Jakob übernachtete in Sammys Hotel, Baas, und sagte ihm, wenn er nicht Papiere wie dieses kaufen würde, von denen er eine Menge hatte, würdest du vor den Richter gebracht und in den *trunk* geschickt werden. Also kaufte Sammy ein paar davon, doch nicht viele, da er nur wenig Geld hatte, und der Baas Jakob bezahlte für alles, was er aß und trank, mit weiteren Papierstücken. Dann kam Sammy zu mir und zeigte mir, was meine Pflicht sei, und was ich tun müßte, und erinnerte mich daran, daß dein verehrter Vater, der Prädikant, dich meiner Obhut anvertraut hatte, bis einer von uns beiden stirbt, ob du gesund bist, oder krank, und ob es dir gut geht, oder schlecht – so wie eine Ehefrau der Weißen, Baas. Also verkaufte ich die Farm und die Rinder an einen Freund des Baas Jakob, und zu einem sehr niedrigen Preis, Baas, und das ist die ganze Geschichte.«

Ich hatte ihm schweigend zugehört und, ich sage es offen, beinahe geweint, da der Gedanke an das Opfer, das dieser arme, alte Hottentotte auf Betreiben eines Verbrechers mir gebracht hatte, mich überwältigte.

»Hans«, sagte ich, als ich mich wieder gefaßt hatte, »sage mir: wie war der Name, den der Zulu-Häuptling Mavovo dir gab, bevor er starb, ich meine, nachdem du die Stadt Beza in Brand gesteckt und so Hassan und seine Sklavenhändler in ihrer eigenen Falle gefangen hattest?«

Hans, der plötzlich auf dem Meer etwas entdeckt zu haben schien, das ihn sehr interessierte, vielleicht, weil er nicht Zeuge meiner Tränen sein wollte, wandte sich langsam um und antwortete: »Mavovo gab mir den Namen Licht-im-Dunkel, und bei dem Namen bin ich jetzt unter den Kaffern bekannt, Baas, obwohl einige von ihnen mich auch Herr-des-Feuers nennen.«

»Dann hat Mavovo dir den richtigen Namen gegeben, Hans, denn du leuchtest wahrlich wie ein Licht durch das Dunkel meines Herzens. Ich, den du für weise hältst, bin nichts weiter als ein Narr, Hans, der sich von einem *vernuker,* einem gewöhnlichen Betrüger, hereinlegen hat lassen, und der hat dich und Sammy ebenfalls hereingelegt. Doch so wie der mir gezeigt hat, daß Menschen sehr gemein sein können, hast du mir bewiesen, daß sie auch sehr edel sein können: und wenn ich das eine gegen das andere setze, erhebt mein Geist, der im Staube lag, erneut sein Haupt, wie eine welke Blume nach dem Regen. Licht-im-Dunkel, obwohl ich das, was du getan hast, niemals vergelten kann, selbst wenn ich zehntausend Pfund hätte – da das, was du mir gegeben hast, mehr ist, als alles Gold der Welt, und alles Land und alle Rinder – will ich doch versuchen, es dir durch Ehre und durch Liebe zurückzuzahlen.« Und ich streckte ihm meine Hand entgegen.

Er nahm sie und preßte sie gegen seine faltige, alte Stirn. Dann antwortete er:

»Sprich nicht mehr davon, Baas, denn es macht mich traurig, der ich so glücklich bin. Wie oft hast du mir vergeben, wenn ich Unrecht getan habe? Wie oft hast du mich nicht verprügelt, wenn ich Prügel verdient hatte, wegen Trunkenheit und anderer Dinge – ja, selbst dann nicht, als ich etwas von deinem Pulver gestohlen und verkauft hatte, um *Square Face* zu kaufen, wenngleich ich wußte, daß es schlechtes Pulver war und deiner nicht würdig? Habe ich dir damals überschwenglich dafür gedankt? Warum also solltest du mir danken, der ich nur eine Kleinigkeit getan habe, und nicht eigentlich, um dir zu helfen, sondern – du weißt, wie gern ich spiele – weil man mir sagte, dieses Papier würde bald sehr viel mehr wert sein, als ich dafür bezahlt hätte. Wenn es so gekommen wäre, würde ich dann das Geld dir gegeben haben? Nein, ich hätte es für mich behalten und mir eine noch größere Farm und noch mehr Rinder gekauft.«

»Hans«, sagte ich streng, »wenn du weiter so lügst, wirst du bestimmt zur Hölle gehen, wie es dir der Prädikant, mein Vater, oft gesagt hat.«

»Nicht, wenn ich für dich lüge, Baas, doch wenn es so sein soll, macht es auch nichts, außer, daß wir dann durch die große *kloof** getrennt sind, über die in der Bibel geschrieben steht, vor allem, weil ich dort den Baas Jakob treffen werde, woran mir aus gewissen eigenen Gründen sehr gelegen wäre.«

Da ich diesen recht unchristlichen Gedankengang nicht weiterverfolgen wollte, fragte ich ihn, warum er sich glücklich fühle.

»Oh! Baas«, antwortete er mit einem Zwinkern seiner kleinen, schwarzen Augen, »kannst du das nicht erraten? Jetzt hast du nur noch wenig Geld, und ich habe gar keins mehr. Darum ist es klar, daß wir irgendwohin gehen müssen, um Geld zu verdienen, und darüber bin ich froh, Baas, denn ich war es leid, auf dieser Farm zu sitzen und Mealies** anzubauen und Kühe zu melken, besonders, weil ich

---

* Schlucht
** Mais

zu alt bin, um zu heiraten, Baas, so wie du es leid warst, nach Gold zu suchen, wo keines ist, und in dem Haus des Treffens dort drüben traurige Lieder zu singen, wie du es heute nachmittag getan hast. Oh! Der Große Vater im Himmel wußte, was er tat, als er den Baas Jakob zu dir schickte. Er hat uns zu unserem Besten verprügelt, Baas, so wie er es immer tut, wenn wir ihn nur verstehen könnten.«

Ich sagte mir, daß ich die Lehre der Kirche selten besser und klarer ausgelegt gehört hatte, sagte aber nur: »Das stimmt, Hans, und ich danke dir für die Lehre, die zweite, die du mir heute erteilt hast. Aber wohin sollen wir gehen, Hans? Bedenke, es muß dort Elefanten geben.«

Er schlug mehrere Gebiete vor, und ich hatte den Eindruck, daß er eine ganze Liste vorbereitet hatte, doch ich saß schweigend und enthielt mich jeden Kommentars. Schließlich kam er zum Ende, hockte dort vor mir, kaute eine Prise Tabak, die ich ihm gegeben hatte, und blickte erwartungsvoll zu mir auf, den Kopf ein wenig geneigt, und er sah aus wie ein zerrupfter und neugieriger Vogel.

»Hans«, sagte ich, »erinnerst du dich an eine Geschichte, die ich dir erzählte, als du vor einem Jahr oder so zu mir kamst, von einem Stamm, der Kendah genannt wird, in dessen Land sich ein großer Friedhof der Elefanten befinden soll, die aus allen Teilen des Landes dorthin gehen, um zu sterben? Ein Land, das irgendwo nordöstlich des Sees liegt, auf dessen Insel die Pongo leben?«

»Ja, Baas.«

»Und du sagtest, wie ich glaube, daß du noch nie von einem solchen Volk gehört hättest.«

»Nein, Baas, ich habe überhaupt nichts gesagt. Ich habe natürlich sehr viel darüber gehört.«

»Warum hast du es mir dann nicht früher gesagt, du kleiner Idiot?« fragte ich verärgert.

»Was hätte das genutzt, Baas? Du hast damals nach Gold gejagt, nicht nach Elfenbein. Warum sollte ich dich unglücklich machen und meinen Atem vergeuden, indem ich über wunderschöne Dinge spräche, die sowohl für dich als auch für mich außer Reichweite lagen, so weit entfernt wie der Himmel?«

»Stell mir keine dummen Fragen, sondern sag mir, was du weißt, und zwar sofort!«

»Dieses, Baas: Als wir in der Stadt Beza waren, nachdem wir den Gorillagott getötet hatten und dein Freund Stephen krank wurde und es nichts zu tun gab, habe ich mit allen Leuten gesprochen, mit denen zu reden sich lohnte, und das waren nicht viele, Baas. Doch gab es dort eine sehr alte Frau, die nicht vom Volk der Mazitu war, und deren Mann und Kinder alle tot waren, doch zu der die Menschen in der Stadt aufblickten und sie fürchteten, weil sie weise war und Medizin aus Kräutern machen und die Zukunft voraussagen konnte. Ich habe sie oft besucht. Sie war völlig blind, Baas, und sie sprach gern mit mir – was zeigt, wie weise sie war. Ich habe ihr alles über den Gorillagott der Pongo erzählt, von dem sie bereits einiges wußte. Als ich fertig war, sagte sie, daß er nichts sei im Vergleich zu einem gewissen anderen Gott, den sie in ihrer Jugend gesehen habe, vor sieben mal zehn Jahren, als sie gerade heiratsfähig wurde. Ich fragte sie nach dieser Geschichte, und sie sagte dies:

›Weit entfernt nach dem Norden und dem Osten lebt ein Volk, das Kendah heißt, und über das ein Sultan herrscht. Es ist ein großes Volk und bewohnt ein sehr fruchtbares Land. Doch ringsumher ist alles Land öde und menschenleer, bevölkert nur von Wild, weil sie nicht zulassen, daß irgend jemand dort lebt. Das ist der Grund dafür, daß niemand etwas über sie weiß; jeder, dem es gelingt, durch die Wildnis in jenes Land zu kommen, wird getötet und kehrt nicht zurück, um von ihnen zu berichten.‹

Sie sagte mir auch, daß sie bei diesem Volke geboren wurde, jedoch entflohen sei, weil der Sultan sie in sein Frauenhaus stecken wollte, was nicht ihr Wunsch war. Lange Zeit zog sie südwärts und lebte von Wurzeln und Beeren, bis sie ein Wüstenland erreichte, und sich dort, völlig erschöpft, niederlegte, um zu sterben. Doch sie wurde von Männern der Mazitu gefunden, die ausgezogen waren, um

Straußenfedern für ihren Kriegsschmuck zu erbeuten. Sie gaben ihr zu essen, und als sie sahen, daß sie hübsch war, nahmen sie sie mit in ihr Land, wo einer von ihnen sie heiratete.

Doch von ihrem Lande erzählte sie ihnen nur Lügen, da sie fürchtete, die Götter, die die Geheimnisse hüten, würden sich an ihr rächen, wenn sie die Wahrheit enthüllte; doch jetzt, wo sie dem Tod nahe war, fürchtete sie sie nicht mehr, da selbst die Kendah-Götter nicht durch die Wasser des Todes schwimmen können. Das ist alles, was sie mir über ihre Reise erzählte, da sie den Rest vergessen hatte.«

»Ich pfeife auf ihre Reise, Hans. Was hat sie über ihren Gott gesagt, und über das Volk der Kendah?«

»Dieses, Baas: Daß die Kendah nicht nur einen Gott haben, sondern deren zwei, und nicht nur einen Herrscher, sondern auch deren zwei. Sie haben einen guten Gott, der ein Kind-Fetisch ist« – hier fuhr ich zusammen – »und durch den Mund eines Orakels spricht, das immer eine Frau ist. Wenn diese Frau stirbt, spricht der Gott so lange nicht, bis man eine neue Frau findet, die gewisse Male haben muß, welche zeigen, daß sie den Geist jenes Gottes in sich trägt. Bevor die Frau stirbt, sagt sie den Priestern immer, in welchem Land sie nach der suchen müssen, die ihr nachfolgen solle; doch manchmal gelingt es ihnen nicht, sie zu finden, und dann kommt Unheil über das Volk, weil ›das Kind seine Zunge verloren hat‹, und die Menschen werden Opfer eines anderen Gottes, der niemals stirbt.«

»Und wer ist dieser andere Gott, Hans?«

»Jener Gott, Baas, ist ein Elefant« – hier fuhr ich erneut zusammen –, »ein sehr böser Elefant, dem Menschen zum Opfer gebracht werden. Ich glaube, Baas, daß er der Teufel selbst ist, der nur die Gestalt eines Elefanten angenommen hat. Der Sultan ist ein Verehrer jenes Gottes, der in dem Elefanten Jana lebt« – hier stieß ich nun einen Pfiff aus –, »wie auch die meisten Menschen des Volkes, alle jene, die schwarzer Hautfarbe sind. Denn einst, vor langer Zeit, zu Anbeginn der Welt, waren die Kendah zwei Völker, doch die hellhäutigen Menschen, welche das Kind anbeten, kamen aus dem Norden und besiegten die schwarzen Menschen, und brachten das Kind mit sich, jedenfalls habe ich es so verstanden, Baas. Das geschah vor Tausenden und Tausenden von Jahren, als die Welt noch jung war. Seitdem leben die beiden Völker Seite an Seite, wie zwei Bäche in demselben Bett, die sich nie vermischen und deren jeder seine eigene Farbe behält. Nur, sagte sie, wird der aus dem Norden gekommene Bach schwächer und schwächer, und der aus dem Süden immer stärker.«

»Warum verschlucken dann die Starken nicht die Schwachen?«

»Weil die Schwachen noch immer die Reinen und die Weisen sind, Baas, jedenfalls sagte das die alte *vrouw**. Weil sie das Gute verehren, während die anderen den Teufel anbeten, und wie dein Vater, der Prädikant zu sagen pflegte: Gott ist der Hahn, der schließlich immer den Kampf gewinnt, Baas. Ja, wenn er tot zu sein scheint, steht er wieder auf, tritt dem Teufel in den Magen und stellt sich auf ihn und kräht, Baas. Außerdem sind diese Menschen aus dem Norden mächtige Zauberer. Durch ihren Kind-Fetisch können sie Regen und gute Ernten machen und Krankheiten verhindern, während Jana nur böse Gaben verteilt, die mit Grausamkeit und Krieg und solchen Dingen zu tun haben. Schließlich besitzen die Priester, die durch das Kind herrschen, das Geheimnis des Reichtums und des uralten Wissens, während der Sultan und seine Gefolgsleute nur die Macht des Speeres haben. Dies war das Lied, das die alte Frau mir sang, Baas.«

»Warum hast du mir das alles nicht berichtet, als wir in Beza waren, damit ich selbst hätte mit ihr sprechen können, Hans?«

»Aus zwei Gründen, Baas. Der erste war meine Furcht, daß du, wenn ich es dir gesagt hätte, sofort losgezogen wärst, um dieses Volk zu suchen, während ich des Reisens

* Frau

müde war und nach Natal gehen wollte, um mich auszuruhen. Der zweite war, daß die alte Frau in jener Nacht, nachdem sie mir ihre Geschichte erzählt hatte, krank wurde und kurz darauf starb, und es deshalb sinnlos gewesen wäre, dich zu ihr zu bringen, um mit ihr zu sprechen. Also bewahrte ich alles in meinem Kopf auf, bis es gebraucht werden würde. Außerdem, Baas, haben die Mazitu gesagt, daß jene alte Frau die größte aller Lügnerinnen gewesen sei.«

»Sie war nicht immer eine Lügnerin, Hans. Höre, was ich erfahren habe!« Und ich erzählte ihm von der Magie von Harût und Marût, und von dem Elefantenfriedhof, den ich zu sehen schien, und von dem Elefanten Jana, und von dem Versprechen, das Harût und Marût mir gaben, was er sich alles schweigend anhörte. Es ist nicht leicht, im Gehirn eines Hottentotten Erstaunen auszulösen, das oft keine genaue Trennlinie ziehen kann zwischen dem Möglichen und dem, was die moderne Welt für unmöglich hält.

»Ja, Baas«, sagte er, als ich fertig war, »dann scheint es, als ob die alte Frau doch keine so große Lügnerin gewesen ist. Baas, wann werden wir aufbrechen und diesen Schatz von Elfenbein holen, und in welche Richtung wirst du gehen? Über Kolwa oder durchs Zululand? Das solltest du bald entscheiden, wegen der Jahreszeit.«

Anschließend sprachen wir noch lange miteinander, denn wessen Taschen leer sind, wie die meinen es waren, dem erscheint jedes Problem äußerst schwierig, wenn nicht gar unlösbar.

7

Lord Ragnalls Geschichte

In jener Nacht schlief Hans in meinem Haus, oder vielmehr außerhalb davon, im Garten, oder auf dem Stoep*, da er, wie er sagte, fürchtete, wegen seines Streites mit dem weißen Mann verhaftet zu werden, wenn er in die Stadt ginge. Wie es sich herausstellte, unternahm der andere Teilnehmer an dieser Auseinandersetzung jedoch nichts weiter, wahrscheinlich weil er zu betrunken gewesen war, um sich erinnern zu können, wer ihn in den Wassergraben gestoßen hatte, oder ob er vielleicht selbst hineingetorkelt war.

Am folgenden Morgen setzten wir unsere Diskussion fort, debattierten in allen Einzelheiten über jede mögliche Methode, mit den uns zur Verfügung stehenden Mitteln das Volk der Kendah zu erreichen. Wie die des vergangenen Abends erwiesen sie sich jedoch als recht fruchtlos. Logischerweise mußte eine so lange und gefahrvolle Expedition entsprechend finanziert werden und – wo war das Geld? Schließlich gelangte ich zu dem Schluß, daß es, wenn wir es überhaupt tun wollten, unter den gegebenen Umständen das beste wäre, wenn Hans und ich allein aufbrechen würden, in einem kleinen Ochsenwagen, mit zwei Zulu-Jägern als Treibern, der mit Munition und einigen weiteren notwendigen Dingen beladen werden konnte.

Mit so leichtem Gepäck mochte es uns gelingen, durch Zululand und dann nordwärts nach Beza, der Hauptstadt der Mazitu, zu gelangen, wo wir sicher waren, willkommen zu sein. Von da an mußten wir uns auf unser Glück verlassen. Es war nicht unwahrscheinlich, daß wir niemals das Gebiet erreichen würden, in dem diese Kendah angeblich lebten, doch zumindest mochte es mir gelingen, in der Wildnis jenseits des Zululands einige Elefanten zu erlegen.

---

* Veranda

Während wir sprachen, hörte ich den Kanonenschuß, der die Ankunft des britischen Postdampfers verkündete, und als ich in den Garten trat, sah ich das Schiff jenseits der Sandbank vor Anker liegen. Dann ging ich ins Haus, um ein paar Geschäftsbriefe zu schreiben, eine Tätigkeit, die seit dem Zeitpunkt, da ich in die Affären jener unglückseligen Goldmine verstrickt wurde, für mich zu einer fast täglichen Plage geworden war. Ich hatte einige dieser Briefe unter Stöhnen beendet – denn keiner von ihnen hatte einen angenehmen Inhalt –, als Hans so geräuschlos wie eine Schlange auftauchte, den Kopf durchs offene Fenster streckte, und sagte: »Baas, ich glaube, da sind zwei Baase auf der Straße, die nach dir suchen. Sehr feine Baase, die ich nicht kenne.«

Wahrscheinlich Aktionäre der Bona Fide Goldmine, dachte ich, und als ich mich darauf vorbereitete, durch die Hintertür zu verschwinden, sagte ich zu Hans: »Wenn sie herkommen sollten, sage ihnen, ich sei nicht zu Hause. Sag ihnen, ich sei heute früh zum Kongo abgereist, um nach den Nilquellen zu suchen.«

»Ja, Baas«, sagte Hans, und sein Kopf verschwand aus dem Fenster.

Ich verdrückte mich durch die Hintertür, tief beschämt ob der Tatsache, daß ich, Allan Quatermain, so tief gesunken war, daß ich mich scheute, einem Fremden ins Antlitz zu blicken, aus Furcht vor dem, was er mir zu sagen haben mochte. Doch dann gewann mein Stolz die Oberhand. Was gab es denn, dessen ich mich schämen müßte? Ich würde mich diesen wütenden Aktionären stellen, wie ich mich gestern den anderen gestellt hatte.

Ich ging um das kleine Haus herum in den Vorgarten, in dem ich Orangenbäume gepflanzt hatte, und trat neben einen großen Mondblumenstrauch – *datura* ist, wie ich glaube, sein botanischer Name –, der nahe der Granatapfelhecke wuchs, die mein Grundstück von der Straße trennte. Dort war ein Gespräch zustande gekommen, falls man es so nennen kann.

»Ikona Inkoosi»*«, sagte ein Kaffer in stupidem Tonfall.

Worauf eine Stimme, die mir sofort bekannt vorkam, antwortete: »Wir wollen wissen, wo der große Jäger wohnt.«

»Ikona«, sagte der Kaffer.

»Können Sie sich nicht an seinen Eingeborenennamen erinnern?« fragte eine andere Stimme, die mir ebenfalls bekannt war, denn ich vergesse Stimmen niemals, wenn ich sie auch häufig nicht gleich identifizieren kann.

»Der große Jäger, Her-komm-a-zany«, sagte die erste Stimme triumphierend, und im gleichen Moment blitzte vor meinem Gehirn die Vision des herrlichen Salons von Ragnall Castle auf, und eines untadeligen *Majordomo,* der zwei weißgekleidete, arabisch aussehende Männer in diesen führte.

»Mr. Savage, bei allen guten Geistern«, murmelte ich. »Was, im Namen aller Heiligen, will der denn hier?«

»Sehen Sie«, sagte die zweite Stimme, »Ihr schwarzer Freund hat die Flucht ergriffen, und das ist auch kein Wunder, denn wer kann schon bei einem solchen Namen gerufen werden? Wenn Sie getan, was ich Ihnen gesagt habe, Savage, und einen Weißen als Führer gemietet hätten, hätte uns das eine Menge Mühe erspart. Warum glauben Sie immer, alles besser zu wissen als alle anderen?«

»Es schien mir eine unnötige Auslage, Mylord, angesichts des Umstandes, daß wir incognito reisen, Mylord.«

»Wie lange werden wir wohl incognito bleiben, wenn Sie darauf bestehen, mich mit lauter Stimme als ›Mylord‹ anzureden, Savage? Da ist ein Haus hinter den Bäumen; gehen Sie hinüber und fragen Sie, wo ...«

Inzwischen hatte ich das Gartentor erreicht, öffnete es und sagte ruhig: »Wie geht es Ihnen, Lord Ragnall? Und Ihnen, Mr. Savage? Ich glaubte, Ihre Stimmen erkannt zu haben und wollte nachsehen, ob ich mich nicht geirrt hätte. Bitte, treten Sie ein – das heißt, falls ich es bin, den Sie zu besuchen wünschen.«

---

* »Ich weiß nicht, Häuptling (Herr).«

Während ich sprach, betrachtete ich die beiden sehr eingehend und stellte fest, daß, während Savage genauso aussah wie damals, wenn auch ein wenig deplaziert in dieser Umgebung, die Zeit, die seit unserer Trennung vergangen war, Lord Ragnall stark verändert hatte. Er war noch immer ein hervorragend aussehender Mann, einer von jenen, den niemand, der ihn einmal gesehen hat, jemals vergessen würde, doch jetzt war sein gutgeschnittenes Gesicht mit dem neuen Siegel des Leids geprägt. Ich spürte sofort, daß er die Bekanntschaft des Leids gemacht hatte. Die Schatten in seinen dunklen Augen und ein gewisser Zug um den Mund sagten mir, daß dem so war.

»Ja, Quatermain«, sagte er, als er meine Hand ergriff. »Sie sind es, den zu besuchen ich siebentausend Meilen weit gereist bin, und ich danke Gott, daß ich das Glück habe, Sie zu finden. Ich befürchtete, daß Sie tot sein könnten, oder vielleicht weit fort, im Innern Afrikas, wo es mir nie gelungen wäre, Sie aufzuspüren.«

»Eine Woche später würden Sie mich in der Tat nicht mehr hier gefunden haben, Lord Ragnall«, antwortete ich, »doch das Unglück hat mich hier festgehalten.«

»Und Unglück war es, das mich hierher führt, Quatermain.«

Dann, bevor ich antworten konnte, hatte Savage uns erreicht, und wir traten ins Haus.

»Sie kommen gerade rechtzeitig zum Mittagessen«, sagte ich, »und wie es das Glück will, gibt es einen guten Fels-Kabeljau und einen Schlegel einer Oribé-Antilope für Sie. Boy, zwei weitere Gedecke!«

»Nur ein Gedeck, bitte, Sir«, sagte Savage. »Ich ziehe es vor, später zu essen.«

»Das werden Sie sich in Afrika abgewöhnen müssen«, murmelte ich. Trotzdem ließ ich ihm seinen Willen, und so kam es, daß sich wenig später das seltsame Bild bot, den untadeligen englischen *Majordomo* in dem kleinen Zimmer hinter meinem Stuhle stehen und *Square Face* herumreichen zu sehen, als ob es Champagner wäre. Es war ein Anblick, der in meiner primitiven Behausung größtes Interesse hervorrief und Hans und ein paar seiner Anhänger veranlaßte, sich vor dem offenen Fenster zu versammeln. Doch Lord Ragnall nahm keinerlei Notiz davon, und ich hielt es für besser, mich nicht einzumischen.

Als wir gegessen hatten, gingen wir auf den Stoep, um zu rauchen, und ließen Savage zurück, damit auch er sein Mittagessen zu sich nehmen konnte. Ich fragte Lord Ragnall, wo sein Gepäck sei, und er antwortete, daß er es beim Zoll deponiert habe. »Dann«, sagte ich, »werde ich einen Eingeborenen mit Savage losschicken, um zu arrangieren, daß es hergebracht wird. Wenn meine primitive Behausung Ihnen nicht zu wenig komfortabel sein sollte, ist ein Zimmer für Sie da, und Ihr Mann kann sich im Garten ein Zelt aufschlagen.«

Nach einigem Zögern nahm er mein Angebot dankbar an, und kurz darauf wurden Savage und der Eingeborene losgeschickt, mit einer Anweisung an einen Mann, der einen Maultierkarren vermietete.

»Und jetzt«, sagte ich, als das Tor sich hinter ihnen geschlossen hatte, »würde ich gerne erfahren, was Sie nach Afrika geführt hat.«

»Unglück«, antwortete er. »Unglück der schlimmsten Art.«

»Ist Ihre Frau gestorben, Lord Ragnall?«

»Das weiß ich nicht. Ich hoffe fast, daß sie tot ist. Auf jeden Fall ist sie für mich verloren.«

Ein Gedanke schoß mir durch den Kopf, daß sie mit einem anderen Mann durchgebrannt sein könnte, was ja häufig vorkommt. Doch glücklicherweise behielt ich ihn für mich und sagte nur: »Sie war schon einmal fast verloren, nicht wahr?«

»Ja, als Sie sie gerettet haben. Oh! Wenn Sie nur bei uns gewesen wären, Quatermain, dann wäre dies alles nicht geschehen. Vor etwa achtzehn Monaten gebar sie einen Sohn, ein sehr schönes Kind. Sie erholte sich rasch von der Geburt, und wir waren so glücklich, wie es zwei Sterbliche nur sein können, denn wir liebten einander, Quatermain, und Gott hatte uns in jeder Weise gesegnet; wir waren so glücklich, daß sie mir einmal sagte, unser großes Glück mache ihr Angst. Eines Tages, im vergangenen September, als ich auf die Jagd gegangen war, fuhr sie in dem kleinen Pony-Wagen, den wir besaßen, mit dem Kind und dem Kindermädchen, doch ohne männliche Begleitung, fort, um Mr. Scroope zu besuchen, der krank darniederlag. Sie benutzte diesen Wagen häufig, denn das Pony war ein altes Tier und sanft wie ein Lamm.

Ein schicksalshafter Zufall wollte es, daß sie, als sie durch die kleine Stadt nahe Ragnall fuhren, an die Sie sich erinnern mögen, auf eine reisende Menagerie stießen, die auf dem Weg zu einem neuen Standort war. An der Spitze des Zuges ging ein großer Elefantenbulle, der, wie ich hinterher erfuhr, ein übellauniger Bursche war, der bereits einen Menschen getötet hatte und niemals hätte auf die Straße gelassen dürfen. Der Anblick des Pony-Wagens, oder vielleicht des roten Umhangs, den meine Frau trug, die von jeher helle Farben liebte, scheint die Bestie aus irgendwelchen Gründen in Rage gebracht zu haben, und sie begann zu trompeten. Das Pony geriet in Panik, warf sich herum und riß den Wagen auf die Seite, direkt vor dem Elefanten, doch offenbar, ohne daß jemand verletzt wurde. Dann ...« – hier machte er eine kurze Pause, bevor er mit sichtlicher Anstrengung fortfuhr – »stellte dieser Teufel in Gestalt eines Tieres seine großen Ohren zur Seite, streckte seinen langen Rüssel aus, riß das Baby aus den Armen des Kindermädchens, wirbelte es herum und schleuderte es hoch in die Luft, so daß es auf den Rinnstein prallte und getötet wurde. Er beschnüffelte den Leichnam des Kindes, betastete es mit seinem Rüssel, wie um sich zu versichern, daß es tot war. Dann trompetete er wieder triumphierend und trottete, ohne zu versuchen, meiner Frau oder einem anderen Menschen etwas zuleide zu tun, an dem zerbrochenen Wagen vorbei und setzte seinen Weg fort, bis er außerhalb der Stadt festgehalten und erschossen wurde.«

»Was für eine entsetzliche Geschichte«, sagte ich erschüttert.

»Ja, aber es sollte noch schlimmer kommen. Meine arme Frau verlor den Verstand; durch den Schock, vermute ich, denn kein Arzt konnte irgendeine Verletzung bei ihr feststellen. Sie wurde nicht krank oder unleidlich, ganz im Gegenteil, ihre natürliche Sanftmut trat noch stärker hervor. Sie verlor nur den Verstand. Stundenlang saß sie herum, schweigend und lächelnd, und spielte mit den roten Steinen der Halskette, die diese Gaukler ihr damals gegeben hatten, oder zählte sie vielmehr, so wie eine Nonne es mit den Perlen ihres Rosenkranzes tut. Hin und wieder sprach sie auch, aber immer nur zu dem Baby, als ob es vor ihr läge oder sie es stillen würde. Oh! Quatermain, es war grausam, grausam!

Ich tat alles, was in meiner Macht stand. Sie wurde von drei der größten Gehirnspezialisten Englands untersucht, doch keiner von ihnen konnte ihr helfen. Die einzige Hoffnung, die sie mir geben konnten, war die Möglichkeit, daß es so plötzlich wieder verschwinden könnte, wie es eingetreten war. Sie meinten auch, daß eine völlige Veränderung der Umgebung sich günstig auswirken könnte und schlugen Ägypten vor; das war im Oktober. Ich hielt nicht viel von dieser Idee, warum, kann ich nicht sagen, und hätte mich wohl nie damit einverstanden erklärt, wenn nicht ein seltsamer Umstand eingetreten wäre. Als die Untersuchung vorüber war, blieb meine Frau mit ihrer Mutter an einem Ende des Raums, während ich mich mit den Ärzten zu dessen anderem zurückzog, so daß wir weit außer Hörweite waren, wie ich wähnte. Plötzlich aber rief sie nach mir und sagte mit völlig klarer und natürlicher Stimme: ›Ja, George, ich werde nach Ägypten gehen. Ich möchte nach Ägypten gehen.‹ Dann fuhr sie fort, mit der Halskette zu spielen und mit dem imaginären Kind zu sprechen.

Und am folgenden Morgen, als ich in ihr Zimmer trat, um sie zu küssen, rief sie: ›Wann brechen wir endlich auf nach Ägypten? Laß uns bald abreisen, bitte!‹

Über dieses Drängen waren die Ärzte sehr erfreut, erklärten mir, daß es ein Zeichen für das wiederkehrende Interesse am Leben sei und baten mich, ihr diesen Wunsch nicht abzuschlagen.

Also gab ich nach, und schließlich fuhren wir nach Ägypten, gemeinsam mit Lady Longden, die darauf bestand, uns zu begleiten, obwohl sie sehr anfällig für Seekrankheit ist. In Kairo erwartete uns eine große Dahabiyeh*, die ich im voraus gemietet hatte, bemannt von einer ausgezeichneten Mannschaft und vier Soldaten. In ihr begannen wir unsere Reise nilaufwärts. Für einen Monat oder so ging alles gut; und zu meiner unaussprechlichen Freude schien meine Frau hin und wieder Zeichen zurückkehrender Normalität zu zeigen. So interessierte sie sich für Skulpturen entlang den Wänden der Tempel, über die sie so gerne gelesen hatte, als sie noch geistig gesund gewesen war. Ich erinnere mich, daß sie nur wenige Tage vor der ... der Katastrophe auf eine von ihnen deutete – es war eine Statue von Isis mit dem kindlichen Horus – und rief: ›Sieh nur, George, die heilige Mutter mit dem heiligen Kind‹, und sich dann ehrfürchtig davor verneigte, wie vor einem Altar. Schließlich, nachdem wir den ersten Katarakt und die Insel Philae passiert hatten, gelangten wir zu dem Tempel von Abu Simbel, wo unser Boot am gegenüberliegenden Ufer festgemacht wurde. Am folgenden Morgen, bei Tagesanbruch, suchten wir diesen Tempel auf, sahen die Strahlen der Sonne auf die vier Statuen fallen, die sich an seinem hinteren Ende befinden, und verbrachten den Tag damit, die Kolossalfiguren des Ramses zu betrachten, die in seine Fassade gemeißelt sind, und einige Karawanen von Arabern zu beobachten, die an den Nilufern entlangzogen.

Meine Frau war an jenem Nachmittag ungewöhnlich still. Stunde um Stunde saß sie auf dem Deck des Bootes, blickte einmal auf die Öffnung des in den Fels gehauenen Tempels und die gewaltigen Gestalten, die ihn bewachen, und dann

* Großes Flußboot

in die uns umgebende Wüste hinaus. Nur einmal hörte ich sie sprechen, und da sagte sie: ›Wunderbar, wunderbar! Jetzt bin ich zu Hause.‹ Wir aßen zu Abend; es war eine mondlose Nacht, und wir gingen ziemlich früh zu Bett, nachdem wir den sudanesischen Sängern gelauscht hatten, die ihre wilden Shanties sangen.

Meine Frau und ihre Mutter teilten sich eine Kabine der Dahabiyeh, die im Heck des Bootes lag. Meine Kabine, eine recht kleine, befand sich unmittelbar daneben, und die der Krankenschwester auf ihrer anderen Seite. Die Mannschaft und die Wachen hielten sich im Tagesraum auf, der im Vorschiff gelegen war. Eine Gangway war ausgelegt, die vom Deck des Bootes zum Ufer führte, und vor ihr stand eine Wache, oder sollte zumindest dort stehen. Während der Nacht begann der Chamsin* zu wehen, wie es in dieser Jahreszeit zu erwarten war. Ich hörte nichts davon, da ich in festem Schlaf lag, wie offenbar auch alle anderen auf der Dahabiyeh, einschließlich des Postens, wie ich vermute.

Das erste, woran ich mich erinnere, war das Erscheinen von Lady Longden, die bei Tagesanbruch in meine Kabine geeilt kam und mit vor Aufregung zitternder Stimme fragte, ob Luna – das ist meine Frau – bei mir sei. Es stellte sich heraus, daß sie, mit einem Pelzmantel bekleidet, in der Nacht die Kabine verlassen hatte, und zwar schon vor geraumer Zeit, denn das Bett, auf dem sie geruht hatte, war völlig kalt. Quatermain, wir haben überall nach ihr gesucht, volle vier Tage lang haben wir gesucht, doch von der Stunde an konnte nicht die geringste Spur von ihr gefunden werden.«

»Haben Sie irgendeine Vermutung?« fragte ich.

»Ja, oder zumindest haben alle die Experten, die wir konsultierten, eine Theorie. Sie besagt, daß sie sich während der Nacht in die Tageskabine schlich, von dort aus an Deck gelangte und in den Nil fiel oder sich ins Wasser stürzte, und von der Strömung fortgetragen wurde. Wie Sie gehört ha-

---

* Von (arab.) chamsa = fünf, ein zumeist fünf Tage andauernder, heißer, drückender Wüstenwind – *Anm. d. Übers.*

ben werden, ist der Nil voller Leichen. Ich selbst habe während jener Reise zwei davon gesehen. Die ägyptische Polizei und alle anderen waren so fest davon überzeugt, daß es so geschehen sein mußte, daß sie, ungeachtet der Belohnung von tausend Pfund, die ich für jede brauchbare Information ausgesetzt hatte, kaum dazu überredet werden konnten, die Suche fortzusetzen.«

»Sie sagten, daß ein Wind geweht habe, und soweit ich weiß, sind die Ufer sandig, also sind vermutlich alle Fußspuren verweht worden, nehme ich an.«

Er nickte, und ich fuhr fort: »Was ist Ihre Meinung? Glauben Sie, daß sie ertrunken ist?«

Er konterte meine Frage mit einer anderen.

»Was glauben *Sie?*«

»Ich? Oh! Obwohl es mir nicht zukommt, dies zu sagen, glaube ich es nicht. Ich bin sogar sicher, daß sie *nicht* ertrunken ist, daß sie in diesem Moment lebt.«

»Wo?«

»Was das betrifft, sollten Sie besser unsere Freunde Harût und Marût fragen«, antwortete ich trocken.

»Woraus schließen Sie das, Quatermain? Es gibt doch nicht den geringsten Hinweis.«

»Im Gegenteil! Ich bin der Meinung, daß es eine ganze Reihe von Hinweisen gibt. Der ganze englische Teil dieser Geschichte, in die wir verwickelt wurden, die Drohungen, die jene geheimnisvollen Männer aussprachen, sind der erste und wichtigste dieser Hinweise. Der zweite ist die Tatsache, daß Ihre Anforderung der Dahabiyeh, ohne Rücksicht auf die Kosten, lange vor Ihrer Ankunft in Ägypten bekannt war, denn ich vermute, daß sie in Ihrem Namen erfolgte, der nicht eben so häufig ist wie Smith oder Brown. Der dritte ist die Anfälligkeit Ihrer Frau für das Schlafwandeln, durch die es ein leichtes war, sie unter irgendeinem mesmerischen Einfluß ans Ufer zu bringen. Der vierte ist, daß Sie auf Kamelen berittene Araber an den Nilufern bemerkt haben. Der fünfte ist der tiefe Schlaf, in den jeder an Bord des Bootes in der fraglichen Nacht versunken zu sein schien, was den

Verdacht aufkommen läßt, daß Ihr Essen mit irgendwelchen Drogen versetzt worden sein könnte. Der sechste ist die Apathie, die von den Leuten an den Tag gelegt wurde, welche mit der Suche beauftragt waren, was in mir die Vermutung auslöst, daß einer oder mehrere der maßgebenden Männer bestochen gewesen sein könnten, wie es im Osten üblich ist, oder vielleicht mit Drohungen, sie zu verhexen, eingeschüchtert. Der siebente ist, daß eine Nacht ausgewählt wurde, in der Wind aufkam, der jede Spur rasch verwehen würde, sei es die von Menschen oder von Kamelen. Diese mögen für den Anfang reichen, obwohl ich glaube, noch mehr finden zu können, wenn ich mir die Zeit dazu nähme. Sie müssen bedenken, daß die Reise zum Land der Kendah zwar weit sein mag, es jedoch zweifellos vom Sudan aus erreicht werden kann, wenn man den Weg kennt, und auch von den Küsten Süd- und Ostafrikas aus.«

»Sie glauben also, daß meine Frau von diesen Schurken Harût und Marût entführt worden ist?«

»Natürlich, obwohl Schurken sicher eine etwas zu starke Bezeichnung für sie ist. Sie mögen nach ihren seltsamen Gesetzen absolut ehrenwerte Männer sein, was ich sogar annehmen möchte. Denken Sie daran, daß sie einem Gott oder Fetisch dienen, oder vielmehr, nach ihrem Glauben, einem Gotte *in* einem Fetisch, der für sie zweifellos ein schrecklicher Herrscher ist, besonders wenn jener Gott, wie ich erfahren habe, von einem Rivalen-Gott bedroht wird.«

»Warum sagen Sie das, Quatermain?«

In Beantwortung seiner Frage wiederholte ich die Geschichte, die Hans, wie er sagte, von jener alten Frau in Beza gehört hatte, der Stadt der Mazitu. Lord Ragnall hörte mit gespanntem Interesse zu und sagte dann mit erregter Stimme: »Das ist eine sehr seltsame Geschichte, doch ist Ihnen aufgefallen, Quatermain, daß, wenn Ihre Vermutungen richtig sein sollten, einer der schrecklichsten Umstände, die mit meinem Fall in Zusammenhang stehen, der ist, daß unser Kind durch die Bösartigkeit eines Elefanten auf eine so furchtbare Art zu Tode gekommen ist?«

»Dieser seltsame Zufall hat mich sehr betroffen gemacht, Lord Ragnall. Andererseits jedoch wüßte ich nicht, wie dies etwas anderes sein könnte, als ein reiner Zufall, da der Elefant, der Ihr Kind tötete, sicherlich nicht Jana hieß. Anzunehmen, daß wegen einer Auseinandersetzung zwischen einem Elefantengott und einem Kindgott irgendwo im Herzen Afrikas ein Zirkuselefant in England dazu veranlaßt werden könnte, ein Kind zu töten, ist meiner Meinung nach reichlich abwegig.«

Das war es, was ich ihm sagte, da ich vermeiden wollte, einen neuen Schrecken in eine Affäre einzubringen, die ohnehin schon schrecklich genug war. Doch als ich daran dachte, daß diese beiden Priester, Harût und Marût, die Mutter des ermordeten Kindes für niemand anderen als das Orakel ihrer Religion hielten (obwohl ich nicht zu begreifen vermag, wie sie darauf gekommen sein mochten) und sie deshalb die große Feindin des bösen Elefantengottes war, stieg eine unheimliche Furcht in mir auf. Wenn bei dieser Sache irgendwelche Mächte der Magie im Spiele waren, seien es die der weißen, der schwarzen, oder beider, wie es meine Erfahrungen in England vermuten ließen, wer vermochte zu sagen, wo genau ihre Grenze verlief? Da jedoch von den Zauberern Afrikas immer wieder demonstriert worden war, daß die Kunst der afrikanischen Magie eine Tatsache ist, schien es mir töricht, diesem Gedankengang zu folgen. Also beließ ich es dabei und bat Lord Ragnall, fortzufahren.

»Über einen Monat lang blieb ich in Ägypten«, sagte er, »und wartete auf die Rückkehr von Boten, die zu den Häuptlingen der verschiedenen sudanesischen Stämme und an andere Orte entsandt worden waren, und die mir nach Erledigung ihres Auftrages erklärten, daß sie nicht das geringste von einer in Begleitung von Eingeborenen reisenden weißen Frau gesehen oder gehört hätten, noch daß so eine Frau als Sklavin verkauft worden sei. Durch den Khediven, auf den ich über die britische Regierung einigen Einfluß ausüben konnte, ließ ich mehrere Harems in Ägypten überprüfen, doch gleichfalls ohne Erfolg. Dann, nachdem ich die Nachforschungen in die Hände des britischen Konsuls und eines französischen Anwaltsbüros gelegt hatte, obwohl ich, offen gestanden, jede Hoffnung verloren hatte, kehrte ich nach England zurück, wohin ich Lady Longden, gebrochenen Herzens, bereits vorausgeschickt hatte, da mir eingefallen war, daß meine Frau möglicherweise dorthin geirrt oder gebracht worden sein mochte. Aber auch dort fand sich keine Spur von ihr, noch von irgend jemandem, auf die ihre Beschreibung paßte. So gelangte ich schließlich zu der einzig logischen Schlußfolgerung, daß ihre Knochen irgendwo auf dem Grunde des Nils liegen mußten, und ergab mich meiner Verzweiflung.«

»Was in jedem Falle töricht ist«, bemerkte ich.

»Das werden Sie noch einmal sagen, wenn Sie das Ende hören, Quatermain. Meine Trauer und die von ihr hervorgerufene Schlaflosigkeit zehrten so stark an mir, weil nach dem Tod des Kindes meine Frau alles für mich gewesen war, so daß, um ehrlich zu sein, mein Gehirn davon in Mitleidenschaft gezogen wurde und ich, wie Hiob, Gott in meinem Herzen verfluchte und entschlossen war, zu sterben. Und ich wäre auch durch eigene Hand gestorben, wenn es nicht um Savage gewesen wäre. Ich hatte das Laudanum bereits besorgt und auch die Pistole geladen, mit der ich mich unmittelbar nach Einnahme der Droge hatte erschießen wollen, so daß ich auf jeden Fall sterben würde. Eines Nachts, Quatermain, vor weniger als zwei Monaten, saß ich in meinem Arbeitszimmer auf Ragnall, hinter verschlossener Tür, wie ich annahm, und schrieb ein paar Abschiedsbriefe, bevor ich aus dem Leben scheiden wollte. Gegen Mitternacht, als ich gerade den letzten dieser Briefe beendet hatte, hörte ich ein Geräusch, und als ich aufblickte, sah ich Savage vor mir stehen. Ich fragte ihn verärgert, wie er hereingekommen sei (ich vermute, er hatte einen Schlüssel für eine der anderen Türen) und was er wolle. Er ignorierte den ersten Teil meiner Frage und antwortete:

›Mylord, ich habe über unseren Kummer nachgedacht‹ –

er war mit uns in Ägypten gewesen – ›ich habe so stark darüber nachgedacht, daß ich kaum noch schlafen konnte. Heute nun, da Sie sagten, daß Sie mich nicht mehr brauchten, und ich müde war, ging ich früh zu Bett und hatte einen Traum. Ich träumte, daß wir wieder auf jener Lichtung wären, wie vor einigen Jahren, und der kleine afrikanische Gentleman, der so herrlich schießen konnte, uns Spuren von jenen zwei schwarzen Männern zeigte, so wie er es damals tat, als sie versucht hatten, ihre Ladyschaft zu entführen. Dann schien ich, in meinem Traum, wieder in mein Bett zurückzugehen, und jene scheußliche Schlange, die wir auf der Straße unter dem Kleiderbündel gefunden hatten, schien mir zu folgen. Als ich wieder einschlief – dies alles in meinem Traum –, stand sie aufgerichtet am Fußende meines Bettes und zischte, bis ich davon erwachte. Dann sprach sie sogar, in gutem Englisch, und nicht auf afrikanisch, wie zu erwarten gewesen wäre.

„Savage", sagte sie, „steh auf und bekleide dich, geh sofort zu seiner Lordschaft, und sag ihm, daß er nach Natal reisen und Mr. Allan Quatermain aufsuchen muß" (Sie erinnern sich, daß dies der Name des afrikanischen Gentlemans war, Mylord, der mir, mit so vielem Kommen und Gehen in diesem großen Hause völlig entfallen war, bis ich diesen Traum hatte). „Such Mr. Allan Quatermain", fuhr das eklige Reptil fort, und schloß und öffnete dabei sein Maul, wie ein Christ, der eine Rede hält, „denn er hat ihm einiges darüber zu sagen, was ein Loch in sein Herz gebrannt hat, welches jetzt von sieben Teufeln besessen ist. Mach schnell, Savage, und nimm dir nicht die Zeit, Hemd und Krawatte anzulegen" – und das habe ich auch nicht getan, Mylord, wie Sie sehen. „Er hat sich in sein Arbeitszimmer eingeschlossen, doch du weißt, wie man hineingelangen kann. Wenn er nicht auf dich hören will, so fordere ihn auf, sich im Raum umzublicken, dann wird er etwas sehen, was ihm beweist, daß dein Traum wahr ist."

Darauf verschwand die Schlange, schien sich am linken Bettpfosten hinabzuwinden, und ich erwachte in kaltem Schweiß gebadet und tat, was sie mich geheißen hatte.‹

Das waren seine Worte, Quatermain, genauso, da ich sie mir unmittelbar danach, als sie noch frisch in meiner Erinnerung waren, aufgeschrieben habe, und Sie sehen, hier sind sie, in meinem Notizbuch.

Meine Antwort fiel ziemlich brüsk aus, fürchte ich, denn ein Mann, der dabei ist, die Welt unter solchen Umständen zu verlassen, befindet sich nicht gerade in bester Verfassung, wenn er fast bei dem Akt selbst gestört wird, zu dem er von langer Agonie getrieben worden ist. Ich sagte ihm, daß sein ganzer Traum von Schlangen lächerlich sei, was er offensichtlich auch war, und ich wollte ihn schon fortschikken, als mir einfiel, daß die durch ihn übermittelte Anregung, mich mit Ihnen in Verbindung zu setzen, gar nicht so lächerlich war angesichts der Rolle, die Sie bereits in diesem Drama gespielt hatten.«

»Alles andere als lächerlich«, warf ich ein.

»Offen gestanden«, fuhr Lord Ragnall fort, »hatte ich schon selbst daran gedacht, doch irgendwie, unter dem Eindruck meines unmittelbaren Leides, wurde dieser Gedanke aus meinem Gehirn verdrängt, vielleicht, weil Sie so weit entfernt waren und ich nicht wußte, ob ich Sie würde finden können, selbst wenn ich es versuchte. Bevor ich Savage entließ, erhob ich mich von meinem Schreibsessel und begann in dem Zimmer auf und ab zu gehen und zu überlegen, was ich tun sollte. Ich weiß nicht, ob Sie diesen Raum gesehen haben, als Sie auf Ragnall waren; er ist ziemlich groß, etwa fünfzig Fuß lang, wenn auch nicht übermäßig breit. Er hat zwei Kamine, die in jener Nacht beide brannten, und er war von vier Stehlampen erleuchtet, außer der Lampe auf meinem Schreibtisch. Zwischen diesen beiden Kaminen, in einer kleinen Wandnische und ein wenig im Schatten, da keine der Lampen direkt gegenüberstand, hing ein Porträt meiner Frau, das ich von einem bekannten Maler hatte anfertigen lassen, als wir uns verlobten.«

»Ich erinnere mich daran«, sagte ich. »Oder, besser gesagt, ich erinnere mich an sein Vorhandensein. Gesehen habe ich es nicht, da es von einem Vorhang verdeckt war, weil Sie, wie Savage mir erklärte, nicht wünschten, daß jemand außer Ihnen dieses Bild sähe. Zu jener Zeit machte ich ihm gegenüber – oder eigentlich mehr im Selbstgespräch – die Bemerkung, daß es ein böses Omen sei, das Konterfei einer lebenden Frau auf diese Weise zu verdecken, obwohl ich nicht sagen kann, was mir diesen Gedanken eingegeben haben mag.«

»Sie haben völlig recht, Quatermain. Es war eine alberne Laune, der Spleen eines Verliebten, vermute ich. Als wir heirateten, ließ ich den Vorhang entfernen, doch wurde die Messingstange, an der er befestigt gewesen war, übersehen und verblieb dort. Bei meiner Rückkehr nach England nach dem Verlust meiner Frau stellte ich jedoch fest, daß ich den Anblick dieses leblosen Konterfeis jener, die mir auf so grausame Weise genommen worden war, nicht ertragen konnte, und ich ließ den Vorhang wieder anbringen. Ich tat sogar noch mehr. Damit er nicht von irgendeinem staubwischenden Hausmädchen angehoben werden konnte, befestigte ich ihn eigenhändig mit drei oder vier Nägeln, die ich, wie ich mich erinnere, durch den Samtstoff in die holzvertäfelte Wand trieb, wobei ich das Schüreisen als Hammer benutzte. Zu der Zeit glaubte ich, eine recht gründliche Arbeit vollbracht zu haben, obwohl ich mir dabei so kräftig auf den Nagel des Mittelfingers meiner linken Hand schlug, daß er abging. Sehen Sie, er ist noch nicht wieder ganz nachgewachsen.« Damit zeigte er mir den Finger, an dem ein neuer Nagel im Prozeß des Werdens war.

Als ich nun in dem Raum auf und ab schritt, veranlaßte mich irgendein Impuls, auf das Gemälde zu blicken. Zu meiner Verwunderung sah ich, daß es nicht mehr verhängt war, obwohl ich mich erinnern konnte, daß ich noch am Nachmittag den Vorhang vorgezogen gesehen hatte; ich hätte sogar schwören können, daß dem so war. Ich befahl Savage, die Lampe zu bringen, die auf meinem Schreibtisch stand, und bei ihrem Licht führte ich eine Untersuchung durch. Der Vorhang war ordentlich zurückgezogen und an seinem Platz außerhalb des Alkovens mit einer dünnen Messingkette befestigt. Entlang einer seiner Kanten, jener, die ich an die Wand genagelt hatte, waren die Nägel an Ort und Stelle, das heißt, drei von ihnen waren es, den vierten fand ich später auf dem Fußboden.

›Sie sieht wunderbar aus, nicht wahr, Mylord?‹ sagte Savage, ›und Gott möge geben, daß wir sie irgendwo auf dieser Welt wiederfinden mögen.‹

Ich antwortete ihm nicht, machte auch keine Bemerkung über den zurückgezogenen Vorhang, über den ich auch später keine Nachforschungen anstellte. Ich vermute, daß es irgendein neugieriger Dienstbote getan hat, während ich vorgab, mein Abendbrot zu essen – es waren zwei oder drei neue Leute im Hause, deren Namen und Aussehen mir unbekannt waren. Was sich meinem Geiste einprägte, war, daß der Anblick des Gesichtes, das ich auf Erden nie wiederzusehen meinte, selbst nicht als Bild, meinen Augen wiedergegeben wurde, und es war gleichgültig, auf welche Art es geschehen war. Dies erschien mir, in meinem erregten Zustand – denn das schon bereitstehende Laudanum und eine gespannte Pistole sind nicht gerade dazu geeignet, auf einen ohnehin schon halb wahnsinnigen Mann eine beruhigende Wirkung auszuüben, zumindest nicht, bevor sie ihr Werk getan haben –, wahrhaftig als etwas wie das Zeichen, von dem in Savages idiotischem Traum die Rede gewesen war, das ich finden würde, wenn ich ›mich in dem Raum umblickte‹.

›Savage‹, sagte ich, ›ich halte nicht viel von Ihren Träumen von Schlangen, die zu Ihnen sprechen, doch glaube ich, daß es gut sein mag, Mr. Quatermain aufzusuchen. Heute ist Sonntag, und wie ich glaube, geht der Postdampfer nach Afrika am Freitag. Fahren Sie morgen in die Stadt und buchen Sie Passagen für uns.‹

Außerdem beauftragte ich ihn, mehrere Büchsenmacher aufzusuchen und mir eine Kollektion von Gewehren und anderen Waffen zustellen zu lassen, von denen ich meine

Auswahl treffen wollte, da ich nicht wußte, wohin wir in Afrika verschlagen werden mochten, und alle anderen Vorbereitungen zu treffen. All das hat er prompt erledigt, und ... – nun sind wir hier.«

»Ja«, sagte ich nachdenklich, »nun sind Sie hier. Und außerdem ist jetzt auch Ihr Gepäck hier, das so umfangreich zu sein scheint, als sei es das eines ganzen Regiments.« Ich deutete auf einen von Mulis gezogenen Wagen, auf dem sich Gepäckstücke türmten, gefolgt von einer langen Reihe von Kaffern, die alle möglichen Lasten auf ihren Köpfen trugen und von Savage zum Tor meines Anwesens dirigiert wurden.

8

Der Aufbruch

An jenem Abend, nachdem das Gepäck abgeladen und in meinem kleinen Stall eingeschlossen worden war, und wir die nötigen Arrangements für den Transport weiterer Kisten mit Nahrungsmittelkonserven und anderen Dingen getroffen hatten, die für den Muliwagen zu schwer waren, setzten Lord Ragnall und ich unser Gespräch fort. Zuvor jedoch packten wir die Gewehre aus und überprüften die Munition, wovon Lord Ragnall einen großzügigen Vorrat mitgebracht hatte.

Es war eine wunderbare Kollektion aller möglichen Waffen, von schweren Elefantenbüchsen bis zu kleinen Kalibern, das Kostbarste und am besten Gearbeitete, das für Geld zu haben war. Ich erschauerte unwillkürlich, als ich mir vorstellte, wie die Rechnung für diese Waffen ausgesehen haben mußte, und ihr Anblick, als sie in langer Reihe nebeneinander an die Wand meines Wohnzimmers gelehnt standen, versetzte den alten Hans in eine Art Ekstase. Eine lange Weile betrachtete er sie, streichelte ihre Kolben und gab jeder von ihnen einen Namen, als ob sie lebendig wären. Und dann rief er begeistert: »Mit Waffen wie diesen könnte der Baas den Teufel selbst töten. Dennoch sollte der Baas ›Intombi‹ mitnehmen« – eine meiner Lieblingswaffen, ein altes Gewehr, so klein, daß es wie ein Spielzeug wirkte, das mir aber dennoch in der Vergangenheit gute Dienste geleistet hatte, wie sich solche erinnern werden, die gelesen haben, was ich in ›Marie‹ und ›Die heilige Blume‹ schrieb. »Denn, Baas, die Frau seiner Jugend erweist sich oft als vertrauenswürdiger, als die hübschen, jungen, die ein Mann sich im Alter kauft. Man kennt außerdem alle ihre Fehler, doch wer vermag zu sagen, wie viele in neuen Frauen versteckt sind, seien sie auch noch so schön tätowiert?« Dabei deutete er auf die kunstvollen Gravuren der Gewehre.

Ich übersetzte seine kleine Rede für Lord Ragnall. Er mußte darüber lachen, worüber ich froh war, denn bis dahin hatte ich ihn nicht einmal lächeln sehen. Ich sollte hinzufügen, daß er neben diesen Jagdwaffen auch nicht weniger als fünfzig Militärgewehre des besten Herstellers mitgebracht hatte; es waren großkalibrige Snider-Gewehre, die gerade auf den Markt gekommen waren, und dazu, in Kisten verpackt, große Mengen von Munition. Obwohl die Gesetze damals noch nicht so streng waren wie heute, hatte ich doch eine Menge Schwierigkeiten, dieses Arsenal durch den Zoll zu bringen. Lord Ragnall besaß jedoch Briefe des Kolonialamtes an die in Natal zuständigen Autoritäten, und nachdem wir beide versichert hatten, daß sie lediglich zur Verteidigung in unerforschtem Territorium bestimmt waren und nicht zum Verkauf, wurden sie durchgelassen. Glücklicherweise, wie sich später herausstellen sollte.

An jenem Abend, bevor wir schlafen gingen, erzählte ich Lord Ragnall die Geschichte unserer Suche nach der heiligen Blume, die er sehr unterhaltsam zu finden schien. Ich berichtete ihm auch von meinen Abenteuern – für mich weitaus schrecklicher – als Vorsitzender der Bona Fide Gold Mine und ihrem kläglichen Ende.

»Die Moral der Geschichte ist«, sagte er, als ich zu Ende gekommen war, »daß ein Mensch, der ein Meister eines Faches ist, nicht notwendigerweise auch Meister eines anderen sein muß. Sie sind, meiner Meinung nach, einer der besten Schützen der Welt, und Sie sind auch ein großer Jäger und Forscher. Doch wenn es um Geschäfte geht, Quatermain ... Dennoch«, fuhr er fort, »sollte ich jener Bona Fide Gold Mine dankbar sein, denn wenn es nicht um Ihren gaunerischen Freund Jakob gewesen wäre, hätte ich Sie sicher nicht hier angetroffen.«

»Nein«, antwortete ich, »da ich dann zu dieser Zeit tief im Innern des Landes umherstreifen würde, wo man einen Menschen nicht finden kann, und wo kein Brief ihn erreicht.«

Dann stellte er mir ein paar gezielte Fragen über die Mine und schrieb meine Antworten in ein kleines Notizbuch. Ich fand das ein wenig seltsam, doch vielleicht, überlegte ich, wollte er meine Behauptungen überprüfen, bevor er eine so enge Verbindung mit mir eingehen würde, denn woher sollte er wissen, ob ich nicht der größte Lügner der Erde war, und ein Betrüger obendrein. Also sagte ich nichts, selbst als ich am nächsten Vormittag auf Umwegen erfuhr, daß er den ehemaligen Sekretär der eingegangenen Gesellschaft um eine Unterredung gebeten hatte.

Einige Tage darauf – denn ich möchte diese Geschichte gleich hier zu Ende bringen – wurde mir der überraschende Zweck dieser Erkundigungen klar. Eines Morgens fand ich auf meinem Tisch einen ganzen Stapel von Briefen vor, dessen Anblick mich aufstöhnen ließ, da ich sicher war, daß es Briefe aufgebrachter Gläubiger waren und etwas mit dieser unglückseligen Mine zu tun hatten. Neugier und das Bestreben, es möglichst rasch hinter mich zu bringen, trieben mich dazu, den ersten Brief zu öffnen, der, wie sich herausstellte, von jenem Aktionär stammte, der kurz vor Schluß der Besprechung zu einer Vertrauenskundgebung für mich aufgerufen hatte. Als ich ihn gelesen hatte, standen mir Tränen in den Augen, und ich fühlte mich schwindelig.

Er lautete:

Geehrter Herr – ich wußte, daß ich mein Geld auf das richtige Pferd setzte, als ich neulich sagte, Sie seien einer der anständigsten Menschen, die es je gegeben hat. Ich habe von dem Anwaltsbüro einen auf Sie bezogenen Scheck erhalten, durch den mir jeder Penny, den ich in die Bona Fide Gold Mine investiert hatte, zurückerstattet wurde, und ich muß sagen, daß das Geld mir sehr gelegen kommt, da diese Affäre meine Mittel fast völlig erschöpft hat. Gott segne Sie, Mr. Quatermain.

Ich öffnete einen weiteren Brief, und noch einen, und noch einen. Alle waren sie gleichen Inhalts. Verwirrt trat ich auf den Stoep hinaus, wo ich Hans vorfand, der einen Brief in der Hand hielt, den er mich bat ihm vorzulesen. Das Schreiben war von einem bekannten Anwaltsbüro, und es lautete:

Im Auftrag von Mr. Allan Quatermain, gestatten wir uns, Ihnen einen Scheck über die Summe von 650 Pfund zu überreichen, welche den Nennwert Ihrer Anteile an der Bona Fide Gold Mine, Limited (in Liquidation) darstellt, wie durch die Bücher dieser Gesellschaft ausgewiesen ist. Bitte unterzeichnen Sie beiliegende Quittung, um deren Rücksendung gebeten wird.

Ja, und da war der Scheck über 650 Pfund Sterling!

Ich erklärte Hans die Sache, oder übersetzte ihm vielmehr das Schreiben und fügte hinzu: »Du siehst, daß du dein Geld zurückerhalten hast, Hans, aber ich habe es dir nicht geschickt; ich weiß nicht, woher es kommt.«

»Ist das Geld, Baas?« fragte Hans und blickte mißtrauisch auf den Scheck. »Das sieht fast so aus, wie das andere Stück Papier, für das ich Geld bezahlt habe.«

Wieder erklärte ich, und betonte erneut, daß ich nichts von dieser Transaktion wisse.

»Nun, Baas«, sagte er, »wenn du es nicht geschickt hast, dann muß es jemand anderes gewesen sein – vielleicht dein Vater, der verehrte Prädikant, der sieht, daß du in Schwierigkeiten bist und deinen Namen wieder reinwaschen will. Jetzt aber, Baas, steck das Papier in deine Tasche und bewahre es für mich auf, denn sonst könnte ich in Versuchung kommen, mir ein paar Flaschen *Square Face* dafür zu kaufen.«

»Nein«, antwortete ich, »du kannst damit dein Land zurückkaufen, oder anderes Land, und du hast es jetzt nicht mehr nötig, mit mir ins Land der Kendah zu ziehen.«

Hans dachte einen Moment lang nach, und dann begann er sehr ruhig und bedachtsam, den Scheck zu zerreißen; ich konnte ihn gerade noch daran hindern, ihn zu vernichten.

»Wenn der Baas mich wegen dieses Papiers zurückweist«, sagte er, »werde ich es in kleine Stücke reißen und essen.«

»Du dummer, alter Narr«, sagte ich, als ich ihm den angerissenen Scheck aus der Hand nahm.

Dann wurde unser Gespräch unterbrochen, denn wer tauchte auf? Sammy, mein alter Koch, der in seiner gestelzten Sprechweise sagte: »Die perfekte Rechtschaffenheit Ihres Verhaltens, Mr. Quatermain, bewegt mich zu tiefster Dankbarkeit, wenngleich ich wünschte, diesem Schurken Jakob, der uns alle betrogen hat, etwas ins Essen getan zu haben, das in seinem Innern Beschwerden sehr ernster, um nicht zu sagen gefährlicher Art ausgelöst haben würde. Meine Investition in der Goldmine war zwar nicht sehr bedeutend, doch angesichts der unbeglichenen Rechnung besagten Jakobs und seiner Freunde ...«

Hier unterbrach ich ihn und ergriff die Flucht, da ich einen weiteren Aktionär auf das Haus zutraben sah, und hinter ihm zwei weitere in einem Dogcart. Zunächst suchte ich Zuflucht in meinem Arbeitszimmer, wo ich den Stapel von Briefen fortzuräumen gedachte. Als ich das tat, fiel mein Blick auf einen Brief, der noch ungeöffnet war. Automatisch zog ich den Bogen aus dem Umschlag und warf einen Blick darauf. Der Wortlaut war der gleiche wie der jenes Briefes, der an ›Mr. Hans, Hottentotte‹ gerichtet war, nur daß hier mein Name in der Anschrift stand und nicht der von Hans, und der beiliegende Scheck auf 1500 Pfund ausgestellt war, die Summe, die ich für meine Aktien dieses Unternehmens bezahlt hatte.

Mit dem Gefühl, daß mein Kopf ein Schmelztiegel sei,

verließ ich das Haus und zog mich in ein Dickicht zurück, das in jenen Tagen noch auf dem Hang des Hügels hinter meinem Haus wucherte. Dort setzte ich mich, wie ich es oft getan hatte, wenn ich ein schwieriges Problem zu bewältigen hatte, und blickte zu einem smaragdfarbenen Kuckuck hinauf, der ein Juwel von Licht, von einem Baum zum anderen flog, während ich mir diese Gute-Fee-Geschichte durch den Kopf gehen ließ.

Natürlich wurde sie mir bald klar. Lord Ragnall war in diesem Fall die freundliche Dame mit dem Zauberstab gewesen, dessen Berührung wertlose Anteilscheine in Banknoten von der Höhe ihres Nominalwerts verwandeln konnte. Ich erinnerte mich wieder, daß sein Reichtum phänomenal sein sollte, und das Kapital der Gesellschaft war schließlich recht bescheiden gewesen. Doch es blieb die Frage: durften wir seine Großzügigkeit annehmen?

Ich kehrte zum Haus zurück, und der erste Mensch, dem ich dort begegnete, war Lord Ragnall, der gerade von einer Besprechung über die fünfzig Snider-Gewehre zurückgekommen war, die sich noch immer unter Zollverschluß befanden. Ich erklärte ihm feierlich, mit ihm sprechen zu müssen, worauf er mit fröhlicher Stimme antwortete: »Kommen Sie, Freund!«

Ich glaube nicht, daß ich die Einzelheiten dieses Gesprächs aufzuzeichnen brauche. Er wartete, bis ich mich stotternd und stockend durch meine Ansprache von mit Vorhaltungen untermischter Dankbarkeit hindurchgeqält hatte, dann sagte er: »Mein Freund, wenn Sie mir erlauben, Sie so zu nennen, es stimmt, daß ich es getan habe, doch nur, weil ich es so wollte. Es stimmt jedoch genauso, daß dies nur eine Kleinigkeit ist – offen gesagt, nicht einmal ein Monatszins meines Vermögens; was ich eingespart habe, indem ich mit dem Frachtschiff nach Natal reiste, wiegt die Summe reichlich auf. Außerdem habe ich dabei durchaus meine eigenen Interessen berücksichtigt, denn mir liegt daran, daß Sie diese gefahrvolle Reise, die vor uns liegt, völlig frei von Selbstvorwürfen und irgendwelchen Geldsorgen antreten, denn so können Sie mir später besser dienlich sein. Deshalb bitte ich Sie, nicht mehr über diese Angelegenheit zu sprechen. Ich habe nur noch eines hinzuzufügen, nämlich, daß ich ein paar der Schuldverschreibungen persönlich aufgekauft habe. Der dafür gezahlte Preis sollte die Anwaltskosten und die Liquidationsgebühren decken; außerdem versetzen sie mich in den Stand eines Aktieninhabers, was mich in die Lage versetzt, Mr. Jakob wegen Betruges zu verklagen, wozu ich bereits entsprechende Anweisungen gegeben habe. Und Sie sollten wissen, daß ich keine der Aktien aufgekauft habe, die auf seinen Namen oder den seiner Freunde lauten.«

Hier sollte ich gleich anmerken, daß diese Aktion ergebnislos verlief, denn die Rechtsanwälte waren nicht in der Lage, dem aalglatten Mr. Jakob, der inzwischen sicher den Namen eines anderen Patriarchen angenommen hatte, eine Anklageschrift zuzustellen.

»Bitte, betrachten Sie es einfach als die Laune eines reichen Mannes«, schloß er.

»Ich kann nicht als eine Laune akzeptieren, was mehr als 1500 Pfund in meine Tasche zurückgebracht hat, die ich beim Spielen verlor, Lord Ragnall.«

»Erinnern Sie sich, Quatermain, wie Sie einmal in meinem Hause 250 Pfund bei einer Wette gewonnen haben, und was Sie dann mit dieser Summe taten, die für Sie sicher zwanzig- oder fünfzigmal soviel bedeutete, wie sie für mich bedeutet hätte? Und wenn das Argument Sie nicht beeindrucken sollte, so darf ich mir vielleicht die Bemerkung erlauben, daß ich nicht erwarte, Ihre Dienste als professioneller Jäger und Führer umsonst in Anspruch nehmen zu können.«

»Ah!« antwortete ich und konzentrierte mich auf diesen Punkt, ohne die anderen zu beachten., »jetzt kommen wir zum Geschäft. Wenn ich diese Summe als mein Gehalt betrachten darf – ein sehr stattliches Gehalt übrigens, und im voraus bezahlt – und wenn Sie das Risiko eingehen wollen, daß ich sterbe oder zum Krüppel werde, bevor ich es verdient habe, werde ich kein Wort mehr über diese Angelegenheit verlieren. Wenn nicht, muß ich zurückweisen, was ich als ein unverdientes Geschenk betrachte.«

»Ich muß gestehen, Quatermain, daß ich es nicht in diesem Lichte gesehen habe, obwohl ich willens war, es als eine Art Vorschuß zu betrachten. Aber lassen Sie uns bitte nicht mehr über Geld streiten. Wir können unsere Konten immer noch ausgleichen, wenn die Rechnung aufgestellt wird, falls wir diesen Punkt jemals erreichen sollten. Jetzt aber wollen wir von wichtigeren Dingen reden.«

Also begannen wir, die Planung, die Route und andere Punkte unserer bevorstehenden Expedition zu besprechen. Da die Kosten keine Rolle spielten, standen uns mehrere Möglichkeiten offen. Wir konnten über Kilwa reisen, wie ich es bei meiner Suche nach der heiligen Blume getan hatte, oder wir konnten die Route unseres Rückmarsches aus dem Lande der Mazitu nehmen, die durch das Zululand führte. Außerdem bestand die Möglichkeit, mit einer kleinen Armee ausgebildeter und disziplinierter Eingeborener auf jeder anderen von uns gewählten Route vorzudringen und uns darauf zu verlassen, unseren Weg nach dem Land der Kendah zu erzwingen. Oder wir mochten praktisch ohne Begleitung reisen und uns auf unsere Intelligenz und unser Glück verlassen, um unser Ziel zu erreichen. Jede dieser Alternativen wies eine ganze Reihe von Vorteilen auf, die zu ihren Gunsten sprachen und warf gleichzeitig so viele Schwierigkeiten auf, daß ich nach langen Stunden der Diskussion – denn diese Gespräche wurden immer wieder aufgenommen – nicht imstande war, mich für eine von ihnen zu entscheiden, besonders, da Lord Ragnall die Wahl und die damit verbundene schwere Verantwortung völlig mir überließ.

Schließlich öffnete ich in meiner Verzweiflung das Fenster und pfiff zweimal einen bestimmten, tiefen Ton.

Eine Minute später schlurfte Hans herein und schüttelte das Regenwasser von dem neuen Cordanzug, den er sich aufgrund seines neuen Wohlstandes geleistet hatte, und hockte sich, ein Stück entfernt, auf den Boden. Im Schatten des Tisches, der das Licht der Hängelampe abschirmte, wirkte er, erinnere ich mich, wie eine riesige und uralte Kröte. Ich warf ihm ein Stück Tabak zu, das er in seine Maiskolbenpfeife stopfte und mit einem Streichholz in Brand steckte.

»Der Baas hat mich gerufen«, sagte er, als sie zu seiner Befriedigung endlich zog, »was will der Baas von Hans?«

»Licht in der Dunkelheit«, antwortete ich mit Bezug auf seinen Eingeborenennamen, und begann, ihm den ganzen Fall auseinanderzusetzen.

Er hörte mir schweigend zu, dann bat er um ein kleines Glas Gin, das ich ihm widerwillig gab. Nachdem er den Gin mit einem Schluck hinuntergekippt hatte, als ob es Wasser wäre, hielt er mir eine Ansprache, deren Inhalt etwa folgender war:

»Ich glaube, daß der Baas gut daran täte, nicht nach Kilwa zu gehen, da das bedeutete, auf ein Schiff warten oder eines mieten zu müssen; außerdem mögen inzwischen wieder Sklavenhändler dort tätig sein, die ihm nicht gerade freundlich gesonnen sein dürften wegen der Lektion, die er ihnen vor einiger Zeit erteilt hat. Andererseits ist der Weg durchs Zululand offen, wenn auch lang, und dort hat der Name Macumazahn einen guten Klang. Ich denke auch, daß der Baas gut daran täte, nicht zu viele Männer mitzunehmen, da diese den Marsch nur verlangsamen würden; nur einen Wagen oder zwei mit ein paar Ochsentreibern, die zurückgeschickt werden können, wenn sie nicht mehr weiterkommen. Vom Zululand aus können Boten an die Mazitu entsandt werden, die dich lieben, und Bausi, oder wer sonst jetzt dort König sein mag, wird dir Träger entgegenschikken, die uns auf der Straße treffen; bis dahin können wir Träger aus dem Zululand verdingen. Die alte Frau in der Stadt Beza hat mir, wie du dich erinnern wirst, erzählt, daß die Kendah ein sehr großes Volk sind, das für sich lebt und niemanden in sein Land läßt, das von Wüsten umgeben ist. Deshalb würde keine Streitmacht, die du mit dir nehmen könntest und die du auf einem Wege, wo es kein Wasser gibt, ernähren müßtest, stark genug sein, um die Tore aufzurammen wie ein Elefant, und es scheint mir besser, wenn du versuchst, hindurchzukriechen wie eine weise Schlange, obwohl sie geschlossen erscheinen mögen. Doch vielleicht sind sie nicht verschlossen, denn hast du nicht gesagt, daß zwei ihrer großen Medizinmänner versprochen haben, dich zu erwarten und dich durch sie hindurch zu führen?«

»Ja«, unterbrach ich seine Rede, »ich möchte sagen, daß es leichter sein dürfte in Kendahland hineinzukommen, als wieder herauszugelangen.«

»Und schließlich, Baas, wenn du viele mit Gewehren bewaffnete Männer mitnimmst, mag der schwarze Teil der Kendah, von dem ich dir erzählte, vielleicht glauben, du seist gekommen, um Krieg zu führen, was immer die weißen Kendah auch sagen mögen, und uns alle töten, jedoch, wenn wir nur einige wenige Männer sind, uns in Frieden passieren lassen. Ich denke, das ist alles, Baas. Der Baas und der Lord Igeza mögen mir vergeben, wenn meine Worte töricht sind.«

Hier sollte ich erklären, daß ›Igeza‹ der Name war, den die Eingeborenen Lord Ragnall wegen seiner Erscheinung gegeben hatten. Das Wort bedeutet ›gut aussehend‹ in der Sprache der Zulu. Savage nannten sie ›Bena‹, aus welchem Grund, kann ich nicht sagen. ›Bena‹ bedeutet, die Brust hervorstrecken, und vielleicht war der Name ein etwas indirekter Hinweis auf die stolze Haltung des würdevollen Savage, oder aber er hatte irgendeine andere versteckte Bedeutung. Auf jeden Fall nannten Lord Ragnall, Hans und ich ihn von da an ›Beans‹, Bohne. Sein Herr sagte, der Name passe sehr gut zu ihm, weil er so grün sei.

»Dein Rat ist weise, Hans. Sprich weiter! Gin gibt es aber nicht mehr«, sagte ich.

Tatsächlich war der Rat so weise, daß er uns nach sorgfältiger Prüfung überzeugte und wir ihn bis ins letzte Detail befolgten.

So kam es, daß wir eines schönen Nachmittags, etwa vierzehn Tage darauf – denn wir mochten uns beeilen, soviel wir wollten, unsere Vorbereitungen brauchten ihre Zeit – auf der sandigen Straße, die vom Stadtrand Durbans nach Norden führt, in Richtung Zululand treckten. Unser Gepäck und die Vorräte waren auf zwei halb gedeckten Ochsenwagen verladen – sehr guten Wagen übrigens, so wie alles, was wir bei uns hatten, das beste war, das man für Geld haben konnte – deren rückwärtige Teile als nächtliche Schlafplätze dienten. Hans saß auf dem *voor-kisse,* oder Kutschbock eines der Wagen, Lord Ragnall, Savage und ich ritten ›gesalzene‹ Pferde, das heißt, sie hatten eine Infektion mit der Schlafkrankheit überstanden und waren daher angeblich immun gegen diese entsetzliche Seuche, wertvolle und folgsame Tiere, die ans Schießen gewöhnt waren.

Bei unserem Aufbruch kam es zu einem kleinen Zwischenfall. Zu meiner Verblüffung sah ich Savage, der darauf bestand, auch in Afrika seinen gewohnten Cutaway zu tragen, verbissen versuchen, sein Pferd von der falschen Seite zu besteigen. Irgendwie gelang es ihm trotzdem, in den Sattel zu kommen, doch Schlimmeres sollte folgen. Das Pferd, über eine solche Behandlung verblüfft, setzte sich in Galopp, und Savage riß verzweifelt am Zügel. Lord Ragnall und ich setzten ihm sofort nach, an den Wagen vorbei, und befürchteten ein Unglück. Plötzlich warf das Pferd sich scharf herum, Savage segelte durch die Luft, und landete hart auf seinem Hinterteil.

»Armer Beans!« rief Ragnall, als wir auf ihn zugaloppierten. »Ich fürchte, das ist für ihn das Ende der Reise.«

Zu unserer Überraschung sahen wir ihn jedoch mit erstaunlicher Behendigkeit aufspringen, und dann begann er herumzuhüpfen und sich mit beiden Händen wild auf sein Hinterteil zu schlagen.

»Nehmt sie weg! Tötet sie!« schrie er dabei.

Kurz darauf entdeckten wir den Grund dafür. Das Pferd hatte vor einer schlafenden Puffotter gescheut, die sich im Sand jener wenig benutzten Straße zusammengerollt hatte, und auf dieser Puffotter war Savage mit ziemlicher Wucht gelandet, denn er wog immerhin dreizehn Stones*, so daß die Schlange plattgedrückt worden war und sich nicht mehr regte. Das jedoch bemerkte er in seiner Aufregung nicht und war überzeugt, daß sie an seinem Hosenboden hing wie eine Bulldogge.

»Schlangen, Mylord!« rief er, als wir ihm endlich nach sorgfältiger Untersuchung demonstrierten, daß die Otter gestorben war, bevor sie aktiv werden konnte. »Ich hasse sie, Mylord, und sie verfolgen mich. Wenn ich dies jemals überleben sollte, werde ich nach Irland gehen, wo es, wie man sagt, keine Schlangen gibt. Aber es ist nicht wahrscheinlich, daß es dazu kommen wird«, setzte er düster hinzu, »denn dieses Omen ist furchtbar.«

»Im Gegenteil«, antwortete ich, »es ist herrlich, denn Sie haben die Schlange getötet, und nicht die Schlange Sie. ›Der Hund war es, der starb‹, Savage.«

An diesem Tage gaben die Kaffern Savage einen zweiten, sehr langen Namen, der bedeutete: ›Er-der-sich-auf-Schlangen-setzt-und-sie-flach-macht‹. Nachdem wir ihn wieder auf das Pferd gehoben hatten, das geduldig ein paar Schritte entfernt wartete, brachen wir endlich auf. Ich blieb noch eine Weile zurück, um meinem alten Griqua-Gärtner, Jack, dem die Tränen kamen, weil er sich von mir trennen mußte, ein paar Anweisungen zu geben, und einen letzten Blick auf mein kleines Heim zu werfen. Ach, ich fürchtete, daß es wirklich der letzte sein mochte, da ich wußte, wie gefährlich dieses Unternehmen war, auf das ich mich eingelassen hatte, ich, der geschworen hatte, mit Gefahren nichts mehr zu tun haben zu wollen.

Ich spürte einen Kloß in der Kehle, als ich mich von dem friedvollen Bild des Hauses und des Gartens abwandte, in dem jeder Baum und jede Pflanze mir ans Herz gewachsen war, und nachdem ich Jack noch einmal zugewinkt hatte, trabte ich zu der Stelle, an der Lord Ragnall auf mich wartete.

---

* Gute 82 Kilo

»Ich fürchte, daß dies ein sehr trauriger Moment ist, da Sie Ihren kleinen Jungen und Ihr Heim zurücklassen müssen, um unbekannten Gefahren entgegenzugehen«, sagte er leise.

»Nicht so traurig wie andere, die ich durchlebt habe«, antwortete ich, »und Gefahren sind mein tägliches Brot, in jedem Sinne dieses Wortes. Außerdem gilt alles, was für mich gilt, auch für Sie.«

»Nein, Quatermain. Für mich ist dies eine Stunde der Hoffnung; einer sehr vagen Hoffnung, zugegeben, doch der einzigen, die mir verblieben ist, denn in den Briefen, die ich gestern abend aus England und Ägypten erhielt, wird mir mitgeteilt, daß sich nirgends auch nur die geringste Spur habe finden lassen, und daß die Suche eingestellt worden sei. Ja, ich folge dem letzten Stern, der an meinem Himmel verblieben ist, und wenn er untergeht, hoffe ich, ebenfalls unterzugehen, auf jeden Fall für diese Welt. Deshalb bin ich glücklicher, als ich es seit vielen Monaten gewesen bin, und das verdanke ich Ihnen.« Er streckte mir die Hand entgegen, die ich schüttelte.

Es war ein Zeichen von Freundschaft und gegenseitigen Vertrauens, und ich bin glücklich, sagen zu können, daß später nichts geschah, das dieses Gefühl auch nur für einen Augenblick trübte.

9

Das Treffen in der Wüste

Ich habe nicht vor, unsere ganze Reise ins Land der Kendah zu beschreiben, zumindest nicht deren ersten Teil. Sie war zwar auf ihre Art recht interessant, und wir hatten einige Jagdabenteuer und auch andere, doch gibt es so viel zu berichten von dem, was uns geschah, als wir unser Ziel erreicht hatten, daß ich nicht die Zeit habe, alle diese Erlebnisse niederzuschreiben, selbst wenn ich dazu geneigt wäre. Lassen wir es also genug sein mit der Feststellung, daß wir, obwohl das Land aufgrund politischer Ereignisse ziemlich unruhig war, dennoch ohne große Schwierigkeiten durchs Zululand treckten. Denn hier war mein Name von Gewicht, und alle Kräfte des Landes vereinten sich, um mir zu helfen. Von dort aus schickte ich auch drei Boten, halbblütige Grenzbewohner, sehnige Männer, die schnell zu Fuß waren, zum König der Mazitu, wie Hans es mir geraten hatte, mit der Nachricht, daß seine alten Freunde, Macumazahn, Wächter-bei-Nacht, und der gelbe Mann, der Licht-im-Dunkel und Herr-des-Feuers genannt würde, unterwegs seien, um ihn wieder zu besuchen.

Da ich wußte, daß wir die Ochsenwagen nicht weiter als bis zu einem bestimmten Punkt mitnehmen konnten, wo sich ein Fluß namens Luba befand, der für alles, was Räder hatte, unpassierbar war, bat ich ihn außerdem, uns hundert Träger zu schicken, mit einer so starken Eskorte, wie er sie für notwendig hielte, welche uns an einer bestimmten Stelle am Ufer des Flusses, die uns beiden bekannt war, erwarten sollten. Diese Nachricht versprachen die Boten zu übermitteln, für eine Entlohnung von fünf Rinder pro Mann, zahlbar bei ihrer Rückkehr, oder an ihre Familien, falls sie unterwegs sterben sollten, welche Rinder wir vorher gekauft und in Obhut eines Häuptlings, der ihrer Sippe angehörte, zurückgelassen hatten. Wie es das Schicksal wollte, starben zwei dieser Burschen tatsächlich, einer ertrank in einem Sumpfgebiet, das sie durchquerten, um den Weg abzukürzen, der andere starb zwischen den Zähnen eines hungrigen Löwen. Der dritte jedoch kam durch und übermittelte die Nachricht.

Nachdem wir uns vierzehn Tage lang im nördlichen Teil des Zululands ausgeruht hatten, um unseren abgetriebenen Ochsen Zeit zu geben, in dem warmen Bushveld, wo selbst in der Trockenheit üppiges Gras wuchs, etwas Fleisch auf die Knochen zu bekommen, treckten wir weiter auf einer Route, die Hans und mir wohl bekannt war. Es war dieselbe, der wir gefolgt waren, als wir von unserer Expedition auf der Suche nach der heiligen Blume zurückkehrten.

Wir nahmen eine kleine Armee von Zulu-Trägern mit. Das, obwohl sie schwierig zu ernähren waren in einem Land, wo kein Getreide gekauft werden konnte, sollte sich am Ende als Glücksumstand erweisen, da so viele unserer Zugochsen an den Stichen der Tsetse-Fliege starben, daß wir gezwungen waren, einen der beiden Wagen zurückzulassen, was bedeutete, daß die auf ihm verladenen Lasten von Männern getragen werden mußten. Schließlich erreichten wir das Ufer des Flusses und lagerten dort eine Nacht bei drei hohen Felsgipfeln, die von den Eingeborenen ›Die Drei Medizinmänner‹ genannt wurden, wohin, wie ich die Boten instruiert hatte, die Mazitu ihre Träger schicken sollten. Vier Tage lang blieben wir dort, da Regen im Innern des Landes den Fluß unpassierbar gemacht hatte. An jedem Morgen stieg ich auf den höchsten der drei ›Medizinmänner‹ und blickte durch mein Fernglas über die breite, gelbe Flut hinweg, suchte das weite, buschbedeckte Land hinter ihr ab, in der Hoffnung, die Kolonne der Mazitu entdecken zu können, die heranzog, um uns zu treffen. Doch nicht ein einziger Mann war zu sehen, und am Abend des vierten Tages, als wir erkannten, daß der Fluß wieder passierbar war, beschlossen wir, ihn am nächsten Morgen zu durchqueren, unter Zurücklassung des verbliebenen Wagens, der nicht über den unebenen, felsigen Boden des Flußbettes gezogen werden konnte und von unseren Treibern nach Natal zurückgebracht werden sollte.

Doch hier erhob sich eine Schwierigkeit. Keine noch so hohe Belohnung konnte unsere Zulu-Träger dazu bringen, auch nur einen Fuß in das Wasser des Flusses Luba zu setzen, der aus irgendeinem Grund, den ich nicht aus ihnen herauszubringen vermochte, für Menschen ihres Blutes *tagati*, das heißt verhext, sein sollte. Als ich sie darauf hinwies, daß drei Zulus ihn bereits überquert hätten, antworteten sie, daß diese Männer halbblütig seien, so daß er für sie also nur halb verhext wäre, doch seien sie trotzdem überzeugt, daß einer oder mehrere von ihnen für dieses Verbrechen mit dem Tode bestraft werden würden.

Und so sollte es auch kommen, denn, wie ich bereits sagte, fanden zwei der Männer tatsächlich den Tod, wenn auch nicht, wie ich annehme, durch die magischen Kräfte des Lubawassers. Dies ist die Art, auf die afrikanischer Aberglauben am Leben erhalten wird. Früher oder später erfüllte sich eine Voraussage dieser Art, und dann wird dieses Beispiel von Generation zu Generation weitergegeben, während andere Beispiele, bei denen nichts Außergewöhnliches passierte, nicht beachtet werden oder in Vergessenheit geraten.

Die Weigerung dieser abergläubischen Zulus brachte uns in eine schwierige Lage, da es unmöglich war, alle Vorräte und Munition ohne Hilfe über den Fluß zu schaffen. Deshalb war ich sehr glücklich, als vor Morgengrauen des fünften Tages Hans in den Wagen gekrochen kam, in dessen hinterem Teil Ragnall und ich schliefen, und uns mitteilte, daß er Männerstimmen vom anderen Ufer des Flusses gehört habe, obwohl es mir unbegreiflich war, wie er durch das Tosen des Wassers irgend etwas gehört haben könnte.

Beim ersten Licht des Tages stieg ich wieder auf den höchsten der ›Medizinmann‹-Felsen und starrte in den ziehenden Nebel. Endlich begann er sich zu heben, und dort, auf der anderen Seite des Flusses, sah ich weit über hundert Männer, die ich an ihrer Kleidung und ihren Speeren als Mazitu erkannte. Sie entdeckten mich ebenfalls, begrüßten mich mit lauten Schreien und stürmten gruppenweise ins Wasser, wobei sie einander um die Hüfte packten und festhielten, um nicht von der Strömung mitgerissen zu werden. Worauf unsere dummen Zulu nach ihren Speeren griffen und am Ufer eine Verteidigungslinie bildeten. Ich stieg eilig von dem ›Großen Medizinmann‹ herab, lief auf sie zu und schrie, daß dies unsere Freunde seien, die man uns entgegengeschickt habe.

»Freunde oder Feinde«, antwortete ihr Anführer finster, »es ist eine Schande, daß wir so weit marschiert sind und nun nicht gegen diese Mazitu-Hunde kämpfen dürfen.«

Sicherheitshalber trieb ich sie ein Stück zurück, da man nicht wissen konnte, was geschehen mochte, wenn diese Männer verschiedener Stämme aufeinanderträfen, und ging dann zum Ufer hinab. Inzwischen waren die Mazitu fast herangekommen, und zu meiner Freude entdeckte ich an ihrer Spitze meinen alten Freund, ihren Heerführer Babemba, einen einäugigen Kämpen, mit dem Hans viele Abenteuer geteilt hatte. Mit mächtigen Sprüngen kam er durch das Wasser, als er das Ufer erreichte, begrüßte er mich buchstäblich verzückt.

»O Macumazahn«, sagte er, »ich hatte nicht gehofft, dein Gesicht noch einmal wiederzusehen. Sei willkommen, sei tausendmal willkommen, und auch du, Licht-im-Dunkel, Herr-des-Feuers, dessen Schläue uns bei der Schlacht am Tor gerettet hat. Aber wo ist Dogeetah, wo ist Wazeela, und wo sind die Mutter und das Kind der Blume?«

»Weit fort, jenseits des Schwarzen Wassers, Babemba«, antwortete ich. »Aber hier sind zwei andere an ihrer Statt.« Und ich stellte ihm Ragnall und Savage mit ihren Eingeborenennamen Igeza und Bena vor.

Er blickte sie eine Weile prüfend an, dann sagte er: »Dieser ...« – er deutete auf Ragnall – »ist ein großer Herr, doch jener ...« – er deutete auf Savage, der weitaus eleganter gekleidet war – »ist nur ein Hahn auf dem Mist, der sich mit Adlerfedern schmückt« –, eine Bemerkung, die ich nicht übersetzte, die jedoch bei Hans ein fröhliches Kichern auslöste.

Während wir das Frühstück einnahmen, das von dem ›Hahn auf dem Mist‹ zubereitet worden war, der, neben vielen anderen Qualitäten, auch die eines ausgezeichneten Koches aufwies, erfuhr ich alle Neuigkeiten über die Mazitu. Bausi, der König, war tot, und Nachfolger auf dem Thron war einer seiner Söhne, der ebenfalls Bausi hieß, und an den ich mich erinnerte. Die Stadt Beza war nach dem großen Brand, in dem die Sklavenhändler umgekommen waren, neu erbaut und viel stärker befestigt worden, als sie es vorher gewesen war. Von den entkommenen Sklavenhändlern hatte man nichts mehr gesehen, und auch nicht von den Pongo, obwohl die Mazitu erklärten, daß ihre Geister, oder die ihrer Opfer, noch immer auf der Insel im See spukten. Das war alles, mit Ausnahme der schlechten Nachrichten über das Ende zweier unserer Boten, von dem der dritte, der mit den Mazitu zurückgekehrt war, uns berichtete.

Nach dem Frühstück schickte ich unsere Zulus zurück, jeden mit einem großzügigen Geschenk aus den Handelsgütern, und mit dem Auftrag, den verbliebenen Wagen zurückzubringen, und auch unsere eingeborenen Diener, von denen keiner, zu meiner Erleichterung, den Wunsch verspürte, uns weiter zu begleiten. Sie sangen ihr Abschiedslied, salutierten, und machten sich auf den Weg hangaufwärts, wobei sie jedoch immer wieder mit hungrigen Blikken auf die Mazitu zurückstarrten, und wir waren sehr froh, als wir sie verschwinden sahen, ohne daß es zu Blutvergießen oder Schwierigkeiten gekommen war.

Als die weiße Plane des Wagens außer Sicht gekommen war, machten wir uns daran, uns selbst und unsere Habe über den Fluß zu schaffen. Dies gelang ohne Zwischenfälle, denn die Mazitu arbeiteten für uns als Freunde und nicht als bezahlte Arbeitskräfte. Auf dem anderen Ufer angelangt, brauchten wir jedoch zwei volle Tage, um die Lasten so aufzuteilen, daß die Träger nicht überladen wurden.

Schließlich war alles geschafft, und wir brachen auf. Von dem einmonatigen Treck, der nun folgte, gibt es nichts zu berichten, außer, daß wir ihn ohne erwähnenswerte Zwischenfälle hinter uns brachten und schließlich die neu erbaute Stadt Beza erreichten, die der alten sehr ähnlich war, und wo uns ein festlicher Empfang bereitet wurde. Bausi II. selbst führte die Prozession an, die uns durch das Südtor entgegenzog, zu jenem Hügel, den wir während der großen Schlacht besetzt hatten, und wo die Knochen des tapferen Mavovo und meiner anderen Jäger begraben waren. Fast schien es mir, als ob ich ihre Stimmen im Chor der Willkommensrufe hörte.

An jenem Abend, während die Mazitu uns zu Ehren ein

großes Fest feierten, hielten wir in dem großen, neuen Gästehaus mit Bausi II., einem angenehmen jungen Mann, und dem alten Babemba, ein *indaba*. Der König fragte uns, wie lange wir in Beza zu verweilen gedächten und gab seiner Hoffnung Ausdruck, daß unser Besuch länger dauern würde. Ich antwortete, daß wir nur ein paar Tage bleiben könnten, da wir weit nach Norden reisen müßten, um ein Volk zu finden, das die Kendah hieße, und hofften, daß er uns Träger mitgeben würde, die unsere Habe bis zu den Grenzen seines Landes brächten. Als der Name der Kendah fiel, trat ein betroffener Ausdruck auf die Gesichter der beiden, und Babemba sagte: »Bist du vom Wahnsinn besessen, Macumazahn, daß du so etwas versuchen willst? Oh, wahrlich, du mußt wahnsinnig sein!«

»Du hast uns auch für wahnsinnig gehalten, als wir den See überquerten und nach Rica gingen, doch sind wir heil zurückgekommen.«

»Das stimmt, Macumazahn, doch im Vergleich zu den Kendah waren die Pongo nur wie der kleinste Stern vor dem Angesicht der Sonne.«

»Was weißt du von ihnen?« fragte ich. »Doch warte – bevor du antwortest, will ich dir sagen, was ich über sie weiß«, und ich wiederholte das, was ich von Hans erfahren hatte, und von Harût und Marût, ohne jedoch etwas von deren Verhalten gegenüber Lady Ragnall zu erwähnen.

»Es ist alles wahr«, sagte Babemba, als ich fertig war, »denn jene alte Frau, von der Licht-im-Dunkel spricht, war eine der Frauen meines Onkels, und ich habe sie gut gekannt. Höre! Diese Kendah sind ein schreckliches Volk und unermeßlich in ihrer Zahl, und von allen Menschen die wildesten. Ihr König wird Simba genannt, was Löwe heißt. Der Herrscher wird immer Simba genannt, und das ist seit Hunderten von Jahren so. Er gehört zu den Schwarzen Kendah, deren Gott der Elefant Jana ist, doch, wie Licht-im-Dunkel sagt, gibt es auch die Weißen Kendah, welche Araber sind, die Priester und Händler dieses Volkes. Die Kendah lassen keine Fremden in ihr Land; wenn jemand hereinkommt, foltern sie ihn zu Tode oder stechen ihm die Augen aus und bringen ihn in die Wüste, von der ihr Land umgeben ist, damit er dort umkommt. Dieses hat mir die alte Frau gesagt, die meinen Onkel heiratete, so wie sie es Licht-im-Dunkel erzählt hat, und ich habe es auch von anderen gehört; nicht gesagt hat sie mir jedoch, daß die Weißen Kendah große Züchter jener Tiere sind, die Kamele genannt werden, welche sie den Arabern im Norden verkaufen. Geht nicht zu ihnen, denn wenn du die Wüste durchquerst, werden die Schwarzen Kendah euch töten; und wenn ihr denen entkommen solltet, wird ihr König, Simba, euch töten; und wenn ihr auch dem entkommen solltet, töten die Priester der Weißen Kendah euch mit ihrer Magie. Oh, lange bevor ihr die Gesichter jener Priester erblickt, werdet ihr vielfach gestorben sein.«

»Warum haben sie mich dann gebeten, sie zu besuchen, Babemba?«

»Das weiß ich nicht, Macumazahn, doch vielleicht wollen sie dich ihrem Gott Jana als Opfergabe darbringen, den kein Speer verletzen kann; nein, nicht einmal deine Kugel, die einen Baum durchdringt.«

»Ich bin willens, es auf einen Versuch ankommen zu lassen«, antwortete ich selbstsicher, »und auf jeden Fall wollen wir uns von diesen Dingen selbst überzeugen.«

»Ja«, bestätigte Ragnall, »wir müssen zu den Kendah«, und selbst Savage, denn ich hatte alles für sie übersetzt, nickte, obwohl sein Gesicht mir sagte, daß er viel lieber zurückgeblieben wäre.

»Fragen Sie ihn, ob es dort irgendwelche Schlangen gibt, Sir«, sagte er, und ohne zu überlegen übersetzte ich seine Frage, nur um Zeit zu gewinnen, an andere Dinge denken zu können.

»Ja, o Bena. Ja, o Hahn auf dem Mist«, antwortete Babemba. »Die Kendah-Frau meines Onkels sagte mir, daß einer der Wächter des Tempels der Weißen Kendah eine so riesige Schlange ist, wie man sie auf der Welt noch nicht gesehen hat.«

»Dann sagen Sie ihm, Sir«, erklärte Savage, als ich diese Worte fast automatisch übersetzt hatte, »daß dieser Tempel kein Gotteshaus ist, in dem *ich* meine Gebete verrichten werde.«

Ach, der arme Savage ahnte nichts von der Zukunft und ihren Gaben.

Dann kamen wir zur Frage der Träger. Am Ende einer lebhaften Debatte versprach König Bausi II., sie uns zur Verfügung zu stellen, wegen der großen Zuneigung, die er für uns empfand, und nach unserem feierlichen Versprechen, sie jedenfalls am Rande der Wüste zu entlassen, ›damit sie eurem Verhängnis entgehen mögen‹, wie er lächelnd bemerkte.

Vier Tage später brachen wir auf, begleitet von etwa einhundertzwanzig ausgesuchten Männern unter dem Befehl des alten Babemba selbst, der, wie er erklärte, der letzte sein wollte, der uns auf dieser Welt lebend sehen würde. Diese Bemerkung war deprimierend, doch andere mit unserem Aufbruch verbundene Umstände sollten meine Stimmung noch stärker niederdrücken. So erschien am Vorabend unseres Aufbruches Hans bei mir und bat mich, ›ein Papier‹ für ihn zu schreiben. Ich fragte ihn, was ich auf das Papier schreiben solle. Er antwortete, da er jetzt seinem Tod entgegenginge und Vermögen besitze, nämlich jene 650 Pfund, die auf seinen Namen bei einer Bank deponiert worden waren, wünsche er ein ›Testament des weißen Mannes‹ zu machen, das er Babemba zur Aufbewahrung geben wolle. Die einzige Bestimmung dieses Testaments solle sein, daß ich seinen Besitz erben würde, falls ich am Leben bliebe. Wenn ich aber stürbe, »was dir bestimmt ist, Baas, so wie uns allen«, fügte er hinzu, sollte er dazu verwendet werden, den armen Menschen im Krankenhaus etwas Tröstendes zu trinken zu kaufen, anstelle des ›Kuhsaftes‹, den sie dort bekämen. Es erübrigt sich, festzustellen, daß ich ihn natürlich sofort hinausschickte und diese testamentarische Verfügung ungeschrieben blieb. Und sie war auch unnötig, da er, wie ich ihn erinnerte, auf meinen Rat hin bereits ein Testament gemacht hatte, bevor wir Durban verließen, ein Umstand, der ihm völlig entfallen war.

Das zweite Ereignis, das etwa eine Stunde vor unserem Aufbruch eintrat, war ein lautes Geheul, das vom Marktplatz herübertönte, auf dem Hans und ich einst an Pfähle gebunden worden waren, um mit Pfeilen erschossen zu werden. Ich ging hinüber, um zu sehen, was los war. Beim Tor des Marktes begrüßte mich der Anblick von über hundert alten Frauen, die von Kopf bis Fuß mit weißer Asche beschmiert waren und mit voller Stimme ein melancholisches Heulen von sich gaben. Hinter diesen stand die gesamte Bevölkerung von Beza, die jetzt einen traurigen Chorgesang anstimmte.

»Was, zum Teufel, tun diese Leute?« fragte ich Hans.

»Sie singen unser Totenlied, Baas«, antwortete er stoisch, »da, wie sie sagen, dort, wohin wir gehen, sich niemand die Mühe machen wird, für uns zu singen, und es nicht recht ist, daß große Männer sterben sollten, ohne daß der Himmel dort oben von ihrem Kommen in Kenntnis gesetzt wird.«

»Das ist wirklich ermunternd«, bemerkte ich, wandte mich um und fragte Ragnall geradeheraus, ob er weitermachen wolle, denn, um die Wahrheit zu sagen, war meine Zuversicht stark erschüttert.

»Ich muß«, sagte er ruhig, »doch gibt es keinen Grund dafür, daß Sie und Hans mich begleiten, und auch nicht Savage.«

»Oh! Ich gehe, wohin Sie gehen«, antwortete ich, »und wohin ich gehe, dorthin geht auch Hans. Savage muß für sich selbst entscheiden.«

Dieses tat er auch, in demselben Sinne, da er ein ehrlicher und treuer Mann war. Es war ihm um so höher anzurechnen, als er, wie er mir anvertraut hatte, dieses afrikanische Abenteuer überhaupt nicht schätzte und des Nachts oft von seinem komfortablen Zimmer im Ragnall Castle träumte, wo er das gesellschaftliche Leben dieses großen Hauses geleitet hatte.

Also brachen wir auf und zogen einen Monat oder länger

durch alle möglichen Landschaftsformen. Nachdem wir das Ende des großen Sees passiert hatten, in dem die Insel lag (wenn es wirklich eine Insel war) auf der die Pongo lebten (eines klaren Morgens erkannte ich durch mein Glas den Berggipfel, der den ehemaligen Wohnort der Mutter der Blume markierte, dessen Anblick widersinnigerweise ein starkes Heimweh in mir aufsteigen ließ), wandten wir uns nordwärts und folgten einer Route, die Babemba und unseren Führern bekannt war. Danach richteten wir uns nach den Sternen, als wir durch unbekanntes Land zogen, das nur spärlich bevölkert war, von scheuen, primitiven Menschen, die in verstreut liegenden Dörfern lebten und kaum den Ackerbau, selbst in seiner urtümlichsten Form, kannten.

Etwa hundert Meilen weiter gab es selbst diese Dörfer nicht mehr, und wir begegneten von nun an lediglich einigen Nomaden, kleinen Buschmännern, die von Wild lebten, das sie mit vergifteten Pfeilen schossen. Einmal griffen sie uns an und töteten zwei der Mazitu mit ihren heimtückischen Pfeilen, gegen deren Gift keins der Gegenmittel, die wir in unserer Medizinkiste hatten, wirksam war. Bei dieser Gelegenheit bewies Savage seinen Mut, wenn auch nicht viel Intelligenz, denn nachdem er hinter der Deckung unserer Dornenhecke hervorgestürmt und einen Buschmann auf eine Entfernung von fünf Yards mit beiden Läufen seines Gewehrs verfehlt hatte – er war, glaube ich, der schlechteste Schütze, den ich jemals kannte – packte er die kleine Viper mit seinen Händen und schleppte sie in unser Lager. Wie Savage dabei mit dem Leben davonkommen konnte, ist mir ein Rätsel, denn ein Giftpfeil drang durch seinen Hut und blieb in den Haaren stecken, und ein anderer streifte sein Bein, ohne jedoch eine blutende Wunde zu verursachen.

Diese mutige Tat war für uns von großem Nutzen, da wir unserem Gefangenen erklären konnten – mit der Hilfe von Hans, der einige Worte der Buschmannsprache kannte –, daß wir ihn aufhängen würden, wenn noch einmal auf uns geschossen werden sollte. Diese Information gab er durch

Schreie, oder vielmehr durch Quiek- und Grunzlaute, an seinen liebenswerten Stamm weiter, bei dem er eine Art Häuptling zu sein schien, mit dem Ergebnis, daß wir nicht mehr belästigt wurden. Später, als wir das Buschmannland verlassen hatten, ließen wir ihn laufen, und er lief bemerkenswert schnell.

Das Land wurde zunehmend karger und öder und völlig menschenleer, bis es schließlich in Wüste überging. Am Rande der Wüste, die sich scheinbar grenzenlos zum Horizont erstreckte, stießen wir jedoch auf eine Art Oase, in der sich eine ergiebige Quelle befand, deren Wasser einen Bach speiste, der sehr bald im Sand der Wüste versickerte. Da wir nicht weitergehen konnten, denn selbst wenn wir das gewollt hätten und Wasser vorhanden gewesen wäre, scheiterte das an der Weigerung der Mazitu, uns in die Wüste zu begleiten, und da wir nicht wußten, was wir sonst tun sollten, lagerten wir in der Oase und warteten.

Es stellte sich heraus, daß diese Oase ein Jagdparadies war, da alles mögliche Wild, großes und kleines, bei der Nacht zum Wasser kam, um zu trinken, und tagsüber das leicht salzige Gras abweidete, das zu dieser Jahreszeit in üppiger Fülle am Rande der Wüste wuchs.

Neben anderen Tieren gab es auch eine Menge Elefanten, die aus dem Buschland, durch das wir gezogen waren, hierher kamen, manchmal auch aus der Wüste auftauchten, was darauf schließen ließ, daß hinter ihr fruchtbares Land liegen mußte. So zahlreich waren diese großen Tiere, daß ich, für meinen Teil, ernstlich hoffte, es möge sich als unmöglich erweisen, unsere Reise fortzusetzen, da ich die Möglichkeit erkannte, hier innerhalb weniger Monate eine enorme Menge Elfenbein anzusammeln, genug, um mich relativ reich zu machen, wenn es mir gelänge, es von hier wegzubringen. So wie es war, schossen wir nur ein paar davon, insgesamt zehn, genau gesagt, um die Stoßzähne als Geschenk für Bausi II. zurückschicken zu können. Diese Tiere sinnlos abzuschießen, wäre grausam gewesen, besonders da sie, des Anblickes von Menschen ungewohnt, keinerlei

Scheu vor uns hatten. Selbst Savage gelang es, einen zu erlegen – indem er sorgfältig auf einen anderen zielte, der fünf Schritte links davon stand.

Ansonsten lebten wir wie die Maden im Speck, und da Fleisch für uns notwendig war, konnten wir unter den zahlreichen Antilopenarten nach Herzenslust jagen.

Dieser Zustand dauerte etwa vierzehn Tage lang, bis wir schließlich der Sache müde wurden, wie auch die Mazitu, die so mit Fleisch vollgestopft waren, daß es sie nach Gemüse zu verlangen begann. Zweimal ritten wir so weit in die Wüste hinein, wie wir es wagten, denn unsere Pferde waren uns verblieben und frisch und gekräftigt nach der Ruhepause, doch kehrten wir beide Male ohne jede Information zurück. Was vor uns lag, war nichts als eine riesige Sandfläche, mit braunen Felsen gesprenkelt, die im Laufe von Äonen durch den windgepeitschten Sand wunderbar poliert worden waren, und völlig ohne Wasser.

Nach unserem zweiten Erkundungsritt, bei dem wir stark unter Durst litten, hielten wir eine Besprechung ab. Der alte Babemba sagte, daß er seine Leute nicht länger zurückhalten könne, selbst nicht unseretwegen, da sie darauf bestünden, nach Hause zu gehen, und fragte, was wir zu tun beabsichtigten, und warum wir hier herumsäßen ›wie ein Stein‹. Ich antwortete, daß wir auf Männer der Kendah warteten, die mich angewiesen hatten, in dieser Gegend Wild zu schießen, bis sie kämen und uns weiterführen würden. Er antwortete, daß die Kendah, so weit er es wisse, in einem Lande lebten, das noch Hunderte von Meilen entfernt sei, und daß ihm, da sie nichts von unserem Hiersein wüßten, weil jede Kommunikation über die Wüste hinweg unmöglich sei, unser Vorhaben recht töricht erscheine.

Ich antwortete, daß ich mir dessen nicht sicher sei, da die Kendah bemerkenswerte Fähigkeiten zur Erlangung von Informationen zu besitzen schienen.

»Dann, Macumazahn, müßt ihr allein weiterwarten, bis ihr herausfindet, wer von uns recht hat«, sagte er gleichmütig.

Ich wandte mich an Ragnall und fragte ihn, was er tun wolle, wobei ich ihm klarmachte, daß ein Ritt durch die Wüste den Tod bedeuten würde, besonders, da wir nicht wüßten, wohin wir uns wenden mußten, und daß der Rückweg durch das Gebiet der Buschmänner nach Mazituland, allein und ohne unsere Vorräte, die wir hier aufgeben müßten, ebenfalls ein riskantes Unterfangen sein würde. Doch die Entscheidung darüber liege bei ihm.

Nun wurde er sehr verstört. Nachdem er mich wieder zur Seite genommen hatte, erklärte er mir nochmals seinen persönlichen Grund für den Besuch bei den Kendah, mit welchem ich natürlich bereits vertraut war, und Savage ebenfalls.

»Ich wünsche, hierzubleiben«, schloß er.

»Was bedeutet, daß wir alle hierbleiben werden, Ragnall, da Savage Sie nicht im Stich lassen wird. Und Hans wird mich nicht verlassen, obwohl er uns für verrückt hält. Er hat mir gesagt, ich sei gekommen, um Elfenbein zu holen, und daß hier eine Menge Elfenbein zu holen sei, das man sich nur zu nehmen brauche.«

»Ich würde auch allein hierbleiben, Quatermain ...«, begann er, doch ich blickte ihn auf eine Weise an, daß er den Satz nicht zu Ende brachte.

Schließlich gelangten wir zu einem Kompromiß. Babemba erklärte sich im Namen der Mazitu bereit, noch drei weitere Tage zu warten. Wenn während dieser Zeitspanne nichts geschehen sollte, erklärten wir unsererseits uns bereit, mit ihnen zu einem Gebiet gutbewässerten Buschlandes zurückzugehen, das etwa fünfzig Meilen hinter uns lag und von dem wir wußten, daß es von Elefanten wimmelte, die sich hier inzwischen scheuten, zu unserer Oase zu kommen, weil sie hier der Lärm und das Krachen von Schüssen störten. Dort wollten wir uns so viel Elfenbein holen, wie wir tragen konnten, ein Vorhaben, bei dem sie uns gerne unterstützen wollten, weil es ihnen Spaß machen würde, und dann mit ihnen nach Mazituland zurückkehren.

Die drei Tage verstrichen, und mit jeder Stunde, die verging, hob sich meine Stimmung ein wenig mehr, wie auch die von Savage und Hans, während Lord Ragnall zunehmend deprimierter wurde. Der dritte Nachmittag war dem erleichterten Packen der Lasten gewidmet, denn nach den Bedingungen unserer Absprache würden wir in der Frühe des nächsten Tages mit dem Rückmarsch beginnen. Überglücklich legte ich mich am Abend zum Schlafen in meinen kleinen Regenschutz aus Baumästen, mit dem Gefühl, einem besonders gefährlichen Abenteuer entronnen zu sein. Wenn ich eine Möglichkeit erkannt hätte, durch ein Weitermachen irgend etwas erreichen zu können, wäre es eine andere Sache gewesen. Doch da ich überzeugt war, daß wir nicht die geringste Chance hatten, unter den Kendah – falls es uns gelingen sollte, sie zu erreichen – die Lady zu finden, die in Ägypten in den Nil gefallen war, empfand ich nur Dankbarkeit, daß die Vorsehung die Güte hatte, es uns unmöglich zu machen, durch Verdursten in der Wüste, oder auf eine andere Art, Selbstmord zu begehen. Denn ungeachtet meiner früheren Behauptung des Gegenteils, war ich jetzt überzeugt, daß dies das Schicksal war, das die arme Frau Lord Ragnalls erlitten hatte.

Das jedoch war uns von der Vorsehung nicht vergönnt. Mitten in der Nacht, genauer gesagt, um zwei Uhr, wurde ich von Hans geweckt, der hinter meiner Laubhütte schlief, in die er durch einen Spalt zwischen den verflochtenen Zweigen gekrochen kam, und mit vor Schrecken bebender Stimme rief: »Öffne deine Augen und sieh, Baas! Es sind zwei *Gespenster* draußen, die auf dich warten, Baas.«

Sehr vorsichtig richtete ich mich ein wenig auf und starrte in das Mondlicht hinaus. Dort, etwa fünf Schritte von dem offenen Ende meiner Hütte entfernt, waren wirklich ›Gespenster‹, zwei weißgekleidete Gestalten, die schweigend und reglos auf dem Boden hockten. Im ersten Augenblick war ich erschrocken. Dann dachte ich an Diebe und tastete unter der zusammengerollten Decke, die mir als Kopfkissen diente, nach meiner Pistole. Als ich ihren Kolben umfaßte, sagte eine tiefe Stimme: »Ist es deine Gewohnheit, o Macumazahn, Wächter-bei-Nacht, Gäste mit Kugeln zu empfangen?«

Nun dachte ich: Wen gibt es auf der ganzen Welt, der sehen kann, wie ein Mann in der Tiefe eines dunklen Raumes unter einer Decke den Kolben einer Pistole umfaßt – mit Ausnahme des Besitzers jener Stimme, die ich einst in einem gewissen Salon in England gehört zu haben glaubte.

»Ja, Harût«, antwortete ich mit einem gelangweilten Gähnen, »wenn die Gäste auf eine so verschlagene Weise mitten in der Nacht erscheinen. Doch da ihr nun endlich hier seid, werdet ihr sicher die Güte haben, mir zu sagen, warum ihr uns so lange habt warten lassen. Ist das eure Art, eine Verabredung einzuhalten?«

»O Lord Macumazahn«, antwortete Harût, denn er war es natürlich, in bedrücktem Tonfall, »ich entbiete dir meine untertänigste Bitte um Vergebung. Als wir von deinem Eintreffen in der Stadt Beza erfuhren, sind wir sofort aufgebrochen, oder versuchten es zumindest, um aus einer Entfernung von Hunderten von Meilen unsere Verabredung mit dir an diesem Ort einzuhalten, wie wir es versprochen hatten. Doch wir sind Sterbliche, Macumazahn, und deshalb kam es zu einigen Verzögerungen. So mußten, als wir den Umfang deines Gepäcks ermittelt hatten, Kamele herangebracht werden, die es tragen sollen, und diese grasten in ziemlicher Entfernung. Außerdem war es notwendig, einige Leute vorauszuschicken, um einen Brunnen in der Wüste zu graben, damit sie dort getränkt werden können. Deshalb die Verspätung. Dennoch wirst du zugeben müssen, daß wir noch rechtzeitig eingetroffen sind, fünf, oder zumindest vier Stunden vor dem Aufgang der Sonne, die euch den Heimweg beleuchten sollte.«

»Ja, das seid ihr, o Propheten, oder o Lügner, was immer ihr sein mögt«, rief ich mit sicher entschuldbarer Verärgerung, denn wahrlich, ihr Wissen um meine privaten Dinge, ganz gleich, auf welche Weise sie erlangt worden waren, konnte selbst einen Heiligen in Rage bringen. »Doch da ihr nun endlich hier seid, kommt herein und trinkt einen

Schluck, denn ob ihr Menschen oder Teufel seid, es muß euch kalt sein in der feuchten Luft.«

Also kamen sie herein, und da sie keine Muslims waren, tranken sie *Square Face* aus einer Flasche, die ich in einer Kiste verschlossen hatte, damit Hans nicht in Versuchung geführt wurde.

»Auf euer Wohl, Harût und Marût«, sagte ich, nahm einen kleinen Schluck aus einen Blechbecher und gab den Rest Hans, der den hochprozentigen Alkohol mit einem Schmatzen seiner dicken Lippen hinunterkippte. Ich gebe zu, daß ich diese unheilige mitternächtliche Trinkorgie lediglich veranstaltete, um Zeit zum Nachdenken zu gewinnen und meine Nerven zu beruhigen.

»Auf dein Wohl, o Macumazahn«, antworteten die beiden, bevor sie ihre Becher leerten, die ich ziemlich vollgeschenkt hatte, und sie dann vor sich auf den Boden stellten, so ehrfurchtsvoll, als ob es heilige Gefäße wären.

»Und jetzt«, sagte ich, während ich eine Decke um meine Schultern warf, da die Luft sehr kühl war, »laßt uns reden!« Damit hob ich die Lampe hoch, welche Hans umsichtigerweise angesteckt hatte, und blickte sie prüfend an.

Da waren sie, Harût und Marût, ohne jeden Zweifel, und völlig unverändert in den Jahren, seit ich sie auf Ragnall in England gesehen hatte. »Was treibt ihr hier?« fragte ich in einer Art wütender Empörung, die von meiner unbezähmbaren Neugier hervorgerufen wurde. »Wie seid ihr aus England entkommen, nachdem ihr versucht hattet, die Lady zu verschleppen, der ihr die Halskette geschickt habt? Was habt ihr mit dieser Frau getan, nachdem ihr sie bei Abu Simbel vom Boot gelockt habt? Im Namen eures Heiligen Kindes, oder des Scheitans der Mohammedaner, oder des Seth der Ägypter, antwortet mir, damit ich euch nicht auf der Stelle töte, was ich hier tun kann, ohne daß irgendwelche Fragen gestellt werden.« Damit riß ich meine Pistole heraus.

»Entschuldige uns«, sagte Harût mit einem angedeuteten Lächeln, »aber wenn du tun würdest, was du sagst, Macumazahn, würden doch viele Fragen gestellt werden, die *du* nicht beantworten könntest. Also sei so freundlich, diesen Todesbringer wieder an seinen Platz zu stecken, und sag uns, bevor wir dir antworten, was du vom Seth der Ägypter weißt.«

»So viel oder so wenig wie ihr«, antwortete ich.

Beide verneigten sich, als ob diese Antwort sie absolut zufriedenstellte. Dann fuhr Harût fort: »In Beantwortung deiner Fragen, o Macumazahn: wir verließen England mit einem Dampfschiff und erreichten zu gegebener Zeit, nach langer Reise, unser Land. Deine Anspielung auf einen Ort am Nil, der Abu Simbel genannt wird, verstehen wir nicht, und von dort haben wir, da wir niemals an diesem Ort waren, auch keine Lady mitgenommen. Auch die Lady in England, der wir eine Halskette schickten, wollten wir nicht mitnehmen. Wir beabsichtigten lediglich, ihr gewisse Fragen zu stellen, da sie die Gabe des Sehens besitzt, als du erschienst und uns störtest. Was sollen wir wohl mit weißen Frauen anfangen, da wir schon viel zu viele der eigenen haben?«

»Das weiß ich nicht«, sagte ich, »ich weiß jedoch, daß ihr beide die größten Lügner seid, die ich jemals kennengelernt habe.«

Bei diesen Worten, die andere wohl als beleidigend empfunden hätten, verneigten Harût und Marût sich wieder, wie um sich für ein sehr großes Kompliment zu bedanken.

Dann sagte Harût: »Lassen wir die Frage von Frauen und wenden wir uns Dingen zu, welche mit Männern zu tun haben. Du bist hier, wie wir es dir zu einer Zeit vorausgesagt haben, zu der du uns nicht glauben wolltest, und wir sind hier, um *dich* zu treffen, wie wir es dir ebenfalls vorausgesagt haben. Woher wir wußten, daß du kommen würdest, und wie wir gekommen sind, spielt keine Rolle. Glaube, was du willst. Bist du bereit, mit uns zu kommen, o Lord Macumazahn, auf daß du den bösen Elefanten Jana tötest, der unser Land verwüstet, und deinen reichen Lohn in Elfenbein zu empfangen? Wenn ja, so wartet ein Kamel auf dich.«

»Ein Kamel kann nicht vier Männer tragen«, antwortete ich und wich der Frage aus.

»An Mut und an Können bist du zwar viele Männer, o Macumazahn, doch im Körper bist du nur einer, und nicht vier.«

»Wenn ihr glaubt, daß ich allein mit euch gehe, so habt ihr euch geirrt, Harût und Marût«, rief ich. »Hier ist mein Diener, ohne den ich mich nicht vom Fleck rühre.« Damit deutete ich auf Hans, den die beiden nachdenklich musterten. »Außerdem ist noch Lord Ragnall bei mir, der in diesem Lande Igeza genannt wird, und sein Diener, den man Bena nennt, jener Mann, aus dessen Taschen ihr in England die Schlangen zogt. Auch sie müssen mit mir kommen.«

Bei dieser Eröffnung zeigten die ausdruckslosen Gesichter von Harût und Marût, wie ich glaubte, tiefe Beunruhigung. Sie sprachen leise in einer mir unbekannten Sprache miteinander, dann sagte Harût: »Unser geheimes Land steht nur dir allein offen, o Macumazahn, und für nur einen Zweck: den Elefanten Jana zu töten, wofür wir dir eine große Belohnung versprechen. Die anderen wünschen wir dort nicht zu sehen.«

»Dann müßt ihr euren Elefanten selbst töten, Harût und Marût, denn ich werde nicht einen Schritt mit euch gehen. Warum sollte ich, da es hier so viel Elfenbein gibt, wie ich es mir nur wünschen mag, das nur geschossen zu werden braucht?«

»Und was wäre, wenn wir dich gewaltsam mitnähmen, o Macumazahn?«

»Was wäre, wenn ich euch beide töten würde, o Harût und Marût? Ihr Narren, es sind viele tapfere Männer hier, die unter meinem Befehl stehen, und wenn ihr den Kampf suchen solltet, so können wir ihm reichlich davon geben. Hans, befiehl den Mazitu, sich zu bewaffnen und hol Igeza und Bena her!«

»Warte, Macumazahn!« sagte Harût. »Und leg diese

Waffe fort!« – denn ich hatte wieder die Pistole gezogen. »Wir wollen unsere Freundschaft nicht damit beginnen. Blut zu vergießen, obwohl wir vor ihr sicherer sind, als du dir vorstellen magst. Deine Gefährten sollen dich zum Lande der Kendah begleiten, doch laß sie wissen, daß sie dies auf eigene Gefahr tun. Wisse, daß uns offenbart wurde, wenn sie in unser Land gehen, werden zwei von ihnen es als Geister verlassen, und nicht als Menschen.«

»Meint ihr damit, daß ihr sie ermorden werdet?«

»Nein. Wir meinen, daß es dort welche gibt, die stärker sind als wir oder jeder andere Mann, die ihre Leben als Opfer nehmen werden. Nicht das deine, Macumazahn, denn das, so ist es bestimmt, wird sicher sein, sondern das Leben von zweien deiner Begleiter, welcher zwei, wissen wir nicht.«

»Wahrlich, Harût und Marût, wie kann ich wissen, daß irgend jemand von uns sicher ist und ihr uns nicht nur in euer Land lockt, um uns dort hinterrücks zu töten und unsere Habe zu stehlen?«

»Weil wir das mit dem Eide schwören, der nicht gebrochen werden darf; wir schwören es bei dem Himmlischen Kinde«, riefen beide feierlich, wie mit einer Stimme, und dann verneigten sie sich, bis ihre Stirnen fast den Boden berührten.

Ich zuckte die Achseln und lachte trocken.

»Du glaubst uns nicht«, fuhr Harût fort, »da du nicht weißt, was jenen geschieht, die diesen Eid brechen. Geh hinaus und sieh dir etwas an. Fünf Schritte vor dieser Hütte steht ein hoher Termitenbau, auf den du sicher oft gestiegen bist, um in die Wüste zu blicken.« (Dies traf zu, und ich fragte mich, wie sie es erraten haben mochten.) »Geh und steig noch einmal auf diesen Termitenbau!«

Vielleicht war es unüberlegt, doch meine Neugier veranlaßte mich, diese Einladung anzunehmen. Also trat ich hinaus, gefolgt von Hans mit einem geladenen, doppelläufigen Gewehr, und kletterte auf den Termitenbau, von dem aus man, da er zwanzig Fuß hoch war und dort keine Bäume standen, einen überaus weiten Ausblick auf die Wüste hatte.

»Blicke nach Norden!« sagte Harût, der am Fuß des Baus stand.

Ich tat es, und dort, im hellen Mondlicht, fünf- oder sechshundert Yards entfernt, auf einem Dünenhang und dessen Kuppe sah ich, in mehreren langen Reihen kniend, über zweihundert Kamele, und bei jedem von ihnen stand eine hochgewachsene, weißgekleidete Gestalt, die eine lange Lanze in ihrer Hand hielt, an deren Schaft, dicht unterhalb der Spitze ein kleiner Wimpel befestigt war. Eine ganze Weile blickte ich hin, um sicher zu sein, daß ich nicht das Opfer einer Halluzination oder einer Fata morgana war. Dann, als ich mich überzeugt hatte, daß dies wirklich Männer und Kamele waren, stieg ich von dem Termitenbau herab.

»Du wirst zugeben müssen, o Macumazahn«, sagte Harût höflich, »daß es uns, wenn wir euch Böses wollten, mit einer solchen Streitmacht ein leichtes gewesen wäre, ein schlafendes Lager bei Nacht zu erstürmen. Doch diese Männer sind als deine Eskorte gekommen, und nicht, um dich oder die Deinen zu töten oder zu versklaven. Und, Macumazahn, wir haben einen Eid geschworen, der nicht gebrochen werden darf. Jetzt gehen wir zu unseren Leuten zurück. Am Morgen, nachdem ihr gegessen habt, werden wir zurückkehren, unbewaffnet und allein.«

Dann verschwanden sie wie Schatten.

10

Angriff!

Zehn Minuten später war alles bekannt, und jeder Mann im Lager war wach und bewaffnet. Zu Anfang gab es einige Anzeichen von Panik, doch gelang es uns mit Hilfe von Babemba die Männer unter Kontrolle zu bringen, indem wir ihnen befahlen, die unter diesen Umständen bestmöglichen Verteidigungsvorbereitungen zu treffen, und sie dadurch auf andere Gedanken brachten. Denn vom ersten Moment an war uns klar, daß es mit Ausnahme von uns dreien, die Pferde besaßen, keine Möglichkeit des Entkommens gab. Die starke Kameltruppe würde uns innerhalb einer Meile eingeholt haben.

Nachdem wir es Babemba überlassen hatten, sich um seine Krieger zu kümmern, hielten wir drei weißen Männer und Hans eine Besprechung ab, bei der ich jedes Wort wiederholte, das zwischen Harût und Marût und mir gesprochen worden war, einschließlich ihres Bestreitens, irgend etwas mit dem Verschwinden Lady Ragnalls am Nil zu tun zu haben.

»Was«, fragte ich, »ist jetzt zu tun? Mein Schicksal ist besiegelt, da diese Leute, aus Gründen, von denen wir nichts wissen, entschlossen sind, mich in ihr Land mitzunehmen, wozu sie auch berechtigt sind, da ich töricht genug war, eine Art Verabredung mit ihnen an diesem Ort einzuhalten. Doch sie wollen keinen anderen zulassen. Deshalb hindert Sie, Ragnall, und Sie, Savage, und dich, Hans nichts daran, mit den Mazitu zurückzukehren.«

»Oh! Baas«, sagte Hans, der Englisch recht gut verstand, obwohl er es niemals sprach, »warum behelligst du mich ständig mit solchen *praatjes**? Was immer du tust, werde auch ich tun, und es ist mir egal, was du tust, es sei denn,

---

* Geschwätz

um deinetwillen, Baas. Wenn ich sterben soll, so laß mich sterben; das spielt jetzt keine Rolle mehr, da ich ohnehin bald zu deinem Vater, dem Prädikanten, gehen und ihm berichten muß. Und jetzt, Baas, werde ich schlafen gehen, hier in der Sonne, da ich die ganze Nacht wach war, weil ich die Kamele kommen hörte, lange bevor die beiden Gespenster-Männer erschienen, jedoch nicht erkennen konnte, was das für Tiere waren, denn sie laufen nicht wie Giraffen. Also werde ich jetzt schlafen, Baas. Wenn ihr alles geregelt habt, kannst du mich wecken und mir deine Befehle geben.« Damit tat er, was er gesagt hatte, denn als ich kurz darauf zu ihm hinüberblickte, schlief er, oder schien zu schlafen, wie ein Hund zu Füßen seines Herrn.

Ich blickte Ragnall fragend an.

»Ich mache weiter«, sagte er knapp.

»Obwohl diese Männer jede Beteiligung am Schicksal Ihrer Frau bestreiten?« fragte ich. »Wenn sie die Wahrheit sagen, was hätten Sie dann durch diese Reise zu gewinnen, Ragnall?«

»Zumindest ein interessantes Erlebnis, das ist alles. Ebenso wie Hans ist auch mir meine Zukunft völlig egal. Doch ich glaube nicht ein Wort von dem, was sie behaupten. Irgend etwas sagt mir, daß sie sehr viel wissen, das sie nicht preisgeben wollen, über meine Frau, meine ich. Das ist der Grund dafür, daß sie sich so dagegen wehren, mich als Ihren Begleiter zu akzeptieren.«

»Sie müssen selbst entscheiden«, sagte ich zögernd, »und ich bete zum Himmel, daß Sie die richtige Entscheidung treffen. Und das gilt auch für Sie, Savage: was werden Sie tun? Bevor Sie antworten, denken Sie an die Voraussage dieser unheimlichen Burschen, nach der, wenn wir vier nach Kendah gehen, zwei von uns nicht zurückkehren werden. Es scheint mir unmöglich, daß sie in die Zukunft blikken können, aber dennoch sind sie ohne Zweifel sehr unheimlich.«

»Sir«, antwortete Savage, »ich werde das Risiko auf mich nehmen. Bevor wir England verließen, traf seine Lordschaft

Vorkehrungen, welche die Versorgung meiner alten Mutter und meiner verwitweten Schwester und deren Kinder sicherstellen, und außer ihnen gibt es niemanden, der von mir abhängig ist. Außerdem denke ich nicht daran, allein mit diesen Mazitu zurückzukehren und bei ihnen zum Barbaren zu werden, denn wie könnte ich den Weg zur Küste zurückfinden, wenn niemand da ist, der mich führt? Also werde ich mit Ihnen gehen und alles andere der Fügung Gottes überlassen.«

»Was auch wir anderen tun müssen«, bemerkte ich. »Nun, nachdem das entschieden ist, wollen wir nach Babemba schicken und es ihm mitteilen.«

Dies taten wir. Der alte Bursche nahm es mit mehr Resignation hin, als ich es erwartet hatte. Er fixierte mich mit seinem einen Auge und sagte: »Macumazahn, diese Worte habe ich von dir erwartet. Hätte irgendein anderer Mann sie gesprochen, würde ich ihn für absolut verrückt erklären. Doch erinnere ich mich daran, es zu dir gesagt zu haben, als du entschlossen warst, die Pongo aufzusuchen, und daß du heil und gesund aus ihrem Lande zurückgekehrt bist, nachdem du dort wunderbare Taten vollbracht hast, und daß es die Pongo waren, die gelitten haben, und nicht du. Und so denke ich, wird es wieder geschehen, soweit es dich betrifft, Macumazahn, denn ich glaube, daß irgendein Teufel mit dir geht, der sich um die Seinen kümmert. Was die anderen betrifft, so kann ich nichts sagen. Sie müssen diese Sache mit ihren eigenen Teufeln ausmachen, oder mit denen der Kendahs. Und nun lebe wohl. Macumazahn, denn eben spüre ich, daß wir uns nicht wiedersehen werden. Nun, das geschieht mit uns allen einmal, und es ist gut, dich gekannt zu haben, der du auf deine eigene Art so groß bist. Ich werde oft an dich denken, so wie du an mich denken wirst, und hoffe, daß ich in einem Land, das jenseits von dem der Kendah liegt, aus deinem Mund hören werde, was du auf dieser und auf anderen Reisen erlebt hast. Und jetzt werde ich meine Männer zurückziehen, bevor diese weißgekleideten Araber auf ihren seltsamen Tieren kommen, um euch zu entführen, damit sie es nicht auch mit uns versuchen und es zu einem Kampf kommt, bei dem wir, da wir weniger sind als sie, sterben müßten. Die Lasten sind alle gepackt und bereit, auf ihre seltsamen Tiere geladen zu werden. Wenn sie erklären, daß Pferde die Wüste nicht durchqueren können, so laßt sie frei; wir werden sie einfangen und mit uns nach Hause nehmen, und da sie männlich und weiblich sind, werden wir Junge mit ihnen züchten, welche euer sein sollen, wenn ihr nach den Pferden schickt, oder die Bausi, dem König, gehören werden, wenn ihr es nicht tut. Nein, ich will nicht noch mehr Geschenke, da ich schon das Gewehr und das Pulver und die Kugeln habe, die du mir gegeben hast, und die Elfenbein-Stoßzähne für Bausi, den König, und auch das, was das beste von allem ist, die Erinnerung an dich und an deinen Mut und deine Weisheit. Mögen diese und die Götter, zu denen du betest, dir beistehen. Von dort hinten werden wir beobachten, bis wir sehen, daß ihr fort seid. Lebe wohl!« Ohne auf eine Antwort zu warten, ging er fort, und Tränen rannen aus seinem Auge.

Zehn Minuten später zogen auch die Mazitu-Träger salutierend an uns vorbei und wir saßen allein in dem verlassenen Lager, inmitten Bergen von Gepäck und fühlten uns sehr einsam, zumindest mir ging es so. Weitere zehn Minuten vergingen, die wir damit ausfüllten, unsere persönlichen Dinge zu packen. Plötzlich sagte Hans, der ein Stück von uns entfernt den Kaffeekessel auswusch: »Da kommen die Gespenster-Männer, Baas, ein ganzes Regiment von ihnen.« Wir liefen zu ihm und blickten in die Wüste hinaus. Es stimmte. In geordneten Schwadronen kamen die Kamele mit ihren Reitern auf uns zugetrabt, und einen wunderbaren Anblick boten diese Tiere mit ihren pendelnden Hälsen und ihren ausholenden, wiegenden Schritten. In einer Entfernung von etwa fünfzig Yards, an der Stelle, wo der unserer Quelle entspringende Bach in die Wüste eintrat, hielten sie und begannen, ihre Kamele zu tränken, jeweils zwanzig der Tiere gleichzeitig. Zwei Männer jedoch, in denen wir Harût und Marût erkannten, kamen auf uns zu, standen kurz darauf vor uns und verneigten sich höflich, wie immer.

»Guten Morgen, Lord«, sagte Harût in seinem gebrochenen Englisch zu Ragnall. »Also Sie wollen mit Macumazahn gehen, um zu besuchen unser armseliges Heim, so wie wir besuchen Ihr prächtiges Haus in England. Sie glauben, wir haben schöne Lady, Sie heiraten, sie, der wir geben Halskette. Das nicht so. Niemals weiße Lady in Kendahland. Wir hören Geschichte von Macumazahn und glauben, daß Lady im Nil ertrunken. Sie wissen, daß sie gehen viel in Schlaf. Wir sehr traurig für Sie, aber Götter wissen, was tun. Sie lassen leben, wen wollen leben lassen, und sie nehmen, wen wollen nehmen. Sie Lady wiederfinden eines Tages, noch schöner geworden, und mit Seele zurückgekommen.«

Hier blickte ich ihn scharf an. Ich hatte ihm nichts davon gesagt, daß Lady Ragnall den Verstand verloren hatte. Woher also wußte er davon? Dennoch hielt ich es für besser, zu schweigen. Harût schien, glaube ich, zu merken, daß er irgendeinen Fehler begangen hatte, denn er wechselte rasch das Thema.

»Sie sehr willkommen, o Lord, doch muß Ihnen sagen, daß dies sehr gefährliche Reise, weil Elefant Jana nicht lieben Fremde, und«, fuhr er langsam fort, »ich glauben, kein Elefant lieben dein Blut, und alle Elefanten Brüder. Was einer hassen, alle anderen auf ganze Welt auch hassen. Sehen in Ihrem Gesicht, daß Sie schon große Leid haben von Elefant, Sie oder jemand, Sie lieben. Und manche von Kendah sehr wilde Leute und lieben Kampf, und vielleicht Krieger in dem Land, wenn Sie sind da, und in Krieg, Menschen werden getötet.«

»Sehr gut, mein Freund«, sagte Ragnall. »Ich bin bereit, diese Risiken auf mich zu nehmen. Entweder wir alle gehen in Ihr Land, oder, wie Macumazahn Ihnen schon erklärte, keiner von uns.«

»Wir verstehen. Das unser Abkommen, und wir nicht brechen Wort«, antwortete Harût.

Dann richtete er seinen wohlwollenden Blick auf Savage

und sagte: »Also Sie auch kommen, Mr. Bena. Das Ihr Name hier, wie? Nun, Sie viel lernen in Kendahland über Schlangen und alles andere.«

Jetzt flüsterte der jovial wirkende Marût etwas ins Ohr seines Gefährten, wobei er über das ganze Gesicht grinste und seine weißen Zähne zeigte. »Oh!« fuhr Harût fort, »mein Bruder mir sagen, Sie schon eine Schlange getroffen, unten, in Land, das Natal heißen, aber Sie sich setzen so hart darauf, daß Schlange sehr flach und nicht mehr kann beißen.«

»Wer hat ihm das erzählt?« flüsterte Savage entsetzt.

»Oh! Habe vergessen. Sie denken Macumazahn? Nein? Dann Sie haben vielleicht in Schlaf gesagt, weil Menschen viel reden in Schlaf, und andere Menschen haben gute Ohren und hören über weite Entfernung. Oder vielleicht nur kleine Scherz von Harût. Sie doch wissen, er prima Zauberer. Vielleicht er hat Schlange geschickt. Nun, wir Ihnen zeigen viel bessere Schlange in Kendahland. Aber Sie nicht werden sitzen auf *ihr,* Mr. Bena.«

Für mich lag, ich kann nicht sagen aus welchem Grund, etwas Furchtbares in diesem scherzhaften Geplänkel, etwas, das mir einen Schauder über den Rücken jagte, wie es immer geschieht, wenn ich eine Katze mit einer Maus spielen sehe. Ich fühlte bereits zu diesem Zeitpunkt, daß es entsetzliche Dinge ankündigte. Wie *konnten* diese Männer die Einzelheiten von Geschehnissen wissen, bei denen sie nicht zugegen gewesen waren, von denen niemand ihnen berichtet hatte? Verlieh ihr seltsamer ›Tabak‹ ihnen wirklich hellseherische Kräfte? fragte ich mich, oder hatten sie andere geheime Möglichkeiten, sich Informationen zu beschaffen? Ich sah den armen Savage an und erkannte, daß er genauso empfand wie ich, denn er war unter seiner Sonnenbräune sehr blaß geworden. Selbst Hans war davon betroffen, denn er flüsterte mir auf holländisch zu: »Dies sind keine Menschen, Baas, und diese unsere Reise wird in die Hölle führen.«

Nur Ragnall saß ruhig, schweigend und scheinbar völlig

unbewegt. Es war in der Tat etwas Sphinxhaftes um sein männlich schönes Gesicht. Außerdem war ich sicher, daß Harût und Marût die Kraft und Entschlossenheit dieses Mannes erkannten, und daß er jemand war, mit dem sie ernsthaft rechnen mußten. Unter all ihrem Lächeln und all ihrer Höflichkeit konnte ich dieses Wissen in ihren Augen lesen, und auch, daß es ihnen Sorgen machte. Es war, als ob sie wüßten, daß hier einer war, gegen den ihre Macht wirkungslos war, dessen Schicksal der Herr ihres Schicksals war. In gewisser Weise gab Harût das mir gegenüber sogar zu, denn er blickte auf und sagte mit veränderter Stimme und in Bantu:

»Du bist ein guter Leser von Herzen, o Macumazahn, ein fast so guter, wie ich es bin. Doch denke immer daran, daß es Einen gibt, der in das Buch des Herzens schreibt, der der Herr von uns ist, die wir lediglich lesen, und was Er schreibt, das wird geschehen, wir mögen uns noch so sehr dagegen sträuben, denn in Seiner Hand liegt die Zukunft.«

»So ist es«, erwiderte ich kühl, »und das ist der Grund dafür, weshalb ich mit euch nach Kendahland gehe und euch nicht im geringsten fürchte.«

»So ist es, und so soll es auch bleiben«, antwortete er. »Und nun, Lords, seid ihr bereit zum Aufbruch? Denn der Weg ist lang, und wer weiß, was uns erwarten mag, ehe wir sein Ende erreicht haben.«

»Ja«, antwortete ich, »der Weg des Lebens ist lang, und wer weiß, was uns begegnet, ehe wir sein Ende erreicht haben – und was uns am Ziel erwartet.«

Drei Stunden darauf zügelte ich das prachtvolle, weiße Reitkamel, auf dem ich saß und blickte von der Höhe eines Dünenkammes aus zurück. Dort, weit hinter uns am Horizont, konnte ich mit Hilfe meines Fernglases die Stelle ausmachen, an der wir gelagert hatten, und sogar den hohen Termitenbau, von dem aus ich im Mondlicht auf unsere Eskorte geblickt hatte, die wie durch Zauberei aus der Wüste gewachsen zu sein schien.

Und so ging unser Marsch vonstatten: eine Meile oder so voraus ritt eine Vorhut von acht oder zehn Männern, die auf den schnellsten Kamelen ritten, zweifellos, um uns vor jeder möglichen Gefahr zu warnen. Ihnen folgte in einem Abstand von drei- oder vierhundert Yards eine Gruppe von etwa fünfzig Kendah, die in Doppelreihe ritten, und diesen folgten die Tragtiere, die in langen Reihen mit Stricken aneinandergebunden waren und von Reitern geführt wurden, und auf denen Wasserschläuche, Nahrungsmittel, Zelte aus Tierfellen und alle unsere Lasten verladen waren, einschließlich der fünfzig Armeegewehre und der Munition, die Ragnall aus England mitgebracht hatte. Dann kamen wir drei Weißen und Hans, jeder von uns auf einem so schnellen und ausdauernden Kamel, wie es Afrika hervorbringen kann. Zu unserer Rechten, in einer Entfernung von etwa einer halben Meile, und auch zu unserer Linken, ritten weitere Trupps der Kendah von etwa der gleichen Stärke wie die Vorausabteilung, während die Nachhut von den restlichen Männern gebildet wurde, die auch eine Anzahl von Reservekamelen mitführten.

So befanden wir uns im Zentrum eines Karrés, aus dem jede Flucht unmöglich war, denn ich vergaß zu sagen, daß unsere Bewacher, Harût und Marût, direkt hinter uns ritten, und zwar in einer Entfernung, daß wir sie jederzeit rufen konnten, wenn wir etwas wollten.

Zu Anfang empfand ich diese Methode des Reisens als ziemlich ermüdend, so wie jeder, der es nicht gewohnt ist, auf einem Kamelrücken zu sitzen. Das Schwanken und Stoßen des schnellen Tieres unter mir schien meine Knochen so durchzuschütteln, daß ich zu Beginn ein- oder zweimal fast aus dem Sattel gehoben wurde, doch endlich, nach stundenlanger Tortur, hielten wir und machten Lager für die Nacht. Der arme Savage litt noch mehr als ich, denn das schwankende Wiegen des Kamels hatte seinen Körper in Gallert verwandelt. Ragnall jedoch, der, wie ich glaube, schon auf Kamelen geritten war, spürte nur wenig Ungemach, und das gleiche kann auch von Hans gesagt werden, der in allen möglichen Positionen ritt, manchmal wie eine Frau im Damensattel, und manchmal sogar auf dem Sattel kniend, wie ein Affe auf einem Leierkasten. Und da er sehr leicht war, und zäh wie Hanf, schien die wiegende Bewegung des Kamels ihm nichts auszumachen.

Nach und nach aber gewöhnten wir uns daran, so daß ich schließlich fünfzig Meilen pro Tag hätte reiten können, mehr oder weniger, ohne mich müde zu fühlen. Ich begann das Leben in der reinen, trockenen Wüstenluft sogar zu genießen, vielleicht weil es so beschaulich war. Tag um Tag zogen wir über die endlose, sandige Ebene, sahen die Sonne aufgehen, sahen sie am Himmel emporsteigen, sahen sie wieder versinken. Abend für Abend aßen wir unser einfaches Essen mit Appetit und schliefen unter den funkelnden Sternen, bis der neue Tag aus der Tiefe des unermeßlichen Ostens heraufdämmerte.

Wir sprachen nur wenig während dieser Zeit. Es war, als ob die Stille der Wüste uns überwältigt und unsere Lippen versiegelt hätte. Oder vielleicht war jeder von uns mit seinen eigenen Gedanken beschäftigt. Auf jeden Fall weiß ich von mir, daß ich in einer Art Traumwelt zu leben schien, an die Vergangenheit zurückdachte, und mir viele Gedanken über die unzähligen Probleme dieser vorübergehenden Komödie machte, die wir das Leben nennen, jedoch kaum einen Gedanken an die Zukunft verschwendete. Was konnte mir schon die Zukunft bedeuten, der ich nicht wußte, ob mein Anteil daran einen Monat, eine Woche oder nur einen Tag betragen mochte, vom Schatten des Todes umgeben, wie ich es war? Nein, ich machte mir wenig Gedanken um irgendeine irdische Zukunft, obwohl ich zugeben muß, daß ich in dieser Oase der Stille viel über jenen Zustand nachdachte, wo Vergangenheit, Gegenwart und Zukunft eins sein werden, und auch, daß diese Reflexionen, die ihrem Wesen nach eine Art unformulierten Gebets waren, eine große Ruhe in mein Gemüt brachten.

Mit der uns eskortierenden Truppe hatten wir so gut wie keine Kommunikation: Ich nehme an, daß den Männern verboten war, mit uns zu sprechen. Es waren sehr schweigsame, gut aussehende, fähige Männer sichtlich arabischer Rasse, von ziemlich heller Hautfarbe, die sich untereinander zumeist mit Zeichen oder mit leise gemurmelten Worten verständigten. Offensichtlich empfanden sie gegenüber Harût und Marût ehrfürchtigen Respekt, denn wenn immer einer dieser beiden Brüder, falls sie tatsächlich Brüder waren, einen Befehl gab, wurde dieser sofort und ohne jeden Disput ausgeführt. So wurden, als ich zufällig erwähnte, zwei Tage zuvor auf einem unserer Lagerplätze ein Taschenmesser verloren zu haben, gegen meinen Willen, drei Männer zurückgeschickt, um danach zu suchen, was sie auch taten, ohne zu fragen. Acht Tage später stießen sie wieder zu uns, erschöpft und unter Verlust eines Kamels, doch mit meinem Taschenmesser, das sie mir mit einer tiefen Verneigung überreichten; und ich muß gestehen, daß ich mich schämte, es zu nehmen.

Ansonsten gab es kaum einen Gedankenaustausch mit Harût und Marût. Bis zum Zeitpunkt unserer Ankunft an der Grenze von Kendahland betrafen unsere wenigen Gespräche lediglich Angelegenheiten der Reise, wo wir für die Nacht lagern sollten, wie weit es bis zum nächsten Wasserloch sein mochte, denn es gab Wasserlöcher oder alte Brunnen in der Wüste, über die Vögel, die wir gelegentlich sahen, und so weiter. Wegen der anderen, wichtigeren Dinge schien eine Art Waffenstillstand zwischen uns zu herrschen. Dennoch, stellte ich fest, wurden wir von ihnen ständig beobachtet, besonders Lord Ragnall, der Tag um Tag schweigend ritt, in sich zurückgezogen und in die Ferne voraus blickend, als ob er etwas sähe, das wir nicht sehen konnten.

Auf diese Weise legten wir Hunderte von Meilen zurück, zumindest fünfhundert, wenn man eine durchschnittliche Tagesstrecke von nur dreißig Meilen zugrundelegt, und die Tage der Rast berücksichtigt, denn hin und wieder hielten wir an Wasserlöchern oder in kleinen Oasen, wo die Kamele tranken und ausruhten. Diese Wasserlöcher fanden sich in so fast regelmäßigen Abständen, daß ich zu der Schlußfolgerung kam, es müßte einst eine etablierte Route durch diese Wüste nach dem Süden bestanden haben, deren Kenntnis in der Tradition der Kendah verblieben war. Wenn dem so sein sollte, so war sie jedoch seit Generationen nicht mehr benutzt worden, denn außer den Überresten von Kamelen, die während des Marsches zu unserem Lager verendet waren, sahen wir keine Skelette von Kamelen oder anderen Tieren, und keinerlei Spuren von Menschen. Dieses Land war eine völlig tote Wüste, in der nichts lebte, außer ein paar kleinen Säugetieren in den Oasen, und den Vögeln, die über uns hinwegflogen, auf ihrem Weg zu fruchtbareren Regionen. Davon sahen wir übrigens viele, die sowohl in Europa, als auch in Afrika heimisch sind, besonders Enten und Kraniche; aber auch Störche, die aus dem weit entfernten, heimeligen Holland kommen mochten.

Endlich begann der Charakter des Landes sich zu verändern. Gras erschien auf seinen tiefer gelegenen Teilen, dann Büsche, schließlich gelegentlich auch Bäume, und zwischen den Bäumen ein paar Antilopen. Ich ließ unsere Karawane halten, beschlich die Tiere und schoß zwei von ihnen mit zwei rasch aufeinanderfolgenden Schüssen nach links und nach rechts – eine Leistung, die unsere Eskorte veranlaßte, mich auf eine Weise anzustarren, die mir verriet, daß sie so etwas noch niemals gesehen hatten.

An jenem Abend, als wir das Wildbret genossen – es war das erste frische Fleisch seit vielen Tagen, bemerkte ich, daß die Anlage unseres Lagers von seiner uns gewohnten Form abwich. Es war kleiner und auf einer Erhebung angelegt. Auch wurde den Kamelen nicht erlaubt, wie sonst, dort zu weiden, wo es ihnen gefiel, sondern sie wurden innerhalb eines Areals gehalten, dessen Begrenzungen von ihren in kleinen Trupps lagernden Reitern bewacht wurden. Außerdem wurden unsere Vorräte in der Nähe unserer Zelte im Zentrum des Lagers gestapelt und unter Bewachung gestellt. Ich fragte Harût und Marût, mit denen wir unser Mahl teilten, nach den Gründen für diese Maßnahmen.

»Sie sind nötig, weil wir uns den Grenzen von Kendahland nähern«, antwortete der alte Harût. »Vier weitere Marschtage werden uns ans Ziel bringen, Macumazahn.«

»Warum trefft ihr dann Vorsichtsmaßnahmen gegen eure eigenen Leute? Sicherlich werden sie euch willkommen heißen.«

»Mit Speeren vielleicht. Wisse, Macumazahn, daß die Kendah nicht ein Volk sind, sondern zwei Völker. Wie du bereits erfahren haben magst, sind wir die Weißen Kendah, doch gibt es auch die Schwarzen Kendah, die vielmal zahlreicher sind als wir, obwohl wir sie zu Anbeginn, aus dem Norden kommend, unterwarfen – so zumindest berichtete es die Geschichte. Die Weißen Kendah leben in ihrem eigenen, abgegrenzten Land, doch da es keine andere Straße dorthin gibt, müssen wir das der Schwarzen Kendah passieren, wo immer die Gefahr besteht, von ihnen angegriffen zu werden, besonders da wir Fremde ins Land bringen.«

»Wie kommt es dann, daß die Schwarzen Kendah euch überhaupt am Leben lassen, Harût, wenn sie euch so überlegen sind?«

»Weil sie uns fürchten, Macumazahn. Sie fürchten unsere Weisheit und die Gebote des Himmlischen Kindes, verkündet durch den Mund seines Orakels, das, wenn gegen diese Gebote verstoßen wird, einen Fluch über sie bringen kann. Dennoch, wenn sie uns außerhalb unserer Grenzen antreffen, versuchen sie uns zu töten, wenn es ihnen gelingt, so wie wir sie töten, wenn wir sie innerhalb unserer Grenzen antreffen.«

»Wahrlich, Harût, dann habe ich den Eindruck, daß sich ein Krieg zwischen euch entwickelt.«

»Ein Krieg steht bevor, Macumazahn, der letzte, große Krieg, in dem entweder die Weißen Kendah oder die Schwarzen Kendah untergehen werden. Oder vielleicht beide gemeinsam. Vielleicht ist das der wirkliche Grund dafür, weshalb wir dich gebeten haben, unser Gast zu sein, Macumazahn.« Mit der üblichen, höflichen Verneigung erhoben sich beide und gingen fort, bevor ich ihnen antworten konnte.

»Sie sehen, wie die Dinge liegen«, sagte ich zu Ragnall. »Wir sind hierhergebracht worden, um für unsere Freunde Harût, Marût und Co. gegen ihre aufständischen Untertanen zu kämpfen, oder vielmehr gegen den König, der gemeinsam mit ihnen regiert.«

»Es sieht so aus«, antwortete er ruhig, »doch werden wir die Wahrheit zu gegebener Zeit herausfinden, und bis dahin sind Spekulationen fruchtlos. Gehen Sie zu Bett, Quatermain! Ich werde bis Mitternacht wachen und Sie dann wekken.«

Jene Nacht verging ohne Zwischenfälle. Am nächsten Morgen brachen wir schon vor Beginn der Dämmerung auf und zogen durch ein Land, das immer wasserreicher und fruchtbarer wurde, und, obwohl nach wie vor eine offene Ebene, stieg es doch in zunehmend steiler werdenden Hängen immer weiter an. Auf dieser Ebene sah ich Herden von Tieren, die aus der Entfernung wie Rinder wirkten, doch nicht ein einziges menschliches Wesen. Vor Dunkelwerden lagerten wir an einer Stelle, wo es gutes Wasser gab und reichlich Futter für die Kamele.

Während das Lager für die Nacht vorbereitet wurde, kam Harût zu uns und forderte uns auf, ihn zu den Vorposten zu begleiten, wo wir, wie er sagte, etwas sehen sollten. Wir gingen mit ihm etwa eine Viertelmeile weit zum Ende der Erhebung, auf der wir den ganzen Tag über geritten waren, und von dort aus hatten wir einen der herrlichsten Ausblikke, der sich meinen Augen in dem ganzen, großen Afrika jemals dargeboten hatte. Von der Stelle, an der wir standen, fiel das Land auf eine Entfernung von zehn oder fünfzehn Meilen ziemlich steil ab, bis dieser gewaltige Hang schließlich in einer riesigen Senke endete, die wie der Boden einer riesigen flachen Schüssel wirkte, und die, wie ich vermute, einst, in der Frühzeit der Erdgeschichte, ein riesiger See gewesen war. Ein breiter Fluß verlief in west-östlicher Richtung quer durch diese Tiefebene, gespeist von zahlreichen

Nebenflüssen. Weit jenseits dieses Flusses hoben sich die Konturen des Landes wieder, bis zu einem viele, viele Meilen entfernten Berg von tumulusförmiger Gestalt, der dicht bewaldet zu sein schien.

Jenseits dieses Berges und um ihn herum befand sich eine weitere Ebene, die, wie wir mit Hilfe meines starken Glases sehen konnten, von einer Kette gewaltiger Berge begrenzt wurde, die wie ein über den nördlichen Horizont gezogener blauer Strich wirkte. Nach Westen und Osten schien die Ebene sich bis in die Unendlichkeit auszudehnen. Offensichtlich war ihr Boden von großer Fruchtbarkeit und ernährte eine große Zahl von Bewohnern, denn überall sahen wir ihre Kraals oder Dörfer. Ein großer Teil der westlichen Hälfte war jedoch von dichten Waldungen bedeckt, in deren Mitte sich, wie es schien, eine große Lichtung befand.

»Siehe das Land der Kendah«, sagte Harût. »Auf dieser Seite des Flusses Tava leben die Schwarzen Kendah, auf der jenseitigen die Weißen Kendah.«

»Und was ist jener Berg?« fragte ich.

»Das ist der Heilige Berg, das Heim des Heiligen Kindes, auf welchen niemand seinen Fuß setzen darf« – hier blickte er uns bedeutsam an –, »außer den Priestern des Heiligen Kindes.«

»Und was geschieht mit dem, der es dennoch tut?« fragte ich.

»Er stirbt, Lord Macumazahn.«

»Dann wird er also bewacht, Harût?«

»Er wird bewacht, doch nicht von Waffen der Sterblichen, Macumazahn, sondern von den Geistern, die über das Kind wachen.«

Da er nicht mehr zu diesem interessanten Thema sagen wollte, fragte ich ihn nach der Größe des Kendah-Volkes, worauf er antwortete, daß die Schwarzen Kendah etwa zwanzigtausend Männer im waffenfähigen Alter zählen mochten, während die Weißen Kendah nicht mehr als zweitausend solcher Männer aufweisen konnten.

»Dann ist es kein Wunder, daß ihr Geister braucht, um

euer Himmlisches Kind zu bewachen«, bemerkte ich, »wenn die Schwarzen Kendah eure Feinde sind und ihr so wenige Krieger habt.«

In diesem Augenblick wurde unser Gespräch durch einen berittenen Späher unterbrochen, der Harût etwas berichtete, das diesen sehr nervös zu machen schien. Ich fragte ihn, was geschehen sei.

»Das ist geschehen«, sagte er und deutete auf einen Mann auf einem struppigen Pony, der gerade hinter einem etwa eine halbe Meile entfernten Buschwerk hervorbrach und den Hang hinab auf die Ebene zu galoppierte. »Er ist einer der Späher Simbas, des Königs der Schwarzen Kendah, und er reitet zu Simbas Stadt in jenem Wald, um unsere Ankunft zu melden. Kehrt zum Lager zurück und eßt, Macumazahn, denn wir müssen bei Mondaufgang weiterziehen!«

Sobald der Mond über dem Horizont erschien, brachen wir also auf, obwohl die Kamele, von denen viele durch den langen Marsch ziemlich mitgenommen waren, kaum Zeit gefunden hatten, zu fressen, und gar keine, um sich auszuruhen. Die ganze Nacht über zogen wir den langen Hang hinab, hielten nur kurz bei Tagesanbruch, um etwas zu essen und die Lasten der Tragtiere festzuzurren, die jetzt, wie ich bemerkte, besonders scharf bewacht wurden. Als wir erneut aufbrachen, trat Marût zu uns und bemerkte mit seinem gewohnten Lächeln im Namen seines Bruder Harût, der anderweitig beschäftigt sei, daß es gut wäre, unsere Gewehre bereitzuhalten, da wir jetzt das Land des Elefanten Jana beträten und ihm möglicherweise begegnen mochten.

»Oder seinen zweibeinigen Anbetern«, bemerkte ich, worauf seine einzige Antwort ein Nicken war.

Also nahmen wir unsere Repetiergewehre, einige der ersten, die jemals hergestellt worden waren, sehr wirkungsvolle, doch etwas komplizierte Waffen, die fünf Patronen verfeuerten. Hans jedoch bewaffnete sich mit meiner Erlaubnis mit dem kleinen Purdey-Gewehr, das ›Intombi‹ genannt wurde, jenem einläufigen Vorderlader, der mir in früheren Tagen so gute Dienste geleistet hatte, und selbst noch während meiner letzten Reise nach Pongoland. Er sagte, er sei daran gewöhnt und verstünde diese neumodischen Hinterlader nicht, und außerdem sei dieses Gewehr ›glücklich‹. Ich erlaubte es ihm, da es nicht darauf ankam, mit was für einer Waffe Hans ausgerüstet war. Als Schütze hatte er diese Eigenart: Bis zu einer Entfernung von hundert Yards traf er alles, über diese Entfernung hinaus jedoch nicht einmal ein Scheunentor.

Eine Viertelstunde später, als der Morgen dämmerte, ritten wir durch eine Art Engpaß aus schroffem Fels, der am Rande des flachen Landes lag, und gelangten auf den Rand der grasbedeckten Ebene. Hier hielten wir aus Gründen, die mir sofort klar wurden, sobald ich den Engpaß hinter mir hatte. Denn über die Ebene, in einer Entfernung von nicht einmal einer halben Meile, marschierte eine Truppe von etwa fünfhundert weißgekleideten Männern. Ein großer Teil von ihnen war beritten, die anderen waren Fußsoldaten, deren Zahl sich ständig vergrößerte, da immer mehr von ihnen aus den Dickichten auftauchten, die auf dem Hang wuchsen, und die entschlossen schienen, uns den Durchzug zu verwehren. Diese Männer, die schwarzhäutig waren und auf ihren krausen Haaren keine Kopfbedeckung trugen, waren mit Speeren bewaffnet.

Dann preschten zwei Reiter aus ihrer Masse hervor, von denen einer eine weiße Fahne trug, als Zeichen dafür, daß sie mit den Führern unserer Kolonne zu reden wünschten. Unsere Vorhut ließ sie passieren, und sie galoppierten weiter, ritten einen geschickten Slalom zwischen den Kamelen entlang, bis sie die Stelle erreichten, wo wir sie gemeinsam mit Harût und Marût erwarteten, zügelten ihre Pferde so heftig, daß die Tiere sich fast auf ihre Hinterbacken setzten, und salutierten, indem sie ihre Lanzen erhoben. Es waren gutaussehende Burschen, von absolut schwarzer Hautfarbe, mit negroiden Gesichtszügen und langen, krausen Haaren, die ihnen bis auf die Schultern hingen. Ihre Bekleidung war leicht; sie bestand aus Reithosen, die knielangen Pluderhosen ähnelten, Sandalen und einer dreigliedrigen Kette aus einem silbrigen Metall, die ihnen auf Brust und Rücken herabhing. Ihre Bewaffnung bestand aus langen Lanzen, ähnlich denen der Weißen Kendah, und geraden, mit Kreuzgriff versehenen Schwertern, die von ihren Gürteln hingen. Dieses war, wie ich später feststellte, die reguläre Ausrüstung der Kavallerie dieses Volkes. Die Fußtruppen trugen eine kürzere Lanze, einen runden Lederschild, zwei Wurfspeere oder Assegais, und einen krummen Dolch mit Horngriff.

»Seid gegrüßt, Propheten des Kindes!« rief einer der beiden. »Wir sind Boten des Gottes Jana, der durch den Mund Simbas, des Königs, spricht.«

»Sprich weiter, Anbeter des Teufels Jana!« antwortete Harût. »Welches Wort hat Simba, der König, für uns?«

»Das Wort des Krieges, Prophet. Was sucht ihr jenseits eurer Südgrenze des Flusses im Gebiet der Schwarzen Kendah, das euch durch den Pakt nach jener Schlacht vor hundert Jahren verschlossen ist? Ist das Land im Norden, bis zu den Bergen und über diese hinaus, nicht groß genug für euch? Simba, der König, hat euch hinausziehen lassen, in der Hoffnung, daß die Wüste euch verschlingen würde, doch zurückkehren sollt ihr nicht.«

»Das werden wir bald sehen«, antwortete Harût mit sanfter Stimme. »Es hängt davon ab, ob das Himmlische Kind oder der Teufel Jana in diesem Lande mächtiger ist. Doch da wir Blutvergießen vermeiden wollen, so das möglich sein sollte, möchten wir euch erklären, Boten des Königs Simba, daß wir uns in friedvoller Mission hier befinden. Es war notwendig, diese weißen Lords herzubringen, damit sie dem Kinde Opfer darbringen, und dies hier ist der einzige Weg, über den wir sie zum Heiligen Berg führen können, da sie aus dem Süden kommen. Die Wälder und die Sümpfe, die im Osten und im Westen liegen, können Kamele nicht passieren.«

»Und was ist das für ein Opfer, das diese Männer dem Kinde darbringen wollen, Prophet? Oh! Wir wissen es nur zu gut, da auch wir, wie ihr, unsere Magie besitzen. Das Opfer, das sie darbringen sollen, ist das Blut Janas, unseres Gottes, und ihr habt sie hergebracht, damit sie ihn mit ihren seltsamen Waffen töten, als ob irgendeine Waffe gegen Jana bestehen könnte. Übergebt uns also diese weißen Männer, damit wir sie diesem Gott opfern, dann wird Simba, der König, euch vielleicht passieren lassen.«

»Warum?« fragte Harût, »da du doch erklärst, daß die weißen Männer Jana nichts anhaben können, dem sie in der Tat nichts Böses wollen. Sie euch zu überantworten, so daß ihr sie von diesem Teufel, Jana, in Stücke reißen lassen könnt, wäre ein Bruch des Gesetzes der Gastfreundschaft, denn sie sind unsere Gäste. Kehr also zu Simba zurück und sag ihm, daß, wenn er auch nur einen Speer gegen uns erhebt, der dreifache Fluch des Kindes auf ihn und auf sein Volk fallen wird: Der Fluch des Himmels durch Unwetter oder durch Dürre. Der Fluch des Hungers. Der Fluch des Krieges. Ich, der Prophet, habe gesprochen. Geht!«

Ich konnte sehen, daß dieses Ultimatum Harûts, mit einer beeindruckenden Stimme vorgebracht, und unterstrichen von dem plötzlichen und gemeinsamen Emporstoßen der Speere aller unserer Männer, die sich in Hörweite befanden, eine beachtliche Wirkung auf die beiden Boten ausübte. Ihre Gesichter zeigten Angst, und sie wichen ein wenig zurück. Offensichtlich deutete der ›dreifache Fluch des Kindes‹ auf ein Unheil hin, das sie fürchteten. Ohne zu antworten, rissen sie ihre Pferde herum und galoppierten zu dem sich unterhalb von uns sammelnden Heerhaufen zurück, so schnell wie sie gekommen waren.

»Wir müssen kämpfen, o Macumazahn«, sagte Harût, »und siegen, wenn wir am Leben bleiben wollen, was, wie ich weiß, geschehen wird.«

Dann gab er einige Befehle, die die Wirkung hatten, daß die Karawane sich zu einer keilförmigen Formation umbildete, wie die eines Zuges von Wildgänsen. Harût nahm einen Platz fast an der Spitze dieses Dreieckes ein. Ich wurde, zusammen mit Hans und Marût etwa in die Mitte der linken Reihe plaziert, während Ragnall und Savage sich uns gegenüber in der rechten befanden, wobei die ganze Breite des Keils zwischen uns lag. Die Lastkamele und ihre Führer nahmen den Mittelraum zwischen den beiden Linien ein und wurden durch eine kleine Nachhut gedeckt.

Anfangs waren wir Weißen entschlossen, gegen diese Trennung zu protestieren, doch als Marût uns erklärte, daß dies geschähe, um beiden Sektionen der Streitmacht Selbstvertrauen zu geben, und auch, um das Risiko zu verringern, daß alle drei von uns getötet oder gefangengenommen würden, hatten wir natürlich keinen Einwand mehr gegen diese Anordnung. Also drückten wir uns die Hand und wünschten einander mit so viel Selbstvertrauen, wie wir aufzubringen vermochten, viel Glück.

Dann trennten wir uns, und der arme Savage wirkte sehr zusammengesunken, denn dies war sein erstes Kriegserlebnis. Ragnall jedoch, der einer alten Kriegerfamilie entstammte, schien so glücklich zu sein wie ein König. Ich, der ich schon so viele Schlachten erlebt hatte, war alles andere als glücklich, denn ausgerechnet in diesem höchst unpassenden Moment mußte ich an die letzten Worte des sterbenden Zulu-Heerführers und Propheten Mavovo denken, der mir vorausgesagt hatte, daß auch ich fern meiner Heimat in einem Krieg sterben würde; und ich fragte mich, ob dieses die Schlacht sein mochte, die sein vorausblickender Geist gesehen hatte.

Nur Hans schien absolut unbeeindruckt zu sein. Ich bemerkte, daß er die Gelegenheit dieses Haltes dazu nutzte, um seine große Maiskolbenpfeife zu stopfen und anzuzünden, eine Herausforderung an die Vorsehung, für die ich ihn am liebsten in den Hintern getreten hätte, wäre er nicht auf seine übliche Affenart auf dem Rücken eines sehr großen Kameles gehockt. Dieser Akt trug ihm jedoch die Bewunderung der Kendah ein, denn ich hörte einen von ihnen den anderen zurufen: »Seht! Er ist doch kein Affe, sondern ein Mensch – mehr Mensch als sein Herr.«

Die Formation war bald eingenommen. Eine Viertelstunde nach der Verabschiedung der Boten richtete sich Harût, nach dreimaligem Verneigen in Richtung des Heiligen Berges, im Sattel auf, stieß seine Lanze in die Luft und rief nur ein einziges Wort:

»Angriff!«

11

Allan wird gefangengenommen

Der Ritt, der nun folgte, war wirklich sehr belustigend. Die Kamele schienen trotz des langen Marsches, den sie zurückgelegt hatten, etwas von dem Enthusiasmus des Streitrosses zu erlangen, wie es im Buch Hiob beschrieben wird; ehrlich gesagt, hatte ich nicht geglaubt, daß sie eine solche Schnelligkeit entwickeln könnten. Wir ritten unter exakter Einhaltung unserer Formation den Hang hinab; der Wald langer Speere blitzte in der Sonne, und die kleinen, an unsere Lancers gemahnenden Wimpel flatterten herausfordernd in der Brise. Kein Geräusch war zu hören, außer dem Dröhnen der Kamelhufe, und dem gelegentlichen ärgerlichen Ausruf eines Reiters, der seinem Tier den Lanzenschaft in die Rippen stieß. Nicht bevor der Kampf wirklich begann, öffnete auch nur ein einziger der Männer die Lippen. Dann jedoch ertönte ein gemeinsamer und dröhnender Ruf:

»Das Kind! Tod dem Jana! Das Kind! Das Kind!«

Doch dies geschah erst Minuten später.

Als wir uns dem Feind näherten, sahen wir, daß seine Fußtruppen zu einer starken Verteidigungslinie zusammengezogen worden waren, die sechs oder acht Reihen tief war. Dort standen diese Männer, um die Wucht unseres Angriffes aufzufangen, oder vielmehr standen nicht alle von ihnen, denn die ersten beiden Reihen knieten, ihre langen Lanzen vorgestreckt. Ich kann mir vorstellen, daß ihre Aufstellung sehr stark der einer griechischen Phalanx ähnelte, oder jener der Schweizer, die sich in mittelalterlichen Kriegen auf den Angriff von Kavallerie vorbereitete. Zu beiden Seiten dieser gewaltigen Streitmacht, die jetzt vier- oder fünfhundert Mann stark sein mochte, und etwa eine Viertelmeile von ihr entfernt, hatten sich die Reiter der Schwarzen Kendah gesammelt, zwei Trupps von ungefähr gleicher Stärke, etwa hundert Berittene jeweils.

Während wir uns ihnen näherten, schwenkte unser Dreieck leicht nach einer Seite ab, zweifellos unter der Führung Harûts. Eine Minute später erkannte ich den Grund dafür. Es geschah, um die Fußtruppen nicht frontal anzugreifen, sondern in einem flachen Winkel. Das war eine ausgezeichnete Taktik, denn als es kurz darauf zu diesem Angriff kam, fielen wir ihnen fast in die Flanke und rollten ihre Formation auf. Mein Gott! Wir gingen durch diese Burschen hindurch wie ein Messer durch Butter; sie hatten gegen die Attacke unserer Kamele keine größere Chance als ein Papierschirm in einem Taifun. In Haufen stürzten sie zu Boden und wurden von den Weißen Kendah mit ihren Lanzen durchbohrt.

»Das Kind ist der Renner! Ich setze mein Geld auf das Kind!« rief ich in unheiliger Ekstase. Doch diese Freude war verfrüht, denn die Schwarzen Kendah waren längst nicht alle tot. Jetzt sah ich Dutzende von ihnen zwischen den Kamelen auftauchen, denen sie ihre Lanzen in den Leib stießen, oder es zumindest versuchten. Außerdem hatte ich auch die Reiter vergessen. Als die Wucht unseres Angriffs durch den Zusammenprall der Kräfte an Schwung verlor, preschten diese wie zwei Blitze auf unsere Flanken los. Wir fuhren herum und taten unser Bestes, den Anschlag abzuwehren, was zur Folge hatte, daß sowohl die linke als auch die rechte Reihe unserer Keilformation etwa fünfzig Yards hinter den Lastenkamelen durchbrochen wurden. Zu unserem Glück war es dieser ungestüme Angriff der Schwarzen Kendah, der ihnen den größten Teil der Früchte des Sieges vorenthielt, da die beiden Schwadronen ihre Pferde nicht zügeln konnten, aufeinander prallten und sich zu einem heillosen Durcheinander verkeilten. Nun – ich weiß nicht, wer den Befehl dazu gab – rissen wir unsere Kamele herum und fielen über diese verhedderte, unbewegliche Masse her, mit dem Ergebnis, daß viele der Feinde durchbohrt oder erschlagen oder zertrampelt wurden.

Ich habe ›wir‹ gesagt, doch ist das nicht ganz korrekt, jedenfalls nicht, soweit es Marût, Hans, mich und etwa fünfzehn Kamelreiter betraf. Wie es geschah, konnte ich in dem Staub und dem Durcheinander nicht feststellen, doch wurden wir von dem Gros unserer Truppen abgeschnitten und fanden uns plötzlich in einem erbitterten Scharmützel gegen Reiter der Schwarzen Kendah, die uns immer wieder angriffen. Wir wehrten uns nach besten Kräften. Nach und nach jedoch brachen die verwirrten Kamele nach Lanzenstichen der Feinde unter uns zusammen, alle außer einem, seltsamerweise dem, das von Hans geritten wurde und das durch einen genauso seltsamen Zufall nicht einmal verletzt worden war. Wir anderen aber wurden aus dem Sattel geworfen oder sprangen von unseren zusammenbrechenden Kamelen und kämpften aus der Deckung ihrer zuckenden Leiber weiter.

Nun war meine Stunde gekommen. Bis dahin hatte ich nicht einen einzigen Schuß abgefeuert, teils, weil ich nicht gerne vorbeischieße, was auf einem schwankenden Kamelrücken leicht geschehen kann, vor allem aber, weil ich nicht das geringste Verlangen hatte, einen dieser wilden Männer zu töten, falls ich nicht in Selbstverteidigung dazu gezwungen sein würde. Jetzt aber war diese Situation gegeben, denn ich kämpfte um mein Leben. Ich lehnte mich gegen mein Kamel, das sterbend auf dem Boden lag, mit seinem Kopf auf die Erde schlug und entsetzlich stöhnte, während ich die fünf Patronen meines Repetiergewehrs auf jene schwarzen Kendah verfeuerte, wobei ich zwischen den Schüssen kurze Pausen einlegte, um genau zielen zu können, mit dem Ergebnis, daß kurz darauf fünf reiterlose Pferde davongaloppierten.

Die Wirkung war durchschlagend, da unsere Angreifer noch nie etwas dieser Art gesehen hatten. Zunächst zogen sie sich alle zurück, was mir Zeit zum Nachladen gab. Dann stürmten sie wieder vor, und ich wiederholte den Prozeß. Erneut zogen sie sich zurück, und nach seiner Besprechung, die eine Minute gedauert haben mochte, unternahmen sie einen dritten Angriff. Wieder bereitete ich ihnen einen heißen Empfang, doch diesmal fielen nur drei Männer und ein Pferd. Der fünfte Schuß verfehlte sein Ziel völlig, da sie in einer so chaotischen Formation herankamen, daß ich mich zum Feuern von einer Seite zur andern herumreißen mußte.

Damit war das Spiel verloren, aus dem einfachen Grund, weil ich außer den zwei Patronen in meiner doppelläufigen Pistole, keine Munition mehr besaß. Man mag nach dem Grund dafür fragen. Die Antwort ist Mangel an Voraussicht. Zu viele Patronen in der Tasche scheuern, wenn man auf einem Kamel reitet, und das gilt auch für einen Patronengurt. Außerdem kam es zu jener Zeit nur selten zu Gefechten, bei denen man mehr als fünfzehn von ihnen verfeuerte. Ich hatte zwar noch vierzig oder fünfzig weitere Patronen in einem Leinenbeutel, den jedoch Savage mit der ihm üblichen Höflichkeit an seinen Sattel gehängt hatte, ohne mir ein Wort davon zu sagen. Erst bei Beginn des Angriffs stellte ich das fest, konnte sie mir jedoch nicht von ihm holen, da er von mir getrennt worden war. Hans, der in solchen Dingen immer recht sorglos war, trug eigentlich die Schuld daran, weil er darauf hätte achten müssen, daß ich die Patronen bei mir hatte, und im Grunde genommen wäre es seine Pflicht gewesen, sie zu tragen. Kurz gesagt, es war dies eine der Zufälligkeiten, zu denen es immer wieder kommt, und es gibt nichts weiter dazu zu sagen.

Nach einer noch längeren Beratung griffen unsere Feinde ein viertes Mal an, doch jetzt sehr langsam und vorsichtig. Inzwischen hatte ich Zeit gehabt, unsere Lage zu beurteilen. Unsere Kamelreiter, das heißt jene, die überlebt hatten, da niemand in den aufgewirbelten Staubwolken und dem Durcheinander der Schlacht etwas von unserer Notlage gemerkt hätte, waren mehr oder weniger siegreich nach Norden weitergezogen. Das soll heißen: es hatte sich seinen

Weg durch die Schwarzen Kendah freigemacht und konnte, ohne verfolgt zu werden entkommen, die Lastenkamele vollzählig und sicher in seiner Mitte. Die Schwarzen Kendah waren jetzt damit beschäftigt, unsere Verwundeten zu töten und ihre eigenen zu versorgen; und auch die Toten zusammenzutragen. Kurz gesagt: Wir waren, völlig unbeabsichtigt, allein gelassen worden. Wahrscheinlich nahmen unsere Leute an, falls in dem Gewühl des verzweifelten Kampfes überhaupt jemand an uns gedacht hatte, daß wir unter den Getöteten seien.

Marût trat zu mir, unverletzt, immer noch lächelnd und mit einem blutigen Speer winkend.

»Lord Macumazahn«, sagte er, »das Ende ist nahe. Das Kind hat die anderen gerettet, oder doch die meisten von ihnen, uns jedoch verlassen. Was willst du jetzt tun? Dich töten, oder, wenn dir das nicht genehm sein sollte, mir erlauben, daß ich es tue? Oder schießen, bis du dich ergeben mußt?«

»Ich habe nichts mehr zum Schießen«, antwortete ich. »Wenn wir uns ergeben sollten, was wird dann mit uns geschehen?«

»Dann wird man uns zu Simbas Stadt bringen und uns dort dem Teufel Jana opfern – ich habe nicht die Zeit dazu, dir zu erklären, auf welche Weise. Deshalb habe ich vor, mich selbst zu töten.«

»Dann bist du ein Narr, Marût, da man, wenn man tot ist, für immer tot ist; doch solange wir am Leben sind, besteht immer die Möglichkeit, Jana entkommen zu können. Und wenn es zum Schlimmsten kommen sollte, so habe ich eine Pistole bei mir, mit zwei Kugeln, eine für dich, und eine für mich.«

»Die Weisheit des Kindes ist in dir«, antwortete er. »Ich werde mich gemeinsam mit dir ergeben, Macumazahn, und auf das Glück vertrauen.«

Dann wandte er sich um und erklärte alles seinen Gefolgsleuten, die eine Weile leise miteinander sprachen. Schließlich faßten diese einen seltsamen, und meiner Ansicht nach sehr heroischen Entschluß. Sie warteten, bis die angreifenden Kendah ziemlich nahe herangekommen waren, dann gingen sie – mit Ausnahme von drei Männern, die bei uns zurückblieben, weil es ihnen an Mut zu mangeln schien, oder die einen anderen Grund dafür haben mochten – langsam, mit hängenden Köpfen auf sie zu, als ob sie sich ergeben wollten. Einige der Schwarzen Kendah saßen ab und liefen auf sie zu, offenbar, um sie gefangenzunehmen. Die Männer warteten, bis sie von ihnen umzingelt waren. Dann stürzten sie sich mit dem Schrei: »Das Kind!« auf ihre Feinde, kämpften wie Dämonen und fügten ihnen starke Verluste zu, bevor sie, mit zahllosen Wunden bedeckt, selbst fielen.

»Wahrhaft tapfere Männer!« sagte Marût anerkennend. »Nun, jetzt sind sie zum Kinde heimgekehrt, wohin wir ihnen zweifellos bald folgen werden.«

Ich nickte, antwortete ihm aber nicht. Um ehrlich zu sein, war ich zu sehr damit beschäftigt, die Reste meines Mutes zu sammeln, um Gespräche über den Mut anderer Menschen führen zu können.

Diese wilde und listenreiche Strategie verzweifelter Männer, die ihren Feinden so teuer zu stehen gekommen war, schien die Schwarzen Kendah zu unbeherrschbarer Wut aufzustacheln.

Der ganze Mob stürmte jetzt »Jana! Jana!« brüllend auf uns zu – wir waren nur noch sechs –, angeführt von einem Graubart, der, nach der Anzahl von Silberketten auf seiner Brust und anderen Zeichen seines Ranges, ein großer Mann unter ihnen zu sein schien. Als sie auf etwa fünfzig Yards herangekommen waren und ich mich auf das Schlimmste vorbereitete, krachte plötzlich ein Schuß hinter und über mir. Im selben Augenblick warf der Graubart die Arme empor, ließ seine Lanze fallen und stürzte vom Pferd. Ich warf einen Blick zurück und sah Hans, die Maiskolbenpfeife im Mund, und das kleine Gewehr, ›Intombi‹, noch immer an der Schulter. Er hatte vom Kamelrücken aus geschossen, zum ersten Mal an diesem Tag, wie ich glaube, und – ob durch Glück oder durch gutes Schießen, vermag ich nicht zu sagen – diesen Mann getötet.

Sein plötzliches und unerklärliches Ende schien die Schwarzen Kendah mit Trauer und Schrecken zu erfüllen. Sie ließen sofort von ihrem Angriff ab und versammelten sich um ihn, während ein Mann in mittleren Jahren, der ebenfalls mit viel barbarischem Zierat behängt war, abstieg und ihn untersuchte.

»Das ist Simba, der König«, erklärte Marût, »und der Getötete ist sein Onkel, Goru, sein großer Feldherr, der ihn von der Wiege an aufgezogen hat.«

»Dann wünschte ich, eine Kugel für den Neffen zu haben«, sagte ich, und schwieg dann, da Hans zu mir sprach.

»Lebe wohl, Baas«, sagte er, »ich muß gehen, denn ich kann ›Intombi‹ auf dem Rücken dieser Bestie nicht nachladen. Wenn du deinen verehrten Vater, den Prädikanten, vor mir treffen solltest, so sage ihm, er soll einen hübschen Platz zwischen den Feuern für mich vorbereiten.«

Dann, bevor ich eine Antwort herausbringen konnte, riß er sein Kamel herum, welches, wie schon gesagt, völlig unverletzt war, brachte es durch Schläge mit dem Gewehrkolben in einen wiegenden Galopp und ritt davon, jedoch nicht auf das Heim des Kindes zu, sondern hangaufwärts in ein Dickicht von Elefantengras und Dornenbäumen, das sich in der Nähe befand. Dort verschwanden er und das Kamel mit überraschender Schnelligkeit.

Falls die Schwarzen Kendah seine Flucht bemerkt haben sollten, was ich bezweifle, da sie wie gelähmt ihren König und ihren toten Heerführer Goru umstanden, machten sie keinerlei Anstalten, ihn zu verfolgen. Eine andere Möglichkeit wäre allenfalls, daß sie befürchteten, von ihm in irgendeine Falle oder einen Hinterhalt gelockt zu werden.

Ich weiß nicht, was sie gedacht haben, da ich sie nie über Hans oder sein Verschwinden sprechen hörte, und es ist durchaus möglich, daß sie ihnen gar nicht bewußt geworden war. Seltsamerweise schien diesen Männern, die sich bis dahin als so tapfer erwiesen hatten, der Tod Gorus den

Mut genommen zu haben. Es war, als ob sie zu dem Schluß gekommen wären, daß wir, mit unseren Gewehren, mehr als Sterbliche sein müßten.

Mehrere Minuten lang debattierten sie untereinander, offensichtlich zögernd. Schließlich löste sich aus ihrer Mitte ein einzelner Reiter, in dem ich einen der Boten erkannte, die uns am Morgen aufgesucht hatten, mit einer weißen Fahne in der Hand, wie zuvor. Draufhin legte ich mein Gewehr ab, zum Zeichen, daß ich nicht auf ihn schießen würde, was mir auch gar nicht möglich gewesen wäre, da ich nichts mehr zum Schießen hatte. Als er diese Geste sah, näherte er sich uns bis auf wenige Schritte, hielt und sprach zu Marût.

»O Zweiter Prophet des Kindes«, sagte er, »dieses sind die Worte Simbas, unseres Königs: Euer Gott war heute zu stark für mich, obwohl es eines kommenden Tages anders sein mag. Ich glaubte, euch in der Falle zu haben, daß ihr das Wild wäret, und ich der Jäger. Doch, wenngleich unter Verlusten, seid ihr der Grube entkommen« – hier blickte der Sprecher auf unsere abziehende Kolonne, von der nur noch eine Staubwolke in der Ferne zu erkennen war –, »während ich, der Jäger, von euren Hörnern durchbohrt worden bin« – dann blickte er auf die vielen Toten, mit denen die Ebene übersät war. »Doch das edelste Wild, der weiße Bulle der Herde« – er blickte mich an, und unter anderen Umständen würde ich mich geschmeichelt gefühlt haben – »und du, o Prophet Marût, und ein paar andere, außer jenen, die ich getötet habe, sind noch immer in der Fanggrube, und euer Horn ist ein magisches Horn« – er deutete auf mein Gewehr – »das den Körper von ferne durchdringen kann und alle tötet, die von ihm berührt werden.«

Also habe ich die Leute genau in die Mitte getroffen, erkannte ich, mit Weichbleigeschossen.

»Deshalb mache ich, Simba, der König, euch ein Angebot. Ergebt euch, und ich schwöre, daß kein Speer durch eure Herzen getrieben werden soll, und kein Messer eure Kehlen berühren wird. Ihr sollt lediglich in meine Stadt gebracht, dortselbst vom Besten ernährt und als Gefangene gehalten werden, bis zu dem Tage, da wieder Friede herrscht zwischen den Schwarzen Kendah und den Weißen. Wenn ihr euch weigert, das zu tun, werde ich euch umzingeln und euch in der Dunkelheit überfallen und alle töten. Oder vielleicht werde ich Tag um Tag zusehen, wie ihr, die ihr ohne Wasser seid, in der Sonnenhitze verdurstet. Dieses sind meine Worte, denen nichts hinzugefügt und von denen nicht eines weggelassen werden wird.«

Nachdem er gesprochen hatte, ritt er ein Stück zurück, so daß er außer Hörweite war, und wartete.

»Was ist deine Antwort, Macumazahn?« fragte Marût.

Ich antwortete mit einer anderen Frage. »Gibt es irgendeine Chance, von deinen Leuten befreit zu werden?«

Er schüttelte den Kopf. »Keine. Was wir heute hier gesehen haben, ist lediglich ein kleiner Teil der Armee der Schwarzen Kendah, ein Regiment zu Fuß und eines zu Pferde, die ständig in Bereitschaft sind. Bis morgen werden Tausende von Kriegern zusammengerufen sein, viel mehr, als wir auf freiem Felde besiegen könnten, und erst recht nicht in ihren Festungen. Außerdem wird Harût annehmen, daß wir tot sind. Wenn das Kind uns nicht rettet, bleiben wir unserem Schicksal überlassen.«

»Dann sieht es aus, als ob wir wirklich in einer Fanggrube steckten, wie jene schwarze Bestie von einem König es ausdrückte. Marût, und wenn er seine Worte wahr macht und uns nach Sonnenuntergang angreift, wird jeder von uns getötet werden. Und ich bin bereits jetzt durstig, und es ist kein Wasser da. Aber wird dieser König sein Wort halten? Es gibt andere Möglichkeiten des Tötens außer durch den Stahl.«

»Ich denke, daß er sein Wort halten wird, doch wie der Bote sagte, wird er seinen Worten nichts hinzufügen. Also wähle jetzt, denn siehe, sie beginnen bereits, uns zu umzingeln.«

»Was meint ihr, Männer?« fragte ich die drei, die bei uns verblieben waren.

»Wir sagen, Lord, daß wir in den Händen des Kindes sind, obwohl wir jetzt wünschen, mit unseren Brüdern gestorben zu sein«, antwortete einer von ihnen fatalistisch.

Also besprachen Marût und ich uns ein wenig über die Form seiner Antwort, dann winkte er den Abgesandten des Königs heran.

»Wir nehmen das Angebot Simbas an, obwohl es für diesen Lord ein leichtes wäre, ihn an der Stelle, wo er jetzt steht, zu töten, nämlich, uns als Gefangene in seine Hand zu geben, unter Berufung auf seinen Eid, daß uns nichts geschehen wird. Denn wisse, falls uns etwas geschehen sollte, wird die Rache furchtbar sein. Laß nun Simba, um seine Aufrichtigkeit unter Beweis zu stellen, zu uns treten und den Becher des Friedens mit uns trinken, denn uns dürstet.«

»Nein«, sagte der Mann, »denn dann könnte der weiße Lord ihn mit diesem Rohr töten. Wenn er mir sein Rohr gibt, wird Simba kommen.«

»Nimm es!« sagte ich großmütig und übergab ihm das Gewehr, das er sehr behutsam entgegennahm. Schließlich, überlegte ich mir, gibt es kaum etwas Nutzloseres, als ein Gewehr ohne Munition.

Er ging fort, die Waffe vorsichtig auf Armeslänge von sich gestreckt, und kurz darauf kam Simba zu uns geritten, begleitet von mehreren seiner Männer, von denen einer einen Wasserschlauch aus Tierhaut trug, ein anderer einen großen Becher, der aus dem Stoßzahn eines Elefanten gefertigt war. Dieser Simba war ein gutaussehender und furchteinflößender Mann, mit einem langen Schnurrbart und einem winzigen Spitzbart an seinem sonst glattgeschabten Kinn, wie es in Italien Mode war. Seine Augen waren groß und dunkel und hatten einen offenen Blick, zeigten jedoch hin und wieder einen finsteren Ausdruck in ihren Winkeln. Er war längst nicht so schwarz wie die meisten seines Volkes, wahrscheinlich war sein Blut in lange zurückliegenden Generationen mit dem der Weißen Kendah vermischt worden. Er trug sein Haar lang und keine Kopfbedeckung, sondern lediglich einen Goldreif, der wohl eine Krone darstellen sollte. Auf seiner Stirn hatte er eine lange, helle Narbe, wahrscheinlich von einer Kriegswunde. So war seine Erscheinung.

Er blickte mich mit großer Neugier an, und ich habe mich seither oft gefragt, welchen Eindruck ich auf ihn gemacht haben mochte. Mein Hut war mir vom Kopf gefallen, oder ich hatte ihn herabgestoßen, als ich die letzten Patronen auf seine Leute abfeuerte und vergessen, ihn wieder aufzusetzen, und mein wirres Haar, das längst hätte geschnitten werden müssen, war ungekämmt. Mein abgetragenes Norfolk-Jackett war verfleckt von dem Blut eines verwundeten oder sterbenden Mannes, der im Kampfgetümmel gegen mich getaumelt war, als die Kavallerie uns angegriffen hatte, und mein rechtes Hosenbein und der Stiefel boten den gleichen Anblick, weil sie mit der Speerwunde meines Kamels in Kontakt gekommen waren. Alles in allem muß ich eine höchst unansehnliche Erscheinung abgegeben haben.

Eine Andeutung seiner Meinung über mich konnte ich jedoch einer Bemerkung entnehmen, die er gegenüber einem seiner Begleiter machte, und die ich natürlich nicht zu verstehen vorgab.

»Wahrlich«, sagte er, »wir müssen nicht immer auf die Starken blicken, wenn wir Stärke suchen. Dieses kleine weiße Stachelschwein ist die Stärke selbst, denn siehe, wieviel Schaden er uns zugefügt hat. Auch siehe dir seine Augen an, deren Blick alles zu durchdringen scheint. Selbst Jana würde solche Augen fürchten. Nun, die Zeit, die den Stein abschleift, wird es uns lehren.«

All dies verstand ich sehr deutlich, da mein Gehör sehr scharf war, obwohl er glaubte, außerhalb meiner Hörweite zu sein, und nach einem Monat in der Gesellschaft der Kendah verstand ich deren Dialekt des Bantu recht gut.

Nachdem er so gesprochen hatte, ritt er näher und sagte: »Du, Prophet Marût, mein Feind, hast meine Bedingungen vernommen und sie akzeptiert. Deshalb ist jede Diskussion überflüssig. Was ich verspreche, halte ich auch. Was ich zugesagt habe, gebe ich auch, und nicht um das Gewicht eines Haares weniger.«

»So sei es, o König«, antwortete Marût mit seinem gewohnten Lächeln, das nichts jemals stören zu können schien. »Doch denke daran, daß auf dich und die Deinen, sollten diese Versprechen gebrochen werden, sei es im Buchstaben oder im Geiste«, (das ist die beste Übersetzung seiner Worte, die ich geben kann) »die mannigfaltigen Flüche des Kindes fallen werden. Ja, und auch wenn du uns durch Verrat töten solltest, werden diese Flüche über dich kommen.«

»Möge Jana das Kind verschlingen, und alle, die es anbeten«, rief der König in offensichtlicher Verärgerung.

»Am Ende, o König, wird Jana das Kind und seine Gemeinde verschlingen – oder das Kind wird Jana und die, welche ihm folgen, verschlingen. Welches von beiden geschehen wird, ist allein dem Kinde bekannt, und vielleicht seinen Propheten. Heute liegen für jeden Gefolgsmann des Kindes drei deren Janas oder mehr tot auf diesem Felde. Außerdem ist die Karawane jetzt außerhalb eurer Reichweite, mit zweien der weißen Lords und vielen solcher Rohre, die den Tod bringen, gleich jenem, das wir dir übergeben haben. Deshalb glaube nicht, daß das Kind hilflos ist, nur weil wir hilflos sind. Jana muß geschlafen haben, o König, denn sonst hättest du deine Falle besser aufgestellt.«

Ich war darauf gefaßt, daß diese kühnen, herausfordernden Worte einen Wutausbruch auslösen würden, doch schienen sie eher eine gegenteilige Wirkung zu haben. Ohne auf sie einzugehen, sagte Simba beinahe unterwürfig: »Ich bin gekommen, o Prophet, um den Becher des Friedens mit dir und dem weißen Herrn zu trinken. Danach können wir reden. Gib mir Wasser, Sklave!«

Ein Mann füllte den großen Elfenbeinbecher von dem Schlauch den er trug, mit Wasser. Simba nahm den Becher, und nachdem er ein wenig Wasser auf den Boden verschüttet hatte – als Opfer, nehme ich an –, trank er als erster davon, zweifellos um zu demonstrieren, daß es nicht vergiftet war. Ich beobachtete ihn sehr genau und versicherte mich, daß er auch schluckte, was er trank, indem ich die Bewegungen seiner Kehle verfolgte. Dann reichte er den Becher mit einer Verbeugung an Marût, welcher ihn, mit einer noch tieferen Verneigung, an mich weitergab. Da ich völlig ausgetrocknet war, trank ich fast eine Pinte des Wassers und fühlte mich danach wie neugeboren: dann reichte ich den Becher Marût zurück, der den Rest trank. Anschließend wurde er für unsere drei weißen Kendah erneut gefüllt, und wieder trank der König als erster von dem Wasser, wie zuvor, und schließlich tranken Marût und ich ein zweitesmal.

Als unser Durst endlich gestillt war, wurden Pferde für uns herangebracht, recht brauchbare, zahme, kleine Tiere, mit einem Schafsfell als Sattel und Fellschlaufen als Steigbügel. Auf diesen ritten wir drei Stunden lang über die Ebene, umringt von einer starken Eskorte, und mit zu Fuß trabenden bewaffneten Kendahs zu beiden Seiten, die in ihrer Hand eine Schnur hielten, welche mit einem Ring des Zaumzeuges unserer Pferde verknotet war, zweifellos um jeden Fluchtversuch zu verhindern.

Unser Weg führte an mehreren Dörfern vorbei, jedoch nicht durch sie hindurch, in welchen wir viele Frauen und Kinder sahen, die uns anstarrten, und durch herrliche Felder, mit Mais und anderem Getreide bestellt, das gerade reifte. Die üppige Fülle ließ darauf schließen, daß der Regen besonders reichlich gefallen sein mußte und die Jahreszeit nichts zu wünschen übrig ließ. Aus einigen der Dörfer entlang dem Weg ertönte lautes Jammern und Klagen. Offenbar hatten ihre Bewohner bereits erfahren, daß einige ihrer Männer im Kampf dieses Morgens gefallen waren.

Gegen Ende der dritten Stunde ritten wir in den riesigen Wald hinein, den ich gesehen hatte, als ich meinen ersten Blick auf Kendahland warf. Er bestand aus herrlichen Bäumen, von denen die meisten mir fremd waren, doch gab es, wahrscheinlich wegen der Dichte ihrer Kronen, so gut wie kein Unterholz. Die allgemeine Atmosphäre dieses Waldes war sehr düster, da nur wenig Licht die ineinander verflochtenen Laubkronen dieser mächtigen Bäume durchdringen konnte.

Gegen Abend erreichten wir eine Lichtung in diesem Wald. Sie mochte einen Durchmesser von vier oder fünf Meilen aufweisen, doch ob sie natürlich oder von Menschenhand angelegt war, kann ich nicht mit Sicherheit sagen. Ich glaube jedoch, daß ersteres zutraf, und zwar aus zwei Gründen: einmal die tiefere Lage des Grundes, der von dem des ihn umgebenden Waldes um mehrere Yards überragt wurde, und dann die einzigartige Fruchtbarkeit des Bodens, die darauf schließen ließ, daß die Erde sich auf einem früheren Seegrund angesammelt hatte. Noch nie hatte ich solches Getreide gesehen wie jenes, das auf diesen Feldern wuchs; es war einzigartig.

Nachdem wir einen Weg entlanggeritten waren, der sich zwischen dem hohen Getreide hindurchwand, denn hier war jeder Quadratzoll bebaut, gelangten wir in die Hauptstadt der Schwarzen Kendah, die nach dem König Simba genannt wurde. Es war eine große Ansiedlung, die sich stark von anderen afrikanischen Ortschaften unterschied, die mir bekannt waren, da sie nicht nur von einem Palisadenzaun umgeben war, sondern auch von einem künstlichen Wehrgraben, mit dem Wasser eines Flusses gefüllt, der durch das Stadtzentrum strömte. Über diesen Graben führten vier Holzbrücken, die nach den vier Hauptpunkten des Kompasses ausgerichtet waren. Diese Brücken waren stabil genug, um Pferde oder Rinder zu tragen, jedoch so errichtet, daß sie im Falle eines Angriffs innerhalb weniger Minuten zerstört werden konnten.

Nachdem wir durch das Osttor geritten waren, eine stabile Holzkonstruktion am anderen Ende der dazugehörigen Brücke, wo der König von salutierenden Wachen begrüßt wurde, befanden wir uns auf einer der beiden Hauptstraßen der Stadt, die von Westen nach Osten und von Norden nach Süden verliefen. Die Straße war breit, und zu beiden Seiten standen die Häuser der Einwohner eng zusammengedrängt, denn der Raum innerhalb des Palisadenzaunes war beschränkt. Es waren dies keine Hütten, sondern quadratische Häuser aus Lehm, mit flachen Dächern, die aus einer

Art Zement zu bestehen schienen. Offensichtlich waren sie nach dem Vorbilde orientalischer und nordafrikanischer Häuser erbaut worden, von denen rudimentäre Kenntnisse in diesen Menschen zurückgeblieben waren. So führte eine Treppe oder Leiter aus dem Innenraum des Hauses auf dessen Dach, wo die Menschen, wie ich später entdeckte, während des größten Teils des Jahres zu schlafen pflegten und dort auch in der Kühle des Abends aßen. Viele von ihnen hatten sich jetzt dort versammelt, um uns vorüberziehen zu sehen, Männer, Frauen und Kinder, alle, außer den Kleinsten, ordentlich gekleidet in lange Gewänder verschiedener Farbe, die Frauen zumeist in Weiß, die Männer in bläuliches Leinen.

Ich sah sofort, daß sie bereits von dem Kampf gehört hatten, und auch von den erheblichen Verlusten, die ihre Leute erlitten hatten, denn ihr Empfang für uns Gefangene war überaus unfreundlich. Manche Männer schüttelten drohend die Fäuste, Frauen kreischten Flüche, und Kinder streckten uns die Zunge heraus, als Zeichen von Verachtung und Trotz. Die meisten dieser Demonstrationen waren jedoch gegen Marût und seine drei Gefolgsleute gerichtet, die nur gleichgültig lächelten. Mich starrten sie mit einer Verwunderung an, die nicht frei von Furcht war.

Etwa eine Viertelmeile nach Passieren des Tors gelangten wir zu einer inneren Palisade, die einem südafrikanischen Rinderkraal glich, da sich ein trockener Graben vor dem Zaun befand, an dessen Außenseite eine dichte Hecke aus Büschen mit langen, weißen Dornen gepflanzt war. Hier passierten wir weitere Tore, bis wir uns schließlich auf einem ovalen Platz befanden, der vielleicht fünf Acres* messen mochte. Offensichtlich diente er als Marktplatz, doch befanden sich rings um ihn herum offene Schuppen, in denen Hunderte von Pferden untergebracht waren. Es schien hier keine Rinder zu geben, außer den wenigen, die an jedem Tag, zusammen mit Schafen und Ziegen, von den gro-

---

* 1 Acre = 40,47 Ar – *Anm. d. Übers.*

ßen Viehkraals, die jenseits des Waldes im Süden lagen, wo sie vor möglichen Überfällen der Weißen Kendah sicher waren, zum Schlachten auf den dafür bestimmten Platz am Nordende der Stadt getrieben wurden.

Ein hoher Schilfzaun schloß das Südende des Marktplatzes ab, vor dem wir den Befehl zum Absitzen erhielten. Als wir noch ein Tor passiert hatten, sahen wir innerhalb einer weiteren Umzäunung eine große Hütte, oder Haus, stehen, das nach dem gleichen Modell wie die anderen in dieser Stadt errichtet war, und das, wie Marût mir zuflüsterte, das Haus des Königs war. Hinter ihm befanden sich mehrere kleinere Häuser, in denen seine Königin und seine anderen Frauen wohnten, gutaussehende Weiber, die mit untertänigen Verneigungen auf ihn zutraten. Links und rechts davon standen zwei Häuser von etwa gleicher Größe, deren eines von der königlichen Garde bewohnt wurde, während das andere das Gästehaus war, zu dem wir geführt wurden.

Es erwies sich als ein recht komfortables Quartier, etwa dreißig mal dreißig Fuß groß und aus nur einem Raum bestehend, zu dem jedoch mehrere kleine Hütten an seiner Rückseite gehörten, die zum Kochen und für andere Zwecke gedacht waren. In einer dieser Hütten wurden unsere drei Kamelreiter untergebracht. Sofort nach unserer Ankunft brachte man uns Essen, ein ganzes, gebratenes Lamm oder eine junge Ziege auf einer großen Holzplatte, und grüne, gekochte Maiskolben auf einer anderen; außerdem Wasser zum Trinken und zum Waschen in Töpfen aus sonnengetrocknetem Lehm.

Ich aß sehr herzhaft, denn ich war völlig ausgehungert. Dann, da es sinnlos war, irgendwelche Vorsichtsmaßnahmen gegen Mord zu treffen, und ohne ein Wort mit meinem Mitgefangenen zu wechseln, da wir beide zu müde zum Reden waren, ließ ich mich auf eine mit Stroh gestopfte Matratze in einer Ecke der Hütte sinken, zog eine Felldecke über mich und fiel, nachdem ich mich dem Schutze der über uns waltenden Macht empfohlen hatte, in festen Schlaf.

12

Der erste Fluch

Das nächste, woran ich mich erinnere, war die Wärme von Sonnenlicht, das durch ein mit festen Holzstäben vergittertes Fenster auf mein Gesicht fiel. Eine Weile lag ich reglos, nachdenkend, während die Erinnerung an alle die Ereignisse des vergangenen Tages und meine derzeitige mißliche Lage wiederkehrte. Hier war ich nun, als Gefangener in den Händen einer Horde von Wilden, die allen Grund hatten, mich zu hassen, denn auch wenn dies in Notwehr geschehen war, hatte ich nicht eine Anzahl ihrer Leute getötet, mit denen ich persönlich keinerlei Streit hatte? Es traf zwar zu, daß ihr König mir Sicherheit versprochen hatte, doch wie zuverlässig war das Wort eines solchen Mannes? Falls nicht etwas geschehen würde, um mich zu retten, waren meine Tage zweifellos gezählt. Auf diese oder andere Weise würde ich ermordet werden, was mir nur recht geschähe, denn warum hatte ich mich auf eine solche Sache eingelassen?

Der einzige positive Punkt bei dieser Geschichte war, daß Ragnall und Savage, zumindest vorläufig, entkommen waren, wenngleich das Schicksal früher oder später auch sie einholen würde. Ich war sicher, daß sie entkommen waren, da zwei der Kamelreiter, die mit uns gefangengenommen worden waren, Marût berichtet hatten, daß sie die beiden in der abziehenden Kolonne gesehen hätten, umringt von unseren Männern und unverletzt. Jetzt würden sie meinen Tod betrauern, da niemand überlebt hatte, der ihnen von unserer Gefangennahme berichten konnte, falls es nicht die Schwarzen Kendah aus irgendeinem Grund getan haben sollten, was recht unwahrscheinlich war. Ich frage mich, was sie tun würden, wenn Ragnall feststellte, daß seine Suche vergeblich war, wie er bald herausfinden mußte. Er würde dann versuchen, aus diesem Lande hinauszukommen, vermutete ich und betete, daß es ihm gelingen mochte, auch wenn dies sehr unwahrscheinlich war.

Dann war da noch Hans. Er würde natürlich versuchen, unsere Spur durch die Wüste zurückzuverfolgen, wenn er wirklich entkommen war. Da er ein gutes Kamel hatte, sowie ein Gewehr und etwas Munition, bestand eine – wenn auch geringe – Möglichkeit, daß er es schaffen mochte, da er niemals eine Route vergaß, die er einmal benutzt hatte – obwohl in einer Woche wahrscheinlich nicht mehr von ihm übrig sein würde, als ein paar Knochen in der Wüste. Nun, wie er gesagt hatte, mochten wir bald über diese Ereignisse in einer anderen Sphäre mit meinem Vater sprechen – und mit anderen. Armer, alter Hans!

Ich öffnete die Augen und blickte umher. Das erste, was ich bemerkte, war, daß meine doppelläufige Pistole, die ich gespannt neben mich gelegt hatte, bevor ich schlafen ging, verschwunden war, ebenso mein großes Klappmesser. Diese Entdeckung trug nicht gerade dazu bei, meine Lebensgeister anzufachen, da ich damit völlig waffenlos war. Dann sah ich Marût auf dem Boden der Hütte sitzen, im tiefen Schatten einer der Wände, vor sich hinstarrend, und ich bemerkte, daß jetzt auch er nicht mehr lächelte und lautlos die Lippen bewegte, als ob er betete oder meditierte.

»Marût«, sagte ich, »irgend jemand war hier, während wir schliefen, und hat meine Pistole und mein Klappmesser gestohlen.«

»Ja, Lord«, antwortete er, »und mein Messer ebenfalls. Ich sah sie in der Mitte der Nacht hereinkommen, zwei Männer, die sich so lautlos wie Katzen bewegten, und alles durchsuchten.«

»Warum hast du mich dann nicht geweckt?«

»Was hätte das genützt? Wenn wir die Männer gepackt hätten, würden sie nach Hilfe geschrien haben, und wir wären auf der Stelle getötet worden. Es war das beste, sie die Dinge nehmen zu lassen, die uns hier ohnehin nichts nützen können.«

»Die Pistole hätte uns nützen können«, antwortete ich bedeutsam.

»Ja«, sagte er mit einem Nicken, »aber wenn es zum Schlimmsten kommen sollte, ist der Tod leicht zu finden.«

»Glaubst du, Marût, daß es uns gelingen könnte, Harût und die anderen über unsere Lage in Kenntnis zu setzen? Jener Rauch, den ich in England einatmete, zum Beispiel, schien mir weit entfernte Dinge zu zeigen – wenn wir davon etwas bekommen könnten ...«

»Der Rauch war nichts, Lord, als ein harmloses, brennbares Pulver, das deinen Geist für einen Moment vernebelt und dich dadurch befähigt hat, die Gedanken zu sehen, welche sich in *unseren* Köpfen befanden. *Wir* haben die Bilder gezeichnet, die du gesehen hast. Außerdem gibt es hier nichts davon.«

»Oh!« sagte ich, »der alte Trick der Suggestion, wie ich es vermutet hatte. Damit wäre also auch das erledigt, und da die anderen uns für tot halten und wir uns nicht mit ihnen in Verbindung setzen können, bleibt uns keine andere Hoffnung, als die in uns selbst.«

»Und in das Kind«, sagte Marût sanft.

»Hör zu!« sagte ich irritiert. »Nachdem du mir gerade erklärt hast, daß eure Rauch-Vision nicht mehr als ein Zaubertrick war, wie kannst du von mir erwarten, an euer verdammtes Kind zu glauben? *Wer* ist dieses Kind? *Was* ist dieses Kind, und – was viel wichtiger ist – *was* kann es tun? Da man dir bald die Kehle durchschneiden wird, kannst du mir getrost die Wahrheit sagen.«

»Das werde ich tun, Macumazahn. Wer und was das Kind ist, vermag ich nicht zu sagen, weil ich es nicht weiß. Doch es ist seit Tausenden von Jahren unser Gott, und, wie wir glauben, auch der unserer ältesten Vorväter, die es mit sich brachten, als sie vor unendlich langer Zeit aus Ägypten vertrieben wurden. Wir besitzen Schriften darüber, auf kleine Rollen aufgezeichnet, doch da wir sie nicht lesen können, sind sie für uns nutzlos. Das Kind hat eine Kaste erblicher Priester, deren Oberhaupt mein Onkel – er ist mein Onkel –

Harût ist. Wir glauben, daß das Kind Gott ist, oder vielmehr ein Symbol, in welchem Gott lebt, und daß es uns in dieser Welt erretten kann, und auch in der nächsten, denn wir glauben, daß der Mensch einen unsterblichen Geist hat. Wir glauben auch, daß es durch sein Orakel – eine Priesterin, die die Hüterin des Kindes genannt wird – die Zukunft voraussagen und Segen oder Fluch über die Menschen bringen kann, besonders über unsere Feinde. Wenn das Orakel stirbt, sind wir hilflos, da das Kind dann keinen ›Mund‹ hat, und unsere Feinde uns unterdrücken. Das geschah einmal, vor langer, langer Zeit, und als das letzte Orakel vor ihrem Tod erklärte, daß ihre Nachfolgerin in England gefunden werden würde, reisten mein Onkel und ich, als Gaukler verkleidet, dorthin und suchten viele Jahre lang nach ihr. Wir glaubten, das neue Orakel in der Lady gefunden zu haben, welche den Lord Igeza heiratete, weil sie das Zeichen des jungen Mondes auf ihrer Brust trug. Nach unserer Rückkehr nach Afrika jedoch, denn da ich einmal von diesen Dingen spreche, kann ich dir auch alles darüber sagen« – hier blickte er mir direkt in die Augen und sprach mit einer klaren, metallischen Stimme, die mich irgendwie nicht mehr überzeugte –, »stellten wir fest, daß wir einen Fehler begangen hatten, denn das wirkliche Orakel, noch ein kleines Mädchen, war inzwischen in unserem eigenen Volk entdeckt und schon vor zwei Jahren in ihr hohes Amt eingeführt worden. Zweifellos war der Geist der letzten Hüterin des Kindes schon verwirrt, als sie uns vor ihrem Tod von einer Frau in England erzählte, einem Lande, von dem sie durch Araber gehört haben mag. Das ist alles.«

»Ich danke dir«, antwortete ich nur, da ich das Gefühl hatte, es würde nutzlos sein, irgendwelche Skepsis gegenüber seiner Geschichte zu zeigen. »Würdest du jetzt auch so gut sein, mir zu sagen, wer und was dieser Gott, oder Elefant, Jana ist, den zu töten ihr mich hierher gebracht habt? Ist der Elefant ein Gott, oder ist der Gott ein Elefant? Und in jedem Fall: Was hat er mit dem Kind zu tun?«

»Lord, Jana repräsentiert für uns Kendah das Böse in der

Welt, so wie das Kind das Gute repräsentiert. Jana ist jener, den die Mohammedaner Scheitan nennen, und die Christen Satan, und unsere Vorfahren, die alten Ägypter, nannten ihn Seth.«

Ah! dachte ich mir, jetzt haben wir es. Horus, das göttliche Kind, und Seth, das böse Monster, mit dem es immerwährend kämpft.

»Von jeher«, fuhr Marût fort, »gab es Krieg zwischen dem Kind und Jana, das heißt, zwischen Gut und Böse, und wir wissen, daß am Ende eines von beiden das andere besiegen wird.«

»Das hat die ganze Welt von Anbeginn an gewußt«, unterbrach ich. »Aber wer oder was ist Jana?«

»Für die Schwarzen Kendah ist Jana ein Elefant, oder zumindest das Symbol eines Elefanten, eine furchtbare Bestie, der Opfer dargebracht werden, die alle tötet, die sie nicht anbeten, wenn sie ihnen begegnet. Jana lebt tief in jenen Wäldern, und die Schwarzen Kendah setzen ihn im Krieg ein, denn der Teufel in ihm gehorcht ihren Priestern.«

»Und ist es immer derselbe Elefant?«

»Das kann ich nicht sagen, doch seit vielen Generationen ist es derselbe, denn man erkennt ihn an seiner Größe, und auch daran, daß einer seiner Stoßzähne verkrümmt ist.«

»Das alles beweist nichts«, wandte ich ein, »da Elefanten hundert Jahre oder noch länger leben. Und nachdem sie Einzelgänger geworden sind, nehmen sie ein bösartiges und unnatürliches Verhalten an, worüber ich dir eine Menge Geschichten erzählen könnte. Hast du diesen Elefanten jemals selbst gesehen?«

»Nein, Macumazahn«, antwortete er mit einem Erschauern. »Wenn ich ihn gesehen hätte, wäre ich dann heute noch am Leben? Doch fürchte ich, daß mir das Schicksal bestimmt hat, ihm bald zu begegnen, aber nicht allein.« Wieder erschauerte er und blickte mich bedeutungsvoll an.

In diesem Augenblick wurde unser Gespräch von zwei Schwarzen Kendahs unterbrochen, die uns unser Frühstück aus Maisbrei und gekochtem Huhn brachten, und die in der

Hütte blieben, während wir aßen. Was mich betraf, so bedauerte ich diese Störung nicht, da ich alles erfahren hatte, was ich über die theologischen Theorien und Praktiken des Landes wissen wollte und zu dem Schluß gekommen war, daß der schreckliche Teufels-Gott der Schwarzen Kendah lediglich ein bösartiger Elefant von ungewöhnlicher Größe und Wildheit war, den zu schießen mir unter anderen Umständen größte Freude bereitet hätte.

Als wir gegessen hatten, was sehr bald geschehen war, da keiner von uns an jenem Morgen viel Appetit zeigte, traten wir aus dem Haus auf den durch einen hohen Zaun abgeschlossenen Hof und besuchten die Kamelreiter in ihrer Hütte. Sie saßen dort schweigend auf dem Boden und wirkten sehr niedergedrückt. Als ich fragte, was los sei, antworteten sie: Nichts, außer daß sie bald sterben müßten und das Leben schön sei. Und daß sie Frauen und Kinder hätten, die sie nun nie wiedersehen würden.

Nachdem ich sie ermutigt hatte, so weit mir das möglich war, und, wie ich fürchte, ohne Überzeugung, da ich insgeheim ihre Ansicht teilte, gingen wir zum Gästehaus zurück und stiegen die Treppe hinauf, die auf das flache Dach führte. Von dort aus sahen wir eine seltsame Zeremonie, die sich in der Mitte des Marktplatzes abspielte. Aus dieser Entfernung konnten wir jedoch keine Einzelheiten erkennen – ich vergaß zu erwähnen, daß mein Fernglas zusammen mit der Pistole und dem Messer gestohlen worden war, wahrscheinlich, weil man es für eine tödliche Waffe oder ein Instrument der Magie hielt.

Ein primitiver Altar war auf dem Platz errichtet worden, und auf dem Altar brannte ein Feuer. Hinter ihm saß König Simba auf einem Stuhl, umgeben von mehreren Beratern. Vor dem Altar stand ein fester Holztisch, auf dem etwas lag, das wie der Kadaver einer Ziege oder eines Schafes aussah. Ein phantastisch gekleideter Mann, von anderen Männern assistiert, war damit beschäftigt, die Innereien des Tieres zu untersuchen, mit, wie wir annahmen, unbefriedigendem Resultat, denn kurz darauf hob er beide Arme und stieß einen lauten Klagelaut aus. Dann wurden die Innereien des Tieres vom Tisch genommen und in die Flammen geworfen, während der Kadaver fortgetragen wurde.

Ich fragte Marût, was das zu bedeuten habe, worauf er düster bemerkte: »Sie haben ihr Orakel befragt; vielleicht darüber, ob wir leben oder sterben sollen, Macumazahn.«

In diesem Moment trat der Priester in der seltsamen, gefiederten Bekleidung auf den König zu, irgendeinen kleinen Gegenstand in seiner Hand haltend. Während ich mich noch fragte, was das sein mochte, hörte ich einen lauten Knall und sah den Mann auf einem Bein herumhüpfen, während er den anderen Fuß mit beiden Händen umklammerte und laut heulte.

»Ah!« sagte ich, »die Pistole war gespannt, und es hat ihn am Fuß erwischt.«

Simba schrie etwas, woraufhin ein Mann die Pistole vom Boden aufhob und sie ins Feuer warf, um das sich die anderen drängten, um sie brennen zu sehen.

»Warte nur ab«, sagte ich zu Marût, und noch während ich sprach, passierte das Unvermeidliche.

Krachend entlud sich der andere Lauf der Pistole, die durch den Rückschlag aus den Flammen sprang, als ob sie lebendig wäre. Doch wie es der Zufall wollte, stand einer der Helfer des Priesters genau vor der Mündung des Laufes, und auch er hüpfte, doch nur einmal, und dann nie wieder, denn die Kugel war in seinen Körper gedrungen und hatte ihn auf der Stelle getötet. Jetzt brach Panik aus. Alle liefen sie fort und ließen den Toten auf dem Boden liegen. Simba führte die Flucht an, und der Priester humpelte auf einem Bein hinterher.

Nachdem ich diese Begebenheiten beobachtet hatte, die mich mit einer unheiligen Freude erfüllten, stiegen wir wieder ins Haus hinab, da es nichts mehr zu sehen gab, und auch, weil mir einfiel, daß unsere Anwesenheit auf dem Dach, als Zuschauer ihrer Niederlage, diese Wilden in Wut bringen mochte. Etwa zehn Minuten später wurde die Tür des Zaunes, der unser Gästehaus umschloß, aufgestoßen, und hindurch traten vier Männer, die auf einer Bahre die Leiche des Priesters trugen, der von der Kugel getötet worden war, und sie vor unserer Tür ablegten. Ihnen folgte der König mit einer bewaffneten Wache, und dann der gefiederte Wahrsager, dessen Fuß inzwischen verbunden war, und der sich auf die Schultern zweier seiner Helfer stützte. Dieser Mann, erkannte ich jetzt, trug eine grauenvolle Maske, aus der zwei Stoßzähne hervorragten, in Imitation derer eines Elefanten. Und noch weitere Männer drängten sich herein, so viele, wie dort Platz finden konnten.

Der König rief uns zu, herauszukommen, was wir, da uns nichts anderes übrig blieb, taten. Ein Blick sagte uns, daß dieser Mann vor Angst oder Wut oder beidem rasend war.

»Seht auf euer Werk, Zauberer!« sagte er mit schrecklicher Stimme und deutete erst auf den toten Priester, dann auf den verwundeten Fuß des Wahrsagers.

»Dies ist nicht unser Werk, König Simba«, sagte Marût, »sondern es ist dein Werk. Du hast die magische Waffe des weißen Lords gestohlen und sie wütend gemacht, so daß sie sich an euch rächte.«

»Es ist wahr«, sagte Simba, »daß das Rohr einen von denen getötet hat, die sie euch weggenommen haben, und den anderen verwundet.« (Das war wirklich ein Glückszufall!) »Aber ihr wart es, die ihm befahlen, das zu tun, Zauberer. Hört jetzt! Gestern habe ich euch versprochen, daß kein Speer euer Herz durchbohren und kein Messer eurer Kehle nahekommen soll, und den Becher des Friedens mit euch geleert. Doch ihr habt diesen Pakt gebrochen und uns weiteren Schaden zugefügt, und deshalb gilt er nicht mehr, da es viele andere Arten gibt, auf die ein Mann sterben kann. Höret weiter! Dies ist mein Dekret. Durch eure Magie habt ihr das Leben eines meiner Diener genommen und einen anderen meiner Diener verletzt, indem ihr den mittleren Zeh seines linken Fußes zerstörtet. Wenn ihr nicht innerhalb von drei Tagen jenem, der tot zu sein scheint, das Leben zurückgebt, und jenem, der verletzt ist, seinen Zeh, was euch Zauberern sehr wohl möglich ist, so sollt ihr jenen, die ihr getötet habt, ins Land des Todes nachfolgen. Auf welche Weise, sage ich euch nicht.«

Als ich nun dieses erstaunliche Urteil hörte, stockte mir der Atem, doch da ich es für besser hielt, meine Rolle des Weißen, der angeblich kein Wort ihrer Sprache verstand, weiterzuspielen, hielt ich mein Gesicht unbewegt und überließ es Marût, zu antworten. Dieses tat er, wie ich anerkennend feststellen möchte, mit seinem gewohnten, freundlichen Lächeln.

»O König«, sagte er, »wer kann die Toten ins Leben zurückbringen? Nicht einmal das Kind selbst, zumindest nicht in dieses Leben, denn dorthin führt kein Weg zurück.«

»Dann, Prophet des Kindes, solltet ihr besser einen Weg finden, oder, ich sage es noch einmal, ich schicke euch ihnen nach«, rief er und rollte zornig die Augen.

»Was hat mein Bruder, der große Prophet, euch erst gestern angedroht, o König, falls uns durch eure Hand etwas zustoßen sollte?« fragte Marût. »War es nicht, daß die drei großen Flüche auf dein Volk fallen würden? Wisse, daß, wenn auch einer von uns von dir ermordet werden sollte, diese Flüche sehr bald auf euch kommen werden. Ich, Marût, der ich ebenfalls ein Prophet des Kindes bin, versichere es dir.«

Nun schien Simba rasend zu werden, so rasend, daß ich glaubte, alles sei vorbei. Er schüttelte seinen Speer und tanzte vor uns umher, bis die Silberketten auf seiner Brust klirrten. Er schmähte das Kind und jene, die ihm folgten, welche, wie er erklärte, den Schwarzen Kendah seit Generationen Unheil gebracht hätten. Er rief seinen Gott Jana an, diese Untat zu rächen, ›das Kind mit seinen Stoßzähnen zu durchbohren, es mit seinem Rüssel zu zerreißen und es mit seinen Füßen zu zertrampeln‹, und der verwundete Wahrsager sekundierte allem durch seine gräßliche Maske.

Wir standen vor ihm, ich an die Hauswand gelehnt und mit einem Ausdruck gespielter Nonchalance, untermischt mit mäßiger Neugier, zumindest war es so beabsichtigt, und Marût lächelte freundlich und starrte zum Himmel empor.

Während ich mich fragte, welcher Teil meines Körpers die Bekanntschaft mit dem Speer machen würde, gab Simba das Spiel plötzlich auf. Er wandte sich an sein Gefolge und befahl den Leuten, in der Ecke unseres kleinen Geheges ein Loch zu graben und den toten Mann hineinzusetzen, mit dem Kopf außerhalb des Loches, damit er atmen kann – ein Befehl, der sofort ausgeführt wurde.

Dann gab er Befehl, daß wir gut ernährt und behandelt werden sollten, und nachdem er uns gedroht hatte, daß wir, sollte der Verschiedene am Morgen des dritten Tages nicht am Leben und gesund sein, wieder von ihm hören würden, gingen er und seine Begleiter davon, mit Ausnahme der Männer, die mit dem Eingraben des Toten beschäftigt waren.

Bald darauf war auch das getan. Dort saß nun dieser Tote, bis zum Hals eingegraben, das Gesicht dem Haus zugewandt, ein höchst unerquicklicher Anblick. Kurz darauf wurde er jedoch ein wenig abgemildert, als einer der Männer einen großen Tontopf und mehrere kleinere, die Wasser und Nahrung enthielten, heranschleppte. Die kleineren gruppierte er um den Kopf herum, damit der unterhalb von diesem befindliche Körper ernährt werden konnte, vermute ich, und dann stülpte er das große Gefäß über das Ganze, um unseren schlafenden Bruder vor der Sonne zu schützen, wie ich ihn zu anderen sagen hörte.

Der Topf wirkte recht harmlos, als alles getan war, wie einer von denen, die Gärtner in England über frühen Rhabarber stülpen. Aber dennoch – so stark ist die menschliche Vorstellungskraft – wäre mir das darunter befindliche Objekt nackt und unverdeckt lieber gewesen. So waren – das vergaß ich zu erwähnen – die Köpfe jener Weißen Kendah, die im Kampf gefallen waren, allesamt auf Pfähle gespießt vor Simbas Haus aufgereiht worden. Sie waren unerfreulich anzusehen, doch meiner Ansicht nach längst nicht so unerfreulich wie dieser Topf.

Als Sonnenschutz für den verstorbenen Wahrsager erwies sich der Topf übrigens als unnötig, denn wie es ein seltsamer Zufall wollte, hörte die Sonne in jenem Moment auf zu scheinen. Ganz plötzlich zogen dicke Wolken auf, die bald den ganzen Himmel bedeckten, und die Luft wurde sehr kalt, was in dieser Jahreszeit noch niemals vorgekommen war, wie Marût mir versicherte, da es, wie man sich erinnern wird, kurz vor der Erntezeit war. Offensichtlich war das den Schwarzen Kendah auch bewußt, denn vom Dach unseres Hauses aus, wohin wir uns zurückgezogen hatten, um so weit wie möglich von jenem Topf entfernt zu sein, sahen wir sie auf dem Marktplatz zusammenströmen, zum Himmel hinaufstarren und aufgeregt miteinander reden.

Der Tag verging ohne weitere Ereignisse, außer daß uns Essen gebracht wurde, auf das wir jedoch keinen großen Appetit hatten. Es wurde Nacht, früher als gewöhnlich, wegen der Wolken, und wir schliefen, oder schlummerten vielmehr, sehr unruhig. Einmal glaubte ich, jemanden in der hinter dem Hause liegenden Hütte zu hören, doch da es kurz darauf wieder still war, nahm ich keine weitere Notiz davon. Schließlich dämmerte der neue Tag herauf, sehr zögernd, da die Wolkendecke noch dichter geworden war. Vor Kälte zitternd suchten Marût und ich die Kamelreiter auf, denen nicht erlaubt war, unser Haus zu betreten. Als wir in ihre Hütte traten, sahen wir zu unserem Entsetzen, daß nur noch zwei von ihnen da waren, die wie versteinert auf dem Boden hockten. Wir fragten sie, wo der dritte sei. Sie antworteten, daß sie es nicht wüßten. Mitten in der Nacht, sagten sie, seien Männer hereingeschlichen, die ihn gepackt, gebunden und geknebelt und dann hinausgeschleppt hätten. Da dazu nichts gesagt oder getan werden konnte, kehrten wir von unsäglicher Furcht erfüllt zurück, und fanden ein Frühstück vor, das wir unberührt stehen ließen.

An diesem Tage geschah nichts, außer daß einige Priester erschienen, den Tontopf anhoben, ihren verblichenen Kollegen betrachteten (der Kopf bot inzwischen einen nicht mehr erfreulichen Anblick), die alten Näpfe mit Nahrung, die um den Kopf angeordnet waren, entfernten und durch frische ersetzten, bevor sie wieder gingen. Die Wolken wurden dichter und dichter, und die Luft kühlte immer weiter ab, bis ich, wären wir irgendwo in nördlichen Breiten gewesen, gesagt haben würde, daß sich ein Schneesturm ankündigte. Von unserem Beobachtungsplatz auf dem Dach des Hauses aus sah ich die Bevölkerung von Simba das Wetter mit wachsender Besorgnis diskutieren, und auch, daß die Menschen, die zur Feldarbeit hinausgingen, Matten über ihre Schultern gelegt hatten.

Wieder dunkelte es, und diese Nacht verbrachten wir, trotz der Kälte, in Decken gewickelt auf dem Dach des Hauses. Mir war eingefallen, daß es weniger leicht sein würde, uns von dort zu verschleppen, da wir an der Treppe einen Kampf riskieren, und, wenn es zum Schlimmsten kommen sollte, uns hinunterstürzen konnten, um uns das Genick zu brechen. Wir hielten abwechselnd Wache. Während meiner Wache hörte ich gegen Mitternacht Geräusche aus der hinter dem Hause gelegenen Hütte; das Scharren von Füßen und einen unterdrückten Schrei, der mir das Blut gefrieren ließ. Etwa eine Stunde später wurde in der Mitte des Marktplatzes ein Feuer entfacht, an der Stelle, wo das Schaf geopfert worden war, und im Schein der Flammen sah ich Menschen, die sich um das Feuer drängten. Was sie dort taten, konnte ich jedoch nicht sehen, und das war vielleicht gut so.

Am nächsten Morgen war nur noch einer der Kamelreiter übriggeblieben. Der Mann war fast wahnsinnig vor Angst und konnte keine klare Darstellung dessen geben, was mit seinem Gefährten geschehen war.

Der arme Kerl flehte uns an, ihn mit uns ins Haus zu nehmen, da er sich fürchtete, mit ›den schwarzen Teufeln‹ allein zu sein. Wir versuchten es, doch sofort tauchten bewaffnete Wachen auf, die ihn in seine Hütte zurückstießen.

Dieser Tag war eine exakte Wiederholung der anderen beiden. Die gleiche Inspektion des Toten und die Erneuerung seiner Nahrung; der gleiche kalte, bedeckte Himmel; die gleichen erregten Diskussionen auf dem Marktplatz.

Zum dritten Mal senkte sich die Dunkelheit über diesen entsetzlichen Ort. Wieder flohen wir aufs Dach, doch in dieser Nacht schlief keiner von uns. Wir froren zu sehr, fühlten uns körperlich zu elend und waren zu sehr von Furcht erfüllt. Die ganze Natur schien sich vor einer bevorstehenden Katastrophe zu ducken. Der Himmel schien sich auf die Erde herabzusenken. Der Mond war von den dunklen Wolken verdeckt, doch ein mattes, gespenstisches Licht leuchtete an einer Stelle des Horizonts auf, dann an einer anderen. Es wehte kein Wind, dennoch aber seufzte die Luft hörbar. Es war, als ob das Ende der Welt gekommen sei, was, wie ich mir sagte, durchaus der Fall sein mochte, zumindest, soweit es uns betraf. Niemals wahrscheinlich habe ich unter einer so entsetzlichen Furcht gelitten, wie während der hilflosen Tatenlosigkeit dieser Nacht. Selbst wenn ich gewußt hätte, daß ich am nächsten Morgen hingerichtet werden würde, wäre mir vergleichsweise leichter ums Herz gewesen. Das schlimmste bei dieser Sache war, daß ich nichts wußte. Ich fühlte mich wie ein Mann, der gezwungen wird, in dunkler Nacht einen Weg zu gehen, der an einer Unzahl von Abgründen vorbeiführt, ohne zu wissen, wann die Reise durch einen Absturz ihr Ende finden wird, und bei jedem Schritt die Agonie des Sterbens zu erleben.

Gegen Mitternacht hörten wir wieder ein Scharren und einen erstickten Schrei aus der Hütte hinter dem Haus.

»Er ist fort«, flüsterte ich Marût zu und wischte mir den kalten Schweiß von der Stirn.

»Ja«, antwortete Marût, »und wir werden ihm sehr bald folgen, Macumazahn.«

Ich wünschte, sein Gesicht sehen zu können, damit ich feststellen konnte, ob er auch noch lächelte, als er diese Worte sprach.

Etwa eine Stunde später loderte das gewohnte Feuer auf dem Marktplatz auf, um das sich schattenhafte Gestalten bewegten. Der Anblick faszinierte mich, obwohl ich nicht hinsehen wollte, aus Furcht vor dem, was ich sehen mochte. Glücklicherweise aber war die Entfernung zu groß, um bei Nacht irgend etwas erkennen zu können.

Während diese unheiligen Zeremonien in vollem Gange

waren, kam es zum Höhepunkt – zumindest, was das Wetter anbetraf. Von einer Sekunde zur anderen kam heftiger Sturm auf, ein eisiger Orkan, wie er in Südafrika manchmal Gewittern vorausgeht. Es blies eine halbe Stunde lang oder länger, dann schlief er wieder ein. Dann zuckten Blitze über den Himmel, und in ihrem grellen Licht sahen wir, daß sich anscheinend die ganze Bevölkerung von Simba auf dem Marktplatz versammelt hatte. Zumindest waren mehrere tausend Menschen dort, redend, gestikulierend, gen Himmel deutend.

Wenige Minuten später erfolgte ein gewaltiger Donnerschlag, dessen Ursprung nicht zu lokalisieren war, da es aus allen Richtungen dröhnte. Dann prallte plötzlich etwas Hartes dicht neben mir auf das Dach und wurde emporgeschleudert; im nächsten Moment spürte ich einen harten Schlag an meiner Schulter, der mich fast zu Boden geworfen hätte, obwohl ich durch die dicken Felldecken recht gut geschützt war.

»Die Treppe hinab!« rief ich, »sie steinigen uns!« und stürmte vom Dach.

Zehn Sekunden später waren wir beide in dem Raum und verkrochen uns in seiner hintersten Ecke, denn die Steine, oder was immer sie sonst sein mochten, schienen uns zu folgen. Ich riß ein Streichholz an, von denen ich glücklicherweise eine Anzahl besaß, zusammen mit meiner Pfeife und einer Tasche voller Tabak – mein einziger Trost in jenen Tagen. Als es aufflammte, sah ich als erstes, daß Blut über Marûts Gesicht rann, und als zweites, daß die Steine große Eisklumpen waren, von denen einige mehrere Unzen wiegen mochten, und die auf dem Boden aufprallten und herumhüpften, als ob sie lebendig wären.

»Hagel!« bemerkte Marût mit seinem gewohnten Lächeln.

»Wer hat jemals solche Hagelkörner gesehen?« sagte ich verblüfft.

Dann erlosch das Streichholz, und unser Gespräch erstarb, da wir einander nicht mehr verstehen konnten. Der Hagel kam mit einem beständigen donnernden Prasseln herab, das eins der furchtbarsten Geräusche war, die ich jemals hörte. Dennoch glaubte ich durch dieses Geräusch ein anderes zu hören, das noch furchtbarer war: das klagende Schreien von Hunderten von Menschen in Todesangst. Nach einigen Minuten begann ich zu fürchten, daß das Dach eingeschlagen werden könnte oder die Wände unter diesem Bombardement des Himmels zusammenbrechen würden. Doch das Haus war sehr solide erbaut.

So kam es, daß das Haus diesen Hagel überstand, was nicht der Fall gewesen wäre, wenn es mit Dachziegeln oder Wellblech gedeckt gewesen wäre, da die Hagenschloßen die einen zertrümmt und das andere wie Papier durchgeschlagen hätten. So etwas hatte ich bis dahin nur bei einem schweren Hagelunwetter in Natal erlebt, bei dem mein bestes Pferd erschlagen wurde. Doch selbst das war nur ein Graupelschauer gewesen, verglichen mit diesem.

Ich nehme an, daß dieses Naturphänomenen nur etwa zwanzig Minuten lang dauerte, nicht länger, und zehn Minuten lang am schlimmsten war. Dann hörte der Hagel allmählich auf, der Himmel wurde klar, und ein wunderbarer Mond schien herab. Wir stiegen wieder auf das Dach und blickten umher. Es war mit einer mehrere Zoll starken Schicht Eisklumpen bedeckt, während der Marktplatz und das ganze Land im Mondlicht aussahen, als ob sie unter einer dicken Schneedecke lägen.

Sehr bald, als sich die Temperatur dieses warmen Landes wieder normalisierte, begann der Schnee, oder vielmehr der Hagel, zu schmelzen, wodurch eine Wasserflut entstand, die sich überall, wo der Boden ein Gefälle aufwies, gurgelnd ihren Weg bahnte. Wir hörten auch andere Geräusche, so das Donnern galoppierender Hufe der vielen Pferde, die sich aus ihren einstürzenden Ställen an der Nordseite des Marktplatzes losgerissen hatten, wo viele weitere von herabstürzendem Gebälk erschlagen oder von den Hufen der in Panik auskeilenden Tiere getötet worden waren, und ein allgemeines Jammern und Wehklagen aus allen Teilen der großen Stadt, in der viele der schlecht erbauten Häuser eingestürzt waren. Außerdem sahen wir überall auf dem Marktplatz verstreut dunkle Gestalten liegen – Männer, Frauen und Kinder, die von den schweren Geschossen des Himmels niedergestreckt worden waren, bevor sie fliehen konnten, und getötet oder tödlich verletzt wurden. Denn es wird erinnerlich sein, daß sich zumindest zweitausend Menschen auf dem Marktplatz versammelt hatten, um die barbarische Opferung mitzuerleben und über das unnatürliche Wetter zu diskutieren, als der Sturm über sie hergefallen war, so plötzlich wie eine Lawine.

»Das Kind ist klein, doch seine Kraft ist groß. Siehe die Erfüllung des ersten Fluches!« sagte Marût feierlich.

Ich starrte ihn an, doch da er glauben wollte, daß ein so ungewöhnliches Hagelunwetter eine Geißel des Himmels war, hielt ich es nicht der Mühe wert, darüber zu diskutieren. Ich fragte mich lediglich, ob er es wirklich glaubte. Dann fiel mir ein, daß so etwas auch den alten Ägyptern in ihrer Blütezeit geschehen war, weil sie ›das Volk nicht gehen lassen‹ wollten. Nun, diese barbarischen Schwarzen Kendah waren gewiß schlimmer, als es die Ägypter jemals gewesen sein konnten, und sie wollten *uns* nicht gehen lassen. Es war deshalb kein Wunder, daß Marût in dieser Frage ein Opfer seiner Phantasie wurde.

Nicht vor dem folgenden Morgen jedoch erkannten wir das ganze Ausmaß der Katastrophe, die über die Schwarzen Kendah hereingebrochen war. Ich glaube erwähnt zu haben, daß ihr Getreide und andere Feldfrüchte besonders üppig standen und gerade der Ernte entgegenreiften. Von unserem Dach aus konnten wir die weiten, bebauten Flächen überblicken, die sich bis zum Rand des Waldes erstreckten. Als die Sonne an jenem Morgen über den Horizont stieg, waren diese Felder mit einem grünen Matsch bedeckt. Auch der Wald selbst schien die volle Wirkung eines nördlichen Winters zu spüren bekommen zu haben. Nicht ein einziges Blatt war an den Bäumen geblieben, die ihre kahlen Äste gen Himmel reckten.

Niemand, der es nicht gesehen hatte, kann sich die verheerende Wirkung dieses Unwetters vorstellen. Nehmen wir als Beispiel den Kopf des Wahrsagers, der vor unserem Haus begraben worden war und dort auf seine Erweckung durch unsere Magie wartete, und dessen Kopf, wie man sich erinnern wird, von einem dickwandigen Tontopf bedeckt war. Jetzt war dieser Topf zu Scherben zertrümmert, und der Kopf war nichts mehr als Stücke zerbrochener Knochen, aus denen selbst der größte Magier nicht wieder das Gesicht eines menschlichen Wesens hätte zusammensetzen können.

Wahrlich, das nackte Grauen ging übers Land.

13

Jana

An diesem Morgen wurde uns kein Frühstück gebracht, wahrscheinlich weil es nichts zu bringen gab. Das spielte jedoch keine Rolle, da sich eine ziemliche Menge übriggebliebenen Essens vom letzten Tag angesammelt hatte. Also aßen wir, was da war, und machten dann unseren gewohnten Besuch bei der Hütte, in der die Kamelreiter gefangengehalten worden waren. Ich sage ›waren‹, denn jetzt war sie völlig leer, da auch der letzte der armen Burschen verschwunden war.

Der Anblick dieser Leere erfüllte mich mit Wut.

»Sie sind alle ermordet worden!« sagte ich zu Marût.

»Nein«, korrigierte er mit sanfter Stimme, »sie sind Jana geopfert worden. Was wir nachts auf dem Marktplatz gesehen haben, waren die Riten ihrer Opferung. Und jetzt sind wir an der Reihe, Lord Macumazahn.«

»Nun«, rief ich, »dann hoffe ich, daß diese Teufel mit der Antwort Janas auf ihre verfluchten Opfer zufrieden sind, und wenn sie diese barbarischen Späße an uns versuchen sollten ...«

»Zweifellos wird man sich etwas anderes einfallen lassen. Aber ob uns das helfen wird?«

Benommen von hilfloser Wut ging ich zum Haus zurück, als sich die Reste der Tür im Schilfzaun öffnete. Herein traten Simba, der König, der Wahrsager mit dem verletzten Fuß, der jetzt auf Krücken ging, und weitere Männer, von denen die meisten mehr oder weniger verwundet waren, wahrscheinlich durch die Hagelschloßen. Jetzt war es, daß ich in meiner Wut jede Vorgabe, die Sprache nicht zu verstehen, fallen ließ und vor sie hintrat, bevor sie auch nur ein Wort herausbringen konnten.

»Wo sind unsere Diener, ihr Mörder?« rief ich und schüttelte meine Faust vor ihren Gesichtern. »Habt ihr sie eurem Teufelsgott geopfert? Wenn dem so ist, so sehet die Früchte dieser Opferung!« Damit riß ich den Arm empor und deutete auf das verwüstete Land. »Wo sind eure Ernten?« fuhr ich fort. »Sagt mir, wovon ihr in diesem Winter leben wollt!« (Bei diesen Worten fuhren sie zurück. In ihrer Vorstellung sahen sie bereits die Hungersnot auf sich zukommen.) »Warum haltet ihr uns hier fest? Ist es, weil ihr darauf wartet, daß euch noch Schlimmeres widerfährt? Warum seid ihr jetzt zu uns gekommen?« Ich schwieg, vor Erregung keuchend.

»Wir sind gekommen, um zu sehen, ob du den Priester, den du durch deinen Zauber getötet hast, wieder ins Leben zurückbrachtest, weißer Mann«, antwortete der König finster.

Ich trat in die Ecke des Hofes, zog die Matte fort, die ich darüber gebreitet hatte und zeigte ihm, was sich darunter befand.

»Sieh her!« sagte ich, »und sei dessen sicher: Wenn du uns nicht gehen läßt, wird dein Kopf genauso aussehen wie dieses Ding hier, bevor ein neuer Mond geboren worden ist. Das ist das Leben, das wir Unmenschen wie dir geben.«

Jetzt wurde er von wilder Angst gepackt.

»Lord«, sagte Simba und redete mich zum ersten Mal mit diesem respektvollen Titel an, »deine Magie ist zu stark für uns. Großes Unglück ist über unser Land gekommen. Hunderte von Menschen sind tot, erschlagen von den Eissteinen, die du herabgerufen hast. Unsere Ernte ist vernichtet, und es ist nur wenig Korn in den Lagergruben zurückgeblieben, da die Ernte kurz bevorstand. Boten kommen vom Land herein und berichten uns, daß fast alle Ziegen und Schafe und viele der Rinder getötet wurden. Sehr bald werden wir hungern.«

»Wie ihr zu hungern verdient«, antwortete ich. »Also – wirst du uns gehen lassen?«

Er blickte mich zweifelnd an, dann begann er mit dem lahmen Wahrsager zu flüstern. Ich konnte nicht hören, was sie sagten, also beobachtete ich ihre Gesichter. Das des Wahrsagers – es freute mich, zu sehen, daß der Hagel es ziemlich angeschlagen hatte, so daß nun beide Enden von ihm verletzt waren – verriet mir eine ganze Menge. Seine Maske war häßlich gewesen, doch jetzt, wo er sie abgenommen hatte, sah ich, daß das darunter verborgen gewesene Gesicht noch weit häßlicher war; ein wahrlich widerlicher Bursche, dazu wirkte er äußerst hinterhältig und grausam, wie es Männer seines Standes häufig sind. So beschämt er im Moment auch sein mochte, war ich doch sicher, daß er noch immer Unheil gegen uns plante, und sei es gegen den Willen seines Königs. Es sollte sich zeigen, daß ich damit recht hatte, denn als Simba endlich sprach, sagte er:

»Wir hatten die Absicht, Lord, dich und den Priester des Kindes als Geiseln hierzubehalten, um uns vor Unbill zu schützen, das von den Verehrern des Kindes gegen uns gerichtet werden mag, da sie von jeher unsere erbitterten Feinde waren und uns viel unverdientes Unrecht angetan haben, obwohl wir den Pakt, der zur Zeit unserer Großväter geschlossen wurde, getreulich einhielten. Es scheint jedoch, daß das Schicksal, oder deine Magie, zu stark für uns ist, und deshalb habe ich beschlossen, euch gehen zu lassen. Heute bei Sonnenuntergang werden wir euch auf die Straße bringen, die zu der Furt im Fluß führt, der unser Land von dem der Weißen Kendah trennt, und von dort aus mögt ihr gehen, wohin ihr wollt, da es unser Wunsch ist, eure Gesichter bösen Omens nie wiederzusehen.«

Bei dieser Mitteilung hüpfte mein Herz vor Freude, die, wie es sich zeigen sollte, sehr voreilig war. Doch ich behielt meinen entrüsteten Tonfall bei und rief: »Heute abend! Warum erst heute abend? Warum nicht sofort? Es ist schwierig, unbekannte Flüsse bei Nacht zu durchqueren.«

»Das Wasser ist nicht hoch, Lord, und die Furt ohne Hindernisse. Außerdem, wenn ihr jetzt aufbrecht, würdet ihr sie bei Dunkelheit erreichen; wenn ihr jedoch bei Sonnenuntergang loszieht, seid ihr gegen Morgen dort. Und schließlich: wir können euch nicht gehen lassen, bevor wir die Toten begraben haben.«

Ohne mir Zeit zum Antworten zu geben, wandte er sich um und ging hinaus, gefolgt von den anderen. Nur der Wahrsager blieb noch bei der Tür stehen, fuhr auf seinen Krücken herum und starrte uns beide haßerfüllt an, wobei er mit seinen dicken Lippen etwas murmelte, wahrscheinlich waren es Flüche.

»Auf jeden Fall werden sie uns freilassen«, sagte ich zu Marût, nicht ohne Triumph, als sie alle verschwunden waren.

»Ja, Macumazahn«, antwortete er, »aber *wo* werden sie uns freilassen? Der Dämon Jana lebt in jenen Wäldern und Sümpfen an den Ufern des Flusses Tava, und man sagt, daß er bei Nacht umherstreift.«

Ich verfolgte dieses Thema nicht weiter, überlegte mir jedoch optimistisch, daß dieser legendäre Elefant weit weg war und man ihm aus dem Weg gehen konnte, während der Opferaltar unangenehm nahe war, und man ihm nur schwer ausweichen konnte.

Noch nie hatte ein Dieb, dem reiche Beute winkte, oder ein Liebhaber, der eine Verabredung mit seiner Geliebten hatte, sehnsüchtiger auf den Sonnenuntergang gewartet, als ich an jenem Tag. Stunde um Stunde saß ich auf dem Dach des Hauses, sah, wie die Schwarzen Kendah ihre vom Hagel getöteten Leute forttrugen und auch sonst versuchten, die durch das furchtbare Unwetter angerichteten Schäden zu beheben, soweit das noch möglich war. Und ich beobachtete auch die Sonne, als sie an dem wolkenlosen Himmel langsam tiefer sank, und zählte buchstäblich die Minuten, bis sie den Horizont erreichen würde, obwohl ich mir völlig darüber im klaren war, daß es nach einer solchen Nacht klüger gewesen wäre, mich auf unseren Marsch vorzubereiten, indem ich mich hinlegte und schlief.

Schließlich begann die feurige Kugel majestätisch hinter dem zerzausten westlichen Wald zu versinken, und pünktlich auf die Minute erschien Sima, mit einer Eskorte von etwa zwanzig Mann und zwei für uns bestimmten Pferden am Zaun des Hofes. Da unsere Reisevorbereitungen, die nur darin bestanden, daß Marût soviel Nahrung, wie noch vorhanden war, in den Brustteil seines Gewandes stopfte, bereits getroffen waren, verließen wir sofort das verfluchte Gästehaus und schwangen uns, auf ein Zeichen des Königs hin, auf die Pferde. Wir ritten über den jetzt menschenleeren Marktplatz, vorbei an der Stelle, wo der rohe Steinaltar stand, aus dessen Asche angekohlte Knochen hervorragten – waren es die unserer Freunde, der Kamelreiter? fragte ich mich –, und dann die nach Norden führende Straße durch die Stadt.

Hier standen viele der Einwohner vor den Türen ihrer Häuser, um uns vorbeiziehen zu sehen. Niemals habe ich wilderen Haß gesehen, wie er auf diesen Gesichtern geschrieben stand, während sie drohend die Fäuste schüttelten und Flüche murmelten, nicht sehr laut, doch sehr nachdrücklich.

Kein Wunder! Denn sie waren alle ruiniert, diese armen Menschen, und ihre Zukunft versprach ihnen nichts als Hunger, bis in vielen Monaten wieder die Zeit der Ernte kommen würde, für jene, die dann noch lebten, um sie einzubringen. Und sie waren überzeugt, daß wir, der weiße Zauberer und der Prophet ihres Feindes, des Kindes, dieses Unheil über sie gebracht hatten. Wenn wir nicht die Eskorte gehabt hätten, wären sie, glaube ich, über uns hergefallen und hätten uns in Stücke gerissen. Angesichts dieser aufgebrachten Menschen begriff ich zum ersten Mal, wie unangenehm sich Unbeliebtheit auswirken kann. Doch als ich im vergehenden Tageslicht den Zustand ihrer einst üppigen Gärten erkannte, wurde ich, ehrlich gesagt, zu einigem Mitgefühl mit ihnen bewegt. Es war furchtbar. Nicht eine Handvoll Korn war ihnen geblieben, denn die Halme waren nicht nur zu Boden gedrückt worden, sondern der Hagel hatte sie buchstäblich zerfetzt.

Nachdem wir die Stadt verlassen hatten, ritten wir eine Weile durch das bebaute Land und erreichten schließlich den Wald. Hier war es stockfinster, so finster, daß ich mich wunderte, wie unsere Führer den Weg finden konnten. In dieser Schwärze wurde ich von einer entsetzlichen Furcht gepackt, denn in mir wuchs die Überzeugung, daß wir hierhergebracht worden waren, um ermordet zu werden. Zu jeder Sekunde erwartete ich, die Klinge eines Messers in meinem Rücken zu spüren. Ich dachte daran, dem Pferd die Hacken in die Weichen zu schlagen und blind daraufloszugaloppieren, ließ diese Idee jedoch wieder fallen, einmal, weil ich Marût nicht im Stich lassen wollte, mit dem ich in der Dunkelheit jeden Kontakt verloren hatte, und zum anderen, weil ich von Reitern unserer Eskorte umschlossen war. Aus demselben Grund versuchte ich auch nicht, vom Pferd zu gleiten und zwischen den Bäumen des Waldes zu verschwinden. Ich konnte nichts anderes tun, als weiterzumachen und auf das Ende dieser Tortur zu warten.

Es kam endlich mehrere Stunden später. Wir waren aus dem Walde heraus, und der Mond stieg über den Horizont; es war zwar nicht die runde Scheibe des vollen Mondes, doch schien er noch immer sehr hell. Sein Licht zeigte mir, daß wir uns in einer weiten Moorlandschaft befanden, sehr sumpfig, mit einzelstehenden Bäumen hier und dort, durch die ein Wildwechsel zu führen schien. Das war alles, was ich erkennen konnte.

Hier hielt unsere Eskorte, und Simba, der König, sagte mit

finsterer Stimme: »Steigt ab und geht eures Weges, böse Geister, denn wir begleiten euch nicht in dieses Moor, das von Gespenstern heimgesucht wird. Folgt diesem Pfad, der euch zu einem See führen wird. Geht an diesem See vorbei, dann gelangt ihr zum Fluß, an dessen anderem Ufer das Land eurer Freunde liegt. Mögen die Wasser euch verschlingen, wenn ihr den Fluß durchquert. Und wisset, es gibt einen, der diesen Weg bewacht und dem keiner begegnen möchte.«

Als er das gesagt hatte, stürzten sich mehrere Männer auf uns, zogen uns von den Pferden und stießen sie beiseite. Dann rissen sie ihre Pferde herum und waren kurz darauf im Dunkel verschwunden, und wir waren allein.

»Was jetzt, Freund Marût?« fragte ich.

»Jetzt, Lord, können wir nichts anderes tun, als weitergehen, denn wenn wir hier bleiben, werden Simba und seine Männer zurückkehren und uns bei Tagesanbruch töten. Einer von ihnen hat es mir gesagt.«

»›Dann komme, Mcduff‹«, sagte ich und begann, kräftig auszuschreiten, und obwohl Marût sicher niemals Shakespeare gelesen hatte, verstand er mich und folgte.

»Was meinte Simba mit dem ›einen, der den Weg bewacht, und dem keiner begegnen möchte‹?« fragte ich über die Schulter hinweg, als wir etwa eine Meile zurückgelegt hatten.

»Ich glaube, er meinte den Elefanten Jana«, unterbrach Marût mit einem leisen Stöhnen.

»Dann hoffe ich, daß Jana gerade nicht zu Hause ist. Kopf hoch, Marût! Wahrscheinlich werden wir hier nicht einen einzigen Elefanten sehen.«

»Doch sind viele Elefanten hier gewesen«, sagte er und deutete auf den Boden. »Es wird gesagt, daß sie hierherkommen, um beim Wasser des Sees zu sterben, und dies ist einer der Wege, denen sie auf ihrem Todesmarsch folgen, ein Weg, den kein anderes lebendes Wesen zu gehen wagt.«

»Oh!« rief ich erfreut. »Dann war es also doch ein wahrer Traum, den ich in jenem Hause in England hatte.«

»Ja, Lord, weil sich mein Bruder Harût einmal in seiner Jugend, als er auf der Jagd war, verirrte, und sah, was sein Geist dir in jenem Traum zeigte, und was wir bald ebenfalls sehen werden, wenn wir dann noch leben sollten.«

Ich antwortete nicht, sowohl weil das, was er gesagt hatte, entweder stimmen mochte oder nicht, was ich bald erfahren würde, als auch weil ich damit beschäftigt war, den feuchten Boden nach Spuren abzusuchen. Er hatte recht; viele Elefanten waren diesen Weg gegangen, einer davon erst vor kurzer Zeit. Ich, als Jäger dieser Tiere, konnte mich in diesem Punkte nicht irren. Ein- oder zweimal glaubte ich die Umrisse irgendeines großen Tieres zu sehen, das etwa zweihundert Yards rechts von uns lautlos durch die verstreut stehenden Dornbüsche zog. Es konnte ein Elefant oder auch eine Giraffe sein, oder aber auch lediglich ein Schatten, also sagte ich nichts davon. Da ich keinerlei Geräusch hörte, war ich geneigt, letzteres zu glauben, Und außerdem: was konnte das Reden nützen? Unbewaffnet und allein inmitten unbekannter Gefahren, war unsere Lage verzweifelt, und da Marût ohnehin ziemlich mutlos geworden war, würde eine Erwähnung dieses Schreckens ihn nur noch weiter niederdrücken.

Zwei weitere Stunden gingen wir so, und das einzige lebende Wesen, das wir während dieser Zeit sahen, war eine große Eule, die um unsere Köpfe schwebte, wie um uns zu begutachten, und dann in unserer Richtung davonflog.

Diese Eule, informierte Marût mich, sei einer von Janas Spionen, die ihn über alles informierten, was in seinem Territorium geschah. Ich murmelte »Unsinn« und trottete weiter. Dennoch war ich froh, daß die Eule verschwunden blieb, denn unter gewissen Umständen sind solche dunklen Ängste ansteckend.

Wir erreichten die Kuppe einer Anhöhe, und dort, unterhalb von uns, lag die trostloseste Landschaft, die ich jemals erblickte. Zumindest wäre sie es gewesen, wenn ich sie nicht schon einmal gesehen hätte – im Salon von Ragnall Castle! Es bestand nicht der geringste Zweifel daran. Dort unten lag der dunkle, melancholische See, eine riesige Wasserfläche, deren Ufer mit dichtem Schilf bewachsen waren. Um ihn herum, jedoch in ziemlicher Entfernung, stand tropischer Wald. An der Ostseite des Sees erstreckte sich eine mit Steinblöcken übersäte Ebene. Sonst konnte ich nichts erkennen, sowohl wegen des unsicheren Lichts, als auch wegen der Entfernung, denn wir hatten noch mehr als eine Meile zurückzulegen, um das Ufer des Sees zu erreichen.

Der Anblick, der sich mir bot, ließ mich erschauern, sowohl wegen seiner Unheimlichkeit, als auch wegen der unerklärlichen Erkenntnis, daß ich ihn schon einmal gesehen hatte. Die meisten Menschen haben diese Art seelischen Schock schon erlebt, wenn sie bei Erreichen eines ihnen neuen Landes erkennen, daß es ihnen in allen seinen Einzelheiten bestens vertraut ist. Oder es mag der Raum in einem Hause sein, das sie bis dahin noch nie betreten hatten. Oder es mag ein Gespräch sein, von dem sie, wenn es beginnt, bereits seinen Verlauf und sein Ende kennen, weil sie, in irgendeinem halbbewußten Zustande – wer konnte sagen, wann und wo – bereits an diesem selben Gespräche mit diesen selben Menschen teilgenommen hatten. Wenn dem so ist, selbst in einer angenehmen Umgebung und unter Freunden und Bekannten, kann man sich leicht vorstellen, um wie viel größer der Schock für mich war, einen Wanderer auf einer solchen Reise, und in einer solchen Nacht.

Ich schreckte davor zurück, mich dem Ufer dieses Sees zu nähern, da ich mich erinnerte, daß noch nicht die ganze Vision enthüllt worden war. Ich blickte umher. Wenn wir nach links gingen, würden wir entweder auf den See stoßen, und, wenn wir ihn umgingen, in den Wald gelangen, wo wir uns wahrscheinlich verirren würden. Ich blickte nach rechts. Der Boden war mit großen Steinblöcken übersät, zwischen denen Dornbüsche und dichtes Gras wuchsen, also für einen Mann zu Fuß bei der Nacht kaum zu passieren. Ich blickte hinter mich, einen Rückzug überlegend, und dort, etwa hundert Yards entfernt, hinter niedrigen Mimosenbüschen, die mit aloe-ähnlichen Pflanzen untermischt waren, sah ich etwas Braunes emporfahren und wieder verschwinden, das sehr wohl der Rüssel eines Elefanten gewesen sein konnte. Angetrieben vom Mut der Verzweiflung und dem Wunsch, es hinter mich zu bringen, begann ich, entlang dem Elefantenpfade hangabwärts zu gehen, fast im Laufschritt.

Zehn Minuten später erreichten wir das Ostufer des Sees, wo die Binsen im Atem der Nacht wisperten, als ob sie lebendig wären. Wie ich erwartet hatte, erwies dieses Uferstück sich als eine kahle, offene Fläche, auf der nichts wuchs. Ja, und überall um mich herum waren die verwesenden Überreste von Elefanten, zu Hunderten, moosüberwucherte Skelette, die seit Generationen hier liegen mußten; andere, die erst seit kurzer Zeit hier vermoderten. Es waren alles sehr alte Tiere gewesen, wie ich an ihren Stoßzähnen leicht erkennen konnte, sowohl die männlichen, als auch die weiblichen. Um mich herum, in einem Radius von einer Viertelmeile, lag in der Tat so viel Elfenbein, um einem Mann bis an sein Lebensende reich zu machen, denn obwohl es verfärbt war, schien das meiste davon völlig intakt zu sein, wie menschliche Zähne bei Mumien. Wenn es mir nur gelänge, mit dem Leben davonzukommen und dieses Elfenbein abzutransportieren! Ich würde es schaffen! Auf diese oder andere Weise, schwor ich mir, würde ich es schaffen! Wer konnte denn sterben, angesichts einer solchen Menge Elfenbein, das man sich nur zu nehmen brauchte? Nicht der alte Jäger Allan Quatermain.

Doch dann vergaß ich alles über das Elfenbein, denn dort, direkt vor mir, dort, wo er sein sollte, dort, wo ich ihn in jenem Traumbild gesehen hatte, war der sterbende Elefantenbulle, ein abgemagertes, uraltes Tier, das ein langes Leben hinter sich hatte. Er tastete umher, wie um den richtigen Ruheplatz zu finden, und als er ihn gefunden hatte, stand er dort, hin und her schwankend, eine volle Minute lang. Dann hob er den Rüssel und stieß einen schrillen Trompetenton aus, sang seinen Schwanengesang; danach sank er langsam in die Knie, den Rüssel ausgestreckt, die

Spitzen seiner abgenutzten Stoßzähne auf den Boden gestützt. Offenbar war er tot.

Ich ließ meinen Blick weitergleiten, und – siehe! – etwa fünfzig Yards hinter dem toten Elefantenbullen war eine Erhebung aus hartem Fels. Ich starrte sie mit atemloser Erwartung an und – ja, auf dem Gipfel dieses Felsens tauchte langsam etwas auf. Obwohl ich sehr wohl wußte, was es sein mußte, konnte ich es für eine Weile nicht klar erkennen, weil ein paar kleine Wolken über den Himmel zogen und eine von ihnen gerade vor dem Gesicht des Mondes schwebte. Sie zog vorbei, und vor mir, in einer Entfernung von etwa einhundertvierzehn Schritten, eine dunkle Silhouette gegen den Himmel, stand der teuflische Elefant meiner Vision.

Oh! Was für ein gewaltiges Tier er war! An Höhe und Umfang schien er eineinhalb mal so groß zu sein wie alle anderen seiner Art, die ich in meinem langen Jägerleben gesehen hatte. Er war gigantisch, unirdisch, vielleicht der Überlebende einer Spezies, die vor der Sintflut gelebt hatte, oder zumindest ein Riese seiner Art. Seine schwarzgrauen Flanken waren mit Narben bedeckt, die von schweren Kämpfen herrührten. Einer seiner gewaltigen Stoßzähne, dessen Spitze stark abgenutzt war, denn er war zweifellos sehr alt, gleißte weiß im Licht des Mondes. Der andere war zur Hälfte abgebrochen. Als er noch ganz war, mußte er deformiert gewesen sein, denn er war abwärts gebogen und stand ein wenig nach rechts.

Dort stand dieses Mammut, dieser Leviathan, dieses *monstrum horrendum, informa, ingens,* wie mein Vater einen gewissen riesigen, mißgestalteten Bullen zu nennen pflegte, den wir auf der Missionsstation hatten, dessen Ohren so groß waren wie die Seitenwände einer Kaffernhütte, und mit einem Rüssel von der Stärke eines Weberbaums – was immer ein Weberbaum sein mag – ein grausiger und erschreckender Anblick.

Ich hockte mich hinter das Skelett eines Elefanten, das in der Nähe lag und dicht mit Moos und Farnen bewachsen war, und beobachtete den Bullen, fasziniert und von dem brennenden Wunsch beseelt, jetzt ein großkalibriges Gewehr in meinen Händen zu halten. Wo Marût steckte, kann ich nicht genau sagen, doch vermute ich, daß er sich zu Boden geworfen hatte.

Während der folgenden Minute oder so dachte ich fieberhaft nach, wie wir es oft in Krisensituationen tun, und zumeist auf eine recht sinnlose Art. Zum Beispiel fragte ich mich, warum der Elefant plötzlich auf jenem Felsen aufgetaucht war, und mir drängte sich die Erklärung auf, daß er von irgendeinem Lager, das er in der Nähe hatte, durch das Trompeten des sterbenden Elefanten herbeigerufen worden war. Mir kam sogar der Gedanke, daß er eine Art König der Elefanten sein könnte, bei dem sie sich melden mußten, wenn sie ihre Stunde nahen fühlten. Und das, was folgte, schien meine phantastische Vorstellung zu bestätigen, die, wenn wirklich etwas an ihr dran war, das Vorhandensein dieses riesigen Friedhofs an diesem Ort zu begründen schien.

Nachdem er eine Weile in der von mir beschriebenen Haltung gestanden und die Luft mit seinem Rüssel geprüft hatte, kam Jana – ich will ihn so nennen – den Felsenhügel herabgetrottet und ging direkt auf die Stelle zu, an der der Elefantenbulle, den ich für tot gehalten hatte, auf den Knien lag. Wie es sich herausstellte, war er noch nicht ganz tot, denn als Jana sich ihm näherte, hob er den Rüssel und umschlang damit den Rüssel Janas, wie in einer Geste freundschaftlicher Begrüßung, dann ließ er ihn wieder zu Boden sinken. Woraufhin Jana das tat, was ich ihn in meinem Traum oder meiner Vision auf Ragnall hatte tun sehen: er rammte ihn und stieß ihn auf die Seite, wo er reglos liegenblieb, nun wirklich tot.

Dabei fiel mir ein, daß die Vision doch nicht ganz korrekt gewesen war, denn in ihr hatte ich Jana auch eine Frau und ein Kind töten sehen, was hier nicht der Fall war. Später habe ich mir überlegt, ob dies vielleicht daran lag, daß Harût, der Hellseher oder Telepath, mir – was übrigens von

Marût bestätigt wurde – eine Szene vermittelt hatte, deren Zeuge er gewesen war, und die der, die ich jetzt erlebte, ähnelte, wenn auch nicht in allen Details. So kam es vielleicht, daß wir, während der Akt von der Frau und dem Kinde in unserem Falle ausgelassen wurde, einen anderen Akt des Dramas zu sehen bekamen, von dem ich in meinem Ragnall-Erlebnis nicht die geringste Andeutung erhalten hatte. Denn wenn ich sie erhalten hätte, wäre ich in jener Nacht nicht hier gewesen, weil dann keine Macht der Welt mich ins Land der Kendah hätte bringen können.

Und dieser war jener Akt: Nachdem Jana seinen toten Bruder eine Weile mit seinem einen Stoßzahn bearbeitet hatte, ob aus reiner Bosheit oder um ihn von seinen letzten Schmerzen zu erlösen, vermag ich nicht zu sagen, stand er eine Weile über dem Kadaver, in einer Haltung von Trauer und frommer Meditation. Um diese Zeit, sollte ich erwähnen, war der Wind, der in dem vom Hagel zerzausten Schilf des Seeufers geraschelt hatte, eingeschlafen, doch nicht völlig, hin und wieder fuhr ein leichter Windstoß über das Land, und zwar, wie mein Jägerinstinkt befriedigt feststellte, von dem Elefanten aus in unsere Richtung. Dies spürte ich, weil er an meine Stirn wehte, die schweißnaß war, und sie kühlte.

Kurz darauf jedoch, durch eine böse Laune des Wetters, wehte eine dieser Böen – eine sehr leichte – in die entgegengesetzte Richtung, denn ich spürte sie in meinem Nackenhaar, das genauso feucht war wie mein ganzer Körper. In diesem Moment warf ich einen raschen Blick nach rechts, wo ich aus den Augenwinkeln heraus eine Bewegung zwischen den etwa hundert Yards entfernten Steinen gesehen zu haben glaubte, möglicherweise den Schatten einer Wolke oder eines weiteren Elefanten. Ich versicherte mich nicht, was von beiden es war, denn ein leises, rasselndes Geräusch aus Janas Rüssel veranlaßte mich, all meine Aufmerksamkeit wieder voll auf ihn zu richten.

Während ich zu ihm hinüberstarrte, sah ich, daß jede Nachdenklichkeit aus seiner Haltung gewichen war. Sie war jetzt so gespannt wie die eines Foxterriers, der eine Ratte aufgespürt hat. Seine riesigen Ohren waren seitlich gestellt, sein gewaltiger Körper zitterte, sein enormer Rüssel zog witternd die Luft ein.

»Gütiger Himmel!« flüsterte ich tonlos, »er hat uns gewittert!« Dann klammerte ich mich an dem Strohhalm fest, als der nächste leichte Windhauch wieder gegen meine Stirn wehte, denn ich hoffte, er würde glauben, sich geirrt zu haben.

Doch er dachte nicht daran! Jana war viel zu alt und erfahren, um irgendwelche Fehler zu machen. Er grunzte, setzte sich in Bewegung wie ein Güterzug, und kam direkt auf uns zu, wobei er die Luft prüfte, den Boden beroch, den Rüssel nach links streckte, und nach rechts, und sogar himmelwärts, als ob er befürchtete, daß von dort die Rache für seine gewaltigen Sünden herabfallen könnte. Während er sich näherte, hatte ich ihn ein dutzendmal im Visier eines nicht vorhandenen Gewehrs, zielte genau auf die Stellen, wo ich ihm eine Kugel in lebenswichtige Teile hätte schießen können, doch geschah dies als ganz automatischer Reflex, denn mein Gehirn war völlig auf mein bevorstehendes Ende fixiert.

Ich fragte mich, wie es aussehen mochte. Würde er mich mit seinem gewaltigen Stoßzahn durchbohren, würde er mich in die Luft schleudern, oder würde er sich auf meinen Körper knien und so den Tod aller seiner Artgenossen rächen, die durch meine Hand gestorben waren?

Marût sagte in zitterndem Flüsterton: »Seine Priester haben Jana gesagt, daß er uns töten soll. Unser Ende ist gekommen«, flüsterte er. »Bevor ich sterbe, möchte ich dir noch sagen, daß die Lady, die Frau von Lord ...«

»Still!« zischte ich. »Er wird dich hören.« Denn in jenem Augenblick hatte ich nicht das geringste Interesse für irgendeine Lady auf der ganzen Welt. Ich starrte Marût wütend an und bemerkte, wie verstört sein Gesicht aussah. Jetzt war kein Lächeln mehr da. Alle seine glatte Jovialität war verschwunden. Es war eingefallen; es war blau und geisterhaft, mit großen, vorquellenden Augen, wie das eines Mannes, der seit drei Tagen tot ist.

Ich sollte recht behalten. Jana *hatte* gehört. So leise das Flüstern auch gewesen war, in dieser absoluten Stille war es zu seinen fast übernatürlichen Sinnen vorgedrungen. Jetzt kam er herangestürmt, über eine Strecke von etwa zwanzig Schritten oder mehr, den Rüssel waagrecht vorgestreckt. Dann blieb er, vielleicht in der Entfernung eines Cricket-Wurfs, plötzlich stehen, und witterte erneut.

Der Anblick war zu viel für Marût. Er sprang auf und lief um sein Leben, auf den See zu, wohl mit der Absicht, sich im Wasser in Sicherheit zu bringen. Oh, wie er lief. Und Jana hinter ihm her wie die Lokomotive eines Expreßzuges, wobei er laut trompetete. Marût erreichte den See, dessen Ufer sehr nahe war, mit einem Vorsprung von etwa zehn Yards, warf sich mit einem weiten Sprung ins Wasser und begann zu schwimmen.

Jetzt, dachte ich, könnte er entkommen, wenn die Krokodile ihn nicht erwischen, denn dieser Teufel wird sicher nicht ins Wasser gehen. Doch hier sollte ich mich irren, denn mit einem gewaltigen Platschen warf Jana sich ebenfalls in die Fluten. Und er war der bessere Schwimmer. Marût erkannte das auch sofort, warf sich herum und schwamm zum Ufer zurück, wodurch er etwas Vorsprung gewann, da er schneller wenden konnte als Jana.

Sie kamen zurück, Jana dicht hinter Marût, nach dem er mit seinem gewaltigen Rüssel schlug. Sie kamen an Land, Marût mit ein paar Yards Vorsprung, und zwischen den Felsblöcken Haken schlagend wie ein Hase, und zu meinem Entsetzen kam er direkt auf mich zu, ob rein zufällig, oder in der wahnsinnigen Hoffnung, bei mir Schutz zu finden, vermag ich nicht zu sagen.

Man mag fragen, warum ich nicht die Gelegenheit wahrgenommen hatte, in die entgegengesetzte Richtung zu fliehen. Dafür gibt es mehrere Gründe. Der erste ist, daß es nichts gab, wohin ich hätte fliehen können; der zweite, daß ich sicher war, bei einer Flucht über die Elefantenskelette oder die Felsen zu stolpern; der dritte, daß ich nicht sofort daran dachte; der vierte: die Hoffnung, daß Jana mich noch nicht gesehen hatte, und ich kein Bedürfnis hatte, mich ihm persönlich vorzustellen; und der fünfte und ausschlaggebende, daß ich vor Furcht so paralysiert war, daß ich das Gefühl hatte, mich nicht vom Boden erheben zu können. Alles in mir schien erstorben zu sein, mit Ausnahme meiner Beobachtungsgabe, die schmerzhaft lebendig war.

Plötzlich gab Marût auf. Weniger als eine Steinwurfweite von mir entfernt, warf er sich herum, so daß er Jana gegenüberstand, schleuderte ihm einen furchtbaren und konzentrierten Fluch entgegen, von dem ich nur zwei Worte verstand: »Das Kind!«

Seltsamerweise schien dies eine Wirkung auf den riesigen Bullen zu haben, der in seinem Lauf plötzlich innehielt, sich langsam einige Schritte näherte und dann völlig still stand. Es war, als ob das Tier die Worte verstanden hätte und über sie nachdächte. Wenn dem so gewesen sein sollte, so mit dem Resultat, ihn in rasende Wut zu versetzen. Er stieß einen furchtbaren Schrei aus; er peitschte seine Flanken mit dem Rüssel; seine roten, bösartigen Augen rollten; Schaum flog aus der Höhlung seines aufgerissenen Mauls; er tanzte auf seinen säulenförmigen Beinen, etwas wie das Zerrbild eines schottischen Rundtanzes. Und dann griff er an!

Ich schloß meine Augen für einen Moment. Als ich sie wieder öffnete, sah ich den armen Marût hoch durch die Luft fliegen, so hoch, daß ich glaubte, er würde nie wieder herunterkommen. Doch er kam herunter und schlug mit einem dumpfen Krachen auf dem Boden auf. Jana trat zu ihm und hob ihn – sehr behutsam jetzt, wo er tot war – mit seinem Rüssel auf. Ich betete, daß er ihn forttragen möge, zu irgendeinem Versteck, und mich in Ruhe lassen. Doch das sollte nicht sein. Mit langsamen, feierlichen Schritten, den toten Marût in seinem Rüssel auf und ab wiegend, so wie eine Amme ein Baby wiegt, marschierte er genau auf den Felsblock zu, hinter dem ich lag, und wo er mich vermutlich von Anfang an gesehen oder gewittert hatte.

Eine ganze Weile – mir kam es wie ein Jahrhundert vor – stand er so über mir und betrachtete mich, als ob ich ihn sehr interessierte, und das Wasser aus dem See tropfte erfrischend von seinen großen Ohren auf meinen Rücken. Wenn nicht dieses Wasser gewesen wäre, hätte ich wahrscheinlich das Bewußtsein verloren, doch wie die Dinge nun einmal lagen, tat ich das Nächstbeste: ich spielte tot. Vielleicht würde das Monster davor zurückschrecken, einen toten Menschen zu berühren. Ich beobachtete ihn aus den Augenwinkeln und sah, wie er einen gewaltigen Fuß anhob, dessen Sohle der Sitzfläche eines Sessels entsprach, und ihn über mich hielt.

Also ist dies mein Lebewohl an die Welt, dachte ich. Der Fuß fuhr herab wie eine Dampframme, um dann jedoch, wie eine Dampframme, mit der man eine Nuß knacken will, innezuhalten, als er meinen Rücken berührte, um ihn schließlich neben mir auf den Boden zu setzen, vielleicht weil Jana diese Stellung unbequem fand. Auf jeden Fall ließ er sich eine andere und bessere Methode einfallen. Nachdem er Marûts Leiche sehr behutsam neben mich gelegt hatte, wie eine Amme, die ein Kind in die Wiege bettet, streckte er seinen langen Rüssel aus und begann mich mit dem an seiner Spitze befindlichen Finger abzutasten, wobei er im Genick begann. Oh! Das Gefühl dieses feuchten, tastenden Fingers auf meinem Rückgrat!

Immer weiter fuhr er hinab, bis zu meinem Hosenboden. Dort kniff er mich, vielleicht, um zu prüfen, ob ich mich nicht nur verstellte, ein sehr schmerzhaftes Kneifen, wie mit der Zange eines Hufschmiedes. Es war so kräftig und schmerzhaft – ich regte mich dennoch nicht, da ich wußte, daß die geringste Bewegung den Tod bedeutet hätte –, daß er ein Stück aus dem kräftigen Stoff meiner Hose riß, ganz zu schweigen von dem Stück der darunter befindlichen Haut. Dies schien den Elefanten zu verwundern, denn er hob seinen Rüssel und bewegte den Kopf, als ob er das Stück im Licht des Mondes betrachten wollte.

Nun war es endgültig vorbei, denn als er Blut an dem

Stoffetzen bemerkte –! Ich schickte ein kurzes, flehendes Gebet zum Himmel, mich vor diesem furchtbaren Ende zu bewahren, und – siehe! – es wurde erhört!

Denn gerade, als Jana, der das Ergebnis seiner Untersuchung unbefriedigend gefunden hatte, seine Ohren aufstellte und sich bereit machte, mich zu töten, hörte ich in einer Entfernung von nur wenigen Yards das kurze, harte Krachen eines Gewehrschusses. Als ich in diesem Moment aufblickte, sah ich Blut aus dem linken Auge des Monsters rinnen, wo die Kugel eingedrungen war.

Jana tastete mit seinem Rüssel nach dem Auge; dann stieß er einen wilden Schmerzensschrei aus, fuhr herum und stürmte davon.

14

Die Verfolgung

Ich nehme an, daß ich für eine Minute oder auch zwei das Bewußtsein verlor. Auf jeden Fall erinnere ich mich an einen langen und seltsamen Traum, wie ihn manchmal ein Patient unter der Einwirkung von Lachgas hat, der sehr klar und deutlich ist, jedoch unmittelbar danach dem Griff des Geistes entgleitet, so wie Wasser durch die Finger rinnt. Es war etwas in der Richtung: All diese Hunderte von Elefantenskeletten erhoben sich, stellten sich in Reih und Glied vor mir auf, und grüßten mich durch Beugen ihrer knochigen Knie, weil ich, wie ich es verstand, der einzige Mensch war, der jemals Jana entkommen konnte. Und auf dem Knochenschädel des vordersten Elefanten hockte Hans, erteilte ihnen Befehle und erklärte ihnen, daß es uns viel Mühe sparen würde, wenn sie ihre Stoßzähne, für die sie ja nun keine Verwendung mehr hätten, zu einer bestimmten Stelle tragen und sie dort auf einen Haufen legen würden –

ich habe vergessen, welche es war –, die neben einer guten Straße liegen müsse, um ihren späteren Abtransport zu einem Land zu ermöglichen, wo sie zu Billardkugeln und Rückenteilen von Haarbürsten verarbeitet werden würden. Und dann hörte ich durch die zurückflutenden Nebel des Traums die unzweifelhaft körperliche Stimme von Hans, was ich natürlich sofort als absurd erkannte, da Hans fort war und inzwischen zweifellos den Tod gefunden hatte.

»Wenn du lebst, Baas«, sagte die Stimme, »dann wach bitte auf, da ich mit dem Laden von ›Intombi‹ fertig bin und es Zeit wird, daß wir weiterziehen. Ich glaube, ich habe Jana ins Auge getroffen, aber ein so großes Tier wird bald über eine so kleine Sache hinwegkommen, und dann nach uns suchen, und die Kugel von ›Intombi‹ ist zu klein, um ihn töten zu können, Baas, besonders, da es nicht wahrscheinlich ist, daß einer von uns ihn ins andere Auge treffen kann.«

Jetzt richtete ich mich auf und starrte ihn an. Ja, ich hatte Hans vor mir, und er sah genauso aus wie immer, nur vielleicht etwas schmutziger, und er war gerade damit beschäftigt, ein Zündhütchen auf sein ›Intombi‹ zu setzen.

»Hans«, sagte ich mit hohler Stimme, »was, zum Teufel, willst du hier?«

»Dich vor dem Teufel beschützen, natürlich, Baas«, antwortete er sehr zutreffend. Dann, nachdem er das Gewehr an einen Stein gelehnt hatte, kniete der alte Bursche sich neben mich, schlang seine Arme um mich und begann vor Rührung zu heulen.

»Gerade noch rechtzeitig, Baas!« sagte er schluchzend. »Aber fast nicht mehr, denn wie immer hat Hans alles falsch gemacht und falsch gedacht – wieso, werde ich dir später erzählen. Dennoch, gerade noch rechtzeitig! Dank sei deinem verehrten Vater, dem Prädikanten. Oh! Wenn er mich auch nur eine Minute länger aufgehalten hätte, wärst du jetzt so flach wie meine Nase, Baas. Aber jetzt komm rasch! Ich habe das Kamel dort drüben festgebunden, und es kann leicht zwei tragen, da es fett und kräftig ist nach vier Tagen Ruhe mit viel Futter. Dieser Ort ist verhext, Baas, und dieser

König ein Teufel, Jana, wird bald hinter uns her sein, sowie er sich das Blut aus dem Auge gewischt hat.«

Ich sagte nichts dazu, da ich in dem Augenblick keine Lust zu einem Gespräch hatte, sondern blickte nur den armen Marût an, der vor mir lag, als ob er schliefe.

»Oh, Baas«, sagte Hans, »um den brauchst du dich nicht mehr zu kümmern, denn sein Genick ist gebrochen, und er ist mausetot. Und das ist gut so«, setzte er munter hinzu, »denn wie dein verehrter Vater zweifellos wußte, kann das Kamel nicht drei Männer tragen. Außerdem: Wenn er hier bleibt, wird Jana vielleicht zurückkommen, um mit ihm zu spielen, anstatt uns zu folgen.«

Der arme Marût! Das also war sein Requiem, gesungen von Hans.

Mit einem letzten Blick auf diesen Mann, dem ich während unserer Zeit gemeinsamer Gefangenschaft und Gefahr auf eine gewisse Art recht nahe gekommen war, nahm ich den Arm des alten Hottentotten, oder lehnte mich vielmehr auf seine Schulter, denn anfangs fühlte ich mich zu schwach, um ohne Stütze gehen zu können, und gemeinsam suchten wir uns einen Weg zwischen den Steinen und den Elefantengerippen über das Plateau, und zwar in östlicher Richtung, also von dem See fort. Etwa zweihundert Yards von dem Schauplatz unserer Tragödie entfernt, befand sich ein Felsenhügel, ähnlich dem, auf welchem Jana aufgetaucht war, jedoch erheblich kleiner, hinter dem wir das Kamel fanden, kniend, wie es sich für ein gut erzogenes Tier dieser Art gehörte, und an einen Stein gebunden.

Auf dem Wege dorthin berichtete mir Hans mit kurzen, doch hinlänglichen Worten seine Geschichte. Nachdem er den Kendah-Heerführer erschossen hatte, kam es in seinen listigen, schlauen Kopf, daß er mir frei nützlicher sein konnte, als wenn er mich in die Gefangenschaft begleitete, und wenn ich getötet werden sollte, er am Leben bleiben würde, um Rache über meine Mörder zu bringen. Also ritt er davon, wie es geschildert wurde, und verbarg sich bis zum Einbruch der Nacht in dem dichten Gebüsch des Hangs. Dann folgte er beim Licht des Mondes, unter Umgehung der Dörfer, unseren Spuren, und fand schließlich Unterschlupf in einer Höhle im Wald, in der Nähe von Simba, wo jedoch keine Menschen lebten. Hier fütterte er das Kamel während der Nacht und verbarg es bei Tagesanbruch in der Höhle. Die Tage verbrachte er im Geäst eines hohen Baums, von wo aus er alles beobachten konnte, was in der tiefer gelegenen Stadt vor sich ging, lebte derweilen von dem, was er in einem an den Sattel gebundenen Beutel mit sich gebracht hatte, ergänzt von grünen Maiskolben, die er von einem der benachbarten Felder stahl.

Auf diese Weise sah er fast alles, was in der Stadt geschah, einschließlich der Verheerungen, die durch den entsetzlichen Hagel angerichtet wurden, den er und das Kamel, da sie sich in ihrer Höhle aufhielten, ohne Schaden überstanden. Am nächsten Abend sah er von seinem Ausguckposten in der Krone des Baumes aus, wo er jetzt einige Schwierigkeiten hatte, sich zu verstecken, weil der Hagel ihn völlig entlaubt hatte, wie Marût und ich aus dem Gästehaus gebracht und von der Eskorte fortgeführt wurden. Er war daraufhin sofort von seinem Baum gestiegen und zur Höhle gelaufen, hatte das Kamel gesattelt und die Verfolgung aufgenommen, bis in den Wald hinein, wo er sich versteckt hatte, als er merkte, daß unsere Eskorte uns verließ.

Hier hatte er gewartet, bis sie auf dem Rückweg an ihm vorbeigekommen war. So nahe war er dem Pfad gewesen, daß er die Gespräche mithören konnte, die ihm sagten, daß die Schwarzen Kendah erwarteten, oder vielmehr sicher waren, wir beide würden von Jana, ihrem Teufelsgott, getötet werden, dem die drei Kamelreiter bereits geopfert worden waren. Nachdem sie vorbeigezogen waren, saß er wieder auf und folgte uns. Hier fragte ich ihn, warum er uns nicht eingeholt habe, bevor wir den Elefantenfriedhof erreichten, was ihm, meiner Ansicht nach, ein leichtes hätte sein müssen, da er sich, wie er sagte, dicht hinter uns befunden hatte. Dies war auch tatsächlich der Fall gewesen, denn es war der Kopf seines Kamels, den ich hinter den

Büschen gesehen hatte, als ich zurückblickte, und kein Elefantenrüssel, wie ich vermutet hatte.

Zu der Zeit wollte er keine direkte Antwort geben, außer daß sein Denken ein wenig verwirrt gewesen sei, wie er es bereits angedeutet hatte, und er es für das Beste hielt, im Hintergrund zu bleiben und abzuwarten, was weiter geschehen würde. Viel später gestand er mir jedoch, einer Eingebung gefolgt zu sein.

»Es schien mir, Baas«, sagte er, »als ob ich deinen verehrten Vater zu mir sagen hörte, daß es am besten wäre, euch zwei weitergehen zu lassen und mich nicht zu zeigen, denn wenn ich das täte, würden wir alle drei getötet werden, da einer von uns zu Fuß gehen müßte, den die anderen beiden nicht im Stich lassen konnten, während, wenn ich euch alleine ließe, einer von euch getötet werden würde, seiest nicht *du*, Baas. Und es kam alles so, wie es der Geist in meinem Kopf gesagt hatte, denn Marût wurde getötet, auf den es nicht ankam, und – der Rest ist dir bekannt, Baas.«

Doch kehren wir zu Hans' Geschichte zurück. Er sah uns zum Seeufer hinabgehen, hielt sich rechts von uns und nahm Deckung hinter der kleinen, felsigen Erhebung, von wo aus er alles beobachtete, was weiterhin geschah. Als Jana herankam, um uns anzugreifen, kroch Hans heran, in der Hoffnung – einer sehr vagen –, ihn mit dem kleinen Purdey-Gewehr lahmschießen zu können. In der Tat zielte er bereits auf eines seiner Hinterbeine, als Marût sein Leben durch die Flucht zu retten versuchte und sich in den See warf. Er wollte diese Gelegenheit benutzen, mich zu seinem Kamel zu bringen und kroch vorsichtig auf mich zu, doch als er bis auf wenige Yards herangekommen war, floh Marût wieder in meine Richtung und wurde von Jana getötet.

Er blieb reglos liegen und wartete auf eine Gelegenheit, Jana in die einzige Stelle zu schießen, wo, wie er wußte, eine winzige Chance bestand, daß eine so weiche Kugel ihn entscheidend treffen konnte – nämlich das Auge –, denn er war sicher, daß deren Kraft nicht ausreichte, um die dicke Haut und die darunterliegenden Fleischmassen zu durchdringen und ein lebenswichtiges Organ zu erreichen. Mit unendlicher und bewunderungswürdiger Geduld wartete er, da ihm bewußt war, daß mein Leben auf dem Spiel stand. Selbst als Jana seinen Fuß über mich hielt, als er mich mit seinem Rüssel abtastete, wartete er weiter, wog das Für und Wider des Feuerns auf den Waagschalen lebenslanger Erfahrung in seinem schlauen, alten Kopf ab, und gelangte dann zu der richtigen und klugen Entscheidung.

Schließlich kam seine Chance, das Monster wandte ihm das linke Auge zu, und im Lichte des hellen Mondes drückte Hans ab und *traf.* (Er war schon immer ein guter Schütze gewesen auf Entfernungen, bei denen es nicht nötig war, Flugbahnen des Geschosses und Winddrift in Rechnung zu stellen.) Die Kugel drang zwar nicht in das Gehirn ein, wie er es gehofft hatte, dazu hatte sie nicht genügend Kraft, doch zerstörte sie Janas linkes Auge und verursachte ihm solche Schmerzen, daß er zunächst mich und alles andere vergaß und an nichts dachte als an Flucht.

Dies war die Geschichte des Hottentotten, wie er sie mir in seinem lakonischen, farblosen, holländischen *patois* erzählte, damals und auch später; und es war eine wunderbare Geschichte, fand ich. Wenn es nicht um ihn, um seine Treue und seine eingeborene List gewesen wäre, wo würde dann ich gewesen sein, bevor der Mond untergegangen war?

Nachdem ich mich eine Minute lang ausgeruht und einen Schluck von dem Brandy genommen hatte, der sich in der Satteltasche befand, bestiegen wir das Kamel. Obwohl Hans ein großer Freund starker Getränke war, hatte er die Flasche nicht angerührt, allein wegen der vagen Möglichkeit, daß sie mir, seinem Herrn, irgendwann dienlich sein könnte. Der Hottentotte hockte wie ein Affe vorne und dirigierte das Kamel, während ich mich hinter ihm auf dem Schafsfellsattel einrichtete, so gut es eben möglich war. Glücklicherweise war er dick und weich, denn Janas Kneifen an meinem Hinterteil war nicht gerade liebevoll gewesen.

Wir ritten los, suchten umsichtig unseren Weg, bis wir

den Elefantenpfad jenseits des Felsens erreichten, auf welchem Jana aufgetaucht war, und der uns, wie wir hofften, zu dem Fluß Tava führen würde. Hier kamen wir erheblich besser voran, doch noch immer nicht sehr schnell, wegen der tiefen Löcher, die die Füße Janas und seiner Artgenossen hinterlassen hatten. Bald lag der Friedhof hinter uns, und auch der See, den ich hoffte, nie wiederzusehen, entschwand unseren Blicken.

Dann begann der Weg anzusteigen und führte aus der Senke auf einen Hügelkamm zu, der zwei bis drei Meilen entfernt lag. Wir erreichten diesen Kamm ohne Zwischenfälle, begegneten jedoch einem weiteren, sehr alten Elefanten, einer Kuh mit recht kümmerlichen Stoßzähnen, die auf dem Weg zu ihrer letzten Ruhestätte war, wie ich annahm. Ich weiß nicht, wer sich mehr erschreckte, die alte Kuh oder das Kamel, denn Kamele fürchten Elefanten, so wie Pferde Kamele fürchten, bis sie sich an sie gewöhnt haben. Die Elefantenkuh floh nach rechts, so schnell sie konnte, was nicht sehr schnell war, und das Kamel brach links aus, mit so gewaltigen Sätzen, daß wir um ein Haar von seinem Rükken geworfen wurden. Da es jedoch ein ruhiges Tier war, gewann es bald sein Gleichgewicht wieder, und wir kehrten auf den Pfad zurück.

Von der Höhe des Bergkamms aus sahen wir vor uns eine sandige Ebene liegen, die dünnen Grasbewuchs zeigte, und, zu unserer Freude, etwa zehn Meilen entfernt, am Fuße eines langgestreckten, sanften Hanges, das Mondlicht auf dem Wasser eines breiten Flusses schimmern. Er war nicht leicht auszumachen, doch er war da; wir waren beide sicher, daß er da war; dieses wabernde, silberige Schimmern war nicht zu mißdeuten. Weiter ritten wir, etwa eine Viertelmeile, als irgend etwas mich veranlaßte, den Kopf zu wenden und zurückzublicken.

Oh, Himmel! Auf der Höhe des Hügelkamms, eine deutliche Silhouette gegen den Himmel, stand Jana, mit emporgerecktem Rüssel. Im nächsten Moment trompetete er, eine wütende Herausforderung, ein Brüllen von Rachsucht und Trotz.

»*Allemagte!** Baas«, sagte Hans, »der alte Teufel kommt, um nach seinem verlorenen Auge zu suchen, und hat uns mit dem, das ihm verblieben ist, entdeckt. Er ist unserer Fährte gefolgt.«

»Vorwärts!« rief ich und schlug dem Kamel meine Hacken in die Rippen.

Dann begann die Jagd. Das Kamel war ein sehr gutes Tier, eins der schnellen Reitkamele; außerdem war es, wie Hans gesagt hatte, relativ frisch, und es mochte auch spüren, daß es sich der Ebene näherte, wo es aufgewachsen war. Und schließlich war der Boden jetzt ausgezeichnet, weich unter seinen Füßen, doch nicht tiefer Sand, noch gab es dort Steine, die es zum Stolpern bringen konnten. Es lief wie der Wind, ungeachtet des doppelten Gewichts, das jedoch nicht mehr als zweihundert Pfund betragen mochte, also nur die Hälfte dessen, was es ohne Schwierigkeiten tragen konnte, vielleicht zu seiner Höchstleistung angetrieben durch das Wissen, daß der Elefant hinter ihm her war.

Meile um Meile rasten wir so über die Ebene. Doch nicht allein, denn Jana folgte in unserem Kielwasser wie ein Kreuzer, der ein Kanonenboot verfolgt. Außerdem war er, so schnell wir auch sein mochten, noch um eine Kleinigkeit schneller und holte pro hundert Yards mehrere Yards auf. Denn auf der letzten Meile vor Erreichen des Flußufers, vielleicht eine halbe Stunde später, obwohl es mir wie eine Woche vorkam, war er nur noch knapp fünfzig Schritte hinter uns. Ich warf einen Blick zurück, und in dem Lichte des jetzt tiefstehenden Mondes hatte er eine seltsame Ähnlichkeit mit einer Lehmhütte mit abgebrochenen Schornsteinen, (was seine zu beiden Seiten des Kopfes wedelnden Ohren waren) aus deren oberem Fenster das Rohr der Wasserpumpe ragte.

»Wir werden ihn schlagen, Hans«, sagte ich und blickte auf den breiten Fluß, der dicht vor uns lag.

»Ja, Baas«, antwortete Hans zweifelnd und keuchend.

* Allmächtiger!

»Dies ist ein sehr gutes Kamel, Baas. Es rennt so schnell, daß alle meine Innereien durcheinandergeschüttelt werden, wahrscheinlich weil es seine Frau riecht, oder das Wasser, gar nicht zu reden von dem Tod hinter sich. Aber, Baas, ich bin da nicht sicher; dieser Teufel Jana ist noch immer schneller als das Kamel, und er will uns die Rechnung für sein verlorenes Auge präsentieren, was ihn sehr munter macht. Außerdem sehe ich Steine vor uns, und die sind schlecht für Kamele. Dann ist da der Fluß, und ich weiß nicht, ob Kamele schwimmen können, aber Jana kann es, wie Marût erfahren hat. Glaubst du, Baas, daß du ihm eine Kugel ins Knie oder in seinen Rüssel verpassen könntest, nur damit er andere Sorgen hat, als uns zu verfolgen?«

Auf diese Art quasselte er weiter, wohl um mich und auch sich abzulenken, wie ich vermute, bis ich schließlich die Geduld verlor und rief: »Sei still, du Esel! Kann ich einen Elefanten über die Schulter erschießen, und mit einem Gewehr, das für Gazellen gedacht ist? Schlag das Kamel! Schlag es hart!«

Aber ach, Hans hatte recht. Es *waren* Steine auf dem Boden vor dem Flußufer, die wahrscheinlich von weit zurückliegenden Hochwassern angespült worden waren, und kurz darauf waren wir auf ihnen. Nun ist ein Kamel, so gut es auch auf Sand, seiner natürlichen Umgebung, sein mag, nicht geeignet für steinigen Boden, auf dem es ausgleitet und stolpert. Für Jana schienen die Steine jedoch kein Hindernis darzustellen. Auf jeden Fall lief er auf ihnen fast so schnell wie auf dem glatten Boden, wenn auch nicht ganz. Als wir den Ufersaum erreichten, war er nicht mehr als zehn Yards hinter uns. Ich konnte das Blut aus seinem zerstörten Auge rinnen sehen.

Außerdem stemmte das Kamel, ein Tier, das nicht an Wasser gewöhnt ist, beim Anblick der flachen, aber schäumenden Strömung wie ein Muli die Füße in den Boden und weigerte sich, weiterzugehen. Glücklicherweise stieß Jana in diesem Moment wieder einen seiner erzengelartigen Trompetentöne aus, was unser Tier wieder in Bewegung setzte, da es sich vor Elefanten noch mehr fürchtete als vor Wasser.

Mit einem Satz war es im Fluß und stolperte auf den losen Steinen durchs Wasser, das nirgends mehr als vier Fuß tief war, und Jana planschte keine fünf Yards entfernt hinter uns her. Ich wandte mich um und feuerte mit dem kleinen Gewehr auf ihn. Ob ich getroffen habe oder nicht, vermag ich nicht zu sagen, doch er blieb einige Sekunden lang stehen, vielleicht, weil er sich an eine ähnliche Explosion im Zusammenhang mit seinem Auge erinnerte, was uns einen geringen Vorsprung einbrachte. Doch dann stürmte er auch schon weiter wie eine Dampfmaschine.

Als wir etwa in der Mitte des Flusses waren, geschah das Unvermeidliche. Das Kamel stürzte und schleuderte uns über seinen Kopf hinweg in den Strom. Das Gewehr fest umklammernd, begann ich, halb schwimmend, halb watend, dem anderen Ufer zuzustreben, packte irgendwann mit meiner freien Hand Hans und schleppte ihn mit. Jana hatte jetzt das Kamel erreicht. Er durchbohrte es mit seinem Stoßzahn, trampelte mit seinen Füßen auf ihm herum, umschlang es mit seinem Rüssel und schleppte es aus dem Wasser ans Ufer. Dort machte er sich daran, es in den Schlamm und die Steine zu trampeln, mit einer solchen Hingabe und Gründlichkeit, daß uns die Zeit blieb, das andere Ufer zu erreichen und auf einen kräftigen Baum zu klettern, der dort stand, einen schräg gewachsenen, breitkronigen Baum, der leicht zu erklettern war, zumindest für einen Menschen. Hier saßen wir keuchend etwa dreißig Fuß über dem Boden und warteten.

Kurz darauf kam Jana, der mit dem Kamel fertig war, uns nach und entdeckte uns ohne Schwierigkeit in der Krone des Baumes. Er schritt um den Baum herum und begutachtete die Situation. Dann wand er seinen gewaltigen Rüssel um den Stamm des Baumes und versuchte, unter Anwendung all seiner Kraft, ihn aus dem Boden zu reißen. Es waren dies bange Minuten, doch dieses Kind des Waldes hatte nicht Jahrhunderte lang allen Gewalten von Wind, Wetter und Wasser getrotzt, um jetzt von einem Elefanten umgelegt zu werden, ganz gleich, wie groß der auch sein mochte. Er erzitterte ein wenig – doch das war alles. Jana gab diesen Versuch als sinnlos auf und machte sich daran, den Baum auszugraben, indem er seinen Stoßzahn unter die Wurzeln bohrte. Doch auch das gelang ihm nicht, weil sie zwischen Steinen wuchsen, an denen er offensichtlich scheiterte.

Nachdem er diese Bemühungen mit einem wütenden Grollen aufgegeben hatte, wandte er sich einer dritten Methode zu. Er richtete seinen gewaltigen Körper auf den Hinterbeinen auf und brachte dann seine Vorderbeine mit dem ganzen Gewicht seines massigen Körpers auf den schrägstehenden Baumstamm, dicht unterhalb der Stelle, wo die untersten Äste entsprangen, zwölf oder dreizehn Fuß über dem Boden. Die Erschütterung war so enorm, daß ich im ersten Moment dachte, der Baum würde umstürzen oder in zwei Teile zerbrechen. Gott sei Dank hielt er, doch wurde er in so starke Vibration versetzt, daß Hans und ich beinahe von seinen obersten Ästen herabgeschüttelt worden wären wie Äpfel im Herbst. Mir wäre es sicherlich so ergangen, wenn Hans, der affenartig mit den Zehen so gut greifen konnte wie mit seinen Fingern, mich nicht beim Kragen gepackt und festgehalten hätte.

Dreimal wiederholte Jana diese Übung, und beim dritten Anschlag sah ich zu meinem Entsetzen, daß Wurzeln sich lösten. Ich hörte einige von ihnen brechen, und ein breiter Riß klaffte dicht neben dem Stamm im Boden auf. Glücklicherweise bemerkte Jana diese Symptome nicht, denn er ließ auch von diesem Vorhaben ab, da er es für unergiebig hielt, und stand eine Weile mit pendelndem Rüssel, augenscheinlich in Gedanken versunken.

»Hans«, flüsterte ich, »lade das Gewehr! Rasch! Ich kann ihn vielleicht am Rückgrat oder auch am anderen Auge erwischen.«

»Nasses Pulver knallt nicht, Baas«, stöhnte Hans. »Im Fluß ist Wasser drangekommen.«

»Unsinn«, antwortete ich, »und wenn, dann ist es deine

Schuld, weil du darauf bestanden hast, daß ich auf ihn schieße, als ich nicht richtig zielen konnte.«

»Das hätte nichts geändert, Baas, denn das Gewehr geriet auch unter Wasser, als ich von dem Kamel fiel, und das Zündhütchen wäre feucht geworden, und vielleicht das Pulver im Lauf auch. Und der Schuß hat Jana doch für einen Moment aufgehalten.«

Das war richtig, dennoch war es zum Wahnsinnigwerden, hier mit einem leeren Gewehr herumsitzen zu müssen, wenn ich mit einer einzigen Ladung, oder sogar mit meiner Pistole, diesen teuflischen Dickhäuter hätte blenden oder lahm schießen können.

Ein paar Minuten später spielte Jana seine letzte Karte aus. Er trat unmittelbar an den Stamm des Baumes, richtete sich wie zuvor auf den Hinterbeinen auf, doch diesmal streckte er seine Vorderbeine aus, so daß sein ganzer Körper auf dem schrägstehenden Baumstamm ruhte. Dann schob er seinen Rüssel vor und begann, die uns voneinander trennenden Äste abzubrechen.

»Ich glaube nicht, daß er uns erreichen kann«, sagte ich zweifelnd zu Hans, »das heißt, wenn er nicht einen Stein heranschleppt, um sich draufzustellen.«

»Oh! Baas, bitte sei still«, antwortete Hans, »er könnte dich verstehen und wirklich einen holen.«

Obwohl mir diese Vorstellung absurd erschien, hielt ich es doch für besser, dem Rat zu folgen, denn wer mochte wissen, was dieses erfahrene Tier verstand oder nicht verstand? Da wir nicht höher klettern konnten, rutschten wir so weit, wie wir es wagten, zur Mitte unserer Äste und warteten.

Schließlich hatte Jana seine Aufräumungsarbeit beendet und streckte den Rüssel zu seiner vollen Länge aus. Er schien sich buchstäblich auszuziehen wie ein Teleskop oder ein Kautschukschlauch. Er reckte sich herauf, Fuß um Fuß, bis seine Spitze mit dem schnappenden Finger uns fast erreichte und nur wenige Zoll von meinem Fuß und von Hans' Kopf entfernt war, oder vielmehr von seinem Filzhut.

Mit einem letzten Recken des Rüssels erwischte er den Hut, den er triumphierend herunterrriß und in die rote Höhlung seines Mauls stopfte. Da er nicht wiedererschien, nehme ich an, daß er ihn gefressen hat. Der Verlust seines Hutes versetzte Hans ins wilde Wut. Unter entsetzlichen Flüchen zog er sein langes Fleischmesser und machte sich bereit.

Wieder reckte sich der muskulöse Rüssel zu uns herauf. Offenbar hatte Jana jetzt einen besseren Stand mit seinen Hinterfüßen, oder vielleicht hatte er seinen Körper am Stamme entlang weiter heraufgestreckt. Jedenfalls sah ich zu meinem Schrecken, daß ich gute Chancen hatte, zum zweiten Mal Bekanntschaft mit dem schnappenden Rüsselfinger zu machen. Das Ende des Rüssels lag auf meinem Ast wie eine riesige, braune Schlange, und kroch näher, näher, immer näher.

»Er wird uns erwischen«, murmelte ich.

Hans antwortete nicht, sondern beugte sich ein wenig vor, wobei er sich mit der linken Hand festhielt. Im nächsten Augenblick sah ich die Messerklinge im Licht der aufgehenden Sonne blitzen, und sah auch, daß ihre Spitze durch den unteren Rand der Rüsselspitze getrieben wurde und sie an den Ast spießte wie einen Schmetterling auf ein Brett.

Gütiger Himmel! Die Wirkung war durchschlagend! Den Rüssel herauf kam ein Schrei, der mich fast von dem Ast geblasen hätte. Dann begann Jana sich zu winden, um sich so sanft wie möglich zu befreien, denn es war klar, daß die Messerspitze ihm Schmerzen bereitete, doch gelang es ihm nicht, da Hans das Heft umklammert hielt und die Klinge noch tiefer ins Holz trieb. Schließlich zog Jana mit solcher Kraft nach unten, daß irgend etwas nachgeben mußte, und dieses Etwas waren Haut und Muskelfasern seines Rüssels, die glatt durchtrennt wurden, während das Messer im Holz des Astes steckenblieb.

Mit einem dumpfen Krachen fiel der Elefant auf den Rükken. Dann rappelte er sich auf, steckte das Ende des Rüssels ins Maul und saugte daran, wie ein Mensch dies mit einem verletzten Finger tut, um schließlich, brüllend vor hilfloser

Wut, in den Fluß zu traben, den er durchwatete, und weiter, den Pfad entlangtrottete, der in sein Land führte. Ja, er zog davon, und Hans schrie ihm Flüche nach und verlangte, daß er ihm seinen Hut zurückgäbe, und nur selten in meinem ganzen Leben hat es einen Anblick gegeben, der mir schöner erschien, als der von Janas wedelndem Schwanz.

»Jetzt, Baas«, kicherte Hans, »hat der alte Teufel neben dem blutigen Auge auch eine blutige Nase, die ihn an uns erinnern wird. Und darum, Baas, sollten wir uns lieber auf den Weg machen, bevor er Zeit hat nachzudenken und mit einem langen Stock zurückkommt, um uns von diesem Baum zu stochern.«

Also gingen wir los, und im Eilmarsch, wie ich Ihnen versichern kann, oder doch zumindest so schnell, wie es mir meine steifen Glieder und mein allgemeiner Zustand erlaubten. Glücklicherweise gab es jetzt keinerlei Ungewißheit mehr bezüglich unserer Marschrichtung, denn deutlich konnten wir durch den Morgennebel die von der aufgehenden Sonne angestrahlten, waldbedeckten Höhen der seltsamen, tumulusförmigen Erhebung sehen, die die Weißen Kendah den Heiligen Berg nannten, das Heim des Kindes. Sie schien etwa zwanzig Meilen entfernt zu sein, in Wirklichkeit jedoch war der Weg erheblich weiter, denn als wir mehrere Stunden marschiert waren, kam uns die Entfernung genauso weit vor wie zu Anfang.

Dieser Marsch war, offen gestanden, eine Tortur. Ich war nicht nur erschöpft von all dem Schrecken, den ich durchgestanden hatte, und von unserer langen, nächtlichen Flucht, sondern auch die Stelle meines Körpers, aus der Jana ein Stück herausgekniffen hatte, und die durch das Reiten angeschwollen war, begann jetzt steif und unerträglich schmerzhaft zu werden, so daß mir jeder Schritt zur Qual wurde. Doch konnten wir es uns nicht leisten, auszuruhen, und zu essen hatten wir ohnehin nichts (Marût hatte unsere Nahrung getragen) und die Gefahr bestand, daß Jana zurückkehren würde, um nach uns zu sehen. Also riß ich mich zusammen und verlor kein Wort darüber.

Während der ersten zehn Meilen schien das Land unbewohnt; zweifellos lag es zu nahe der Grenze zum Land der Schwarzen Kendahs, um als Wohnort reizvoll zu sein. Später sahen wir Rinderherden und ein paar Kamele, die anscheinend unbeaufsichtigt waren; doch vielleicht waren ihre Hirten in dem hohen Gras verborgen. Dann erreichten wir einige Maisfelder, die wie ich bemerkte, von dem Hagel unberührt geblieben waren, der anscheinend seine Wucht allein auf das Land der Schwarzen Kendah konzentriert hatte. Dankbar aßen wir etwas von dem reifenden Mais. Etwas weiter sahen wir Hütten, die auf einem unzugänglichen Felsen innerhalb einer Schlucht gelegen waren. Und ihre Bewohner sahen uns ebenfalls, denn sie stoben von Furcht ergriffen eilends davon.

Wir näherten uns den Hütten nicht, da wir nicht wußten, wie man uns empfangen mochte. Nach meinem Aufenthalt in Simba hatte ich eine starke Vorliebe für das Leben in freier Luft entwickelt.

Zwei weitere Stunden humpelte ich unter Schmerzen weiter – meist auf Hans' Schulter gestützt – einen endlosen, unbebauten Hang hinauf, der mit Euphorbien und Farnen bewachsen war. Endlich erreichten wir ihren Rand und fanden uns einen Gewehrschuß weit von einem umzaunten Eingeborenendorf entfernt. Ich vermute, daß seine Bewohner durch Läufer von den Hütten, die ich erwähnte, gewarnt worden waren. Auf jeden Fall strömten bei unserem Erscheinen sofort dreißig oder mehr mit Speeren bewaffnete Männer aus dem Südtor der Palisade, begannen uns einzukreisen und offen ihre Feindseligkeit uns gegenüber zu zeigen. Ich bemerkte sofort, daß einige, obwohl die meisten von ihnen verhältnismäßig hellhäutig waren, die negroiden Charakteristika der Schwarzen Kendah, denen wir gerade entkommen waren, aufwiesen, und in einem solchen Maße, daß dieses Blut offensichtlich in ihnen dominierte. Dennoch, erkannten wir, waren sie alle tödliche Feinde jenes Volkes, denn als ich ihnen zuschrie, daß wir Freunde Harûts seien und aller, die das Kind verehrten, schrien sie zurück, daß wir Lügner seien. Keine Freunde des Kindes, sagten sie, kämen aus dem Lande der Schwarzen Kendah, die den Teufel Jana anbeteten. Ich versuchte ihnen zu erklären, daß wir die letzten wären, die Jana anbeten würden, der uns stundenlang gejagt habe, doch sie wollten nicht hören.

»Ihr seid Spione Simbas, der Geruch Janas haftet an euch«, (was durchaus der Fall sein mochte) schrien sie, und setzten hinzu: »Wir werden dich töten, weißgesichtige Ziege. Wir werden dich töten, kleiner, gelber Affe, denn keiner, der nicht unser Feind ist, kommt aus dem Lande der Schwarzen Kendah zu uns.«

»Dann tötet uns«, sagte ich, »und bringt den Fluch des Kindes auf euch. Bringt Hungersnot, bringt Hagel, bringt Krieg auf euch!«

Diese Worte waren, wie ich glaube, gut gewählt; auf jeden Fall führten sie zu einer Pause in ihren mörderischen Absichten. Sie zögerten, sprachen alle gleichzeitig. Doch schließlich schienen die Befürworter der Gewalt die Oberhand zu gewinnen, und wieder begannen einige der Männer um uns herumzutanzen, mit ihren Speeren zu fuchteln und zu schreien, daß wir sterben müßten, da wir von den Schwarzen Kendah gekommen seien.

Ich setzte mich auf die Erde, denn ich war jetzt so erschöpft, daß es mich kaum noch kümmerte, ob ich leben oder sterben würde, während Hans sein Messer zog, sich vor mich stellte und sie verfluchte, so wie er Jana verflucht hatte. Sie kamen näher und näher. Ich beobachtete sie mit einer Art desinteressierter Neugier, überzeugt, daß der Augenblick, in dem sie sich auf Speerstoßweite näherten, unser letzter sein würde, was mich, wie gesagt, jedoch nicht sehr bekümmerte, da ich körperlich und physisch am Ende war.

Ich hatte bereits die Augen geschlossen, um nicht das Aufblitzen des niederfahrenden Stahles sehen zu müssen, als ein Ausruf von Hans mich dazu brachte, sie wieder zu öffnen. Als ich seinem deutenden Messer mit meinen Blikken folgte, sah ich einen Trupp Männer auf Kamelen in vollem Galopp aus dem Tor des Dorfes hervorpreschen. Ihnen voran ritt, sein weißer Mantel wehte im Wind, ein bärtiger, würdevoll wirkender Mann, in dem ich Harût erkannte. Harût selbst, der einen Speer schwenkte und mit lauter Stimme etwas schrie, während er herankam. Unsere Angreifer sahen und hörten ihn ebenfalls, warfen ihre Speere zu Boden, wie in Verärgerung über sein Auftauchen oder über seine Worte, die ich nicht verstehen konnte. Harût lenkte sein Kamel direkt auf einen Mann zu, der, wie ich annahm, der Dorfälteste war, und schlug ihn mit seinem Speer, wordurch er ihn an der Schulter verletzte und zu Boden schleuderte. Und während er zuschlug, schrie er: »Hund! Du wagst es, die Gäste des Kindes anzurühren?«

Dann hörte ich nichts mehr, weil ich das Bewußtsein verlor.

15

Der Bewohner der Höhle

Danach schien es mir, als ob ich einen langen und sehr schweren Traum träumte, in dem alle möglichen seltsamen Dinge geschahen, an die ich mich nicht mehr erinnern kann. Schließlich öffnete ich die Augen und sah, daß ich in einem niederen Bett lag, das sich nur drei Zoll über dem Boden befand, und in einem großen, kühlen Raume, dessen Fenster nach Osten wiesen. Die Fenster waren unverglast und nur mit Grasmatten verhängt, die an einer senkrechten Stange befestigt waren, die sich in rohen hölzernen Scharnieren, oder vielmehr Zapfen, drehten, so daß die Matten an die Wand zurückgeklappt werden konnten.

Durch eine dieser Fensteröffnungen sah ich in einiger Entfernung den Hang jenes waldbedeckten Berges, der, wie ich mich vage erinnerte, irgend etwas mit einem Kind zu tun hatte – doch selbst um mein Leben zu retten, hätte ich nicht sagen können, was es war. Während ich so lag und darüber nachdachte, hörte ich schlurfende Schritte, die ich erkannte, und als ich mich umwandte, sah ich Hans, der einen neuen Hut, aus Stroh geflochten, zwischen den Fingern drehte.

»Hans«, sagte ich, »woher hast du den neuen Hut?«

»Die Leute hier haben ihn mir gegeben, Baas«, antwortete er. »Der Baas wird sich erinnern, daß der Teufel Jana den anderen Hut gefressen hat.«

Nun erinnerte ich mich mehr oder weniger an alles, während Hans weiter den Hut zwischen seinen Fingern drehte. Ich bat, ihn, den Hut aufzusetzen, weil mich sein Gefummle nervös machte, und fragte ihn, wo wir seien.

»In der Stadt des Kindes, Baas, wohin man dich getragen hat, nachdem du dort drüben zu sterben schienst. Eine sehr schöne Stadt, wo es reichlich zu essen gibt, obwohl du, da du drei Tage lang geschlafen hast, nur ein wenig Milch und Suppe essen konntest, die wir dir mit einem Löffel fütterten, wenn du für eine Weile halb wach warst.«

»Ich war müde und wollte lange schlafen, Hans, und jetzt bin ich hungrig. Sag mir, sind der Lord und Bena auch hier, oder sind sie doch getötet worden?«

»Sie sind hier, Baas, wie auch all unsere Habe. Sie waren beide bei Harût, als er uns in jenem Dorf rettete, doch du bist eingeschlafen und hast sie nicht gesehen. Sie haben sich seitdem um dich gekümmert, Baas.«

In diesem Moment trat Savage herein; er trug eine Schale mit Suppe auf einem Holztablett und wirkte fast so elegant wie früher in Ragnall Castle.

»Guten Tag, Sir«, sagte er auf seine beste, professionelle Art. »Ich freue mich, daß Sie wieder bei uns sind, Sir, und bald gesunden, wie ich hoffe, besonders, da wir Sie und Mr. Hans für tot gehalten hatten.«

Ich dankte ihm und trank die Suppe, dann bat ich ihn, mir etwas Handfesteres zu kochen, da ich fast verhungert sei, was zu tun er versprach und hinausging. Dann schickte ich Hans los, um Lord Ragnall zu mir zu bitten, der jedoch, wie sich herausstellte, nicht im Hause war. Kaum waren die beiden gegangen, als Harût erschien, der noch würdiger wirkte als sonst, sich ernst verneigte und sich auf orientalische Art auf eine Matte setzte.

»Ein starker Geist muß mit dir gehen, Macumazahn«, sagte er, »der dich am Leben erhalten hat, obwohl wir sicher waren, daß du getötet worden seist.«

»Darin hast du dich geirrt. Deine Magie war dort nicht besonders wirkungsvoll, Harût.«

»Dennoch war meine Magie, wie du es nennst, obgleich ich über keine verfüge, zu etwas nütze, Macumazahn. Wie es das Schicksal wollte, hatte ich nach unserem Eintreffen hier zwei Tage lang keine Möglichkeit, die Weisheit des Kindes einzuatmen, weil ich beim Kampf am Knie verletzt worden war, und so erschöpft, daß ich nicht auf den Berg gehen und mir Licht von den Augen des Kindes holen konnte. Am dritten Tage jedoch ging ich hinauf, und das Orakel enthüllte mir alles. Daraufhin kehrte ich eilends hierher zurück, rief einige Männer zusammen und erreichte das Dorf gerade noch rechtzeitig, um diese Narren daran zu hindern, euch Leid zuzufügen. Sie haben für Ihre Taten bezahlt, Macumazahn.«

»Das tut mir leid, Harût, denn sie wußten es nicht besser; und, Harût, obwohl ich mich retten konnte, oder vielmehr von Hans gerettet wurde, haben wir deinen Bruder zurückgelassen, und mit ihm die anderen.«

»Ich weiß. Jana war zu stark für sie; du und dein Diener allein konntet ihn besiegen.«

»Das stimmt nicht, Harût. Er hat auch uns besiegt; alles, was wir tun konnten, war, sein Auge und die Spitze seines Rüssels zu verletzen und ihm zu entfliehen.«

»Das ist mehr, als seit vielen Generationen irgendeinem anderen gelungen ist, Herr. Doch zweifle ich nicht daran, daß so wie der Beginn war, auch das Ende sein wird. Jana ist, glaube ich, durch dich dem Tode nahe.«

»Das weiß ich nicht«, antwortete ich. »Wer oder was ist Jana?«

»Habe ich dir nicht gesagt, daß er ein böser Geist ist, der den Körper eines riesigen Elefanten bewohnt?«

»Ja, das hat auch Marût gesagt; doch ich glaube, er ist nichts weiter als ein riesiger Elefant mit sehr schlechter Laune. Dennoch, was immer er sein mag, wird es einige Mühe kosten, ihn zu töten, und ich will ihm nicht wieder am Ufer dieses schrecklichen Sees begegnen.«

»Dann wirst du ihn an einem anderen Ort treffen, Herr. Denn wenn du nicht hinausgehst, um Jana zu suchen, wird Jana herkommen, um dich zu suchen, der du ihn so schwer verwundet hast. Denk daran: wohin auch immer du fürderhin gehen magst in diesem Land, könnte es geschehen, daß du Jana begegnest.«

»Willst du damit sagen, daß diese Bestie auch in das Land der Weißen Kendah kommt?«

»Ja, Macumazahn, von Zeit zu Zeit kommt er, oder es kommt ein Geist, der seine Gestalt angenommen hat; ich weiß nicht, welches davon zutrifft. Ich weiß aber, daß ich ihn zweimal in meinem Leben selbst auf dem Heiligen Berg gesehen habe, obwohl niemand sagen kann, wie er gekommen und wie er gegangen ist.«

»Warum ist er dort umhergewandert, Harût?«

»Wer kann das wissen, Herr? Sag mir, warum das Böse durch die Welt wandert, und ich werde dir deine Frage beantworten. Doch laß mich wiederholen: mögen jene, die Jana verletzt haben, sich vor Jana hüten.«

»Und möge Jana sich vor mir hüten, wenn ich ihm mit einem vernünftigen Gewehr in der Hand begegne, denn ich habe bei ihm noch eine Rechnung zu begleichen. Doch jetzt, Harût, zu einer anderen Angelegenheit. Kurz bevor Marût, dein Bruder, getötet wurde, begann er, mir etwas von der Frau Lord Ragnalls zu erzählen. Ich hatte keine Zeit, ihn anzuhören, meinte jedoch, ihn sagen zu hören, daß sie auf jenem Heiligen Berg sei. Habe ich richtig gehört?«

Sofort wurde Harûts Gesicht wie das eines Stein-Idols, undurchdringlich und unbewegt.

»Entweder hast du ihn mißverstanden, Herr«, antwortete er, »oder mein Bruder hat in seiner Angst phantasiert. Wo immer diese schöne Lady sein mag, sie ist nicht auf dem

Heiligen Berg, es sei denn, es gibt auch einen Heiligen Berg im Lande des Todes. Außerdem, Herr, da wir gerade bei diesem Thema sind, möchte ich dir sagen, daß der Wald auf jenem Berge von niemandem betreten werden darf, mit Ausnahme der Priester des Kindes. Wenn andere ihren Fuß dorthin setzen, so sterben sie, denn er wird von einem Hüter bewacht, der noch schrecklicher ist als Jana, und er ist nicht der einzige. Frag mich nicht nach diesem Hüter, denn ich werde dir nicht antworten, und vor allem, wenn du und deine Gefährten das Leben schätzen, so versucht nicht, ihm zu begegnen.«

Da ich verstand, daß es völlig sinnlos war, dieses Thema weiterzuverfolgen, wandte ich mich einem anderen zu und bemerkte, daß der Hagel, der das Land der Schwarzen Kendah verwüstet hatte, der schlimmste gewesen sei, den ich jemals erlebt hatte.

»Ja«, antwortete Harût, »so habe ich es gehört. Das war der erste der Flüche, die das Kind, durch meinen Mund, Simba und seinem Volk angedroht hat, falls sie uns auf unserem Weg belästigen sollten. Der zweite ist, wie du dich erinnern wirst, die Hungersnot, die nun unmittelbar bevorsteht, da sie nur noch wenig Korn in den Lagergruben haben und zum Ernten nichts übriggeblieben ist und die meisten ihrer Rinder vom Hagel erschlagen wurden.«

»Wenn sie kein Korn haben, während ihr, wie ich bemerkte, davon mehr als genug besitzt, da es vom Hagel verschont wurde, werden sie, die soviel zahlreicher sind als ihr, wenn sie Hunger leiden, euch nicht angreifen, um euer Korn zu rauben, Harût?«

»Sicher werden sie das tun, Herr, und dann wird der dritte Fluch über sie kommen, der Fluch des Krieges. All dies wurde vor langer Zeit vorausgesehen, Macumazahn, und du bist hier, um uns in diesem Krieg beizustehen. Unter deinen Gütern hast du viele Gewehre und viel Pulver und Blei. Du wirst unsere Männer lehren, diese Gewehre zu gebrauchen, damit wir mit ihnen die Schwarzen Kendah vernichten können.«

»Das werde ich nicht tun«, sagte ich ruhig. »Ich bin hergekommen, um einen bestimmten Elefanten zu töten und für diesen Dienst meinen Lohn in Elfenbein zu erhalten, nicht, um gegen die Schwarzen Kendah zu kämpfen, von denen ich schon jetzt genug habe. Außerdem sind jene Gewehre nicht mein Eigentum, sondern das von Lord Ragnall, der vielleicht seinen Preis für ihre Benutzung festsetzen mag.«

»Und Lord Ragnall, der gegen unseren Willen herkam, ist unser Eigentum, und wir werden unseren Preis für sein Leben festsetzen. Doch nun sage ich dir für eine Weile Lebewohl, da du, der du noch krank und schwach bist, genug geredet hast. Doch bevor ich gehe, laß mich als dein Freund und derer, die bei dir sind, noch ein Wort hinzufügen: Wenn ihr weiterhin das Licht der Sonne sehen wollt, sollte keiner von euch versuchen, seinen Fuß in den Wald auf dem Heiligen Berg zu setzen. Wandert, wo ihr wollt, auf seinen südlichen Hängen, doch wagt euch nicht jenseits die Felsmauer; die den Wald umgrenzt.«

Darauf erhob er sich, verbeugte sich gemessen und ging hinaus, während ich sehr nachdenklich zurückblieb.

Kurz darauf kehrten Savage und Hans zurück und brachten mir etwas Fleisch, das Hans auf wunderbare Art zubereitet hatte. Ich aß sehr herzhaft, und gerade als die beiden die Reste des Mahles hinausbrachten, erschien Ragnall. Unsere Begrüßung war sehr herzlich, wie es zu erwarten war bei zwei Gefährten, die nicht gehofft hatten, einander diesseits des Grabes wiederzusehen. Wie ich vermutet hatte, war er sicher gewesen, daß Hans und ich von den Kendahs eingekreist und getötet worden waren, als sie uns vermißten, und einige der Kamelreiter hatten sogar behauptet, uns mit eigenen Augen fallen gesehen zu haben. Also war er weitergeritten, oder vielmehr von der Phalanx der anderen Reiter mitgerissen worden, und hatte sich der Trauer ergeben, was, da es unmöglich war, zurückzukehren, um wenigstens unsere Leichen zu bergen, das einzige war, was er tun konnte, und zu gegebener Zeit hatten sie die Stadt des

Kindes erreicht, ohne daß es zu weiteren Zwischenfällen gekommen war. Hier hatten sie sich ausgeruht und um uns getrauert, bis Harût einige Tage später feierlich verkündet hatte, daß wir noch am Leben seien, doch hatten sie nicht in Erfahrung bringen können, woher er das wußte. Daraufhin waren sie sofort aufgebrochen und hatten uns gefunden, wie ich es bereits geschildert habe, bedroht von fanatischen Dorfbewohnern, die, bevor wir dort aufgetaucht waren, nicht einmal von unserer Existenz gewußt hatten.

Ich fragte Ragnall, was sie währenddessen getan und was für Informationen sie seit ihrer Ankunft erlangt hätten. Seine Antwort war: Nichts, und nichts, das zu erwähnen sich lohne. Die Stadt schien recht klein zu sein und nicht mehr als zweitausend Einwohner zu haben, die alle der Landwirtschaft nachgingen oder Kamelzucht betrieben. Die Kamelherden wurden jedoch, wie sie erfahren hatten, zumeist in Ansiedlungen jenseits des Berges gehalten. Da sie die Sprache dieses Volkes nicht kannten, sei der einzige Mensch, von dem sie etwas erfahren konnten, Harût gewesen, der in seinem gebrochenen Englisch mit ihnen gesprochen und ihnen im wesentlichen das gesagt habe, was er auch mir vorhin gesagt habe, nämlich, daß der obere Teil des Berges ein heiliger Ort sei, welcher allein von den Priestern aufgesucht werden dürfe, da jeder Außenstehende, der seinen Fuß dorthin setzte, zu einem bösen Ende kommen würde. Sie hatten keinen dieser Priester innerhalb der Stadt gesehen, wo keine wie auch immer geartete religiösen Riten praktiziert zu werden schienen, doch waren ihnen hin und wieder Männer aufgefallen, die kleine Herden von Schafen oder Ziegen die Bergflanke hinauf zum Wald trieben.

Über das, was auf diesem Berg vor sich ging oder wer dort lebte, waren sie in völliger Unkenntnis geblieben. Es war zu einer Art Patt gekommen. Harût wollte ihnen nichts sagen, und sie konnten allein nichts herausbekommen. Er setzte resignierend hinzu, daß die ganze Angelegenheit ziemlich hoffnungslos aussähe, und daß er daran zu zweifeln begonnen habe, von den Kendah, seien sie schwarz und weiß, irgendwelche Informationen über seine verschwundene Frau erhalten zu können.

Nun berichtete ich ihm von Marûts Worten, die dieser kurz vor seinem Tod gesprochen hatte, und deren Ende ich leider nicht gehört hatte. Sie schienen ihm neuen Lebensmut zu geben, da sie zeigten, daß es hier vielleicht doch Informationen irgendwelcher Art gab, wenn man nur an sie herankommen konnte. Aber wie sollten wir das tun? Wie? Wie?

Eine ganze Woche lang ging es so weiter. Während dieser Zeit kam ich wieder vollständig zu Kräften, doch gab es einen Umstand, der mich absolut hilflos machte. Die Stelle an meiner Kehrseite, wo Jana ein Stück Haut herausgezwickt hatte, war zwar äußerlich gut verheilt, doch hatte die Entzündung sich nach innen ausgebreitet und einen Nerv meines linken Beins erfaßt, der bereits früher durch den Biß eines Löwen verletzt worden war, mit dem Resultat, daß ich bei jeder Bewegung fast unerträglich Schmerzen litt. So war ich gezwungen, auf dem Bett liegen zu bleiben, und mich damit abzufinden, darauf hin und wieder in den Garten getragen zu werden, der das aus Lehm erbaute und weiß getünchte Haus umgab, das uns als Quartier zugewiesen worden war.

Dort lag ich Stunde um Stunde und starrte den Heiligen Berg an, der wenige hundert Yards hinter der Stadt aus der Ebene aufragte. Auf eine Meile oder so waren seine Hänge kahl, mit der Ausnahme von Gras, auf dem Schafe und Ziegen weideten, und einiger verstreut stehender Bäume. Als ich den Berg durch ein Fernglas betrachtete, sah ich, daß diese Hänge von einer vertikalen Wand gekrönt wurden, die aus Lavagestein zu bestehen und um den ganzen Berg herumzuführen schien, und deren Höhe ich auf über hundert Fuß schätzte. Jenseits dieser steilen Wand, die allem Anschein nach nicht zu ersteigen war, begann ein dichter Wald hoher Bäume – Zedern, wie ich vermutete – der ihn bis zum Gipfel bedeckte, das heißt, so weit mein Bick reichte.

Eines Tages, als ich den Berg so studierte, trat Harût plötzlich in den Garten und überraschte mich dabei.

»Das Haus des Gottes ist sehr schön, nicht wahr?« sagte er.

»Es ist wunderbar«, antwortete ich, »und von seltsamer Form. Doch wie ersteigen jene, die dort wohnen, die steile Wand?«

»Sie kann nicht erstiegen werden«, antwortete er, »doch gibt es einen Weg, den ich jetzt gehen werde, da ich das Kind anbeten will. Aber wie ich dir sagte, Macumazahn, finden alle Fremden, die diesen Weg zu gehen wagen, den Tod«, setzte er warnend hinzu.

Dann, nach vielen Fragen über meine Gesundheit, erklärte er mir, daß die Schwarzen Kendah, nach Informationen, die er erhalten habe, über den Verlust ihrer Ernte, die vom Hagel vernichtet worden war, und über die ihnen bevorstehende Hungersnot wütend seien.

»Dann werden sie bald den Wunsch verspüren, die eure mit dem Speer zu ernten«, sagte ich.

»So ist es. Deshalb, Lord Macumazahn, werde rasch wieder gesund, damit du diese Krähen mit Gewehren verjagen kannst, denn in vierzehn Tagen beginnt die Ernte in unserem Land. Lebe wohl und fürchte nichts, denn während meiner Abwesenheit werden meine Leute dich nähren und über dich wachen, und am dritten Abend kehre ich wieder zurück.«

Nach Harûts Fortgang überfiel uns eine tiefe Niedergeschlagenheit. Selbst Hans war deprimiert, während Savage wie ein Mann wirkte, dessen Hinrichtung bevorstand, von der er jedoch nicht den Zeitpunkt kannte. Ich versuchte, ihn aufzuheitern und fragte ihn, was ihn so bedrücke.

»Das weiß ich nicht, Quatermain«, antwortete er, »doch Tatsache ist, daß dieses ein furchtbares und unheiliges Loch ist, und ich bin sicher, der letzte Ort, den ich jemals sehen werde, mit Ausnahme des einen.«

»Nun, Savage«, sagte ich scherzend, »zumindest scheint es hier keine Schlangen zu geben.«

»Nein, Mr. Quatermain. Das heißt, ich habe noch keine gesehen, doch kriechen sie jede Nacht auf mir herum, und wenn immer ich diesen Propheten sehe, spricht er zu mir von ihnen. Ja, er spricht von ihnen und von nichts sonst, und mit einem so kalten Ausdruck in den Augen, daß es mir einen Schauer über den Rücken jagt. Ich wünschte, es wäre vorbei, das wünsche ich wirklich, da ich das gute, alte England nicht wiedersehen werde.« Damit ging er fort, um seine sehr schmerzlichen und offenkundigen Gefühle zu verbergen wie ich glaube.

An jenem Abend kehrte Hans von einer Expedition zurück, auf die ich ihn geschickt hatte, mit dem Auftrag, zur anderen Seite des Berges zu gehen und mir zu berichten, wie es dort aussähe. Es wurde ein völliger Fehlschlag, denn als er ein paar Meilen gegangen war, hatten mehrere Männer ihn aufgehalten und ihm befohlen, zurückzugehen. Ihre Haltung war so drohend gewesen, daß sie ihn, wie er glaubte, getötet hätten, wenn er nicht das kleine Gewehr, ›Intombi‹, bei sich gehabt hätte, das er mitgenommen hatte, um seine Exkursion als Jagdausflug zu tarnen, und das sie furchtsam angestarrt hatten. Er fügte hinzu, daß es ihm auch nicht gelungen sei, irgendwelche Informationen von Mann, Frau oder Kind zu erhalten, welche zwar sehr höflich waren, jedoch die Order erhalten zu haben schienen, ihm nichts zu sagen, und er schloß mit der Bemerkung, daß die Weißen Kendah seiner Ansicht nach größere Teufel seien als die Schwarzen, weil sie so viel klüger seien.

Kurz nach diesem gescheiterten Versuch sprachen wir ernsthaft über unsere Lage und gelangten zu einer Schlußfolgerung, von der ich sprechen werde, wenn der Zeitpunkt dafür gekommen ist.

Wenn ich mich recht erinnere, war es in dieser Nacht unsere Debatte, nach der Rückkehr Harûts von dem Berg, daß es zu dem ersten, interessanten Ereignisse kam. Unser Haus bestand aus zwei Räumen, die durch eine fast bis zur Decke reichende Wand getrennt wurden. In dem linken Raum schliefen Ragnall und Savage, in dem zur Rechten Hans und ich. Der neue Tag dämmerte gerade herauf, als ich durch einen erregten Wortwechsel zwischen Savage und seinem Herrn aus dem Schlaf gerissen wurde. Kurz darauf traten beide in mein Zimmer, und in dem schwachen Licht sah ich, daß Ragnall sehr verstört wirkte, und Savage überaus verängstigt.

»Was ist geschehen?« fragte ich.

»Wir haben meine Frau gesehen«, antwortete Ragnall.

Ich starrte ihn an, und er fuhr fort: »Savage weckte mich und sagte, es sei jemand im Zimmer. Ich setzte mich auf und blickte umher, und, so wahr ich lebe, Quatermain, dort, den Blick auf mich gerichtet und an einer Stelle, wo das durch die Fensteröffnung hereinströmende Frühlicht voll auf sie fiel, stand meine Frau.«

»Wie war sie gekleidet?« fragte ich sofort.

»In eine Art weißer Robe, die ziemlich tief ausgeschnitten war, und ihr Haar fiel ihr lose bis zu den Hüften, war jedoch sorgfältigt frisiert und wurde von etwas gehalten, das ein Elfenbeinkamm zu sein schien, etwa eineinhalb Fuß lang, und mit einem Goldfaden befestigt.«

»Ist das alles?«

»Nein. Auf ihrer Brust lag die Halskette aus roten Steinen, mit der daranhängenden kleinen Statue, welche diese Schurken ihr gegeben hatten, und die sie ständig trug.«

»Sonst noch etwas?«

»Ja. In ihren Armen hielt sie etwas, das wie ein durch einen Schleier verhülltes Kind aussah. Es lag so reglos, daß ich meine, es muß tot gewesen sein.«

»Und? Was geschah?«

»Ich war so überwältigt, daß ich keinen Ton herausbrachte, und sie stand dort und blickte mich mit geweiteten Augen an, und sie war schöner, als ich es Ihnen sagen könnte. Sie rührte sich nicht, und ihre Lippen bewegten sich nicht – das kann ich beschwören. Aber dennoch hörten wir beide sie sagen, sehr leise, doch völlig vernehmlich: ›Der Berg, George! Laß mich nicht im Stich! Such mich auf dem Berg, mein Geliebter, mein Mann!‹«

»Und? Was weiter?«

»Ich sprang auf, und sie war verschwunden. Das ist alles.«

»Jetzt sagen Sie mir, was *Sie* sahen und hörten, Savage.«

»Was seine Lordschaft gesehen und gehört hat, Mr. Quatermain, nicht mehr und nicht weniger. Außer daß ich, da ich wach war, weil mich wieder einer meiner schrecklichen Träume von Schlangen heimgesucht hatte, sie durch die Tür kommen sah.«

»Durch die Tür! War sie denn offen?«

»Nein, Sir, sie war geschlossen und verriegelt. Sie kam einfach hindurch, als ob sie nicht vorhanden wäre. Dann rief ich nach seiner Lordschaft, doch erst, nachdem sie ihn eine halbe Minute lang oder länger angesehen hatte, denn zu Anfang konnte ich nicht sprechen. Und da ist noch eine Sache, oder vielmehr deren zwei. Auf ihrem Kopf saß eine kleine Kappe, die aussah, als ob sie aus dem Balg eines Vogels gemacht worden wäre, mit einer goldenen Schlange, die sich an der Stirnseite erhob, und diese Schlange war das erste, was ich sah, wie es nur natürlich war, Sir. Außerdem war das Gewand, das sie trug, so dünn, daß ich ihre Gestalt darunter erkennen und die Sandalen an ihren Füßen sehen konnte, die auf ihrer Innenseite mit Goldknöpfen geschlossen waren.«

»Ich habe weder eine Federkappe, noch eine Schlange gesehen«, sagte Ragnall.

»Dann ist das der seltsamste Teil der ganzen Angelegenheit«, bemerkte ich. »Gehen Sie jetzt wieder in Ihr Zimmer zurück, alle beide, und wenn Sie wieder etwas sehen, rufen Sie mich. Ich möchte über diesen Vorfall nachdenken.«

Sie gingen hinaus, beide reichlich verwirrt, und ich rief Hans zu mir und sprach flüsternd mit ihm, wiederholte für ihn die wenigen Sätze unseres Gesprächs, die er vielleicht nicht ganz mitbekommen hatte, denn, wie ich schon sagte, verstand Hans etwas Englisch, auch wenn er es niemals sprach.

»Und jetzt frage ich dich, Hans«, sagte ich zu ihm, »zu was bist du eigentlich gut? Du bist nicht besser als ein Hochstapler. Du gibst vor, der beste Wachhund ganz Afrikas zu sein, und doch spaziert eine Frau im grauen Licht des Morgens direkt vor deiner Nase in dieses Haus, und du siehst sie nicht. Was ist mit deinem Ruf, Hans?«

Der alte Bursche war für einen Moment sprachlos vor Empörung, doch dann legte er los: »Das war keine Frau, Baas, sondern ein Spuk. Wer bin ich denn, daß man von mir erwartet, Gespenster zu ergreifen, als ob sie Diebe oder Ratten wären? Ich war längst hellwach, schon seit einer halben Stunde vor der Dämmerung, und lag, meine Blicke auf diese Tür geheftet, die ich am Abend selbst verriegelt hatte. Sie hat sich nie geöffnet, Baas. Außerdem habe ich sie mir jetzt genau angesehen. Während der Nacht hat eine Spinne von einem Türpfosten zum anderen ein Netz gesponnen, und dieses Netz ist nicht zerrissen. Wenn du mir nicht glaubst, dann sieh es dir selbst an. Doch sie sagen, die Frau sei durch die Tür gekommen, und deshalb durch das Spinnennetz. Oh! Baas, wozu ist es gut, Gedanken an die Wege von Gespenstern zu verschwenden, die wie der Wind kommen und gehen, wie es ihnen gefällt, besonders in diesem verhexten Land, aus dem wir, darüber sind wir alle uns einig, so schnell wie nur möglich verschwinden sollten.«

Ich trat zur Tür und betrachtete sie eingehend, denn mein Ischias, oder was sonst es sein mochte, war inzwischen so weit abgeklungen, daß ich ein wenig gehen konnte. Was Hans gesagt hatte, traf zu. Dort war das Spinnennetz, mit der Spinne in seiner Mitte. Und einige der Fäden waren von einem Türpfosten zum anderen gespannt, so daß man diese Tür unmöglich geöffnet haben konnte, und wenn doch, so hätte auf keinen Fall jemand hereinkommen können, ohne das Spinnennetz zu zerreißen. Deshalb konnte ich mir nicht vorstellen, wie diese Frau hereingekommen sein mochte, falls sie sich nicht durch eine der kleinen Fensteröffnungen gezwängt hatte, was so gut wie unmöglich war, da diese sich sehr hoch über dem Boden befanden, oder sich durch das Rauchabzugsloch im Dach hätte fallen lassen, oder bereits im Hause gewesen war, als die Tür am vergangenen Abend verschlossen wurde. Und wenn eine dieser unglaublichen Vermutungen zutreffen sollte, auf welche Weise war sie dann wieder hinausgelangt, während sie von zwei Männern beobachtet wurde?

Es gab nur zwei mögliche Antworten auf diese Fragen: entweder war der ganze Vorgang eine Halluzination, oder Ragnall und Savage hatten etwas Unnatürliches und Unheimliches gesehen. Wenn letzteres der Fall gewesen sein sollte, hätte ich dieses Erlebnis gerne mit ihnen geteilt, da ich mir schon immer gewünscht hatte, ein Gespenst zu sehen. Ein wirkliches, einwandfreies Gespenst würde unseren zweifelnden Gemütern eine große Hilfe sein, das heißt, wenn wir *wüßten*, daß der dazugehörige Körper gestorben war.

Aber – dies war die andere Überlegung – wenn Lady Ragnall doch noch am Leben sein und als Gefangene auf dem Berge sein sollte, dann war das, was sie gesehen hatten, kein Gespenst gewesen, sondern ein Schatten oder *simulacrum* eines lebenden Menschen, der von diesem Menschen, bewußt oder unbewußt, zu einem unbekannten Zweck projiziert worden war. Was aber konnte dieser Zweck sein? Die Antwort darauf war nicht schwer zu finden, denn die Worte, die sie gesprochen haben sollte, gaben einen deutlichen Hinweis darauf. Erst vor wenigen Stunden, kurz bevor wir zu Bett gegangen waren, um genau zu sein, hatten wir, wie ich bereits sagte, unsere Situation diskutiert. Was ich nicht erwähnte, war die Schlußfolgerung, zu der wir am Ende gelangten, die Erkenntnis, daß unsere Suche unsinnig und fruchtlos war und wir gut daran täten, diesen Ort zu verlassen, bevor wir in einen Vernichtungskrieg zwischen zwei Parteien eines obskuren Stammes hineingezogen wurden, von denen einer völlig und der andere halb wild war.

Und wenngleich Ragnall noch immer ein wenig zögerte,

war bereits vereinbart worden, daß ich versuchen sollte, vier Kamele zu kaufen, die wir mit Gewehren bezahlen wollten, falls es mir nicht gelingen sollte, sie umsonst zu bekommen, was weniger auffällig gewesen wäre, und wir diesen Fluchtversuch unter dem Vorwand einer Expedition zur Jagd auf den Elefanten Jana hätten unternehmen können.

Angenommen, daß so eine Vision möglich war, konnte sie dann nicht gekommen, oder uns gesandt worden sein, um uns von diesem Plan abzubringen? Es schien durchaus möglich.

Mit solchen Gedanken, ermüdet von ziellosem Grübeln, schlief ich wieder ein und erwachte erst wieder zur Frühstückszeit.

An jenem Morgen, als wir allein waren, sagte Ragnall zu mir: »Ich habe über das nachgedacht, was in der vergangenen Nacht geschehen ist, oder zu geschehen schien. Ich bin alles andere als abergläubisch, und ich neige auch nicht zu Halluzinationen, aber ich bin sicher, daß Savage und ich wirklich den Geist oder den Schatten meiner Frau gesehen und gehört haben. Ihr Körper konnte es nicht gewesen sein, wie Sie zugeben werden, obwohl ich mir nicht vorstellen kann, wie es ihr ohne Körper möglich war, hörbare Sprache hervorzubringen. Ich bin sicher, daß sie auf dem Berg gefangengehalten wird und hergekommen ist, um mich zu bitten, sie zu retten. Unter diesen Umständen halte ich es für meine Pflicht – und es ist auch mein Wunsch –, den Plan zum Verlassen des Landes aufzugeben und zu versuchen, die Wahrheit herauszufinden.«

»Und wie wollen Sie das tun, angesichts der Tatsache, daß niemand uns etwas sagen will?« fragte ich.

»Indem ich auf den Berg gehe und mich dort selbst umsehe.«

»Das ist unmöglich, Ragnall. Ich bin zu lahm, um auch nur eine halbe Meile weit gehen zu können, ganz davon zu schweigen, steile Felswände hinaufzuklettern.«

»Ich weiß, und das ist einer der Gründe, warum ich nicht erwarte, daß Sie mich begleiten. Der andere ist, daß kein

Sinn darin liegt, wenn wir alle unser Leben riskieren. Ich wollte mich den Dingen allein stellen, doch der gute Savage sagt, er würde dorthin gehen, wohin ich ginge. Also bleiben Sie und Hans hier zurück, um weitere Versuche zu unternehmen, falls wir nicht zurückkehren sollten. Unser Plan sieht vor, daß wir während der Nacht heimlich die Stadt verlassen, wie die Kendah in weiße Gewänder gekleidet, von denen ich ein paar für Tabak eingehandelt habe, und dann beim Licht der Sterne, das jetzt sehr hell ist, den Hang hinaufsteigen. Wenn es dämmert, wollen wir versuchen, den Weg zu finden, der durch die Felswand führt, oder auch über sie hinweg, und alles andere dem Schicksal überlassen.«

Entsetzt über diese Eröffnung versuchte ich alles, um ihn von seinem wahnsinnigen Plan abzubringen, doch vergebens, denn niemals habe ich einen so entschlossenen und mutigen Mann gekannt wie Lord Ragnall. Er hatte sich entschieden und dabei blieb es. Später sprach ich mit Savage darüber und wies ihn auf alle Gefahren hin, die mit einem solchen Unternehmen verbunden waren, jedoch ebenfalls ohne Erfolg. Er wirkte noch bedrückter als sonst, da er offenbar ›nach dem Erscheinen des Geistes unserer Lady‹ überzeugt war, nicht mehr lange zu leben. Dennoch, erklärte er, würde er dorthin gehen, wohin sein Herr ginge, da er lieber mit ihm gemeinsam sterben würde als allein.

Also blieb mir nichts anderes übrig, als mich mit den Tatsachen abzufinden und schweren Herzens nach besten Kräften bei den wenigen Vorbereitungen dieses wahnsinnigen Unternehmens mitzuhelfen, wobei ich mir ständig vor Augen hielt, daß die einzige wirkliche Hilfe nur von oben kommen konnte, da der Mensch in einem solchen Falle machtlos ist. Ich sollte hinzufügen, daß Ragnall auf meinen Rat hin die Idee, sich als Kendah zu verkleiden, aufgab, da diese Maskerade bestimmt durchschaut werden würde, und auch sein Vorhaben, bei Nacht aufzubrechen, wenn die Stadt besonders scharf bewacht wurde.

An diesem Nachmittag zogen die beiden los und verließen die Stadt völlig offen unter dem Vorwand, auf den unteren Hängen des Berges Rebhühner und Gazellen jagen zu wollen, die dort sehr zahlreich vorkamen, und was uns, laut Harûts Versicherung, jederzeit gestattet war. Der Abschied verlief etwas gedrückt, besonders der von Savage, welcher mir einen Brief übergab, den er an seine alte Mutter in England geschrieben hatte, mit der Bitte, ihn abzuschicken, falls ich jemals wieder in ein zivilisiertes Land kommen sollte.

Ich tat mein möglichstes, ihn etwas aufzumuntern, jedoch ohne Erfolg. Er drückte mir nur sehr herzlich die Hand und versicherte mir, es sei ein Vergnügen, so einen ›wirklichen Gentleman‹ wie mich kennengelernt zu haben, und drückte die Hoffnung aus, daß es mir gelingen möge, dieser Hölle zu entrinnen und bis in ein hohes Alter unter Christen zu leben. Dann wischte er sich verstohlen mit dem Ärmelaufschlag eine Träne aus dem Auge, lüftete auf seine förmliche Art den Hut und ging fort. Ihre Ausstattung, sollte ich hinzufügen, war sehr einfach: etwas Nahrung in Beuteln, eine Taschenflasche mit Gin, zwei doppelläufige Gewehre, die sowohl Kugeln, als auch Schrot verschießen konnten, eine kleine Laterne, Streichhölzer und ihre Pistolen.

Hans begleitete sie ein Stück, verließ sie außerhalb der Stadt und kehrte zurück.

»Warum machst du ein so finsteres Gesicht, Hans?« fragte ich.

»Weil, Baas«, sagte er und drehte seinen neuen Hut in den Händen, »ich diesen weißen Mann, Bena, sehr lieb gewonnen habe, der immer nett zu mir war und mich nicht wie ein Stück Dreck behandelt hat, wie es niedrig geborene Weiße zu tun pflegen. Außerdem hat er gut gekocht, und jetzt muß ich diese Arbeit tun, die ich nicht mag.«

»Was soll das heißen, Hans? Der Mann ist doch nicht tot, oder?«

»Nein, Baas, aber bald wird er es sein, denn der Schatten des Todes ist in seinen Augen.«

»Und wie ist es mit Lord Ragnall?«

»In seinen Augen habe ich den Schatten des Todes nicht bemerkt; ich glaube, daß er nicht sterben wird, Baas.«

Ich versuchte, irgendeine Erklärung für diese düsteren Prognosen aus dem Hottentotten herauszubringen, doch wollte er seinen Worten nichts hinzufügen.

Während der folgenden Nacht lag ich wach, erfüllt von unsäglicher Furcht, die sich immer mehr steigerte, während die Stunden vergingen. Kurz vor Beginn der Dämmerung hörte ich ein Klopfen an der Tür, und Ragnalls Stimme bat flüsternd, ihm zu öffnen. Hans tat es, während ich eine Kerze anzündete, von denen wir einen reichlichen Vorrat besaßen. Als sie brannte, trat Ragnall herein, und ich sah seinem Gesicht an, daß etwas Furchtbares geschehen sein mußte. Er trat zu dem Tonkrug, in dem wir unser Wasser aufbewahrten, und trank drei Becher leer, einen nach dem anderen. Dann sagte er, ohne auf meine Aufforderung zu warten:

»Savage ist tot ...« – er machte eine Pause, als ob er von einer furchtbaren Erinnerung überwältigt würde. »Hören Sie zu!« fuhr er dann fort. »Wir arbeiteten uns den Hang hinauf, ohne einen Schuß abzugeben, obwohl wir eine Menge Rebhühner sahen, und auch eine Gazelle, und erreichten, als es gerade dämmerte, die steile Felswand. Hier entdeckten wir einen schmalen Pfad, der zu der Öffnung einer schmalen Höhle, oder eines Tunnels, in dem Lavagestein der Wand führte, die sich als unbezwingbar erwies. Während wir überlegten, was wir tun sollten, tauchten plötzlich acht oder zehn weißgekleidete Männer aus den Schatten auf und packten uns, bevor wir uns zur Wehr setzen konnten. Nachdem sie ein wenig untereinander gesprochen hatten, nahmen sie uns unsere Gewehre und Pistolen weg, mit denen einige von ihnen verschwanden. Dann erklärte ihr Führer uns unter vielen Verneigungen, daß es uns freistünde, unseren Weg fortzusetzen, wobei er zuerst auf den Höhleneingang, und dann auf den oberen Rand der Felswand deutete und etwas wie *ingane* sagte, was meines Wissens ein kleines Kind bedeutet, habe ich recht?«

Ich nickte, und er fuhr fort:

»Darauf gingen sie den Hang hinab und lächelten auf eine Art, die mich beunruhigte. Wir standen dort unentschlossen herum, bis es völlig dunkel geworden war. Ich fragte Savage, was wir seiner Meinung nach tun sollten, in der Erwartung, daß er vorschlagen würde, zur Stadt zurückzukehren. Zu meiner Überraschung antwortete er: ›Weitergehen, natürlich, Mylord. Diese Barbaren sollen nicht sagen können, daß weiße Männer nicht wagen, einen Schritt ohne ihre Schußwaffen zu tun. Ich jedenfalls bin entschlossen, weiterzugehen, selbst wenn Eure Lordschaft es nicht zu tun gedenkt.‹

Während er so sprach, zog er die kleine Laterne aus seinem Vorratsbeutel, für den die Kendah sich nicht interessiert hatten, und entzündete sie. Ich starrte ihn verblüfft an, denn dieser Mann schien plötzlich von einer gewaltigen Energie getrieben zu sein. Oder vielmehr war es, als ob eine aus seinem Innern wirkende Kraft von ihm Besitz ergriffen hätte und ihn einem unbekannten Ziele zutriebe. Und seine nächsten Worte zeigten, daß dem wirklich so war, denn er rief: ›Irgend etwas zieht mich in jene Höhle, Mylord. Es mag der Tod sein; ich glaube, daß es der Tod ist, doch was immer es auch sein mag, ich *muß* hineingehen. Vielleicht täten Sie besser daran, hier zu warten, bis ich gesehen habe, was es dort gibt.‹

Ich trat auf ihn zu, um ihn zurückzuhalten, da ich sicher war, daß er den Verstand verloren hatte, was vielleicht auch der Fall war. Doch bevor ich meine Hand an ihn legen konnte, war er schon zur Öffnung der Höhle gelaufen. Selbstverständlich folgte ich ihm sofort, doch als ich den Höhleneingang erreichte, zeigte mir das von der Laterne geworfene Licht, daß er bereits acht Yards tief in dem Tunnel war. Dann hörte ich ein entsetzliches Zischen, und Savage schrie: ›Oh, mein Gott! Oh, mein Gott!‹ Während er das schrie, entfiel die Laterne seiner Hand, ging jedoch nicht aus, weil sie, wie Sie wissen, so konstruiert ist, daß sie in jeder Lage brennt. Ich eilte hinzu und hob sie auf, und während ich das tat, bemerkte ich, daß Savage immer tiefer in das Dunkel des Tunnels hineinlief. Ich hob die Laterne über meinen Kopf und blickte in die Höhle. Und dies ist es, was ich dort sah:

Etwa zehn Schritt vor mir war Savage, die Arme ausgestreckt, und er tanzte – ja, er tanzte – erst nach links, und dann nach rechts, mit einer entsetzlichen Grazie, und zu der Musik eines grauenhaften Zischens. Ich hielt die Laterne noch höher und sah hinter ihm, in einer Höhe von acht oder neun Fuß, dicht unter der Tunneldecke, den Kopf der größten Schlange, von der ich jemals hörte. Er war so groß wie ein Schubkarren – wenn er abgeschnitten wäre, würde man sicher einen sehr großen Karren brauchen, um ihn abzutransportieren – der Hals so dick wie meine Taille, und der sich windende Körper dahinter, der sich weit bis ins Dunkel erstreckte, hatte den Umfang eines achtzehn-Gallonen-Fasses, und er schimmerte grün und grau, mit Linien und Flekken von Silber und Gold gesprenkelt.

Sie zischte und wiegte ihren gewaltigen Kopf nach rechts und starrte Savage mit kalten Augen an, in denen Flammen zu lodern schienen, und er tanzte nach rechts. Dann reckte sie ihren Kopf plötzlich zur Decke der Höhle empor und hielt ihn mehrere Sekunden lang reglos, woraufhin er stillstand, ein wenig nach vorn geneigt, als ob er sich vor dem Reptil verneigte. Im nächsten Augenblick stieß die Schlange zu, und ich sah, wie ihre weißen Fänge sich in den Rücken Savages bohrten, der mit einer Art Seufzen vornüber zu Boden sank. Dann folgte ein Zusammenziehen des schimmernden Schlangenkörpers, und ich hörte ein Geräusch, als ob Knochen in einem dampfgetriebenen Mörser zerstampft würden.

Ich taumelte gegen die Wand der Höhle und schloß für einen Moment die Augen, denn ich fühlte mich schwindelig. Als ich sie wieder öffnete, sah ich etwas Flaches, Mißgestaltetes, viel länger, ein eher löffelförmiges Gebilde, als ein Mensch es je sein könnte, etwas das einmal Savage gewesen war, auf dem Boden liegen, und über ihm reckte sich die riesige Schlange auf und blickte mich mit ihren stählernen Augen an. Ich machte kehrt und lief fort; ich schäme mich nicht, einzugestehen, daß ich aus dieser grausigen Höhle flüchtete, und weit in die Nacht hinaus.«

»Das kann man Ihnen nicht verdenken«, sagte ich und fügte hinzu: »Hans, gib uns ein Glas *Square Face* – unverdünnt!« Denn ich fühlte mich so schlecht, als ob ich ebenfalls in jener Höhle und bei ihrem Hüter gewesen wäre.

»Viel mehr gibt es nicht zu sagen«, fuhr Ragnall fort, nachdem er einen Schluck von dem Buren-Gin getrunken hatte. »Ich habe in der Dunkelheit auf dem Berghang die Orientierung verloren und bin viele Stunden lang umhergeirrt, bis ich schließlich gegen eins der äußersten Häuser der Stadt stolperte, und danach war es einfach, zurückzufinden. Vielleicht sollte ich hinzufügen, daß ich überall auf meinem Weg den Berghang herab, Menschen auf eine höchst unnatürliche Art lachen zu hören vermeinte. Das ist alles.«

Danach saßen wir eine lange Weile schweigend, bis Hans schließlich auf seine sachliche, unbewegte Art sagte: »Es ist hell geworden, Baas. Soll ich die Kerze ausblasen, da es schade wäre, sie zu verschwenden? Und soll ich jetzt das Frühstück machen, Baas? Da der Schlangen-Teufel das seine aus Bena macht, hoffe ich, das meine aus ihm zu machen, bevor alles getan ist? Schlange ist sehr gut, Baas, wenn man sie auf Hottentottenart zubereitet.«

16

Hans stiehlt die Schlüssel

Ein paar Stunden später trafen mehrere der Weißen Kendah beim Hause ein und übergaben überaus höflich die Gewehre und Pistolen Ragnalls und des armen Savage, welche sie, wie sie sagten, im Gras des Berghangs gefunden hätten, und mit ihnen die Laterne, die Ragnall bei seiner Flucht fortgeworfen hatte; ich nahm alles kommentarlos in Empfang. An jenem Abend erschien auch Harût bei uns und fragte, nach den üblichen Verneigungen, wo Bena sei, da er ihn nicht sehe. Jetzt riß mir die Geduld und ich rief: »Oh! Du weißbärtiger Vater der Lüge, du weißt sehr wohl, daß er im Bauch der Schlange ist, die in der Höhle des Berges lebt.«

»Was, Lord?« rief Harût in seinem seltsamen Englisch, an Ragnall gewandt, »Sie sind zu großes Loch in Berg spaziert? Wahrscheinlich Bena wollen große Schlange sehen. Er immer sehr mögen Schlangen, und Schlangen sehr mögen ihn. Sie erinnern, wie eine kommt aus seine Tasche in Ihrem Haus in England? Nun, jetzt er weiß alles über Schlangen.«

»Sie Verbrecher!« rief Ragnall und packte ihn am Hals. »Sie Mörder! Am liebsten würde ich Sie auf der Stelle töten.«

»Warum Sie würgen mich, Lord, weil Schlange Ihren Mann würgen? Arme Schlange wollen doch nur ihr Abendessen. Wenn Sie gehen, wo Löwe ist, Löwe Sie töten. Ich gesagt, nicht gehen. Sie nicht hören. Jetzt ich sage Ihnen: gehen Sie, wenn wollen, niemand Sie aufhalten! Vielleicht Sie töten Schlange, wer weiß? Nur Sie nicht nehmen Gewehr dorthin, bitte. Das nicht erlaubt. Wenn Sie müde diese Stadt, Sie gehen besuchen Schlange. Nur Sie denken daran: das nicht richtiger Weg zu Haus von Kind. Gibt andere Weg, aber den Sie nie finden.«

Ragnall ließ ihn los und sagte: »Hören Sie, was soll dieses dumme Versteckspiel? Sie wissen genau, aus welchem Grund wir in Ihrem teuflischen Land sind. Nur deshalb, weil ich glaube, daß Sie meine Frau verschleppt haben, um sie zur Priesterin Ihrer verrückten Religion zu machen, was immer die sein mag, und ich will sie zurück haben!«

»All dies große Irrtum«, antwortete Harût sanft. »Wir nicht stehlen schöne Frau Sie heiraten, weil wir finden, sie nicht richtige Priesterin. Außerdem Macumazahn nicht suchen nach Lady, sondern er hier zu töten Elefant Jana und bekommen Bezahlung in Elfenbein, wie guter Geschäftsmann. Sie, Lord, kommen her als sein Freund, obwohl wir

Sie nicht einladen, das ist alles. Dann Sie versuchen, zu finden Tempel von unsere Gott, und Schlange, die Tor bewacht, töten Diener. Warum wir nicht töten *Sie*, wie?«

»Weil Sie davor Angst haben«, antwortete Ragnall mutig. »Töten Sie mich, wenn Ihnen das möglich ist, und nehmen Sie die Konsequenzen auf sich. Ich bin bereit.«

Harût blickte ihn prüfend an, und nicht ohne Bewunderung.

»Sie sehr mutige Mann«, sagte er, »und wir nicht wollen Sie töten, und vielleicht alles geht doch noch gut aus am Ende. Nur Kind weiß das. Außerdem Sie uns helfen kämpfen gegen Schwarze Kendah. Also, Lord, Sie hier ganz sicher, wenn sind nicht große Narr und besuchen Schlange in Höhle. Das sehr hungrige Schlange und wird bald wollen mehr essen. Du hören, Licht-im-Dunkel, Herr-des-Feuers«, wandte er sich plötzlich an Hans, der in der Nähe hockte und seinen Hut in den Händen drehte, mit einem so teilnahmslosen Gesicht, daß es einer Tonmaske glich. »Du hören, das sehr hungrige Schlange, und du kleiner Happen für sie.«

Hans rollte seine kleinen, gelben Augen, ohne den Kopf zu wenden, bis ihr Blick auf das würdige Gesicht Harûts traf, und sagte dann auf bantu: »Ich höre, du Lügner-mit-dem-weißen-Bart, aber was habe ich mit dieser Sache zu tun? Jana ist mein Feind, da er Macumazahn, meinen Herrn, töten wollte, nicht deine stinkende Schlange. Wozu ist deine Schlange gut? Wenn sie zu etwas gut wäre, warum tötet sie dann nicht Jana, den du hassest? Und wenn sie zu nichts gut ist, warum nimmst du nicht einen Knüppel und schlägst sie damit auf den Kopf? Falls du dich nicht traust, werde ich es gern für dich tun, wenn du mich dafür bezahlst. Das zu deiner Schlange!« Damit spuckte er sehr energisch auf den Boden.

»Gut«, sagte Harût, immer noch auf englisch. »Du gehen und töten Schlange. Du gehen, wann wollen, niemand sagen nein. Dann wir dir geben neue Name. Dann wir dich nennen ›Herr-von-Schlange‹.«

Da Hans, der eben damit beschäftigt war, seine Maiskolbenpfeife anzuzünden, ihn keiner Antwort würdigte, wandte Harût sich an mich und sagte: »Macumazahn, dein Bein noch schlimm, ja? Ich bringen Salbe, die sehr bald gutmachen wird; es heilige Salbe, kommen von Kind. Wir wollen, du rasch gesund werden.«

Dann ging er plötzlich zu Bantu über. »Herr, der Krieg kommt zu uns. Die Schwarzen Kendah sammeln alle ihre Kräfte, um uns anzugreifen, und wir brauchen deine Hilfe. Ich gehe jetzt zum Fluß Tava, um nach gewissen Dingen zu sehen, wie nach der Ernte der abseits liegenden Felder und anderem. Innerhalb einer Woche werde ich wieder zurück sein; dann müssen wir wieder miteinander sprechen, denn bis dahin, wenn du die Salbe anwendest, die ich dir gebe, bist du wieder so gesund, wie du es jemals in deinem Leben warst. Reib sie auf dein Bein, und löse ein Stück von der Größe eines Maiskornes in Wasser und trinke es am Abend. Es ist kein Gift; siehe!« Er nahm den Deckel von einem kleinen Tontopf, den er hervorgezogen hatte, fuhr mit dem Finger in die darin befindliche Masse, die wie Talg aussah, und steckte ihn in den Mund.

Dann erhob er sich und verließ uns nach den üblichen Verneigungen.

Hier möchte ich gleich feststellen, daß ich Harûts Medizin mit hervorragendem Erfolg anwendete. An jenem Abend nahm ich eine Dosis in Wasser aufgelöst und rieb mein Bein mit dem Zeug ein, um am nächsten Morgen festzustellen, daß alle Schmerzen vergangen waren und ich mich, von einigen kleinen Schwächen abgesehen, wieder völlig gesund fühlte. Den Rest der Salbe habe ich jahrelang aufgehoben, und sie hat sich als probates Mittel bei Ischias und Rheumatismus bewährt. Leider ist sie inzwischen völlig aufgebraucht, und es gibt kein Rezept, nach dem ich mir eine neue Portion zubereiten lassen könnte.

Die nächsten Tage vergingen ereignislos. Sobald ich wieder gehen konnte, machte ich Spaziergänge durch die Stadt, die nichts weiter als ein riesiges Dorf war und sehr viel Ähnlichkeit mit jenen hatte, die man überall an der Ostküste Afrikas findet. Fast alle Männer schienen fort zu sein, waren wahrscheinlich mit der Ernte beschäftigt, und da die Frauen sich nach orientalischer Sitte in ihren Häusern einschlossen – obwohl die wenigen, die ich sah, unverschleiert und recht hübsch waren – konnte ich nichts Brauchbares in Erfahrung bringen.

Offen gestanden kann ich mich nicht erinnern, jemals an einem uninteressanteren Ort gewesen zu sein, als in dieser kleinen Stadt mit ihren extrem zurückhaltenden Einwohnern, die, so schien es mir, unter dem Schatten einer tiefen Angst lebten, was jedes Aufkommen von Fröhlichkeit unterband. Selbst die Kinder, deren es nicht viele gab, krochen wie bedrückt umher und sprachen nur leise miteinander. Niemals sah ich welche von ihnen spielen oder hörte sie lachen und rufen, wie es Kinder fast überall auf der Welt tun. Ansonsten wurden wir sehr gut versorgt. Das Essen war gut und reichlich, und es wurde alles für unsere Bequemlichkeit getan. So wurde mir ein kräftiges und ruhiges Pony gebracht, weil meine Beine noch ein wenig geschwächt waren. Ich brauchte nur hinauszugehen und nach ihm zu rufen, und es kam von irgendwoher angetrabt, fertig gesattelt und aufgezäumt, geführt von einem Jungen, der taub zu sein schien. Auf jeden Fall antwortete er mir nicht, wenn ich ihn ansprach.

Auf diesem Pony unternahm ich ein paar Ritte entlang dem Südhang des Berges, unter dem Vorwand, etwas für den Kochtopf schießen zu wollen. Hans begleitete mich auf diesen Ausflügen, war jedoch, wie ich bemerkte, sehr schweigsam und nachdenklich, als ob er irgend etwas in seinem Kopf hin und her wälzte. Einmal gelangten wir zu dem Eingang der Höhle, in welcher der arme Savage sein grausiges Ende gefunden hatte, während wir ihn eine Weile beobachteten, trat ein weißgekleideter Mann mit kahlgeschorenem Schädel (weshalb ich ihn für einen Priester hielt) zu uns und fragte mich spöttisch, warum ich nicht hineinginge, um nachzusehen, was hinter dem Eingang läge, und er fügte hinzu – fast mit den gleichen Worten, die Harût gebraucht hatte –, daß niemand versuchen würde, uns aufzuhalten, da dieser Weg jedem offen stehe, der ihn gehen könne. Statt einer Antwort lächelte ich nur und stellte ihm ein paar Fragen wegen einiger Ziegen mit langer, seidiger Behaarung, die er hütete. Er antwortete, daß diese Ziegen heilig seien, da sie die Nahrung ›eines, welcher im Berge wohnt und nur ißt, wenn der Mond wechselt‹ wären.

Als ich fragte, wer dieser sei, antwortete er mit seinem unangenehmen Lächeln, daß ich doch durch den Tunnel gehen und selbst nachsehen solle – eine Einladung, der ich nicht nachkam.

An diesem Abend kehrte Harût unerwartet zurück, und er wirkte sehr ernst und bedrückt. Er war in großer Eile und blieb nur solange, daß er mich zu der ausgezeichneten Wirkung seiner Salbe beglückwünschen konnte, da ›kein Mann auf einem Bein gegen Jana kämpfen könne‹.

Ich fragte ihn, wann dieser Kampf gegen Jana stattfinden würde. Er antwortete: »Lord, ich gehe auf den Berg, um am Fest der Ersten Früchte teilzunehmen, das bei Sonnenaufgang am Tag des neuen Mondes stattfindet. Nach den Opferungen wird das Orakel sprechen, und wir werden erfahren, wann der Kampf gegen Jana stattfinden wird, und vielleicht auch andere Dinge.«

»Dürfen wir dieses Fest nicht besuchen, Harût, da wir des Nichtstuns müde sind?«

»Natürlich«, antwortete er mit seiner feierlichen Verbeugung, »das heißt, wenn ihr unbewaffnet kommt; denn vor dem Kind mit Waffen zu erscheinen, bedeutet den Tod. Ihr kennt den Weg; er führt durch jene Höhle und den jenseits der Höhle liegenden Wald. Geht ihn, wenn ihr wollt.«

»Also werden wir, wenn wir diesen Weg gehen, auf dem Fest willkommen sein?«

»Ihr werdet sehr willkommen sein. Niemand wird euch etwas zuleide tun, weder beim Kommen, noch beim Gehen. Das schwöre ich euch bei dem Kind. Oh! Macumazahn«, setzte er hinzu und lächelte ein wenig, »warum sprichst du so töricht, der du sehr wohl weißt, daß in jener Höhle eine lebt, die niemand anblicken und weiterleben kann, wie es Bena vor wenigen Tagen erfuhr? Du magst denken, daß du diesen Bewohner der Höhle mit deinen Waffen töten kannst. Schlage dir diesen Traum aus dem Kopf, da jene, die beauftragt sind, euch zu bewachen, von nun an Befehl haben, dafür zu sorgen, daß ihr nicht einmal ein Messer bei euch habt, wenn ihr dieses Haus verlaßt; mehr noch: Wenn ihr mir nicht versprecht, euch daran zu halten, wird man nicht dulden, daß ihr den Garten verlaßt, bis ich wieder zurückkehre. Also: Versprecht ihr es?«

Ich überlegte eine Weile, dann zog ich die beiden anderen beiseite, außer Hörweite, und fragte sie nach ihrer Meinung.

Ragnall war anfangs nicht willens, so ein Versprechen zu geben, doch Hans sagte: »Baas, es ist besser, frei und unverletzt ohne Gewehre und Messer zu gehen, als wieder Gefangener zu sein, wie du es bei den Schwarzen Kendah warst. Oft ist es nur ein kurzer Schritt zwischen dem Gefängnis und dem Grab.«

Sowohl Ragnall als auch ich beugten uns der Weisheit dieses Arguments und legten schließlich das geforderte Versprechen ab, einer nach dem anderen.

»Das genügt«, sagte Harût; »doch wisset: Bei uns Weißen Kendah wird jeder, der einen Eid bricht, unbewaffnet über den Fluß Tava gebracht, um darüber Jana, dem Vater der Lüge, Bericht zu erstatten. Nun lebt wohl! Wenn wir uns nicht am Tag des neuen Mondes bei dem Fest der Ersten Früchte sehen sollten, wozu ich euch nochmals einlade, werden wir hier miteinander sprechen, nachdem ich die Stimme des Orakels gehört habe.«

Darauf stieg er auf das Kamel, das vor dem Gartentor auf ihn gewartet hatte, und ritt davon, begleitet von einer Eskorte von zwölf Männern, die ebenfalls auf Kamelen beritten waren.

»Es muß irgendeinen anderen Weg auf den Berg geben, Quatermain«, sagte Ragnall. »Ein Kamel würde eher durch das sprichwörtliche Nadelöhr gehen, als durch jene furchtbare Höhle, selbst wenn sie leer wäre.«

»Wahrscheinlich«, antwortete ich, »aber da wir nicht wissen, wo er ist, und ich sagen würde, daß er viele Meilen von hier entfernt liegt, brauchen wir uns darüber nicht den Kopf zu zerbrechen. Die Höhle ist *unser* einziger Weg, und das heißt, es gibt für uns keinen.«

Beim Abendessen dieses Tages entdeckten wir, daß Hans fort war, und daß er sich außerdem meiner Schlüssel bemächtigt und die Kiste geöffnet hatte, in der sich der Alkohol befand, denn sie stand mit aufgeklapptem Deckel in der Kochhütte; der Schlüssel steckte im Schloß.

»Er hat sich betrunken«, sagte ich zu Ragnall, »und bei meiner Seele, am liebsten würde ich seinem Beispiel folgen.«

Dann gingen wir zu Bett. Am nächsten Morgen erhoben wir uns ziemlich spät, denn wenn man nichts zu tun hat, ist es sinnlos, früh aufzustehen. Als ich in die Kochhütte gehen wollte, um ein paar Eier zu braten, trat zu unserem Erstaunen Hans mit einer Kanne Kaffee ins Haus.

»Hans«, sagte ich, »du bist ein Dieb.«

»Ja, Baas«, antwortete Hans.

»Du bist an der Gin-Kiste gewesen und hast dir dieses Gift genommen.«

»Ja, Baas, ich habe Gift genommen. Aber ich habe auch einen Spaziergang gemacht, und jetzt ist alles in Ordnung. Der Baas darf nicht böse sein, denn es ist sehr langweilig, hier herumzusitzen und nichts zu tun. Mögen die Baase Porridge zu den Eiern?«

Da es sinnlos war, ihn zu tadeln, sagte ich ihm nur, daß wir auch Porridge wollten. Außerdem war da etwas in seiner Haltung, das mich nachdenklich stimmte, denn er wirkte nicht wie ein Mann, der gerade sehr betrunken gewesen war.

Nachdem wir gefrühstückt hatten, kam er herein und hockte sich vor mir auf den Boden. Als er seine Pfeife angezündet hatte, fragte er plötzlich: »Möchten die Baase heute abend durch die Höhle gehen? Wenn ja, so gibt es da keine Schwierigkeiten.«

»Was soll das heißen?« fragte ich in der Meinung, daß er also doch betrunken sei.

»Das soll heißen, Baas, daß der Bewohner-der-Höhle fest schläft.«

»Woher weißt du das, Hans?«

»Weil ich die Krankenschwester war, die ihn in den Schlaf geschickt hat, obwohl er ziemlich gestrampelt und geschrien hat. Er schläft tief; und er wird nicht mehr erwachen. Baas, ich habe den Vater der Schlangen getötet.«

»Hans«, sagte ich, »jetzt bin ich sicher, daß du noch immer betrunken bist, wenngleich man es dir nicht anmerkt.«

»Hans«, setzte Ragnall hinzu, dem ich das, was er nicht verstanden hatte, übersetzte, »es ist noch zu früh am Tage, um Geschichten zu erzählen. Wie hättest du diese Schlange ohne ein Gewehr töten können – denn du hast keins mitgenommen – oder selbst mit einer Waffe?«

»Wollen die Baase mitkommen und einen Spaziergang durch die Höhle machen?« fragte Hans kichernd.

»Nicht, bevor ich ganz sicher bin, daß du nüchtern bist«, antwortete ich; und dann, als ich mich an andere Begebenheiten in der Karriere dieses ehrenwerten Burschen erinnerte, setzte ich hinzu: »Hans, wenn du uns diese Geschichte nicht sofort erzählst, bekommst du Prügel!«

»Es gibt da keine große Geschichte, Baas«, antwortete Hans zwischen langen Zügen von seiner Pfeife, die beinahe ausgegangen war, »weil die Sache so einfach war. Der Baas ist sehr klug, und auch der Lord Baas ist sehr klug, warum können sie dann nicht die Steine sehen, über die sie fast stolpern? Das ist, weil ihre Augen immer zu den Bergen zwischen dieser Welt und der nächsten blicken. Doch der arme Hottentotte, der ständig auf den Boden blickt, damit er nicht stolpert, ah, er sieht die Steine. Nun, Baas, hast du nicht den Mann im Nachthemd und mit dem kahlgeschorenen Kopf sagen hören, daß seine Ziegen Futter seien für einen, der im Berg lebt?«

»Das habe ich. Was ist damit, Hans?«

»Wer aber könnte der Eine sein, der im Berg lebt, außer dem Vater der Schlangen in dieser Höhle, Baas? Ah, jetzt siehst du zum ersten Mal den Stein, der die ganze Zeit vor deinen Füßen gelegen hat. Und, Baas, hat dieser Glatzkopf nicht hinzugefügt, daß dieser Eine im Berg nur beim neuen Mond gefüttert wird, und ist nicht morgen der Tag des neuen Mondes, und würde er nicht am Vorabend vom Tag des neuen Mondes sehr hungrig sein, also gestern abend?«

»Ohne Zweifel, Hans; aber wie kannst du eine Schlange töten, indem du sie fütterst?«

»Oh! Baas, jeder kann doch etwas essen, das ihn krank macht, und das kann auch eine Schlange. Den Rest kannst du dir sicher denken, also werde ich jetzt gehen und das Geschirr abspülen.«

»Ob ich es mir denken kann oder nicht«, antwortete ich weise, wovon das letztere die richtige Hypothese war, »können die Teller warten, Hans, da der Lord es sich nicht denken kann; also fahr fort!«

»Wie du willst, Baas. In einer jener Kisten befinden sich mehrere Pfund von einem Zeug, das, mit Wasser verdünnt, zum Haltbarmachen von Fellen und Schädeln benutzt wird.«

»Du meinst die Arsenkristalle«, sagte ich mit einem Schimmer der Erleuchtung.

»Ich weiß nicht, wie man das Zeug nennt, Baas. Anfangs dachte ich, sie seien harter Zucker und habe einmal etwas davon gestohlen, als der richtige Zucker in einem Lager zurückgelassen worden war, um sie in den Kaffee zu tun – ohne dem Baas etwas davon zu sagen.«

»Gütiger Himmel!« rief ich, »warum sind wir dann nicht alle tot?«

»Weil, Baas, ich im letzten Moment daran dachte, es vorher auszuprobieren; also tat ich etwas von dem harten Zukker in heiße Milch, die ich, als er zerschmolzen war, dem gelben Hund gab, der mich einmal ins Bein gebissen hatte, dem, der in Beza zu uns gekommen war, Baas, und von dem ich dir damals sagte, daß er weggelaufen sei. Er war ein sehr gieriger Hund, Baas, und trank die Milchschüssel sofort leer. Dann stieß er ein lautes Heulen aus, krümmte sich am Boden, bekam Schaum vor das Maul und starb, und ich habe ihn sofort eingegraben. Danach streute ich etwas von den Zuckerkörnern, mit Mais vermischt, den Hühnern hin, die wir zum Essen mit uns gebracht hatten. Zwei Hähne und eine Henne hielten sie für Maiskörner und schluckten sie. Sofort fielen sie auf den Rücken, zuckten ein wenig mit den Beinen und waren tot. Ein paar von den Mazitus, die große Diebe sind, stahlen diese toten Hühner, Baas. Sie bekamen schreckliche Bauchschmerzen davon. Danach hielt ich es für besser, diesen Zucker nicht für den Kaffee zu verwenden, und später sagte mir Bena, daß es ein tödliches Gift sei. Also kam mir der Gedanke, Baas, daß die Schlange, wenn ich ihr genug von diesem Gift zu schlucken geben könnte, ebenfalls sterben würde.

Also stahl ich deine Schlüssel, wie ich es häufig tue, Baas, wenn ich etwas brauche, weil du sie überall herumliegen läßt, und um dich irrezuführen, öffnete ich als erstes eine der Kisten, die mit *Square Face* und Brandy gefüllt sind, und ließ sie offen, damit du glauben solltest, ich wäre nur fortgegangen, um mich zu betrinken, wie sonst auch. Dann schloß ich eine andere Kiste auf und nahm zwei Pfunddosen von dem harten Zucker heraus, der Hunde und Hühner tötet. Ein halbes Pfund davon zerschmolz ich in kochendem Wasser mit richtigem Zucker, um das Zeug süß zu machen, und füllte es in eine Flasche. Den Rest verschnürte ich mit Bindfaden und dem weichen Papier, das in einer der Kiste ist, zu zwölf kleinen Päckchen, und steckte diese in die Tasche. Dann stieg ich den Hang des Berges hinauf, Baas, zu der Stelle, an der sich, wie ich bemerkt hatte, ein Schilfkraal befindet, in dem die Ziegen über Nacht eingesperrt werden. Wie ich gehofft hatte, war niemand da, der sie bewachte, da es so nahe der Stadt keine Löwen gibt und Menschen keine Ziegen stehlen, die heilig sind. Ich trat in den Kraal und fand eine fette, junge Ziege, die ein Junges hatte. Ich zerrte sie heraus und hinter einen Felsen, fesselte ihre Beine mit einer Schnur, goß das Zeug aus der Flasche über ihr ganzes Fell und rieb es gründlich hinein. Dann band ich die zwölf Päckchen mit dem Giftzucker überall an ihrem Körper fest, tief unter dem langen Haaren, so daß sie nicht herausfallen oder abgerieben werden konnten.

Dann löste ich die Fesseln der Ziege, führte sie an einem Strick zur Höhle und hielt sie eine Weile dort fest, während sie nach ihrem Jungen blökte. Als nächstes brachte ich sie dicht vor den Eingang der Höhle und fragte mich, wie ich sie hineinschaffen sollte, denn ich hatte keine Lust, selbst dort einzutreten, Baas. Wie es sich herausstellte, hätte ich mir darum keine Gedanken zu machen brauchen, denn als die Ziege sich der Höhle auf fünf Yards genähert hatte, hörte sie auf zu blöken, stand völlig still und begann zu zittern. Dann hüpfte sie auf die Höhle zu, mit kleinen Sprüngen, so als ob sie nicht hineingehen wollte, jedoch dazu gezwungen würde. Und, Baas – ich hatte plötzlich das Gefühl, daß *ich* mit ihr gehen wollte. Also legte ich mich auf den Boden, stemmte die Füße fest gegen einen großen Stein und ließ den Strick los.

Denn jetzt, Baas, kümmerte es mich nicht mehr, wohin die Ziege gehen mochte, so lange nur ich diesem Loch fernbleiben konnte, in dem der Vater der Schlangen lebte, der Bena gegessen hatte. Doch es ging alles wie von allein, Baas; die Ziege wußte, was sie zu tun hatte, und tat es, lief mit ihren kleinen Sprüngen direkt in die Höhle hinein. Bevor sie darin verschwand, wandte sie den Kopf und blickte mich an. Ich konnte ihre Augen im Sternenlicht sehen, und, Baas, sie waren schrecklich anzusehen. Ich glaube, sie wußte, was sie erwartete und mochte es gar nicht. Dennoch mußte sie weitergehen, weil sie nichts dagegen tun konnte. Wie ein Mensch, der zum Teufel geht, Baas!

Ich hielt mich an dem Stein fest und blickte ihr nach, denn ich hatte gehört, daß sich in der Höhle etwas bewegte, und es machte ein Geräusch wie das Kleid einer weißen Lady, das über den Boden schleift. Dort, im Dunkel, sah ich zwei kleine Punkte von Feuer, die die Augen der Schlange waren, Baas. Dann hörte ich lautes Zischen, als ob vier Wasserkessel gleichzeitig kochten, und ein kleines Blöken von der Ziege. Danach kam ein Geräusch, als ob Männer miteinander rängen, und dann das Geräusch von brechenden Knochen, und schließlich ein saugendes Geräusch, wie von einer Pumpe, die kein Wasser heraufzieht. Dann wurde alles hübsch ruhig, und ich ging ein Stück von der Höhle fort, setzte mich auf einen Stein und wartete, um zu sehen, ob irgend etwas geschehen würde.

Es muß fast eine Stunde später gewesen sein, Baas, als wirklich etwas geschah. Es war, als ob mit ausgedroschenen Ähren gefüllte Säcke gegen die Wände der Höhle geschlagen würden. Ah! dachte ich mir, jetzt bekommst du Magendrücken, du Fresser-von-Bena, und diese Ziege hatte zwei kleine Hörner auf ihrem Schädel – an welche ich auch noch zwei Beutel mit dem Gift gebunden hatte, Baas – und wenn man zwei abwärts gerichtete Haken im Schlund hat, kann man nichts wieder herauswürgen. Dann – ich nehme an, daß dies der Zeitpunkt war, als der Giftzucker im Magen der Schlange schön zerschmolz, Baas – kam ein Geräusch, als ob ein ganzer Stamm in der Höhle einen Kriegstanz tanzte, und zu der Musik von lautem Zischen.

Und dann – oh, dann, Baas, kam dieser Vater der Schlangen plötzlich aus seiner Höhle hervor. Ich sage dir, Baas, als ich ihn dort im hellen Sternenlicht sah, stellten sich mir die Haare auf, denn nie hat es auf der ganzen Welt eine Schlange wie diese gegeben. Jene, die in Zululand auf Bäumen leben und Antilopen fressen, aus deren Häuten die weißen Männer sich Westen und Sandalen machen lassen, sind nur Babies im Vergleich zu dieser. Sie kam herausgekrochen, ein Yard von ihr nach dem anderen. Sie wand sich auf dem Boden, sie richtete sich auf, und ihr Kopf war dort, wo ein Baumwipfel sein mochte, sie ringelte sich auf, sie biß nach Felsen und nach ihrem Bauch, während ich hinter meinem Stein hockte und zu deinem verehrten Vater, dem Prädikanten, betete, daß sie mich nicht sehen möge. Dann, schließlich, schoß sie davon, den Hang hinab, schneller, als ein Pferd zu galoppieren vermag.

Nun hoffte ich, daß sie für immer verschwunden sei und wollte auch gehen. Dennoch wagte ich es nicht, aus Furcht, ihr irgendwo zu begegnen, also beschloß ich, bis zum Tagesanbruch zu warten. Und das war gut so, Baas, denn etwa eine halbe Stunde später kam sie wieder zurück. Doch jetzt konnte sie nicht mehr springen, sondern nur noch kriechen. Noch nie in meinem Leben habe ich eine Schlange erlebt, die so krank aussah, Baas. Sie verschwand in der Höhle und lag dort und zischte. Nach und nach wurde das Zischen immer schwächer, bis es schließlich ganz erstarb. Ich wartete noch eine halbe Stunde, Baas, doch dann wurde ich so neugierig, daß ich mir dachte, ich sollte vielleicht hineingehen und nachsehen.

Also zündete ich die kleine Laterne an, die ich mitgenommen hatte, nahm sie in die eine Hand, und meinen Knüppel in die andere, und kroch in die Höhle. Bevor ich zehn Schritte weit gekrochen war, sah ich etwas Weißes, das ausgestreckt auf dem Boden lag. Es war der Bauch der großen Schlange, Baas, die auf dem Rücken lag und mausetot war.

Ich weiß, daß sie tot ist, denn ich riß drei Wachshölzchen an und hielt ihr die Flamme an den Schwanz, und sie rührte sich nicht, was jede lebende Schlange tun würde, wenn sie Feuer spürt. Dann bin ich nach Hause gekommen, Baas, und ich war sehr stolz, weil ich den Urgroßvater aller Schlangen überlisten konnte, welcher meinen Freund Bena gegessen hat, und für uns den Weg durch die Höhle freigemacht habe.

Das ist die ganze Geschichte, Baas. Aber jetzt muß ich das Geschirr abspüren.« Und ohne auf eine Antwort zu warten, ging er hinaus, und wir waren verwundert über seine Klugheit, seinen Einfallsreichtum und seinen Mut.

»Was nun?« fragte ich schließlich.

»Nichts bis heute abend«, antwortete Ragnall entschieden, »wenn ich mir diese Schlange ansehen werde, die der edle Hans getötet hat, und das, was hinter der Höhle liegen mag, da Harût uns, wie Sie sich erinnern mögen, dazu eingeladen hat, wenn es uns gelingen sollte.«

»Glauben Sie, daß Harût sich an sein Wort hält, Ragnall?«

»Im allgemeinen ja, und wenn er es nicht tun sollte, so ist mir das auch egal. Alles ist besser, als hier so tatenlos herumzusitzen.«

»Ich stimme Ihnen zu, was Harût betrifft, weil wir für ihn, vor allem jetzt, zu wertvoll sind, um getötet zu werden, wenn schon aus keinem anderen Grund; und auch bezüglich des Herumsitzens, das wirklich unerträglich ist. Deshalb werde ich mit Ihnen gehen und mir diese Schlange ebenfalls ansehen, und Hans wird das zweifellos auch wollen. Der Spaziergang wird meinem Bein gut tun.«

»Halten Sie es für klug?« fragte er zweifelnd, »in Ihrem Fall, meine ich?«

»Ich hielte es für äußerst unklug, wenn wir uns noch einmal trennen würden. Es ist besser, wenn wir zusammen stehen oder fallen; außerdem scheinen wir getrennt kein Glück zu haben.«

17

Das Heiligtum und der Eid

An jenem Abend, kurz nach Sonnenuntergang, verließen wir drei das Haus, über unsere Kleidung die weißen Kendah-Gewänder gezogen, die Ragnall gekauft hatte, und wir hatten nichts anderes dabei, als die Stöcke in unseren Händen, sowie etwas Nahrung und eine Laterne in unseren Taschen. Vor den letzten Häusern der Stadt wurden wir von ein paar Kendah erwartet, von welchen ich einen kannte, da er oft während des Marsches durch die Wüste an meiner Seite geritten war.

»Hat einer von euch Waffen bei sich, Macumazahn?«

fragte er und blickte neugierig auf uns und auf unsere weißen Gewänder.

»Niemand«, antwortete ich. »Durchsucht uns, wenn ihr es wollt!«

»Dein Wort reicht uns«, antwortete er mit der seinem Volke eigenen, ernsten Höflichkeit. »Wenn ihr unbewaffnet seid, haben wir Anweisung, euch gehen zu lassen, wohin es euch gefällt, und wie immer ihr auch gekleidet sein mögt. Dennoch, Lord«, flüsterte er mir zu, »flehe ich euch an, nicht die Höhle zu betreten, da dort Jener lebt, der zustößt und sein Ziel niemals verfehlt. Einer, dessen Kuß den Tod bringt. Ich bitte euch darum, um eurer selbst willen, und auch um unseretwillen, die wir euch brauchen.«

»Wir werden ihn, der in jener Höhle schläft, nicht wekken«, antwortete ich rätselhaft, während wir weitergingen, innerlich jubelnd, denn nun wußten wir, daß die Kendah noch nichts vom Tod der Schlange erfahren hatten.

Eine Stunde Marsch den Berghang hinauf, unter der Führung von Hans, brachte uns zum Eingang des Tunnels. Offen gestanden, wünschte ich mir, er hätte länger gedauert, denn als wir uns der Öffnung näherten, überkamen mich alle möglichen Zweifel. Was war, wenn Hans doch getrunken und diese Geschichte nur erfunden hatte, um seine Abwesenheit zu begründen? Was war, wenn die Schlange sich inzwischen von einer nur vorübergehenden Bewußtlosigkeit erholt haben sollte? Was war, wenn ein Partner und Junge in der Höhle lebten, von denen jeder nach Rache lechzte?

Nun, jetzt war es zu spät, es uns anders zu überlegen, doch insgeheim hoffte ich, daß einer der beiden anderen die Führung übernehmen würde. Wir erreichten die Höhle und lauschten. Sie war so still wie ein Grab.

Dann zündete dieser tapfere Bursche, Hans, die Laterne an und sagte: »Ihr wartet hier, Baas, während ich hineingehe und nachsehe. Wenn ihr hört, daß mir irgend etwas zustößt, habt ihr Zeit, um wegzulaufen.« Das waren Worte, die mich tief beschämten.

Doch da wir wußten, daß er so schnell wie ein Wiesel und so lautlos wie eine Katze war, ließen wir ihn gehen. Eine Minute später tauchte er wieder aus dem Dunkel auf, denn er hatte die Metallblende vor das Glas der Laterne geschoben, doch selbst in diesem matten Licht konnte ich sehen, daß er grinste.

»Es ist alles in Ordnung, Baas«, sagte er. »Der Vater der Schlangen ist wirklich zu dem Land gegangen, in das er Bena schickte, und wo er jetzt zweifellos in den Feuern der Hölle schmort, und ich kann keine weiteren Schlangen entdecken. Kommt und seht ihn euch an!«

Also gingen wir hinein, und tatsächlich lag dort, auf dem Boden der Höhle, das riesige Reptil, mausetot und bereits stark aufgedunsen. Ich kann nicht sagen, wie lang es war, denn ein Teil des Körpers war zu Windungen verschlungen, also will ich nur sagen, daß es die bei weitem größte Schlange war, die ich jemals sah. Es stimmt, daß ich in verschiedenen Teilen Afrikas von solchen riesigen Reptilien gehört habe, doch hatte ich sie bisher immer als Fabelwesen abgetan, die zu lokalen Gottheiten erhoben und als solche verehrt wurden. Außerdem war dieses Exemplar eine neue Abart, da es, wie Ragnall gesehen hatte, sowohl wie eine Kobra oder Otter zustieß, als auch wie ein Boa Constrictor ihre Opfer erdrückte. Es ist jedoch möglich, daß er sich in diesem Punkt irrte; ich weiß es nicht, da ich weder die Zeit, noch das Bestreben hatte, ihren Kopf nach Giftzähnen zu untersuchen, und als ich das nächste Mal in die Höhle kam, war sie verschwunden.

Ich werde niemals den Gestank vergessen, der uns in dieser Höhle entgegenschlug. Er war entsetzlich, doch wahrlich kein Wunder, da diese Schlange wahrscheinlich seit Jahrhunderten hier gehaust hatte, denn diese großen Schlangen sind, wie behauptet wird, so langlebig wie Schildkröten, und da sie als heilig angesehen wurde, hatte es ihr natürlich nie an Nahrung gemangelt. Überall lagen Haufen herausgewürgter Knochen herum, und in einem davon entdeckte ich Fragmente eines menschlichen Schädels, vielleicht von dem des armen Savage. Und an den hervorstehenden Felsenteilen hingen große Fetzen von Schlangenhaut, zweifellos abgescheuert, wenn dieses Reptil sich einmal im Jahre gehäutet hatte.

Eine Weile starrten wir auf diese widerliche und im Dunkeln schimmernde Kreatur, dann gingen wir weiter, von der Furcht erfüllt, auf weitere ihrer Art zu stoßen. Ich nehme jedoch an, daß sie allein lebte, eine Art Schlangen-Einzelgänger, so wie Jana ein Elefanten-Einzelgänger war, denn wir trafen auf keine weiteren, und, wenn die Information, die ich später erhielt, zufreffend war, gab es in jenem Land keine Spezies, die ihr auch nur ähnlich war. Über ihren Ursprung habe ich nie etwas erfahren. Alles, was die Kendah über sie sagen konnten oder wollten, war, daß sie von Anbeginn an in dieser Höhle gelebt hatte, und daß ihr hin und wieder Missetäter oder gefangene Schwarze Kendah zum Fraß vorgeworfen wurden, so wie Gefangene Weiße Kendah Jana überantwortet wurden.

Die Höhle erwies sich als nicht sehr lange, vielleicht einhundertfünfzig Fuß, nicht mehr. Es war keine künstlich angelegte, sondern eine natürliche Aushöhlung des Lavagesteins, die einstens, wie ich vermute, durch einen Ausbruch von Dampf entstanden war. Gegen ihr anderes Ende zu verengte sie sich so stark, daß ich zu fürchten begann, sie habe dort keinen Ausgang. Darin irrte ich mich jedoch, denn wir fanden dort einen ziemlich steil aufwärts führenden Gang, gerade hoch genug, um aufrecht gehen zu können, und so schwierig zu ersteigen, daß dieses offensichtlich nicht der Weg war, auf dem die Kendah ihr Heiligtum erreichten.

Als wir erleichtert aus dieser Öffnung krochen, befanden wir uns auf der Böschung eines tiefen Lavagrabens, die zunächst etwa achtzig Schritte weit abwärts führte, und auf der anderen Seite wieder nach oben zum Fuß des großen inneren Bergkegels, der dicht bewaldet war.

Ich nehme an, daß die ganze Formation dieses Berges das Resultat heftiger vulkanischer Tätigkeit während der Frühgeschichte der Erde war. Doch da ich nichts von diesen Dingen verstehe, will ich mich nicht weiter darüber auslassen, sondern lediglich feststellen, daß er, wenngleich ziemlich klein, eine gewisse Ähnlichkeit mit anderen erloschenen Vulkanen aufwies, die ich schon in verschiedensten Teilen Afrikas gesehen hatte.

Wir stiegen zu dem Boden dieses Grabens hinab, der seiner Form nach von einer Rasse von Riesen zum Schutz ihrer Feste angelegt worden sein mochte, und auf seiner anderen Seite wieder hinauf, wo der Wald und der tiefe, fruchtbare Boden begannen. Warum sich hier so reiche Erde befand und keine in dem Graben, ist eine Frage, deren Antwort wir nicht einmal erraten konnten, doch vielleicht war das Vorhandensein von Wasserquellen auf diesem Teil des Berges der Grund dafür, deren Wasser die Felsmulde ausspülten.

Die Bäume dieses Waldes waren riesig und schienen eine Abart der Zeder zu sein, standen jedoch nicht eng beieinander; außerdem gab es praktisch kein Unterholz, vielleicht, weil die dichten, breiten Kronen der Bäume alles Licht abschirmten. Wie ich später entdeckte, waren Stämme und Äste der Bäume mit langen, grauen Moosen bewachsen, die dem Wald selbst im hellen Licht des Mittags eine unheimliche Atmosphäre verliehen. Die Dunkelheit unter den Bäumen war fast absolut, und wir konnten im wahrsten Sinne des Wortes nicht die Hand vor Augen sehen. Doch lieber als stehenzubleiben kämpften wir uns weiter voran, mit Hans in Führung, da seine Instinkte besser waren als die unseren. Das Ansteigen des Bodens unter unseren Füßen verriet uns, daß wir nun endlich bergan gingen, wie es unsere Absicht war, und von Zeit zu Zeit konsultierte ich den Taschenkompaß, den ich bei mir hatte, im Licht eines Streichholzes, da ich von früheren Beobachtungen her wußte, daß der Gipfel des Heiligen Berges genau in nördlicher Richtung lag.

So quälten wir uns Stunde um Stunde weiter, liefen hin und wieder gegen einen Baumstamm oder stolperten über einen herabgefallenen Ast, stießen ansonsten jedoch auf keinerlei Hindernisse, noch kam es zu irgendwelchen Zwischenfällen physischer Art. An moralischen, oder, richtiger, psychischen Hindernissen gab es dagegen sehr viele, da die Atmosphäre dieses Waldes uns allen wie die eines Spukhauses vorkam. Es mag dies von der allumfassenden Dunkelheit hervorgerufen worden sein, oder von dem hohlen Säuseln des Nachtwinds in dem Geäst und den Moosen, oder von dem Bewußtsein der Gefahren, die wir überstanden hatten, oder die uns noch bevorstanden. Oder es mochten Ängste unbekannter Art sein, die einst mit diesem Ort verbunden waren, und von deren geistiger Ausstrahlung etwas fortbestand, denn zweifellos bewahren Orte solche Einflüsse, die sensible Menschen und Tiere spüren, besonders in Situationen, die ohnehin Furcht und Beklemmung hervorrufen. Auf jeden Fall habe ich nie so subtile und dennoch durchdringende Furcht empfunden wie in jener Nacht, und später gestand Ragnall mir ein, daß es ihm genauso ergangen war. So finster es auch sein mochte, glaubte ich doch immer wieder Erscheinungen zu sehen, darunter die glühender Augen des Elefanten Jana, der mit erhobenem Rüssel an den Stamm einer Zeder gelehnt vor mir stand. Ich hätte schwören können, daß ich ihn sah, und es wirkte auch nicht gerade beruhigend, als Hans mir fast unhörbr zuflüsterte – denn hier wagten wir nicht, laut zu sprechen: »Sieh, Baas. Ist es Jana, der dort, wie heißes Eisen glühend, an jenem Baum steht?«

»Sei nicht albern«, flüsterte ich zurück. »Wie könnte Jana hier sein, und wenn er es wäre, wie kommt es, daß wir ihn bei Nacht sehen können?« Doch während ich das sagte, erinnerte ich mich an Harûts Worte, daß Jana schon mehrmals auf dem Heiligen Berg angetroffen worden sei, ›im Geiste oder im Fleische‹, wie er sich ausgedrückt hatte. Aber wie dem auch sei, im nächsten Moment war er verschwunden und wir sahen ihn oder seinen Schatten nicht mehr. Auch glaubten wir von Zeit zu Zeit Stimmen zu vernehmen, die überall um uns herum sprachen, einmal hier, einmal dort, und dann wieder in den Wipfeln der Bäume über unseren Köpfen, obwohl wir das, was sie sagten, nicht verstehen konnten.

So verging diese lange Nacht. Wir kamen nun sehr langsam vorwärts, doch von gelegentlichen Blicken auf den Kompaß abgesehen, kam es nur zu zwei Unterbrechungen: einmal, als wir uns von allen Seiten durch umgestürzte Baumstämme und herabgebrochene Äste umgeben sahen, und einmal, als wir in sumpfiges Gelände gerieten. Dabei riskierten wir es, die Laterne anzuzünden, und suchten bei ihrem Licht unseren Weg durch diese schwierigen Stellen. Nach und nach wurde der Wald lichter, so daß wir zwischen den Baumkronen die Sterne sehen konnten. Dies war uns eine große Hilfe, da ich wußte, daß einer von ihnen, den ich sorgfältig beobachtet hatte, zu dieser Jahreszeit nördlich direkt über dem Gipfel des Berges stand und wir ihn als Richtpunkt benutzen konnten.

Die Dämmerung konnte nicht mehr als eine halbe Stunde entfernt sein, als Hans, der uns führte – wir erzwangen zu der Zeit unseren Weg durch dichtes Buschwerk – plötzlich stehen blieb und sagte: »Halt, Baas! Wir sind hier am Rande eines Abgrundes. Wenn ich meinen Stock zu Boden stoße, trifft er ins Leere.«

Ich brauche wohl nicht zu sagen, daß wir sofort stehen blieben und uns nicht rührten, denn wer konnte sagen, was vor uns lag? Ragnall sagte, er beabsichtige, den Boden mit der Laterne abzuleuchten. Ich wollte schon mein Einverständnis dazu geben, wenn auch widerwillig, als ich plötzlich das nahe Murmeln von Stimmen hörte, und durch das Gebüsch Lichter sah, die sich in einiger Entfernung etwa vierzig Fuß unterhalb von uns bewegten. Da gaben wir jeden Gedanken an den Gebrauch der Laterne sofort auf, hockten uns mäuschenstill in die Büsche und warteten auf den Morgen.

Er kam endlich. Im Osten erschien ein leichter, perlfarbener Schimmer, der sich allmählich über den ganzen Himmelsbogen breitete und von dem Schreien der Affen und dem Zwitschern von Vögeln in der Tiefe des taufeuchten Waldes willkommen geheißen wurde. Als nächstes schoß ein Strahl der noch nicht aufgegangenen Sonne, ein Speer von Licht, plötzlich über den Himmel, und mit diesem Sonnenstrahl ertönte aus der unter uns liegenden Dunkelheit ein Gesang, der leise und sehr wohlklingend war. Er erstarb wieder, und für eine Weile herrschte Stille, die nur von einem leisen Rascheln unterbrochen wurde, das an ein Geräusch erinnerte, welches entsteht, wenn Menschen in einem dunklen Theater ihre Plätze einnehmen. Dann begann eine Frau mit einer wunderbaren Altstimme zu singen, doch in welcher Sprache, konnte ich nicht feststellen, denn von den Worten verstand ich nichts, falls es überhaupt Worte gewesen sind, und nicht nur musikalische Laute.

Ich spürte, wie Ragnall, der neben mir stand, zu zittern begann, und fragte ihn flüsternd, was los sei. Er antwortete, ebenfalls flüsternd: »Ich glaube, das ist die Stimme meiner Frau.«

»Wenn dem so sein sollte, so bitte ich Sie, sich zusammenzunehmen«, antwortete ich.

Jetzt begann der Himmel zu flammen, und das Licht ergoß sich in eine unterhalb von uns gelegene, nebelverhangene Senke, wie Ströme vielfarbiger Juwelen in eine Schale, und vertrieb die Schatten der Nacht. Nach und nach verschwanden diese, und nach und nach enthüllte sich uns alles. Unter uns lag ein Amphitheater, auf dessen Südwand wir standen, obwohl es nicht eine Mauer war, sondern eine Lavaklippe von vierzig oder fünfzig Fuß Höhe, die diese Wand bildete. Das Amphitheater selbst jedoch glich beinahe genau jenen der Antike, die ich von Bildern her kannte, und die Ragnall in Italien, Griechenland und Südfrankreich gesehen hatte. Es wies eine ovale Form auf und war nicht sehr groß, seine ebene Fläche am Boden mochte etwas über ein Acre bedecken, und rings um dieses Oval herum verliefen viele Ränge von Sitzen, die aus dem Lavagestein des Kraters herausgehauen worden waren. Denn zweifellos war dies der Kraterschlund eines erloschenen Vulkans.

Außerdem erhob sich in dem, was ich die Arena nennen will, ein Tempel, der in seinen äußeren Linien, wenngleich kleiner, genau denen glich, die man noch heute in Ägypten sehen kann. Dort war das Eingangstor oder der Pylon, dort der offene, äußere Hof, umgeben von Säulen, welche überdachte Arkaden stützten, in welchen sich, wie wir später feststellten, die Wohnstätten der Priester befanden. Dort, jenseits dieses Hofes und mit ihm durch einen kurzen Gang verbunden, befand sich ein zweiter, weitaus kleinerer, der ebenfalls nach oben offen war, und jenseits von dem, erhob sich, wie alles andere aus Lavablöcken erbaut, ein hoher, überdachter Turm, dessen Basis zwölf mal zwölf Fuß messen mochte, und den ich sofort als das Heiligtum erkannte.

Der Tempel war, wie ich bereits sagte, recht klein, jedoch außergewöhnlich gut proportioniert, und jedes seiner Details zeugte von erlesenem architektonischen Geschmack, wenngleich er keinerlei Schmuck von Skulptur oder Malerei aufwies. Ich sollte hinzufügen, daß sich vor der Tür des Heiligtums ein riesiger Lavablock befand, den ich für einen Altar hielt, und vor diesem ein Steinthron und ein Becken, das ebenfalls aus Stein war und auf einem niedrigen Dreifuß stand. Etwas weiter entfernt, hinter dem Heiligtum, befand sich ein rechteckiges Haus mit unverglasten Fenstern.

Als wir diesen Komplex erblickten, waren seine Höfe leer, doch auf den Bänken des Amphitheaters saßen etwa dreihundert Menschen, Männer und Frauen, die Männer auf der Nordseite, die Frauen auf der südlichen. Alle waren sie in weiße Gewänder gekleidet, die Köpfe der Männer waren geschoren, und die der Frauen mit Schleiern bedeckt, die jedoch das Gesicht frei ließen. Zwei Wege, einer von Osten, der andere von Westen, führten durch in die Lavawände des Kraters gebrochene Tunnel in das Amphitheater; diese Tunnelzugänge wurden durch massive Doppeltüren aus Holz verschlossen, die siebzehn oder achtzehn Fuß hoch sein mochten. Von diesen Zugängen und ihren Toren war zweierlei zu schließen: Erstens, daß die Höhle, in der der Vater der Schlangen gelebt hatte, nicht der wirkliche Zugang zum Schrein des Kindes war, wie ich es bereits vermutet hatte, sondern lediglich der Irreführung diente; und zweitens, daß die Zeremonie, die wir jetzt sehen würden, geheim war und allein die Priesterkaste dieses seltsamen Stammes dabei zugelassen wurde.

Kaum war es richtig Tag geworden, als zwölf Priester aus den Arkaden des äußeren Hofes hervortraten, angeführt von Harût selbst, der in seiner weißen Robe sehr würdig aussah, und von denen jeder auf einem Holztablett verschiedene Sorten von Getreide trug. Dann erschienen aus den Zellen der südlichen Arkaden zwölf Frauen, oder besser Mädchen, denn sie alle waren jung und sehr hübsch, die neben den Männern Aufstellung nahmen. Auch diese trugen Holztabletts, auf denen Blumen und Blüten lagen.

Auf ein Zeichen hin stimmten sie eine Hymne an und begannen durch die Passage zu schreiten, die den ersten Hof mit dem zweiten verband. Als sie den Altar erreichten, blieben sie davor stehen und legten dort nacheinander, jeweils ein Priester, dann eine Priesterin, die Tabletts mit den Opfergaben nieder, die sie in Form eines Kegels aufeinanderstellten. Als nächstes ordneten sich die Priester und die Priesterinnen zu beiden Seiten des Altars zu Reihen, und Harût nahm ein Tablett mit Getreideähren und eines mit Blumen in die Hände. Diese hob er zunächst jenem Bereich des Himmels entgegen, in dem der unsichtbare Neumond schwebte, dann der aufgehenden Sonne, und schließlich der Tür des Heiligtums, wobei er die Knie beugte und ein halb gesungenes Gebet intonierte, dessen Worte wir nicht verstehen konnten.

Es folgte eine kurze Pause, die von einem plötzlichen Ausbruch von Gesang aller Anwesenden beendet wurde. Es war ein sehr sonores und schönes Lied oder eine Hymne, in mehreren Sprachen gesungen, die ich nicht verstand, und aus vier Strophen bestehend, deren jeweiliges Ende dadurch markiert wurde, daß sich alle Sänger dreimal verneigten, zuerst gen Osten, dann gen Westen, und schließlich vor dem Altar.

Wieder trat eine Pause ein, bis plötzlich die Tür des Heiligtums aufgestoßen wurde, und hervor trat – die Göttin Isis der Ägypter, wie ich sie schon oft auf Bildern gesehen hatte!

Sie war in eng anliegende Gewänder aus einem Material gehüllt, das so dünn war, daß man die helle Silhouette ihres Körpers hindurchschimmern sah. Ihr Haar fiel offen über den Rücken, und sie trug eine Art Kappe aus schimmernden Federn, an deren Stirnseite sich eine kleine, goldene Schlange erhob. In ihren Armen trug sie etwas, das auf diese Entfernung wie ein nacktes Kind wirkte. Sie wurde begleitet von zwei Frauen, die zu beiden Seiten und einen halben Schritt hinter ihr gingen und ihre Arme stützten, und die ebenfalls Federkappen trugen, jedoch ohne das Symbol der goldenen Schlange, und in enganliegende, durchsichtige Gewänder gehüllt waren.

»Mein Gott!« flüsterte Ragnall, »es ist meine Frau!«

»Dann seien Sie ruhig und danken Sie Gott, daß sie noch am Leben und gesund ist«, antwortete ich.

Die Göttin Isis, oder die englische Lady – in der Erregung des Augenblickes machte ich da keinen Unterschied –, blieb stehen, während die Priester und Priesterinnen und alle anderen Menschen, die sich auf den oberen Rängen des Amphitheaters versammelt hatten und sie über die Mauer des inneren Hofes hinweg sehen konnten, einen dreimal wiederholten Willkommensschrei ausstießen. Dann nahmen Harût eine Kornähre und die erste Priesterin eine Blume von den obersten Tabletts und hielten diese zuerst an die Lippen des Kindes und dann an die Lippen der Frau, die es auf den Armen hielt.

Als diese Zeremonie beendet war, führten die beiden Begleiterinnen sie um den Altar herum zu dem Steinthron, auf dem sie Platz nahm. Nun wurde in der auf dem Dreifuß stehenden Schale, vor dem Thron ein Feuer entzündet, auf welche Weise, konnte ich nicht sehen, doch wahrscheinlich war bereits eine Glut vorhanden gewesen. Auf jeden Fall brannte es mit klarer, bläulicher Flamme, auf welche Harût und die Erste Priesterin etwas streuten, worauf dunkle Rauchwolken aufstiegen. Dann wurde Isis – ich ziehe es vor, sie so zu nennen, während ich diese Zeremonie beschreibe – veranlaßt, den Kopf zu neigen, so daß er von dem

Rauch eingehüllt wurde, genauso wie vor Jahren in dem Salon von Ragnall Castle. Kurz darauf erstarb der Rauch, und die beiden Frauen mit den Federkappen richteten sie auf ihrem Thron auf, wo sie reglos saß, das Kind an die Brust gedrückt, als ob sie es säugte, doch mit gesenktem Kopf, so daß sie wie eine Ohnmächtige wirkte.

Nun trat Harût vor und schien eine Weile zu der Göttin zu sprechen, trat dann wieder zurück und wartete, bis sie sich inmitten einer atemlosen Stille von ihrem Thron erhob, ihren Blick zum Himmel richtete und nun ihrerseits sprach, denn obwohl wir nichts von dem hören konnten, was sie sagte, sahen wir in dem klaren Morgenlicht, wie ihre Lippen sich bewegten. Sie sprach mehrere Minuten lang, setzte sich dann wieder und starrte reglos geradeaus. Harût trat wieder vor, diesmal an den Altar, auf eine Art Steinstufe, und sprach zu den Priestern und Priesterinnen und den Menschen auf den Rängen mit so lauter und klarer Stimme, daß ich jedes Wort hören und verstehen konnte.

»Die Hüterin des Himmlischen Kindes, die zu seiner Nährerin ernannt wurde, Sie, die der Schatten jener ist, die das Kind gebar, Sie, die zu ihren Lebzeiten das Symbol des Kindes trägt und von alters her dem Dienst an ihm geweiht ist, Sie, deren Herz von der Weisheit des Kindes erfüllt ist, und die die Gebote des Himmels offenbart, hat gesprochen. Hört die Antwort des Orakels auf Fragen, die ich, Harût, Oberster Priester des Ewigen Kindes während der Zeit meines Lebens, ihm gestellt habe. So spricht das Orakel, die Hüterin, die Nährerin, die, wie alle, die vor ihr waren, mit dem Symbol des neuen Mondes Gezeichnete, Sie, auf der der Geist, der von einer Generation zur anderen fliegt, sich für eine Weile niedergelassen hat: ›O Volk der Weißen Kendah, Anbeter des Kindes in diesem Lande, und Nachkommen jener, die Tausende von Jahren lang das Kind in einem sehr viel älteren Lande angebetet haben, bis es, und mit ihm alle, die geblieben waren, von den Barbaren vertrieben wurde. Krieg ist über euch gekommen, o Volk der Weißen Kendah. Jana, der Böse, er, dessen anderer Name Seth ist, er, dessen anderer Name Satan ist, er, welcher derzeit in der Gestalt eines Elefanten lebt, er, welcher von den Tausenden angebetet wird, die ihr einst unterwarft, und die ihr noch immer kraft meiner Macht im Zaum haltet, kommt über euch. Die Dunkelheit bekriegt das Licht, das Böse stellt sich gegen das Gute. Mein Fluch ist auf das Volk Janas gefallen, mein Hagel hat es niedergeworfen, und sein Korn und seine Rinder; es hat keine Nahrung für seinen Hunger. Doch es ist noch stark genug für den Krieg, und es ist Nahrung in eurem Lande. Die Schwarzen Kendah werden kommen, um euer Korn zu nehmen; Jana kommt, um euren Gott zu zertrampeln. Das Böse kommt, um das Gute zu vernichten, die Nacht, um den Tag zu verschlingen. Es ist dieses der letzte vieler Kriege. Wie werdet ihr siegen, o Volk des Kindes? Nicht durch eure eigene Kraft, denn eure Zahl ist gering, und Jana ist sehr stark. Nicht durch die Kraft des Kindes, denn das Kind ist schwach geworden, und die Tage seiner Herrschaft sind gezählt, seine Verehrung ist fast am Ende. Hier allein ist sie noch lebendig geblieben, aber neue Götter, die jedoch eigentlich die alten Götter sind, drängen herein, um seinen Platz einzunehmen und es zu Grabe zu tragen.

Wie also könnt ihr siegen, damit, wenn das Kind zu seinem eigenen Lande zurückgekehrt ist, ein Rest von euch verbleibt? Nur auf eine Weise – so verkündet die Hüterin, die Nährerin des Kindes, die mit der Stimme des Kindes spricht: mit der Hilfe jener, die ihr für diese Hilfe aus weiter Ferne herbeigerufen habt. Es waren ihrer vier, doch einen von ihnen habt ihr von dem Wächter in der Höhle töten lassen. Das war eine böse Tat, o Söhne und Töchter des Kindes, denn so wie der Wächter jetzt tot ist, werden sehr bald viele von euch, die diese Tat geplant haben, sterben müssen, die, wenn es nicht um dieses Mannes Blut gewesen wäre, noch eine Weile würden leben können. Warum habt ihr das getan? Damit ihr ein Geheimnis bewahrt, das Geheimnis der Entführung einer Frau? Damit ihr weiterhin einer Lüge leben könnt, die auf eure Köpfe fällt wie ein Stein vom Himmel?‹

So spricht das Kind: ›Hebet nicht eure Hände gegen die drei, die verblieben sind, und wonach diese verlangen, das gebt ihnen, denn nur so allein können einige von euch vor Jana und jenen, die ihm dienen, errettet werden, auch wenn die Hüterin des Kindes fortgebracht werden und das Kind zu seinem Land zurückkehren sollte.‹ Dies sind die Worte des Orakels, gesprochen beim Fest der Ersten Früchte, die Worte, die nicht abgeändert werden können, und vielleicht seine letzten.«

Harût schwieg und es herrschte Totenstille, während die ganze Tragweite dieser Prophezeiung in das Bewußtsein der Zuhörer einsank. Schließlich schienen sie ihre dunkle Vorbedeutung zu begreifen, und ein lautes Stöhnen erklang von allen, die Zeuge dieser Offenbarung geworden waren. Als es verklungen war, halfen die beiden Frauen mit den Federkappen Isis, sich von ihrem Thron zu erheben, dann öffneten sie das Gewand über ihrer Brust und deuteten auf etwas, das sich unterhalb ihres Halses befand, zweifellos das Muttermal in der Form des neuen Mondes, das sie in ihren Augen so heilig machte, da nur sie, die es besaß, und nur sie allein, ihr heiliges Amt erfüllen konnte.

Alle Menschen in dem Amphitheater, und mit ihnen die Priester und Priesterinnen, verneigten sich vor ihr. Sie hob das Symbol des Kindes hoch über ihren Kopf, woraufhin alle anderen sich wieder verneigten, eine Geste tiefster Verehrung. Dann, die Kindesnachbildung noch immer emporhaltend, wandte sie sich um und ging, zusammen mit ihren beiden Begleiterinnen, ins Heiligtum zurück, und von dort aus zweifellos durch einen verdeckten Gang in das Haus dahinter. Auf jeden Fall sahen wir sie nicht mehr.

Sobald sie gegangen war, erhob sich die Gemeinde, wenn ich sie so nennen darf, von ihren Sitzen und drängte durch das Osttor, das nun geöffnet war, in den äußeren Hof des Tempels. Hier verteilten die Priester die von dem Altar genommenen Opfergaben unter sie, gaben jedem der Männer

Getreidekörner zu essen, und jeder der Frauen eine Blume, welche diese küßte und dann an ihren Busen steckte. Offensichtlich war dies eine Art Sakrament.

Ragnall richtete sich ein wenig aus seiner Hockstellung auf, und ich sah, daß seine Augen brannten und sein Gesicht sehr bleich war.

»Was haben Sie vor?« fragte ich ihn.

»Ich werde von diesen Leuten verlangen, daß sie mir meine Frau zurückgeben, die sie mir gestohlen haben. Versuchen Sie nicht, mich daran zu hindern, Quatermain, es ist mir ernst damit.«

»Aber, aber ...«, stammelte ich, »das werden sie niemals tun, und wir sind nur drei unbewaffnete Männer.«

Hans hob uns sein kleines, gelbes Gesicht entgegen.

»Baas«, flüsterte er, »ich habe eine Idee. Der Lord Baas will diese Lady haben, die um den Kopf wie ein Vogel aussieht, und um den Körper wie eine, die für das Begräbnis bereitgemacht worden ist, und die, wie er sagt, seine Frau ist. Aber für uns ist es unmöglich, sie aus so vielen herauszuholen. Aber was hat dieser alte Medizinmann, Harût, gerade gesagt? Er sagte, indem er für seinen Fetisch sprach, daß mit unserer Hilfe allein die Weißen Kendah sich der Masse der Schwarzen Kendah erwehren könnten, und daß uns kein Leid geschehen dürfe, wenn die Weißen Kendah am Leben bleiben wollten. Also scheint es, Baas, daß wir etwas zu verkaufen haben, was die Weißen Kendah dringend brauchen, nämlich unsere Hilfe gegen die Schwarzen Kendah, denn wenn wir nicht für sie kämpfen, können sie, wie sie glauben, nicht gegen ihre Feinde bestehen und den Teufel Jana töten. Nehmen wir einmal an, der Baas würde sagen, unser Preis sei diese weiße Frau, die wie ein Vogel angezogen ist, die uns zu übergeben ist, wenn wir die Schwarzen Kendah geschlagen und Jana getötet haben – wonach sie ja keine Verwendung mehr für sie haben. Und nehmen wir einmal an, der Baas würde sagen, wenn sie diesen Preis nicht bezahlen wollen, werden wir all unser Pulver und alle Patronen verbrennen, so daß die Gewehre nutzlos sind. Ist das nicht ein Weg, auf dem man gehen kann?«

»Vielleicht«, antwortete ich. »Irgend etwas dieser Art ging mir auch im Kopfe herum, doch hatte ich noch keine Zeit, es zu durchdenken.«

Ich wandte mich an Ragnall, setzte ihm den Vorschlag auseinander und fügte hinzu: »Ich bitte Sie, nicht vorschnell zu handeln. Denn sonst werden nicht nur wir getötet, sondern es ist auch sehr wahrscheinlich, daß sie, selbst wenn sie uns am Leben lassen sollten, Ihre Frau lieber töten würden, bevor sie zulassen, daß eine, die sie als heilig betrachten und die für ihren Glauben in dessen letztem Kampf notwendig ist, von ihrer Obhut über das Kind entbunden wird.«

Es war ein gut gewähltes Argument, das seinen Zweck erfüllte.

»Sie jetzt zu verlieren, wäre mehr, als ich ertragen könnte«, murmelte er.

»Versprechen Sie mir dann, mich versuchen zu lassen, die Angelegenheit auf meine Weise zu lösen, und sich nicht einzumischen, vor allem aber keine Gewalt anzuwenden?«

Er zögerte für einen Moment, doch dann sagte er: »Ja, ich verspreche es, denn Sie und Hans sind erfahrener als ich, und – ich kann meiner Urteilskraft nicht trauen.«

»Gut«, sagte ich mit einer Selbstsicherheit, die ich nicht empfand. »Jetzt werden wir hinabgehen und Harût und seinen Freunden einen Besuch abstatten. Ich möchte mir den Tempel ein wenig genauer ansehen.«

Also krochen wir rückwärts aus unserer Deckung im Buschwerk heraus, bis wir sicher waren, daß die Neigung des Hanges uns verbergen würde, und erhoben uns. Wir gingen etwa eine Viertelmeile weit und so rasch, wie es uns möglich war, in östliche Richtung, und bogen dann nach Norden ab. Wie ich erwartet hatte, gelangten wir nun außerhalb des Kraters auf den mit dichtem Wald bedeckten Hang des Berges, und erreichten kurz darauf den Weg, der zum Osttor des Amphitheaters führte. Diesem Weg folgten wir ungesehen, bis schließlich das offene Tor vor uns lag. Wir durchschritten es, ohne irgendwelche Aufmerksamkeit zu erregen, vielleicht weil alle hier versammelten Menschen entweder miteinander sprachen, oder beteten, oder vielleicht, weil wir, wie sie, in weiße Gewänder gekleidet waren.

Hinter dem Ausgang des Tunnels blieben wir stehen, und ich rief mit lauter Stimme: »Die weißen Lords und ihr Diener sind gekommen, um Harût zu besuchen, wozu wir von ihm eingeladen wurden. Führt uns also bitte zu Harût!«

Alle fuhren herum und starrten uns an, die wir dort im Schatten des Zugangstunnels standen, denn die hinter uns aufgehende Sonne stand noch sehr tief. Himmel, wie sie uns anstarrten!

Eine Stimme rief: »Tötet sie! Tötet diese Fremden, die den Tempel entweihen!«

»Was!« antwortete ich. »Wollt ihr jene töten, denen euer Hohepriester freies Geleit geschworen hat, und mit deren Hilfe allein, wie euer Orakel gerade erklärte, ihr hoffen könnt, Jana zu töten und seine Krieger zu vernichten?«

»Wie können sie das wissen?« rief eine andere Stimme. »Sie sind Zauberer! Sie sind Zauberer!«

»Ja«, sagte ich, »denn nicht alle Magie wohnt in den Herzen der Weißen Kendah. Wenn ihr daran zweifelt, so geht und seht euch den Wächter der Höhle an, von dem das Orakel euch sagte, daß er tot sei. Ihr werdet feststellen, daß es nicht gelogen hat.«

Während ich das sagte, stürzte ein Mann durch das offene Tor; sein weißes Gewand flatterte im Wind, und als er aus dem Tunnel stürzte, schrie er: »O Priester und Priesterinnen des Kindes, die uralte Schlange ist tot! Ich, dessen Amt es ist, die Schlange am Tage des neuen Mondes zu füttern, habe sie tot in ihrem Hause liegend gefunden.«

»Habt ihr gehört?« unterbrach ich mit lauter Stimme. »Der Vater der Schlange ist tot. Wenn ihr wissen wollt, wie das geschah, so will ich es euch sagen. Wir haben ihn angeblickt, und er ist gestorben.«

Sie hätten antworten können, daß der arme Savage die Schlange auch angeblickt hatte, mit dem Ergebnis, daß *er* starb, doch glücklicherweise fiel ihnen das nicht ein. Sie standen völlig reglos und starrten uns an wie eine Herde verstörter Schafe.

Schließlich teilte sich die Schafherde, und ihr Schäfer, in der Gestalt Harûts, erschien, und er wirkte, fand ich, wie ein Bild Abrahams, gemildert durch einen Hauch der Melancholie Hiobs, das heißt, so wie ich mir diese beiden Patriarchen immer vorgestellt habe. Er verneigte sich mit seiner gewohnten orientalischen Höflichkeit vor uns, und wir verneigten uns ebenfalls. Hans' Verbeugung, sollte ich erwähnen, war von ganz besonderer Art und sah eher aus, als ob eine *Skulpat,* wie die Buren eine Landschildkröte nennen, ihren faltigen Kopf in ihren Panzer zieht und ihn dann wieder hervorstreckt, als wie irgend etwas anderes. Dann bemerkte Harût mit seinem merkwürdigen Englisch, das die Weißen Kendah wahrscheinlich für eine Sprache hielten, die nur Magiern geläufig ist: »Also Sie hergekommen, eh? Warum Sie hergekommen, wie, zum Teufel, Sie hergekommen, eh?«

»Wir sind hergekommen, weil du uns aufgefordert hast, zu kommen, wenn uns das möglich wäre«, antwortete ich, »und weil wir es für unhöflich hielten, deiner Einladung nicht nachzukommen. Was das andere betrifft, so kamen wir durch eine Höhle, in welcher du eine zahme Schlange hieltest, ein sehr häßliches Reptil übrigens, doch absolut harmlos für solche, die wissen, wie man mit Schlangen umgehen muß, und keine Angst vor ihnen haben, wie es bei dem armen Bena der Fall war. Wenn du ihre Haut entbehren kannst, würde ich sie gern haben, um mir einen Mantel daraus machen zu lassen.«

Harût blickte mich mit offenkundigem Respekt an und murmelte: »Oh, Macumazahn, du sein, was ihr Engländer nennt cool, sehr cool! Ist das alles?«

»Nein«, antwortete ich. »Obwohl ihr uns nicht bemerkt habt, waren wir bei eurem Gottesdienst anwesend und haben alles gehört und gesehen. So sahen wir, zum Beispiel, die Frau dieses Lords, die ihr in Ägypten verschleppt habt, die du, da du ein Lügner bist, Harût, nicht gesehen zu haben geschworen hast. Außerdem hörten wir ihre Worte, nachdem du sie mit Tabakrauch trunken gemacht hast.«

Jetzt war Harût zum ersten Mal in seinem Leben, um einen Ausdruck der Sportler zu gebrauchen, k.o. Er blickte uns an, dann wurde er sehr blaß, hob den Blick himmelwärts und schwankte auf seinen Füßen vor und zurück, als ob er umzufallen drohe.

»Wie Sie gemacht haben? Wie Sie gemacht haben, eh?« fragte er mit matter Stimme.

»Es spielt doch keine Rolle, wie wir es gemacht haben, Freundchen«, antwortete ich von oben herab. »Wir wollen nur eines wissen: wann werdet ihr diese Lady ihrem Ehemann zurückgeben?«

»Nicht möglich«, antwortete er und gewann etwas von seiner Fassung wieder. »Erst wir töten euch, dann wir töten Lady, sie Nährerin von Kind. So lange Kind hier, sie bleiben hier, bis sterben.«

»Hören Sie!« unterbrach Ragnall. »Entweder geben Sie mir meine Frau zurück, oder jemand anders wird sterben. Sie werden sterben, Harût. Ich bin kräftiger als Sie, und wenn Sie mir nicht versprechen, meine Frau herauszugeben, werde ich Sie jetzt auf der Stelle mit dem Stock töten, den ich in meiner Hand halte.«

»Lord«, antwortete der alte Mann mit einiger Würde, »ich weiß, Sie mich können töten, und wenn Sie töten mich, ich Ihnen werde danken dafür, da nicht wollen leben in so viel Unglück. Aber was gut das, da in einer Minute Sie auch tot, Sie alle. Und Lady, sie hier bleiben, bis König von Schwarze Kendah kommen und sie nehmen als Frau, oder sie sterben von eigene Hand.«

»Lassen Sie uns darüber reden«, sagte ich und trat Ragnall eine kräftige Warnung auf die Füße. »Wir haben euer Orakel gehört, und wir wissen, daß ihr seinen Worten glaubt. Es hat gesagt, daß wir allein euch helfen können, die

Schwarzen Kendah zu besiegen. Wenn ihr nicht versprecht, was wir von euch verlangen, werden wir euch nicht helfen. Wir werden unser Pulver verbrennen und das Blei zerschmelzen, so daß die Gewehre, die wir bei uns haben, nicht mit Jana und mit Simba sprechen können, und dann werden wir noch weitere Dinge tun, von denen ich jetzt nicht sprechen will. Wenn ihr uns aber versprecht, was wir verlangen, dann werden wir gegen Jana und Simba kämpfen und eure Männer lehren, die fünfzig Gewehre zu benutzen, die wir mit uns gebracht haben, und durch unsere Hilfe werdet ihr siegen. Haben ihr das verstanden?«

Harût nickte und strich sich seinen langen Bart, als er fragte: »Was ihr wollen wir versprechen, eh?«

»Wir wollen dein Versprechen, o Harût, daß du uns, wenn Jana tot ist und die Schwarzen Kendah vertrieben worden sind, weiße Lady, die ihr verschleppt habt, zurückgibst. Außerdem, daß du sie und uns auf Wegen, die du kennst, aus diesem Lande hinausbringen wirst, und daß du bis dahin diesen Lord mit seiner Frau sprechen läßt.«

»Nicht das letzte, nein«, antwortete Harût, »das nicht möglich. Das uns bringen alle in Grab. Auch nicht von Nutzen, weil ihr Geist leer. Für anderes, ihr gehen zu andere Ort und essen, während ich sprechen mit Priestern. Nicht haben Furcht; ihr völlig sicher.«

»Wovor sollten wir auch Furcht haben? Du bist es, der sich fürchten sollte, du, der du die weiße Lady gestohlen und Bena den Tod gebracht hast. Erinnerst du dich der Worte deines Orakels, Harût?«

»Ja. Ich weiß Worte, aber wie *du* sie wissen, das ich nicht weiß.«

Dann gab er einige Befehle, woraufhin sich eine Eskorte um uns versammelte und uns durch die Menge und entlang der Passage in den zweiten Hof des Tempels geleitete, der jetzt leer war. Hier verließ die Eskorte uns, blieb jedoch beim Zugang der Passage zurück und bewachte ihn und uns. Kurz darauf brachten Frauen uns Essen und Trinken, von dem Hans und ich uns kräftig bedienten, während

Ragnall, der seiner Frau so nahe und doch so fern war, nur wenig herunterbrachte. Die Freude, sie nach diesen vielen Monaten gefahrvollen Suchens lebend gefunden zu haben, vermischte sich mit der Furcht, daß sie ihm im letzten Moment für immer genommen werden könnte, und verschlug ihm den Appetit.

Während wir aßen, erschienen Priester – es mochten ihrer etwa ein Dutzend gewesen sein – die offenbar von Harût gerufen worden waren und sich um ihn versammelten, außerhalb unserer Hörweite, zwischen dem Altar und dem Heiligtum, um dort in ernstem Tonfall miteinander zu diskutieren. Ich beobachtete ihre Gesichter und erkannte, daß es tiefe Meinungsverschiedenheiten unter ihnen gab, wobei etwa die Häfte eine Ansicht vertrat, die andere eine davon abweichende. Bis schließlich Harût einen Vorschlag machte, dem sie alle zustimmten. Dann wurde die Tür des Heiligtums geöffnet – mit einem seltsam geformten Schlüssel, den einer der Priester aus seinem Gewand hervorzog, so daß man in den dunklen Innenraum blicken konnte, in welchem etwas weiß schimmerte, wahrscheinlich die Statue des Kindes. Harût und zwei weitere Priester traten hinein, und die Tür wurde hinter ihnen geschlossen.

Etwa fünf Minuten später kamen sie wieder heraus, und einer der Priester, nicht Harût, sprach mit den anderen, die ernst lauschten und nach erneuter Konsultation durch Heben der rechten Hand ihr Einverständnis bekundeten. Nun kam einer der Priester auf uns zu, verneigte sich und bat uns, zum Altar zu treten. Dies taten wir und wurden nebeneinander aufgestellt, Hans zwischen Ragnall und mir, während die Priester sich links und rechts von uns aufreihten. Nun trat Harût, der die Tür des Heiligtums wieder geöffnet hatte, vor uns hin und sprach zu uns, jetzt nicht auf englisch, sondern in seiner eigenen Sprache, wobei er nach jedem Satz eine Pause machte, damit ich ihn Ragnall übersetzen konnte.

»Lords Macumazahn und Igeza, und gelber Mann, der Licht-im-Dunkel genannt wird«, sagte er, »wir, die Obersten Priester des Kindes, die wir im Namen des Volkes der Weißen Kendah und, mit voller Zustimmung dieses Volkes sprechen, haben miteinander beraten und auch die Weisheit des Kindes zu Rate gezogen, bezüglich der Forderungen, die ihr an uns gestellt habt. Diese Forderungen sind: erstens, daß wir euch, nachdem ihr Jana getötet und die Schwarzen Kendah geschlagen habt, die weiße Lady übergeben, die in einem fernen Land geboren wurde, um hier das Amt der Hüterin des Kindes zu erfüllen, wie es durch das Mal des neuen Mondes über ihrer Brust ausgewiesen ist, die jedoch, nachdem es uns zum zweiten Mal nicht gelungen war, sie zu uns zu holen, deine Ehefrau wurde, Lord Igeza. Zweitens, daß wir sie gemeinsam mit euch sicher aus diesem Land geleiten, an einen Ort, von dem aus ihr in das eure gelangen könnt. Beides sind wir bereit zu tun, weil wir von alters her wissen, daß wir, sobald Jana tot ist, keine Furcht vor den Schwarzen Kendah mehr zu haben brauchen, da wir glauben, daß sie dann ihre Heimat verlassen und an einen anderen Ort gehen werden, und wir deshalb kein Orakel mehr benötigen, welches uns erklärt, auf welche Weise der Himmel uns vor Jana und vor ihnen beschützen wird. Oder, falls, wir ein neues Orakel brauchen sollten, wird zweifellos zu gegebener Zeit eines gefunden werden. Auch geben wir zu, daß wir diese Lady gestohlen haben, weil wir dazu gezwungen waren, obwohl sie die Ehefrau eines von euch ist. Wenn wir jedoch dies schwören, müßt ihr eurerseits schwören, bis zum Ende des Krieges bei uns zu bleiben, unsere Sache zu der euren zu machen, und, so es nötig werden sollte, im Kampf euer Leben für uns zu opfern. Außerdem müßt ihr schwören, daß keiner von euch versuchen wird, die Lady, welche die Hüterin des Kindes genannt wird, zu sehen oder sie von hier fortzubringen, bis wir sie euch übergeben. Wenn ihr das nicht schwört, werden wir euch, da an diesem heiligen Orte kein Blut vergossen werden darf, einschließen, bis ihr vor Hunger und Durst sterbt, oder, falls es euch gelingen sollte, aus diesem Tempel zu entkommen, über euch herfallen und euch zu Tode bringen und unseren Kampf gegen Jana allein führen, so gut uns das möglich ist.«

»Wenn wir diese Versprechen ablegen, wie können wir sicher sein, daß ihr die euren halten werdet?« unterbrach ich.

»Weil der Eid, den wir schwören, der Eid des Kindes ist, der nicht gebrochen werden darf.«

»Dann schwört ihn«, sagte ich, denn obwohl mir diese Versicherung nicht gerade gefiel, war sie doch das beste, was im Moment zu haben war.

Also legten sie sehr feierlich ihre Hände auf den Altar und sprachen ›in Gegenwart des Kindes, und beim Namen des Kindes und des ganzen Volkes der Weißen Kendah‹ einen sehr eindrucksvollen Eid, den Harût ihnen vorsprach, und dessen Inhalt ich bereits erwähnt habe. Er rief auf ihre Häupter die entsetzlichsten Verhängnisse herab, sowohl in dieser Welt als auch in der nächsten, sollte dieser Eid dem Buchstaben oder dem Geiste nach gebrochen werden; doch sollte besagter Eid nur gültig sein, wenn wir unsererseits schwören, die damit verbundenen Bedingungen einzuhalten, und den unseren ebenfalls dem Buchstaben und dem Geiste nach erfüllen würden.

Dann baten sie uns, nun unseren Teil des Paktes zu erörtern und zogen sich rücksichtsvollerweise außer Hörweite zurück, während wir über diese Angelegenheit sprachen; Harût, der einzige von ihnen, der Englisch verstand, ging sogar auf die andere Seite des Heiligtums. Zu Anfang hatte ich einige Schwierigkeiten mit Ragnall, der sehr dagegen war, sich auf irgendeine Weise zu binden. Schließlich jedoch, nachdem ich ihm klargemacht hatte, daß es hier um unser Leben ging, und wahrscheinlich auch um das seiner Frau, und daß uns außerdem kein anderer Weg offen stand, gab er zu meiner großen Erleichterung nach.

Hans erklärte sich sofort bereit, alles mögliche beschwören zu wollen und setzte nüchtern hinzu, daß Worte kein Gewicht hätten und wir hinterher tun könnten, was unseren Interessen am besten diene, woraufhin ich ihm eine kurze Lektion in Moral erteilte und ihm die Sündhaftigkeit des Meineides darlegte, was ihn jedoch nicht sehr zu beeindrucken schien.

Nachdem diese Sache geregelt war, riefen wir die Priester zurück und informierten sie über unseren Beschluß. Harût verlangte, daß wir ›im Namen des Kindes‹schwören sollten, was wir jedoch ablehnten und erklärten, daß wir es gewohnt seien, allein im Namen unseres Gottes zu schwören. Da Harût ein liberal denkender Mann war, der andere Länder kannte, gab er in diesem Punkte nach. Also schwor ich, daß ich als Gegenleistung für die Versprechen, die sie uns gemacht hatten, bis zum Ende gegen die Schwarzen Kendah kämpfen würde. Ich setzte hinzu, daß ich keinen Versuch unternehmen würde, die weiße Lady, die hier als Hüterin des Kindes bekannt war, zu sehen oder mich sonst in ihre Angelegenheiten einzumischen oder sie auch nur von unserer Anwesenheit wissen zu lassen, bis der Krieg vorüber wäre, und schloß mit den Worten ›so wahr mir Gott helfe‹, wie ich es mehrmals getan hatte, wenn ich Aussagen vor einem Gerichte beschwören mußte.

Dann wiederholte Ragnall mit sichtlicher Mühe meinen Eid auf englisch, und Harût hörte sehr aufmerksam auf jedes Wort und fragte mich einige Male nach der genauen Bedeutung bestimmter Ausdrücke.

Zuletzt wiederholte auch Hans, den die ganze Sache tödlich zu langweilen schien, die Worte, die ich ihm vorsprach, und schloß auf seine Weise mit den Worten, ›so wahr mir der Prädikant, der Vater des Baas, helfe‹, eine Formulierung, die abzuändern er sich hartnäckig weigerte, obwohl dies eine Menge weiterer Erklärungen erforderlich machte. Als er von den Priestern deshalb bedrängt wurde, erklärte er ihnen, daß für ihn mein Vater in der gleichen Beziehung zu den über uns waltenden Mächten stünde, wie ihr Orakel zu dem Kind. Er bot jedoch großmütigerweise an, als Dreingabe auch bei den Geistern seines Großvaters und seiner Großmutter zu schwören, und bei einer sehr außergewöhnlichen Gottheit, die diese verehrt hatten – ich glaube, es war ein Hase – sozusagen als zusätzlichen Beweis seines guten Willens. Dieses Anerbieten wurde von den Priestern mit feierlichen Worten akzeptiert, woraufhin Hans mir auf holländisch zuflüsterte: »Diese Narren wissen nicht, daß der Hase, wenn er in die Enge gerät, oft auf der eigenen Fährte zurückläuft, und dein verehrter Vater wird sich sehr freuen, wenn ich sie, was die weiße Lady betrifft, mit dem gleichen Trick hereinlegen kann, den sie dem Lord Igeza gespielt haben.«

Ich blickte ihn nur schweigend an, da Hans' Moralität jenseits aller Argumente war. Sie mag vielleicht in einem Satze zusammengefaßt werden: Im Interesse seines Herrn seinen Nächsten unterzukriegen, auf ehrliche Weise, so das möglich sein sollte, wenn nicht, auf jede andere, einschließlich der des Mordes. Im tiefsten Grunde seines Herzens betete Hans nur einen Gott an, nämlich die Liebe, jedoch nicht die zu Frau oder Kind, sondern die zu meiner bescheidenen Person. Seine Prinzipien waren die eines sehr schlauen, doch edlen und exklusiven Hundes, weder besser, noch schlechter. Aber, wenn alles gesagt und getan ist, gibt es niederere Kreaturen als edle Hunde. Zumindest neigen die Herren, die von ihnen verehrt werden, zu dieser Ansicht, besonders wenn ihre Wachsamkeit und ihr Mut sie vor Tod oder Unheil bewahrt haben.

18

Die Botschafter

Die Zeremonien waren vorüber, und die Priester, mit der Ausnahme von Harût und zweier anderer, die zurückblieben, um ihm zu Diensten zu sein, verschwanden, vermutlich um die männlichen und weiblichen Hierophanten über das Resultat der Verhandlungen zu informieren, und durch diese das ganze Volk der Weißen Kendah. Der alte Harût starrte uns eine Weile an und sagte dann auf englisch, das er vorzugsweise anwandte, wenn Ragnall anwesend war: »Was sie wollen jetzt tun, eh? Vielleicht wollen zur Stadt des Kindes fliegen zurück, denn so sie sind, glaube ich, hergekommen. Wenn so, bitte mich mitnehmen, weil mir das ersparen lange Weg.«

»O nein«, antwortete ich, »wir sind durch das Loch gekommen, in dem der Vater der Schlangen lebte, der vor Angst starb, als er unserer ansichtig wurde, und haben uns dann im Hofe des Tempels einfach unter die anderen gemischt.«

»Gute Lüge«, sagte Harût bewundernd, »Lüge erster Klasse! Ich mich fragen, wie ihr Schlange töten, von der wir glauben, sie niemals sterben, weil sie dort Hunderte, Hunderte Jahre gelebt, unsere Menschen sie dort gefunden, als zuerst in diese Land kommen, und sie gemacht eine Art von Gott. Nun, sie böses Tier und besser, daß tot ist. Sie wollen sehen Kind? Wenn ja, Sie kommen mit mir, weil sind jetzt unsere Brüder. Nur bitte abnehmen Hut und nicht sprechen.«

Ich sagte ihm, daß wir gerne ›wollen sehen Kind‹, und traten, von Harût geführt, in das kleine Heiligtum, das gerade groß genug war, um uns allen Platz zu bieten. In einer Nische der gegenüberliegenden Wand stand die heilige Statue, die Ragnall und ich mit ehrfürchtigem Interesse betrachteten. Sie stellte sich als die Darstellung eines Kindes heraus, etwa zwei Fuß hoch und, wie ich vermutete, aus dem unteren Ende eines ungewöhnlich starken Elefanten-Stoßzahns geschnitten, der so alt war, daß das gelbliche Elfenbein faulig geworden und von einer Unzahl feiner Risse durchzogen war. Ihrem Aussehen nach zu urteilen, mußten, meiner Meinung nach, mehrere Jahrtausende vergangen sein, seit das Tier, von dem dieses Elfenbein stammte, gestorben war, besonders da die Statue, wie ich vermutete, stets sorgfältig aufbewahrt und vor allen Witterungseinflüssen geschützt worden war.

Die Arbeit dieses Objekts war von allererster Qualität, die eines hervorragenden Künstlers, der, wie ich annahm, ein lebendes Kind als Modell verwendet hatte, vielleicht ein Kind des Pharaos jener Tage. Hier sollte ich feststellen, daß es für mich keinerlei Zweifel an seinem ägyptischen Ursprung gab, da sich an einer Kopfseite eine einzelne Haarlocke befand, während der vierte Finger der linken Hand vor die Lippen gehalten wurde, um Schweigen zu gebieten. Diese beiden Besonderheiten sind, wie man sich erinnern wird, charakteristisch für Darstellungen des kindlichen Horus, des Kindes von Osiris und Isis, wie man sie als Bronzestatuen und auf Wandmalereien von Tempeln findet. Zumindest wurde ich von Ragnall, der viele solcher Darstellungen in Ägypten studiert hatte, später dahingehend unterrichtet. Sonst befand sich nichts in diesem Raum, mit Ausnahme eines uralten, schnurbespannten Ebenholzhokkers, der mit Intarsien aus Elfenbein verziert war, einer Schlangenfigur aus Porzellan, die zeigte, daß die Schlangenverehrung irgendwie mit ihrer Religion verknüpft war, und zwei Schriftrollen aus Papyrus – zumindest schienen sie aus diesem Material zu bestehen – die in der Nische lagen, in der sich die Statue des Kindes befand. Diese Schriftrollen verwehrte uns Harût, zu meinem Bedauern, zu begutachten oder auch nur zu berühren.

Nachdem wir das Heiligtum verlassen hatten, fragte ich Harût, wann die Figur in ihr Land gebracht worden sei. Er antwortete, sie sei hergebracht worden, als sie, das Volk der Kendah, hergekommen seien – wann das gewesen war, könne er jedoch nicht sagen, da es zu lange zurückläge – und mit ihr seien die Riten und Zeremonien ihrer Religion in dieses Land gekommen.

In Beantwortung weiterer Fragen erklärte er, daß diese Statue, die aus Elfenbein zu sein schien, jene Geister enthielte, welche die Sonne und den Mond regierten, und durch diese die Welt. Dies, sagte Ragnall, sei nichts weiter als ein Stück ägyptischer Theologie, die in einem abgeschiedenen Winkel Afrikas in unsere Tage herübergerettet wurde, zweifellos durch frühere Nilanwohner, die durch irgendeine nationale Katastrophe von dort vertrieben worden waren, und ihren Glauben und eine der Darstellungen ihrer Götter mitgebracht hatten. Vielleicht waren sie zur Zeit der persischen Invasion durch Cambyses geflohen.

Nachdem wir diesen höchst interessanten Schrein verlassen hatten, der hinter uns verschlossen wurde, führte Harût uns weiter, nicht durch die Passage, die ihn mit dem Steinhaus verband, das, wie wir wußten, von Ragnalls Frau in ihrer Eigenschaft als Hüterin des Kindes, oder der modernen Personifizierung Isis', der Mondgöttin, bewohnt wurde, und dem Ragnall viele sehnsüchtige Blicke zuwarf, sondern zurück durch die beiden Höfe und den Pylon zum Tor des Tempelkomplexes. Hier, auf dem Weg, auf dem wir hereingekommen waren – eine Tatsache, die wir ihm gegenüber jedoch nicht erwähnten – blieb er stehen und sprach zu uns.

»Lords«, sagte er, »nun, seid ihr und das Volk der Weißen Kendah eins; seine Ziele sind eure Ziele, sein Schicksal ist euer Schicksal, seine Geheimnisse sind eure Geheimnisse. Du, Lord Igeza, arbeitest für einen Lohn, nämlich für den Besitz jener Lady, die wir dir am Ufer des Nils nahmen.«

»Wie habt ihr das getan?« unterbrach Ragnall, als ich ihm die Worte übersetzt hatte.

»Lord, wir haben euch beobachtet. Wir wußten, wann ihr nach Ägypten kommen würdet; wir sind euch in Ägypten gefolgt, wohin wir gegangen waren, um noch einmal nach England zu reisen, um dort unser Orakel zu beobachten und auf eine passende Gelegenheit zu warten. Dann, eines Nachts, am Ufer des Nils, riefen wir sie, und sie gehorchte diesem Ruf, wie sie es tun mußte, da wir ihr den Verstand fortgenommen hatten – frag mich nicht, auf welche Weise – und brachten sie hierher, damit sie bei uns lebe, sie, die von Geburt an mit dem heiligen Symbol gezeichnet ist und auf ihrer Brust eine Kette aus heiligen Steinen trägt, und ein Symbol, das seit Tausenden von Jahren den Körper des Kindes und den seiner Orakel geschmückt hat. Erinnerst du dich an eine Gruppe Araber, die du an dem Tag vor jener

Nacht, als sie dir verlorenging, am Ufer des Großen Flusses reiten sahst? Wir befanden uns unter diesen Reitern, und auf unseren Kamelen haben wir sie mitgenommen und sie, glücklich und unverletzt, zu diesem unserem Lande gebracht, so wie wir sie, hoffe ich, wenn alles getan ist, wieder zurückbringen werden, und euch mit ihr.«

»Ich hoffe das ebenfalls, weil ihr mir ein großes Unrecht angetan habt«, sagte Ragnall knapp, »vielleicht ein noch größeres, als ich es zur Zeit ermessen kann, denn wie kam es, daß mein Sohn von einem Elefanten getötet wurde?«

»Stell diese Frage Jana, nicht mir«, antwortete Harût düster. Dann fuhr er fort: »Auch du, Macumazahn, arbeitest für einen Lohn, für die unermeßliche Menge von Elfenbein, die deine Augen auf dem Friedhof der Elefanten jenseits des Tava-Flusses gesehen haben. Wenn du Jana getötet hast, der diesen Friedhof bewacht, und die Schwarzen Kendah geschlagen hast, die ihm dienen, ist es dein, und wir werden dir Kamele geben, um es fortzutragen, oder zumindest etwas davon, denn alles kann nicht fortgetragen werden, und es zum Meer zu schafften, von wo aus es mit Schiffen in dein Land gebracht werden kann. Was den gelben Mann betrifft, so glaube ich, daß er keinen Lohn sucht, da er bald alles erben wird.«

»Der alte Medizinmann meint damit, daß ich bald sterben werde«, bemerkte Hans und spuckte nachdenklich aus. »Nun, Baas, ich bin dazu bereit, wenn nur Jana und gewisse andere vor mir sterben. Ehrlich gesagt, bin ich schon zu alt, um zu kämpfen und zu reisen, wie ich es früher getan habe, und kann deshalb glücklich sein, in ein Land zu kommen, wo ich wieder jung sein werde.«

»Unsinn!« wies ich ihn zurecht, dann wandte ich mich wieder Harût zu, der, da er unser auf holländisch geführtes Gespräch nicht verstand, weitersprach.

»Lords«, sagte er, »diese Wege, welche nach Osten und nach Westen führen, sind die wirklichen Zugänge zu dem Berggipfel und dem Tempel, nicht jener, der, wie ich vermute, euch durch die Höhle der alten Schlange geführt hat. Der nach Westen führende Weg, der um den Fuß des Berges herum verläuft, und in jenen fernen Bergen auf einen Pfad stößt, der über sie hinweg nach Norden und in die Wüste führt, ist so leicht zu verbarrikadieren, daß wir von dorther keinen Angriff zu befürchten haben. Bei dem östlichen Weg liegen die Dinge jedoch anders, wie ich euch gleich zeigen werde, wenn ihr mit mir reitet.«

Er gab zwei jüngeren Priestern einen Befehl, die daraufhin forteilten und mit einer Reihe von Kamelen zurückkehrten, die irgendwo verborgen gewesen waren. Wir stiegen auf und folgten dem Weg über ein kurzes Stück ebenen Grund, wobei wir feststellten, daß sich in einem Abstand von nicht mehr als einer halben Meile von dem ersten entfernt ein zweiter, steiler Felsring befand, der wahrscheinlich einst der Außenrand des Kraters gewesen war. Diese Felsbarriere war jedoch in einer Breite von zwei- oder dreihundert Yards durchbrochen, wahrscheinlich durch die Gewalt eines Lavastroms, und durch die Mitte dieser Lücke verlief der Weg, zu dessen beiden Seiten da und dort Schanzen errichtet waren, die der Verteidigung dienten. Als ich sie betrachtete, erkannte ich, daß sie sehr alt und unwirksam waren und fragte, wann sie angelegt worden seien. Harût antwortete: vor etwa hundert Jahren, als der letzte Krieg mit den Schwarzen Kendah stattgefunden habe, die schließlich an dieser Stelle zurückgeworfen werden konnten, denn die Weißen Kendah seien damals sehr viel zahlreicher gewesen als heute.

»Also kennt Simba diese Route«, sagte ich.

»Ja, Macumazahn, und Jana kennt sie ebenfalls, denn er kämpfte in jenem Krieg und besucht uns von Zeit zu Zeit noch heute und tötet jeden, dem er begegnet. Nur zum Tempel zu kommen, hat er nie gewagt.«

Nun fragte ich mich, ob wir nicht wirklich Jana in der vergangenen Nacht im Wald gesehen hatten, kam jedoch zu der Erkenntnis, daß es sinnlos war, da weiter nachzuforschen und stellte deshalb keine Fragen, vor allem nicht, da diese Harût die Route verraten hätten, auf der wir zum

Tempel gelangt waren. Ich erklärte ihm nur, daß hier sofort richtige Verteidigungsanlagen errichtet werden müßten, falls sie den Berg zu einer Festung machen wollten.

»Ja, das ist unsere Absicht, Lord«, antwortete er, »da wir nicht stark genug sind, um die Schwarzen Kendah in ihrem eigenen Land angreifen oder sie in offener Schlacht auf freiem Felde stellen zu können. Hier und an keinem anderen Ort muß die letzte Schlacht zwischen Jana und dem Kinde geschlagen werden. Deshalb wird es eure Aufgabe sein, sichere Befestigungen anzulegen, so daß wir Jana und das Heer der Schwarzen Kendah besiegen können, wenn sie kommen.«

»Willst du damit sagen, daß dieser Elefant Simba und seine Krieger begleiten wird, Harût?«

»Ohne Zweifel, Lord, da er das von Anbeginn an getan hat. Jana ist zahm gegenüber dem König und gewissen Priestern der Schwarzen Kendah, deren Vorväter ihn seit Generationen gefüttert haben, und gehorcht ihren Befehlen. Außerdem kann er selbständig denken, da er ein böser Geist und unverwundbar ist.«

»Sein linkes Auge und seine Rüsselspitze sind nicht unverwundbar«, bemerkte ich, »obwohl es nach dem, was ich mit ihm erlebte, keinen Zweifel darüber gibt, daß er selbständig denken kann. Nun, ich bin froh, daß er kommt, da ich bei ihm noch eine Rechnung zu begleichen habe.«

»So wie er, der nichts vergißt, noch eine Rechnung bei dir und deinem Diener, Licht-im-Dunkel, zu begleichen hat«, bemerkte Harût in einem unangenehmen Tonfall.

Dann, nachdem von uns ein paar Vermessungen durchgeführt worden waren, und Ragnall, der sich auf solche Sachen verstand, eine Skizze in sein Notizbuch gezeichnet hatte, die als Vorlage für das von uns konzipierte Verteidigungssystem dienen sollte, setzten wir unseren Weg zur Stadt fort, wo wir alle unsere Vorräte zurückgelassen und viele Dinge zu erledigen hatten. Es war, wie sich herausstellte, ein ziemlich langer Weg, den Osthang des Berges hinab, der jedoch leicht zu bewältigen war, obwohl alle anderen Teile dieses seltsamen Berges von dichten Zedernwäldern bestanden waren, die ebenfalls Verteidigungsmöglichkeiten boten. Als wir schließlich an seinem Fuß anlangten, sahen wir uns gezwungen, einen Umweg über gewundene Pfade zu machen, um einem Gelände auszuweichen, das für die Kamele zu uneben und zu felsig war, so daß wir schließlich erst gegen Mittag unser Haus in der Stadt des Kindes erreichten.

Und wir waren sehr froh, wieder dort zu sein, denn alle drei waren wir ermüdet von unserer furchtbaren, nächtlichen Wanderung und von den starken seelischen Belastungen, die wir durchgemacht hatten. Nachdem wir gegessen hatten, legten wir uns auch sofort hin, und ich war glücklich festzustellen, daß Ragnall, trotz aller Erregung, in welche die Entdeckung seiner Frau ihn gestürzt hatte, der erste von uns war, der einschlief.

Gegen fünf Uhr wurden wir von einem Boten Harûts geweckt, der uns in einer wichtigen Angelegenheit zu einer Art Besprechungshaus berief, das in einiger Entfernung auf einem Platz stand, auf dem die Weißen Kendah untereinander Tauschhandel mit Feldfrüchten trieben. Hier fanden wir Harût und etwa zwanzig der Dorfältesten im Schatten des Schilfdaches sitzen, während hinter ihnen, in respektvoller Entfernung, über hundert der Weißen Kendah standen. Die meisten von ihnen waren jedoch Frauen und Kinder, denn, wie ich bereits erwähnte, war der größte Teil der männlichen Bevölkerung außerhalb der Stadt, da die Ernte begonnen hatte.

Wir wurden zu Stühlen, oder vielmehr Schemeln, geleitet, und als wir beide uns gesetzt hatten und Hans seinen Platz hinter uns eingenommen hatte, erhob sich Harût und informierte uns, daß Botschafter der Schwarzen Kendah eingetroffen seien, welche nun vorgelassen werden sollten.

Kurz darauf erschienen sie, fünf große, wild aussehende Burschen in tiefschwarzer Hautfarbe, unbewaffnet, da man ihnen nicht gestattet hatte, ihre Waffen in die Stadt mitzubringen, doch mit den üblichen Silberketten auf ihrer Brust, die ihren Rang angaben, und mit anderem barbarischen Zierat geschmückt. In ihrem Anführer erkannte ich einen der Männer wieder, die zu uns gekommen waren, als wir auf unserem Wege vom Süden ihr Territorium erreicht hatten, vor jenem Kampf, in dem ich gefangengenommen worden war.

Er trat vor Harût und sagte zu ihm: »Vor einiger Zeit, o Prophet des Kindes, habe ich, der Botschafter des Gottes Jana, der durch den Mund Simbas, des Königs, spricht, dir und deinem Bruder Marût eine Warnung zukommen lassen, auf die ihr jedoch nicht gehört habt. Jetzt hat Jana Marût genommen, und ich bin zu dir gekommen, um dich erneut zu warnen, Harût.«

»Wenn ich mich recht erinnere«, unterbrach Harût kühl, »so meine ich, daß damals zwei von euch die Botschaft überbracht haben, und daß das Kind einen von euch auf der Stirn gezeichnet hat. Wenn Jana meinen Bruder genommen hat, wo ist dann der deine?«

»Wir haben euch gewarnt«, fuhr der Botschafter unbeirrt fort, »und ihr habt uns im Namen des Kindes verflucht.«

»Ja«, unterbrach Harût wieder, »wir haben euch mit drei Flüchen belegt. Der erste war der Fluch des Himmels durch Unwetter oder Dürre, der bereits über euch gekommen ist. Der zweite war der Fluch der Hungersnot, der jetzt über euch kommt, und der dritte war der Fluch des Kriegers, der noch über euch kommen wird.«

»Dieser ist es, worüber wir mit euch sprechen wollen«, antwortete der Botschafter, unter geschickter Vermeidung der anderen beiden, über die zu reden ihm nicht genehm sein mochte.

»Das ist sehr töricht von euch«, antwortete Harût kühl, »in Anbetracht dessen, daß ihr euch vor einiger Zeit mit uns gemessen habt, und ohne viel Erfolg. Viele von euch sind getötet worden, doch nur wenige von uns, und der weiße Lord, den ihr gefangennahmt, ist nicht nur euch entkommens, sondern auch den Stoßzähnen Janas, dem jetzt, wie ich glaube, ein Auge fehlt. Wenn er ein Gott ist, wie kommt es dann, daß ihm ein Auge fehlt, und daß er es nicht fertigbrachte, einen unbewaffneten weißen Mann zu töten?«

»Das mag Jana selbst beantworten, was er auch sehr bald tun wird, o Harût. Und dies sind die Worte Janas, gesprochen durch den Mund Simbas, des Königs: Das Kind hat meine Ernte vernichtet, und deshalb verlange ich von dem Volk des Kindes, daß es mir drei Viertel seiner Ernte gibt, welche eingebracht und am Südufer des Flusses Tava abgeliefert werden soll. Daß es mir die beiden weißen Männer übergibt, die mir geopfert werden sollen. Daß es mir die weiße Lady übergibt, welche die Hüterin des Kindes ist, damit sie eine der Frauen Simbas, des Königs, werde, und mit ihr hundert Jungfrauen eures Volkes. Daß die Statue des Kindes zum Ufer des Flusses Tava gebracht werde, um sich dort dem Gott Jana, in Gegenwart seiner Priester und Simbas, des Königs, zu unterwerfen. Dieses sind die Forderungen Janas, gesprochen durch den Mund Simbas, des Königs.«

Ich sah, wie Harût und alle, die bei ihm waren, erschauerten, als ihnen die volle Bedeutung dieser für sie höchst frevelhaften Forderungen klar wurde. Doch er sagte nur, sehr ruhig: »Und wenn wir diese Forderungen zurückweisen, was dann?«

»Dann«, rief der Botschafter unverschämt, »dann erklärt Jana euch den Krieg, den letzten aller Kriege, den Krieg, der andauern wird, bis jeder eurer Männer tot ist und das Kind, das ihr anbetet, mit Feuer zu grauer Asche verbrannt wurde. Der Krieg, der andauern wird, bis eure Frauen als Sklavinnen fortgebracht worden sind, und auch das Korn, das ihr nicht in unsere Korngruben bringen wollt, bis euer Land eine Wüste ist und euer Name vergessen. Schon sind die Heerscharen Janas versammelt, und die Trompete Janas ruft sie zum Kampf. Morgen oder am nächsten Tag werden sie auf eure Stadt marschieren, und bevor der Mond voll ist, wird keiner von euch mehr da sein, um ihn anzublicken.«

Harût erhob sich, trat unter dem Schutzdach hervor, wandte den Botschaftern den Rücken zu und starrte auf die ferne Kette der hohen Berge, die sich gen Westen erhoben. Einer Neugier nachgebend folgte ich seinem Blick und sah, daß diese Berge nicht mehr sichtbar waren. Wo sie gewesen waren, befand sich jetzt eine lange Linie dunkler, schwerer Wolken. Nachdem Harût eine Weile zu ihnen hinübergeblickt hatte, wandte er sich wieder den Botschaftern zu und sagte sehr ruhig: »Wenn ihr auf meinen Rat hören wollt, Freunde, dann reitet jetzt, so schnell ihr könnt, zum Fluß zurück, denn über den Bergen steht ein Regen, wie ich ihn noch niemals gesehen habe, und ihr könnt von Glück sagen, wenn ihr es schafft, rechtzeitig über den Fluß zu gelangen, bevor diese Flut herabkommt, die größte Flut, die es seit langem gegeben hat.«

Diese Nachricht schien die Botschafter nervös zu machen, denn sie traten ebenfalls aus der Hütte heraus, starrten zu den Bergen hinüber und murmelten etwas untereinander, das ich nicht verstand. Dann kamen sie zurück und verlangten mit einer guten Portion Gleichmut eine sofortige Antwort auf ihre Herausforderung.

»Könnt ihr die nicht erraten?« antwortete Harût. Dann änderte er seinen Ton, richtete sich zu seiner vollen Größe auf und rief mit Donnerstimme: »Geht zurück zu eurem bösen Geist von einem Gott, der sich in der Gestalt eines Tieres verbirgt, und zu seinem Sklaven, der sich als König bezeichnet, und sagt dies zu ihnen: ›So spricht das Kind zu seinen aufrührerischen Dienern, den Hunden der Schwarzen Kendah: Schwimmt über meinen Fluß, wenn ihr das könnt, und stellt euch gegen mich, wenn ihr dies wagt, denn wann immer ihr auch kommen mögt, werde ich für euch bereit sein. Du bist bereits tot, o Jana. Du bist bereits tot, o Simba, sein Sklave. Ihr seid bereits in alle Winde verstreut und verloren, o Hunde der Schwarzen Kendah, und das Heim solcher von euch, die verbleiben, soll weit fort in einem dürren Lande liegen, wo ihr tief nach Wasser graben und von wilden Tieren leben müßt, weil nur wenig Korn dort wächst.‹ Und nun geht! Und geht schnell! Damit ihr nicht für immer hier bleiben müßt.«

Also wandten sie sich um und gingen, und ich war voller Bewunderung für das schauspielerische Talent Harûts.

Ich muß jedoch zugeben, daß er, der zweifellos ein guter Beobachter der lokalen Wetterbedingungen war, recht hatte mit dem, was er über den Regen in den Bergen gesagt hatte, von dem sich jedoch nichts auf das Land der Weißen Kendah ergoß. Wie wir später erfuhren, kam die Regenflut herab, als die Botschafter gerade den Fluß erreichten, und einer von ihnen ertrank, während sie ihn durchquerten, und für vierzehn Tage war er für eine Kriegertruppe unpassierbar.

Noch an jenem Abend begannen wir mit unseren Vorbereitungen auf den Angriff, der jetzt unvermeidbar war. Abgesehen von den angeblich rivalisierenden Mächten der Stammesgottheiten unter den Namen ›Das Kind‹ und ›Jana‹, die, während sie dem Konflikt eine Art homerischer Großspurigkeit hinzufügten, nach unserem Dafürhalten kaum eine Auswirkung auf den Ausgang der Dinge hatten, die mit Stahl und anderen tödlichen Waffen ausgetragen wurden, war die Situation der Weißen Kendah sehr ernst. Wie ich bereits gesagt zu haben glaube, konnten sie nicht mehr als zweitausend Männer im Alter zwischen zwanzig und fünfundfünfzig Jahren aufbringen, oder, unter Einbeziehung der Jungen zwischen vierzehn und zwanzig Jahren und einiger alter, doch noch rüstiger Männer zwischen fünfundfünfzig und siebzig, vielleicht zweitausendsiebenhundert, die für irgendwelche Kriegsdienste verwendungsfähig waren. Zu diesen mochten etwas weniger als zweitausend Frauen kommen, da dieses an Zahl ständig abnehmende Volk seltsamerweise, aus Gründen, die ich nicht herausgefunden habe, mehr Männer als Frauen aufwies, was ein Grund für ihre Ehebräuche war, die, im Gegensatz zu denen der meisten afrikanischen Völker, die Monogamie verlangten. Auf jeden Fall hatten nur die reichen unter ihnen mehr als eine Frau, während die armen und die sonstwie unattraktiven oft keine besaßen, da Ehebindungen mit Andersrassigen, vor allem mit den Schwarzen Kendah, die jenseits des Flusses lebten, mit einem so strengen Tabu belegt waren, daß jeder Verstoß mit dem Tode oder mit Verbannung bestraft wurde.

Gegen diesen kleinen Haufen konnten die Schwarzen Kendah bis zu zwanzigtausend Männer auf die Beine bringen, abgesehen von den Jungen und den alten Männern, die jedoch wahrscheinlich, zusammen mit den Frauen, zurückgelassen werden würden, um das eigene Land zu schützen, was einem Verhältnis von nicht weniger als eins zu zehn entsprach. Außerdem würden alle diese Feinde mit dem Mut der Verzweiflung kämpfen, da über drei Viertel ihres Getreides und viele ihrer Rinder und Schafe durch das furchtbare Hagelunwetter, das ich bereits beschrieb, vernichtet worden waren. Deshalb mußten sie, da nirgendwo sonst Korn zu holen war in diesem Land, in dem sie von Wüsten umgeben lebten, entweder die Weißen Kendah besiegen, oder eine schreckliche Hungersnot erleiden, bis ein Jahr später die nächste Ernte reifte.

Der einzige Vorteil, den ich in der Situation des Volkes der Weißen Kendah sehen konnte, bestand darin, daß es von der günstigen Stellung ihrer Bergfeste aus kämpfen würde, einer sehr starken Position, wenn sie richtig verteidigt wurde. Außerdem würden sie von dem Können und dem Geschick von Ragnall und mir profitieren. Und schließlich mußte der Feind sich unseren Gewehren stellen. Weder die Weißen noch die Schwarzen Kendah, mußte ich feststellen, besaßen irgendwelche Feuerwaffen, abgesehen von ein paar uralten Steinschloßgewehren, die sie irgendwann irgendwelchen Nomaden abgenommen und als Kuriosität behalten hatten. Warum dem so war, weiß ich nicht, da die Weißen Kendah zweifellos gelegentlich mit Kamelen und Getreide handelten, die sie an Araber verkauften, die bis in den Sudan oder Ägypten zogen, nomadische Stämme, denen selbst damals Feuerwaffen schon bekannt waren, wenn sie sie auch nur selten selbst gebrauchten. Doch es war nun einmal so, möglicherweise auf Grund von alten Gesetzen oder von Aberglauben, die jede Einfuhr solcher Waffen in dieses Land verboten, oder es mochte die Schwierigkeit sein, Pulver und Blei zu beschaffen, oder weil sie niemanden hatten, der sie im Gebrauch dieser neumodischen Waffen unterweisen konnte.

Man mag sich erinnern, daß Ragnall, auf den Verdacht hin, daß sie sich als nützlich erweisen mochten, neben unseren Jagdwaffen auch fünfzig Snider-Gewehre mit einer reichlichen Menge Munition nach Afrika mitgebracht hatte, die ich in Durban nur unter Schwierigkeiten durch den Zoll hatte bringen können, und die alle sicher die Stadt des Kindes erreicht hatten. Unsere Aufgabe bestand vor allem darin, diese in unserer Lage unermeßlich wertvollen Waffen auf die beste Weise nutzbar zu machen. Zu diesem Zweck bat ich Harût, fünfundsiebzig der mutigsten und intelligentesten jungen Männer seines Volkes auszuwählen, und sie Hans und mir zwecks Unterweisung in der Kunst des Schießens zu überstellen. Wir hatten zwar nur fünfzig Gewehre, doch wollte ich fünfundsiebzig Männer, also fünfzig Prozent mehr, ausbilden, damit einige in der Lage waren, jene, die fallen mochten, zu ersetzen.

Hans und ich arbeiteten von Tagesanbruch bis zum Einbruch der Nacht, um diese Kendah zu Scharfschützen auszubilden. Es war dies keine leichte Aufgabe bei Männern, die, so willig sie auch sein mochten, noch nie ein Gewehr in Händen gehabt hatten, besonders, da ich mit der für Übungszwecke benötigten Munition äußerst sparsam umgehen mußte, weil unser Vorrat daran natürlich begrenzt war. Dennoch brachten wir ihnen bei, wie man in Deckung ging, wie man feuerte, und wie man auf Befehl das Feuer einstellte, und auch, immer tief zu halten und keine Patrone zu vergeuden. Aus ihnen wirkliche Scharfschützen zu machen, war mehr, als ich unter den gegebenen Umständen erreichen konnte.

Mit Ausnahme dieser Männer arbeitete fast die gesamte männliche Bevölkerung Tag und Nacht bei der Einbringung der Ernte. Dies erwies sich als eine recht schwierige Aufgabe, da einerseits ein Teil des Korns kaum ausgereift war, und andererseits alles Getreide auf den Rücken von Kamelen in den zweiten Hof und auf dessen Rückseite transportiert werden mußte, den einzigen Plätzen, wo es einigermaßen sicher war. Am Ende blieb sogar ein großer Teil des Getreides ungeerntet. Dann mußten die Herden der Rinder und der Zuchtkamele, die jenseits des Heiligen Berges weideten, an sichere Orte verbracht werden, auf Lichtungen im Wald und auf seinen Hängen, und Futtervorräte für sie angelegt werden. Außerdem war es notwendig, Späher auszusenden, die am Ufer des Flusses das Land der Schwarzen Kendah unter Beobachtung hielten.

Schließlich erforderten die Befestigungsanlagen in den Bergen sehr viel Arbeit und Aufmerksamkeit. Dies war die Aufgabe Ragnalls, der glücklicherweise, bevor er überraschend Titel und Besitz geerbt hatte, einige Jahre lang Offizier des Königlichen Pioniercorps gewesen war und sich deshalb in diesen Dingen auskannte. Er kannte sich sogar zu gut darin aus, da das Resultat seines recht komplizierten und wissenschaftlichen Verteidigungssystems für den einfachen Verstand der Eingeborenen etwas verwirrend war. Doch unter Mithilfe einiger der Priester und aller Frauen und Kinder, die nicht damit beschäftigt waren, die Bergfeste zu verproviantieren, baute er Wall um Wall, Redoute um Redoute, wenn dies das richtige Wort dafür ist, gar nicht zu reden von den Gräben, die er ausheben ließ, und den vielen Fallgruben, deren Böden mit spitzen Stöcken armiert wurden, und die er überall anlegen ließ, wo der Boden es zuließ, um einen angreifenden Gegner zu verwirren.

Als ich die Menge Arbeit sah, die er innerhalb von zehn Tagen geschafft hatte, was erst geschah, als ich wieder zu ihm auf den Berg kam, war ich ehrlich überrascht.

Um diese Zeit erhob sich ein Disput über die Frage, ob wir versuchen sollten, die Schwarzen Kendah am Überschreiten des Flusses zu hindern, dessen Wasserstand sich nach der Regenflut wieder zu normalisieren begann, ein Plan, der von einigen der Ältesten befürwortet wurde. Schließlich wurde diese Frage mir als Oberkommandierendem vorgelegt, und ich entschied mich dagegen. Ich war der Meinung, daß unsere Kräfte zu schwach waren, und wenn ich die Gewehrschützen dazu mitnähme, würde eine Menge Munition mit sehr geringem Effekt verbraucht werden. Außerdem mochten wir es dort, wenn wir unterliegen sollten oder uns schließlich vor der Übermacht zurückzogen, was unvermeidlich war, Schwierigkeiten haben, wieder auf unsere Kamele zu steigen, was die einzige Möglichkeit war, ihren Reitern zu entkommen, die uns möglicherweise mit ihren Pferden einholen würden. Außerdem wies die Tava mehrere Furten auf, von denen jede von den Feinden als Übergang gewählt werden konnte. Also wurde beschlossen, unseren ersten und letzten Kampf auf dem Heiligen Berg auszutragen.

Am vierzehnten Abend nach dem Tag des neuen Mondes wurde uns von unseren schnellen Kamelreitern, die in Relais zwischen dem Fluß und dem Berg postiert waren, gemeldet, daß die Schwarzen Kendah sich zu Tausenden auf der anderen Seite des Flusses versammelt hätten, wo sie magische Zeremonien abhielten. Am fünfzehnten Abend meldeten die Späher, daß die Feinde den Fluß überquerten, etwa fünftausend Reiter und fünfzehntausend Mann zu Fuß, an ihrer Spitze der riesige Gott-Elefant Jana, auf welchem Simba, der König, säße, und ein lahmer Priester (offensichtlich mein Freund, der sich durch einen Pistolenschuß eine Zehe abgetrennt hatte), der als Mahout fungierte. Diesen Teil der Geschichte konnte ich, offen gestanden, nicht recht glauben, da es mir unmöglich schien, daß irgend jemand auf diesem verrückten Einzelgänger, Jana, reiten konnte. Doch wie die kommenden Ereignisse zeigen sollten, entsprach es tatsächlich der Wahrheit. Ich nahm an, daß das Tier gegenüber bestimmten Menschen völlig zahm war. Oder es war vielleicht unter Drogen gesetzt worden.

Zwei Nächte später – denn die Schwarzen Kendah rückten nur langsam vor, ergossen sich über das ganze Land, um solche Ernten mitzunehmen, die nicht eingebracht werden konnten, entweder aus Zeitmangel, oder weil sie noch unreif waren – sahen wir Rauch und Flammen aus der unterhalb von uns gelegenen Stadt des Kindes aufsteigen, welche sie in Brand gesteckt hatten. Jetzt wußten wir, daß die Stunde der Prüfung gekommen war, und bis Mitternacht arbeiteten Männer, Frauen und Kinder fieberhaft an der Fertigstellung der Befestigungen, oder versuchten es zumindest, und trafen alle Vorbereitungen, die in unserer Macht standen.

Unsere Lage war so, daß wir eine sehr starke Stellung hielten, das heißt, stark gegenüber einem Feind, der keine Kanonen oder auch nur Handfeuerwaffen besaß, und die, da alle anderen möglichen Einfallsschneisen blockiert waren, nur durch einen Frontalangriff aus dem Osten bekämpft werden konnte. Im Paß hatten wir drei Hauptverteidigungslinien angelegt, eine hinter der anderen, und mehrere hundert Yards voneinander entfernt. Unsere letzte Feste wurde durch die Mauern des Tempels selbst gebildet, hinter dem der gesamte Stamm der Weißen Kendah versammelt war, mit Ausnahme einiger hundert Menschen, die beauftragt waren, die Kamel- und Rinderherden zu beaufsichtigen, welche an fast unzugänglichen Stellen am Nordhang des Berges in Sicherheit gebracht worden waren.

Es waren vielleicht fünftausend Menschen beiderlei Geschlechts und jeden Alters in diesem Lager versammelt, das so reichlich mit Nahrung und Wasser bevorratet war, daß wir einer Belagerung von mehreren Monaten hätten standhalten können. Falls wir jedoch dorthin vertrieben worden wären, hätte es für uns kein Entkommen gegeben, denn wie wir später von unseren Spähern erfuhren, hatten die Schwarzen Kendah, die aus Tradition und durch Spione mit jeder Einzelheit des Landes vertraut waren, eine Abteilung von mehreren tausend Mann ausgesandt, die den nach Westen führenden Weg und die westlichen Hänge des Berges überwachen sollte, für den Fall, daß wir versuchen sollten, über diese Route einen Ausfall zu machen. Den einzigen anderen Verbindungsweg, der durch die Höhle der Schlange führte, hatten wir vorsichtshalber mit großen

Steinblöcken verbarrikadiert, damit der Feind uns nicht in die Flanke fallen konnte.

Kurz gesagt: Wir waren Ratten in der Falle, und dort, wo wir standen, mußten wir entweder siegen oder sterben – falls wir uns nicht ergeben wollten, was für die meisten von uns ein Schicksal bedeutet hätte, das schlimmer war als der Tod.

19

Allan Quatermain verfehlt das Ziel

Ich hatte meine letzte Runde um das kleine Corps gemacht, das ich spaßhaft ›Die Scharfschützen‹ nannte, obgleich sie, um ehrlich zu sein, beim Schießen alles andere als scharf waren, und mich vergewissert, daß jeder Mann in seiner Stellung hinter einem der Wälle war und ein Reserveschütze hinter je zweien von ihnen hockte, um das Gewehr zu übernehmen, wenn einer der beiden fallen sollte. Außerdem hatte ich kontrolliert, daß jeder der Schützen zwanzig Patronen in seinem Fellbeutel hatte. Mehr hatte ich ihnen nicht auszuhändigen gewagt, damit sie nicht in Aufregung oder Panik die letzte Patrone sinnlos verfeuerten, wie es selbst bei disziplinierten weißen Truppen vorgekommen ist. Deshalb hatte ich dafür gesorgt, daß einige ältere Männer von Stand, die vertrauenswürdig waren, an verhältnismäßig sicheren Plätzen hinter den Linien postiert wurden, die unsere gesamte Munitionsreserve bei sich hatten, die sich, da wir einiges davon für die Schießübungen verbraucht hatten, auf fast sechzig Patronen pro Gewehr belief. Diese Munition in kleinen Mengen zur Feuerlinie zu bringen, waren sie angewiesen, wenn sie sahen, daß sie benötigt wurde, und nicht vorher.

Es war, zugegeben, ein Arrangement, das in der Hitze eines verzweifelten Kampfes leicht fehlschlagen mochte, doch war mir kein besseres eingefallen, da es absolut notwendig war, dafür zu sorgen, daß keine Patrone vergeudet wurde.

Nach ein paar Worten der Ermahnung zu Ruhe und Besonnenheit an die Eingeborenen, die ich als Sergeanten dieses Corps eingeteilt hatte, kehrte ich zu einer aus Astwerk errichteten Hütte zurück, die für uns hinter einem Felsen erbaut worden war, um ein paar Stunden zu schlafen, so mir das möglich sein sollte, bevor die Schlacht begann.

Hier traf ich Ragnall an, der auch gerade von einem Inspektionsgang zurückgekommen war. Dieser war erheblich weiter gewesen als der meine, da er dabei mehrere Furlongs* rauhen Geländes mit Wällen und Gräben abschreiten mußte, die er mit so viel Umsicht und Sorgfalt angelegt hatte, um sich davon zu überzeugen, daß die verschiedenen Truppen der Weißen Kendah bereitstanden, ihren Teil zu deren Verteidigung beizutragen.

Er war müde und ziemlich erregt, zu sehr, um sofort einschlafen zu können. Also sprachen wir eine Weile miteinander, zuerst über die Aussichten des morgigen Kampfes, die uns, um es gelinde auszudrücken, recht zweifelhaft erschienen, und danach von anderen Dingen. Ich fragte ihn, ob er während der Zeit, die ich unten in der Stadt verbracht hatte, irgend etwas von seiner Frau gehört oder gesehen habe.

»Nichts«, antwortete er. »Diese Priester sprechen niemals von ihr, und sollten sie es doch tun, so ist Harût der einzige, den ich verstehen kann. Außerdem habe ich mich strikt an mein Wort gehalten und selbst als ich die Blockierung der Westroute durchführte, einen großen Bogen um den Berggipfel geschlagen, um nicht in die Nähe des Hauses zu gelangen, in dem sie, wie ich vermute, lebt. Oh! Quatermain, mein Freund, es ist ein schweres Los, wenn die Frau, die man von ganzem Herzen liebt, nur wenige hundert Yards entfernt und doch unerreichbar ist, und nach all dieser Trennung und allem Leid nicht einmal ein Gespräch mit ihr

* 1 Furlong = 201,17 m

möglich ist. Und was es noch schlimmer macht, ist, wie ich vor einigen Tagen Harûts Bemerkung entnahm, daß sie noch immer nicht bei klarem Verstand ist.«

»Das hat doch auch etwas Tröstliches«, antwortete ich, »da sie dann nicht leidet. Doch wenn dem so sein sollte, wie erklären Sie sich dann das, was Sie und der arme Savage in jener Nacht in der Stadt des Kindes sahen? Es war nicht reine Phantasie, denn die Bekleidung, die Sie beschrieben, war die gleiche, die sie beim Fest der Ersten Früchte trug.«

»Ich weiß nicht, was ich davon halten soll, Quatermain, außer daß es auf der Welt seltsame Dinge gibt, die wir als Beleidigung unserer beschränkten Intelligenz verspotten, weil wir sie nicht verstehen können.« (Sehr bald sollte ich einen Beweis für diese Feststellung erhalten.) »Aber worauf wollen Sie hinaus? Sie halten doch irgend etwas zurück.«

»Nur dies, Ragnall. Wenn Ihre Frau wirklich verrückt wäre, fände ich keine Erklärung dafür, wie sie es bewerkstelligen konnte, Sie aufzusuchen und zu Ihnen zu sprechen, selbst in einer Vision – denn es handelte sich nicht um einen individuellen Traum, da sowohl Sie als auch Savage sie sahen. Noch hat sie Sie im Fleische besucht, da die Tür nicht geöffnet und das sie überspannende Spinnennetz nicht zerstört wurde. Also läuft es auf dies hinaus: entweder ist ein Teil von ihr nicht verrückt, sondern kann noch immer genügend Willen aufbringen, um sich in Ihre Sinne zu projizieren, oder aber sie ist tot, und das, was Sie sahen, war eine Erscheinung ihres körperlosen Geistes. Nun wissen wir jedoch, daß sie nicht tot ist, denn wir haben sie mit eigenen Augen gesehen, und Harût hat es bestätigt. Deshalb möchte ich behaupten, daß sie, was immer ihr derzeitiger Zustand sein mag, dennoch grundlegend bei klarem Verstand sein muß, da sie bei natürlichem Körper ist. So mag sie, zum Beispiel, lediglich unter Hypnose stehen, in welchem Falle die Trance eines Tages brechen wird.«

»Ich danke Ihnen für diese Worte, alter Junge. Die Möglichkeit war mir nicht eingefallen und gibt mir neue Hoffnung. Doch jetzt hören Sie bitte zu! Falls ich in diesem

Kampf zu Schaden kommen sollte, was sehr wahrscheinlich ist, und Sie überleben sollten, werden Sie Ihr möglichstes tun, um sie nach Hause zu bringen, nicht wahr? Hier ist ein Zusatz zu meinem Testament, das ich nach jener Nacht aufgesetzt habe, von Hans und Savage als Zeugen unterzeichnet. Es gibt Ihnen freie Verfügung über jeden Betrag, den Sie dafür benötigen, und auch eine Summe für sich selbst. Nehmen Sie das Papier an sich, es ist bei Ihnen am besten aufgehoben, besonders da es, falls Sie getötet werden sollten, wertlos ist.«

»Natürlich werde ich mein Bestes tun«, antwortete ich und steckte das Papier in die Tasche. »Doch jetzt wollen wir nicht mehr daran denken, daß wir getötet werden, weil es uns daran hindern könnte, den Schlaf zu finden, den wir nötig brauchen. Ich habe nicht die Absicht, mich töten zu lassen, wenn ich es irgendwie verhindern kann. Ich habe vor, diesen Burschen, den Schwarzen Kendah, zu einer solchen Abreibung zu verhelfen, wie sie sie noch nie gehabt haben, und dann zur Küste zurückzukehren, mit Ihnen und, so Gott will, mit Lady Ragnall. Gute Nacht.«

Danach schlief ich mehrere Stunden lang wie ein Murmeltier, und Ragnall, wie ich glaube, ebenfalls. Als ich erwachte, was plötzlich und völlig überraschend geschah, war das erste, was ich sah, Hans, der in der Öffnung der kleinen Hütte hockte, seine Maiskolbenpfeife rauchte und das einläufige Gewehr ›Intombi‹ auf den Knien hielt. Ich fragte ihn, wie spät es sei, und er antwortete, zwei Stunden bis zur Dämmerung. Dann fragte ich ihn, warum er nicht geschlafen habe. Er antwortete, er habe geschlafen und einen Traum gehabt. Ohne wirkliches Interesse fragte ich ihn, was für ein Traum das gewesen sei, worauf er antwortete:

»Ein recht seltsamer, Baas, für einen Mann, der kurz davor steht, in die Schlacht zu gehen. Ich träumte, auf einer weiten Ebene zu stehen, die voller Stille war. Es war hell dort, doch konnte ich keine Sonne und auch keinen Mond sehen, und die Luft war sehr sanft und schmeckte wie Essen oder Trinken, so gut, Baas, daß ich, wenn mir jemand einen

Becher mit dem besten *Cape Smoke* angeboten hätte, ich ihn zurückgewiesen hätte. Dann, Baas, sah ich plötzlich deinen verehrten Vater, den Prädikanten, neben mir stehen, und er sah genauso aus wie immer, nur jünger und kräftiger und sehr glücklich, und so wußte ich sofort, daß ich tot und in der Hölle war. Ich fragte mich nur, wo das nie verlöschende Feuer sein mochte, denn ich konnte es nirgends sehen. Da sagte dein verehrter Vater zu mir: ›Guten Tag, Hans. Also bist du endlich hergekommen. Nun erzähl mir, wie ist es meinem Sohn, dem Baas Allan, ergangen? Hast du dich gut um ihn gekümmert, wie ich es dir aufgetragen habe?‹

Ich antwortete: ›Ich habe mich um ihn gekümmert, so gut ich es konnte, o verehrter Sir. Wenig genug habe ich getan; dennoch habe ich, nicht nur ein-, oder zwei-, oder dreimal mein Leben für ihn aufs Spiel gesetzt, wie es meine Pflicht war, und doch haben wir beide überlebt.‹ Und damit er eine gute Meinung von mir bekommen sollte, wie es nur natürlich ist, habe ich ihm davon erzählt und aus Kleinigkeiten große Geschichten gemacht, obwohl ich sehen konnte, daß er genau erkannte, wo ich zu lügen begann und wo ich mit dem Lügen aufhörte. Dennoch hat er mich nicht getadelt, Baas; und als ich alles erzählt hatte, sagte er sogar: ›Gut getan, du braver und treuer Diener‹, Worte, die ich glaube, ihn zuvor sprechen gehört zu haben, als er noch lebte, Baas, und uns jeden Sonntag nachmittag eine so lange Predigt hielt. Dann fragte er: ›Und wie geht es meinem Sohn, dem Baas Allan, jetzt, Hans?‹

Worauf ich antwortete: ›Der Baas Allan wird eine große Schlacht schlagen, in der er fallen mag, und wenn ich hier Trauer empfinden könnte, was ich nicht kann, so würde ich weinen, verehrter Sir, weil ich gestorben bin, bevor die Schlacht begann und deshalb nicht während des Kampfes an seiner Seite stehen und für ihn sterben konnte, wie es ein treuer Diener für seinen Herrn tun sollte.‹

›Du wirst in dem Kampf an seiner Seite stehen‹, sagte dein verehrter Vater, ›und das tun, was du tun willst, wie es dir zukommt. Und danach, Hans, wirst du mir berichten, wie die Schlacht ausgegangen ist, und welchen Ruhm mein Sohn darin errungen hat. Und wisse dies, Hans: Obwohl du, solange du auf der Welt lebst, viele Dinge sehen magst, sind sie doch nur Träume, da es auf der Welt nur eins gibt, das wirklich ist, und das ist die Liebe, der, wenn sie nur stark genug ist, sich selbst die Sterne beugen müssen, denn sie ist der König jedes einzelnen von ihnen, und alle, die auf ihnen wohnen, beten sie Tag und Nacht an, unter verschiedenen Namen, auf immer und ewig. Amen.‹

Was er damit meinte, weiß ich nicht, Baas, da ich nie viel an Frauen gedacht habe, jedenfalls nicht seit vielen Jahren, seit meine letzte alte Vrouw sich zu Tode getrunken hat, nachdem sie sich im Schlaf auf das Baby gewälzt hatte, das ich viel mehr liebte als sie, Baas.

Aber bevor ich ihn danach fragen konnte, oder nach der Hölle, war er verschwunden, so plötzlich wie die Rauchfahne aus einer Gewehrmündung bei starkem Wind.« Hans schwieg, paffte an seiner Pfeife, spuckte auf seine übliche, nachdenkliche Art auf den Boden und fragte: »Ist der Baas meines Traums müde, oder möchte er auch den Rest hören?«

»Ich möchte auch den Rest hören«, sagte ich mit leiser Stimme, denn ich fühlte mich seltsam bewegt.

»Nun, Baas, während ich an diesem Ort stand, der so voller Stille war, meinen Hut in den Händen drehte und mich fragte, was für eine Arbeit man mir dort zwischen den Teufeln geben mochte, blickte ich auf. Und ich sah zwei wunderschöne Frauen auf mich zukommen, Baas, und sie hatten jede einen Arm um den Hals der anderen geschlungen. Sie waren in Weiß gekleidet, mit den kleinen, harten Dingern behängt, die man in Muscheln findet, und trugen glänzende Steine in ihren Haaren. Und während sie auf mich zukamen, Baas, sprossen überall, wohin sie ihre Füße setzten, Blumen aus dem Boden, sehr hübsche Blumen, so daß ihr Weg über diese stille Ebene von Blumen bestickt war. Und auch Vögel sangen, während sie so gingen, zumindest glaube ich, daß es Vögel waren, obwohl ich sie nicht sehen konnte.«

»Wie sahen sie aus, Hans?« flüsterte ich.

»Eine von ihnen, Baas, die größere, kannte ich nicht. Aber die andere war mir wohl bekannt; es war jene, deren Name heilig ist und nicht ausgesprochen werden darf. Doch muß ich den Namen jetzt nennen; es war die Missie Marie selbst, so wie wir sie zuletzt sahen, als sie noch lebte, vor vielen, vielen Jahren, nur hundertmal schöner geworden.«

Ich stöhnte schmerzlich auf, und Hans fuhr fort:

»Die beiden Weißen traten zu mir, und sie sahen mich mit Augen an, die sanfter waren als die von Antilopen. Dann sagte die Missie Marie zu der anderen: ›Dies ist Hans, von dem ich dir so oft erzählt habe, Stella.‹«

Hier stöhnte ich erneut auf, denn wie konnte der Hottentotte diesen Namen wissen, oder seine süße Bedeutung?

»Dann sagte die, welche Stella genannt wurde: ›Wie geht es einem, der in den Herzen von uns dreien ist, o Hans?‹ Ja, Baas, diese hehren Gestalten nannten *mich,* den dreckigen, kleinen Hottentotten, in meinen alten Sachen und nach Tabak stinkend, in einem Atemzuge mit sich selbst, als sie von dir sprachen, denn ich wußte, daß sie dich meinten, Baas, was mich glauben machte, ich müsse betrunken sein, selbst an diesem stillen Ort. Also erzählte ich ihnen alles, was ich zuvor deinem verehrten Vater erzählt hatte, und noch viel mehr, denn sie schienen nicht genug über dich hören zu können. Und als ich erwähnte, daß ich manchmal, wenn ich mich schlafend stellte, dich bei Nacht laut für Missie Marie beten gehört habe, die für dich gestorben ist, und auch für eine andere, die deine Frau war, an deren Namen ich mich nicht erinnern kann, die jedoch auch gestorben ist, weinten beide, Baas. Ihre Tränen glänzten wie Kristalle und dufteten wie das Zeug in der kleinen Glasröhre, die Harût, wie er sagte, aus einem fernen Land mitgebracht hatte, und wovon er einen oder zwei Tropfen auf dein Taschentuch tat, als du, von den Schmerzen in deinem Bein ohnmächtig, in die Stadt gebracht wurdest. Oder vielleicht waren es die Blumen, die so rochen, denn dort, wo die Tränen zu Boden fielen, schossen weiße Lilien aus ihm hervor, die aussahen wie die Hände eines Kindes, die zum Gebet aneinander gelegt sind.«

Als ich dies hörte, barg ich mein Gesicht in den Händen, damit Hans nicht menschliche Tränen sähe, die nicht den Duft von Rosen hatten, und befahl ihm, fortzufahren.

»Baas, die Weiße, welche Stella genannt wurde, fragte mich nach deinem Sohn, dem jungen Baas Harry, und ich sagte ihr, daß er, als ich ihn zuletzt gesehen hätte, kräftig und gesund gewesen sei und einmal ein größerer Mann werden würde, als du es bist, woraufhin sie seufzte und den Kopf schüttelte. Dann sagte die Missie Marie: ›Sage dem Baas, Hans, daß auch ich ein Kind habe, das er eines Tages sehen wird, doch ist es kein Sohn.‹

Danach sagten auch sie etwas von der Liebe, doch was es war, habe ich vergessen, da dieser Traum selbst jetzt, da ich ihn dir erzähle, mir so schnell zu entgleiten scheint, wie eine Schwalbe über das Wasser schießt, doch an ihre letzten Worte kann ich mich genau erinnern. Sie lauteten: ›Sage dem Baas, daß wir beide, die wir uns im Leben nie begegneten, jetzt aber wie Zwillingsschwestern sind, warten, und die Jahre zählen, und die Monate zählen, und die Tage zählen, und die Stunden zählen, und die Minuten zählen, und die Sekunden zählen, bis er wieder unsere Stimmen hört, die ihn durch die Nacht rufen.‹ Das ist es, was sie sagten, Baas. Dann waren sie fort, und nur die Blumen blieben zurück, um zu zeigen, daß sie dort gestanden hatten.

Nun machte ich mich auf den Weg, um dir die Nachricht zu bringen, und ich bin eine weite Strecke und sehr schnell gelaufen; wenn Jana selbst hinter mir hergewesen wäre, hätte ich nicht schneller sein können. Schließlich war ich aus diesem stillen Ort heraus und zwischen Bergen, wo viele dunkle Schluchten waren, und dort, in diesen Schluchten, hörte ich ein Zulu-Impi seinen Kriegsgesang singen; ja, sie sangen das *ingoma,* oder etwas, das dem sehr ähnlich klang. Plötzlich erschien in einem Bergpaß, durch den ich eilte, eine wunderschöne Frau, deren Haut glänzte wie der beste Kupfertopf, nachdem ich ihn poliert habe,

Baas. Sie war in eine *Moocha** aus Leopardenfell gekleidet, und von ihren Schultern hing ein *Kaross*** aus Fell; um ihren Hals trug sie eine Kette aus blauen Perlen, aus ihrem Haar ragte eine Kranichfeder, so lang wie ein Spazierstock, und in ihrer Hand hielt sie einen kurzen Speer. Keine Blumen erblühten unter ihren Füßen, während sie auf mich zuschritt, und keine Vögel sangen, doch die Luft war erfüllt von dem königlichen Salut, der zwischen den Bergen hallte wie ein Donnergrollen, und ihre Augen funkelten wie die Blitze eines Sommergewitters.«

Ich ließ meine Hände von meinem Gesicht fallen und starrte ihn an, denn ich wußte, was kommen würde.

»›Bleib stehen, gelber Mann!‹ sagte sie und forderte den königlichen Salut.

Also gab ich ihr das *Bayéte****, obgleich ich nicht wußte, wer sie sein mochte, da ich es nicht für weise hielt, sie danach zu fragen, auch wenn ich es gerne getan hätte. Dann sagte sie: ›Der alte Mann auf der Ebene dort drüben, und jene beiden bleichen Weißen haben dir von ihrer Liebe zu deinem Herrn, dem Lord Macumazahn, erzählt. Ich sage dir, kleiner, gelber Hund, daß sie nicht wissen, was Liebe ist. Es ist mehr Liebe für ihn in meinen Augen allein, als bei ihnen in allem, das sie schön macht. Sag zu dem Lord Macumazahn, wenn er, wie ich wohl weiß, in die Schlacht geht, Mameena in dieser Schlacht bei ihm sein wird, so wie sie, obwohl er sie nicht sah, in vielen Kämpfen bei ihm war, und bei ihm sein wird, bis der Fluß der Zeit über den Rand der Welt geströmt ist und sich jenseits der Sonne verliert. Er möge sich daran erinnern, wenn Jana heute auf ihn zustürmt und der Tod ihm nahe ist, möge er aufblicken – denn dann wird er mich vielleicht sehen. Und nun scher dich fort, gelber Hund, zu den Füßen deines Herrn! Und spiel deine Rolle gut in der kommenden Schlacht, denn über alles, was du

---

* ärmelloses Gewand
** Umhang
*** Salut, der einem König gebührt

tust oder zu tun versäumst, mußt du mir Rechenschaft geben. Sag, daß Mameena dem Lord Macumazahn ihre Grüße sendet, und daß sie dies hinzufügt: als der alte Mann und die beiden Weißen dir gesagt haben, daß die Liebe das geheime Blut der Welten ist, das sie werden läßt, haben sie nicht gelogen. Die Liebe herrscht, und ich, Mameena, bin ihre Priesterin, und das Herz Macumazahns ist mein heiliges Haus.

Dann, Baas, stürzte ich von einer Klippe und wachte hier auf; und, Baas, da wir kein Feuer machen dürfen, habe ich für dich etwas Kaffee in der warmen Asche eingegraben.« Und ohne ein weiteres Wort ging er fort, um den Kaffee zu holen und ließ mich erschüttert und bestürzt zurück.

Denn was für eine Art von Traum war es, welcher einem alten Hottentotten alle diese Geheimnisse und verborgenen Dinge über Menschen enthüllte, die er niemals gesehen hatte, und über die ich niemals mit ihm gesprochen hatte? Mein Vater und meine Frau, Marie, mochten erklärbar sein, denn mit denen war er bekannt geworden, doch was war mit Stella, und vor allem mit Mameena, obwohl es natürlich möglich war, daß er von letzterer gehört hatte, die zu ihrer Zeit einen ziemlichen Aufruhr hervorgerufen hatte? Und wie konnte er sie so schildern, wie sie war, mit all ihrem Stolz, ihrem Glanz, ihrer flammenden Begierde!

Nun, das war die Geschichte, die zu analysieren, und über die nachzubrüten mir, vielleicht glücklicherweise, keine Zeit blieb, da in ihr viel enthalten war, das einen Mann entnerven konnte, der sich gerade vor der Krise einer verzweifelten Schlacht befindet. Und schon wenige Minuten später, als ich eben den letzten Schluck Kaffee trank, trafen Boten mit irgendwelchen Nachrichten ein – ich habe vergessen, um was es sich handelte –, die mir von Ragnall gesandt wurden, der bereits aufgestanden war, bevor ich erwachte. Ich wandte mich um und wollte den leeren Becher Hans geben, doch der war mit seiner schlangenartigen Lautlosigkeit verschwunden, also warf ich den Becher zu Boden und konzentrierte mich auf die Dinge, die in Ragnalls Botschaft erwähnt wurden.

Eine Minute später trafen Späher ein, die das Lager der Schwarzen Kendah während der Nacht beobachtet hatten. Diese kampierten nicht mehr als eine halbe Meile entfernt auf einer Lichtung am Hang des Berges, und wollten uns, wie gesagt, angreifen, sobald die Sonne aufgegangen war, da sie ihrer großen Zahl wegen befürchteten, bei einem nächtlichen Vorrücken in Verwirrung zu geraten, und, für den Fall, daß wir einen Hinterhalt vorbereitet hatten, in ein Disaster gestürzt werden könnten. Das jedenfalls war die Geschichte der beiden Spione, die unsere Männer gefangen hatten und mit dem Tod bedrohten, wenn sie nicht die Wahrheit sagten.

Es hatte eine Diskussion darüber gegeben, ob wir nicht einen Nachtangriff auf ihr Lager unternehmen sollten, ein Plan, den ich sehr befürwortete. Nach eingehender Debatte war er jedoch fallengelassen worden, einmal wegen unserer zahlenmäßigen Unterlegenheit, zum anderen wegen der Abneigung der Weißen Kendah – die sie mit den Schwarzen Kendah teilten – gegen alle nächtlichen Operationen, und schließlich wegen der geschickt gewählten Position des feindlichen Lagers, die jeden Überraschungsangrff unmöglich machte, da wir vorher von ihren Vorposten entdeckt worden wären. Worauf ich hoffte, war, daß sie, ungeachtet der Aussagen der beiden gefangenen Spione, im Dunkeln uns angreifen würden, nachdem der Mond untergegangen war und bevor die Dämmerung begann, und sich in dem Gewirr unserer Fallgruben und Gräben festrennen würden, wo wir eine große Anzahl von ihnen vernichten konnten. Erst am vergangenen Nachmittag hatte dieser listige, alte Bursche, Hans, mich darauf hingewiesen, wie vorteilhaft so etwas für uns sein könnte, und ich stimmte ihm zu, meinte jedoch, daß dies den Schwarzen Kendah ebenfalls bewußt sei, wie wir von den Gefangenen erfahren hatten.

Dennoch geschah genau dies, und durch Hans selbst, und zwar so: Der alte Harût war eine Stunde vor Beginn der

Dämmerung zu mir gekommen, um mich davon zu informieren, daß alle unsere Leute wach und auf ihren Posten seien, und mit mir letzte Vorbereitungen für unsere Verteidigungsmaßnahmen zu treffen, und auch für unsere letzte Stellung hinter den Mauern des Tempels und auf seinem ersten Hof, falls wir aus den vorderen zurückgeworfen werden sollten. Er berichtete mir, daß das Orakel des Kindes bei der Zeremonie der vergangenen Nacht Worte geäußert habe, die er und alle anderen Priester als überaus günstig gedeutet hätten, eine Nachricht, der ich mit einiger Ungeduld zuhörte, da ich der Ansicht war, daß diese Sache jetzt außerhalb der Kompetenz des Kindes und seines Orakels lag. Während er sprach, hörten wir plötzlich durch die Stille, die der Morgendämmerung vorausgeht, den unverwechselbaren Knall eines Gewehrschusses, gefolgt von dem erregten Schreien eines großen Lagers, das unerwartet bei Nacht aufgestört wird.

»Wer kann geschossen haben?« fragte ich. »Die Schwarzen Kendah haben keine Gewehre.«

Er antwortete, daß er es nicht wisse, es sei denn, einer meiner Männer habe seinen Posten verlassen.

Während wir diesen Vorfall untersuchten, kamen Späher herangestürmt mit der Nachricht, daß die Schwarzen Kendah, offenbar in der Annahme, daß sie angegriffen würden, ihr Lager verlassen hätten und gegen uns vorrückten. Wir ließen Warnung an alle Stellungen geben und standen bereit. Fünf Minuten später, während ich auf das näherkommende Brüllen der Angreifer lauschte, erfüllt von all den Ängsten und melancholischen Vorahnungen, die diese Stunde und diese Situation immer wieder hervorzurufen imstande sind, glaubte ich durch das Dunkel, das fast absolut war, da der Mond hinter dem Berg verborgen war, etwas auf mich zukommen zu sehen, das wie ein geduckt laufender Mann aussah. Ich hob das Gewehr, um zu feuern, tat es jedoch nicht, da ich mir überlegte, es könnte nicht mehr als eine Hyäne sein und befürchtete, mit dem Schuß eine wilde Ballerei meiner halb ausgebildeten Schützen auszulösen.

Im nächsten Moment war ich darüber heilfroh, denn direkt vor mir, auf der anderen Seite des Erdwalls, hinter dem ich stand, hörte ich eine wohlbekannte Stimme keuchen: »Nicht schießen, Baas, ich bin es.«

»Was hast du getrieben, Hans?« fragte ich, als er über den Wall neben mich kroch, ein wenig lahmend, wie mir schien.

»Baas«, keuchte er, »ich habe den Schwarzen Kendah einen kleinen Besuch abgestattet. Ich bin zwischen ihren dämlichen Vorposten hindurchgeschlichen, die bei Nacht so blind sind wie Fledermäuse im Tageslicht, in der Hoffnung, Jana zu finden und ihm eine Kugel ins Bein oder in den Rüssel zu verpassen. Ich habe ihn nicht gefunden, Baas, obwohl ich ihn hörte. Doch einer ihrer Anführer stand vor einem der Wachfeuer und bot mir ein gutes Ziel. Meine Kugel hat *ihn* gefunden, denn er fiel rücklings ins Feuer, und die Funken stoben nach allen Richtungen. Dann bin ich losgelaufen, und, wie du siehst, heil hier angekommen.«

»Warum hast du diesen Dummejungenstreich gespielt«, fragte ich, »der dich hätte das Leben kosten können?«

»Ich werde sterben, wenn meine Zeit gekommen ist, Baas«, sagte er während der Pausen, die er beim Nachladen des kleinen Gewehres einlegte. »Außerdem war es der Streich eines weisen Mannes, nicht der eines dummen Jungen, da er die Schwarzen Kendah glauben machte, daß wir sie angriffen, und sie nun *uns* angreifen, im Dunkeln und auf ihnen unbekanntem Gelände. Höre, wie sie herankommen!«

Während er das sagte, verriet uns lautes Brüllen, daß der große Angriff um die Biegung, die sich im Paß befand, herumgeschwenkt war und jetzt auf der Geraden auf uns zukam. Elfenbeinhörner tuteten, Anführer schrien Befehle, und die Berge erbebten unter dem Stampfen von Tausenden von Beinen der Männer und Pferde, und mit einem Brüllen, das von den Bergwänden und den Wäldern zurückgeworfen wurde, ertönte der Schlachtruf: *»Jana! Jana!«* – ein Chaos von Geräuschen, das seltsam mit der absoluten Stille in unseren Reihen kontrastierte.

»Sie sind gleich bei den Fallgruben«, kicherte Hans und verschob erregt sein Gewicht von einem Fuß auf den anderen. »Höre. Jetzt sind sie mitten drin.«

Es stimmte. Angst- und Schmerzensschreie verrieten mir, daß die ersten Reihen, Reiter und Fußtruppen gemeinsam, in die geschickt angelegten Fallen geraten waren, von denen wir mit so viel Arbeit eine große Anzahl gegraben und durch Erde auf einer dünnen Decke von ineinandergeflochtenen Ästen und Zweigen getarnt hatten. In diese stolperte die Vorhut hinein, um von den spitzen, feuergehärteten Stöcken, mit denen der Boden jeder Grube gespickt war, aufgespießt zu werden. Vergebens riefen jene, die nahe genug waren, um die Gefahr erkennen zu können, den Nachfolgenden zu, stehenzubleiben. Sie konnten oder wollten sie aber nicht verstehen, und es gab keinen Raum, um ihre Front auszuweiten. Vorwärts wälzte sich der Menschenstrom, stieß alle, die in den vorderen Linien waren, in den Tod, sei es durch Wunden oder durch Ersticken in den tödlichen Löchern, bis diese, eines nach dem anderen, bis zum Rand mit um sich schlagenden Menschen und Pferden gefüllt waren, über welche die anderen weiter vorstürmten.

Wie viele dort umkamen, vermag ich nicht zu sagen, doch als die Schlacht vorüber war, fanden wir kaum eine Grube, die nicht bis zum Rand mit Leichen gefüllt war. Wahrlich, diese Anlage Ragnalls – denn wenn auch ich die Idee gehabt hatte, die den Kendah fremd war, war er es doch gewesen, der sie so meisterhaft ausgeführt hatte – hatte uns gute Dienste geleistet.

Dennoch stürmten die Feinde weiter vor, da die Fallgruben nur einen Bruchteil von ihnen hatten aufnehmen können, bis schließlich, Reiter und Fußtruppen in einem unentwirrbaren Knäuel vermischt, ihre gewaltige Masse nahe vor uns sichtbar wurde, ein schwarzer Schatten im Dunkel.

Nun war die Reihe an mir. Als sie nicht mehr als fünfzig Yards von den vordersten Wällen entfernt waren, rief ich meinen Gewehrschützen den Feuerbefehl zu, gebot ihnen, tief zu halten, und gab ein Beispiel, indem ich beide Läufe meiner Elefantenbüchse in das dichteste Gewühl abschoß. Auf diese kurze Entfernung konnten nicht einmal die ungeübtesten Schützen vorbeischießen, besonders da die Kugeln, die zu hoch abkamen, in die nachfolgenden Truppen schlugen, oder die Reiter trafen, die über sie hinausragten. Ich bin überzeugt, daß von den ersten Schüssen nicht ein einziger vergeudet wurde und oft eine Kugel sogar mehrere Männer tötete oder verwundete.

Der Erfolg war buchstäblich durchschlagend. Die Schwarzen Kendah, denen, wie man sich erinnern wird, die Wirkung von Gewehrfeuer völlig fremd war, und die geglaubt hatten, daß wir lediglich zwei oder drei Gewehre besäßen, blieben stehen, als ob sie gelähmt wären. Ein paar Sekunden lang herrschte Stille, lediglich unterbrochen von sporadischem Gewehrfeuer, als meine Männer luden und schossen. Dann kamen die Schreie der getroffenen Männer und Pferde, die überall fielen, und dann – die unverwechselbaren Geräusche einer panischen Flucht.

»Sie sind fort. Das war etwas zu warm für sie«, kicherte Hans fröhlich.

»Ja«, antwortete ich, nachdem es mir endlich gelungen war, das Feuer zu stoppen, »doch bin ich sicher, daß sie bei Hellwerden wiederkommen werden. Dennoch hat dein Trick sie einen hohen Preis gekostet.«

Allmählich zog die Dämmerung herauf. Es war, wie ich mich erinnere, eine besonders schöne Dämmerung, bei der man den Eindruck hatte, als ob eine gewaltige Rose sich im Osten öffnete, oder als ob sie ein Becher von Helligkeit wäre, aus dem vielfarbige Weine sich über den ganzen Horizont ergössen. Und auch eine sehr friedvolle, denn es regte sich kein Windhauch. Doch was für ein Bild wurde uns enthüllt, als die ersten Strahlen der Sonne auf den engen Paß fielen, der vor uns lag! Fallgruben und Gräben waren mit zum Teil noch lebenden Menschen und Pferden gefüllt, während überall tote und verwundete Männer den Boden bedeckten – die blutige Ernte unseres Gewehrfeuers. Es war ein so entsetzlicher Kontrast zwischen dem himmlischen Frieden über uns und dem höllischen Schrecken unter ihm.

Wir zählten unsere Leute und stellten fest, daß wir bis jetzt nicht einen einzigen Mann verloren hatten und nur einer durch einen Speerwurf leicht verwundet worden war. Wie es bei Halbwilden üblich ist, löste diese Tatsache bei den Weißen Kendah eine ungerechtfertige Hochstimmung aus. In der Annahme, daß das Ende genauso aussehen müsse wie der Beginn, jubelten und schrien sie, schüttelten einander die Hände, und fielen dann über das Essen her, das die Frauen ihnen brachten, und schwatzten ununterbrochen, obwohl sie an sich ein sehr stilles Volk waren. Selbst der ernste Harût, der kam, um uns zu gratulieren, war so ausgelassen wie ein Junge, bis ich ihn daran erinnerte, daß die wirkliche Schlacht noch nicht einmal begonnen hätte.

Die Schwarzen Kendah waren in die Falle gegangen und hatten eine Anzahl ihrer Krieger verloren, was zwar für uns ein Glücksumstand war, doch nicht entscheidend für den Ausgang der Schlacht, da ihnen noch viele Tausende verblieben waren. Ragnall, der von seinen Gräben zu uns gekommen war, stimmte mir darin zu. Wie er sagte, kämpften diese Menschen nicht nur um Ruhm, sondern ums nackte Überleben, da der größte Teil des Getreides, das sie für ihre Ernährung brauchten, auf großen Halden in oder hinter dem Tempelkomplex in unserem Rücken gelagert war. Deshalb mußten sie weiterkämpfen, bis sie siegten oder vernichtet wurden. Doch wie konnten wir mit unserer kleinen Streitmacht hoffen, diese Masse zu vernichten? Das war das Problem, das uns die Herzen schwer machte.

Etwa eine Viertelstunde später kamen zwei Späher, die wir auf den Gipfel einer hohen, steilen Klippe geschickt hatten, von wo aus sie den Paß jenseits der Biegung einsehen konnten, wie Affen die Felsen herabgeklettert. Diese Jungen, denn mehr waren sie nicht, meldeten, daß die Schwarzen Kendah ihre Truppen jenseits der Biegung des Passes neu formierten, und daß die Reiter abgesessen seien und die

Pferde nach hinten gebracht würden, offensichtlich in der Erkenntnis, daß sie hier nutzlos waren. Etwas später erschienen in der Biegung des Passes einzelne Männer, die Bündel langer Stöcke trugen, an denen kleine Stücke weißen Stoffes befestigt waren, eine Maßnahme, die meine Neugier weckte.

Sehr bald wurde mir ihr Zweck klar. Diese Männer, deren Zahl schließlich dreißig oder vierzig betragen mochte, liefen hin und her und suchten den Boden mit ihren Speeren nach Fallgruben ab. Ich glaube, daß sie nur wenige fanden, die nicht eingebrochen waren, doch vor diesen, und auch vor denen, die bereits mit Männern und Pferden gefüllt waren, stellten sie die Flaggenstöcke auf, als Warnung, daß sie bei dem Angriff zu umgehen waren. Außerdem nahmen sie eine Anzahl ihrer Verwundeten mit.

Wir hatten große Schwierigkeiten, die Weißen Kendah davor zurückzuhalten, loszustürmen und über sie herzufallen, was dann uns in eine Falle gelockt hätte, da sie natürlich geflohen wären und ihre Verfolger in die Arme des Feindes gelockt hätten. Auch verhinderte ich, daß meine Gewehrschützen auf sie schossen, da sie nur wenige Treffer erzielt und viel Munition verschwendet hätten, die bald sehr dringend gebraucht werden mochte. Ich selbst jedoch schoß zwei oder drei von ihnen nieder, gab es dann jedoch auf, da die anderen davon überhaupt keine Notiz nahmen.

Als sie den Boden gründlich abgesucht hatten, zogen sie sich wieder zurück, und kurz darauf tauchte die Masse der Schwarzen Kendah auf, die in formierten Kolonnen und recht guter Ordnung um die Biegung marschiert kamen, bis wir etwa acht- oder zehntausend von ihnen vor uns sahen, ein sehr wildes und respekteinflößendes *impi.* Sie hielten, als ihre Spitzengruppe drei- oder vierhundert Yards entfernt war, eine Distanz, die mir zu groß erschien, um meine ungeübte Truppe mit ihren Snider-Gewehren das Feuer auf sie eröffnen zu lassen. Dann trat eine Pause ein, die schließlich durch das Blasen von Hörnern und dem Lärm triumphierender Schreie jenseits der Paßbiegung gebrochen wurde.

Nun erschien um diese Biegung etwas, das wohl den seltsamsten Anblick bot, der mir jemals beschieden wurde. Ja, dort kam der riesige Elefant, Jana, in einem langsamen, schlurfenden Trott angetrabt. Auf Kopf und Rücken des Tieres saßen zwei Männer, von denen ich einen durch mein Glas als den lahmen Priester erkannte, der mir nur zu gut vertraut war, den anderen als Simba, den König der Schwarzen Kendah, in Person, prächtig gekleidet und auf einer Art Holzstuhl sitzend, einen langen Speer in der Hand schwenkend. Um den Hals des Elefanten waren Ketten aus einem glänzenden Metall geschlungen – zwölf, zählte ich –, und diese Ketten wurden von Speerträgern gehalten, die mitliefen, sechs auf der einen Seite, und sechs auf der anderen. Schließlich waren drei weitere Ketten am Ende seines Rüssels befestigt, an denen stachelbewehrte Metallkugeln hingen.

Er kam heran; so folgsam wie ein indischer Elefant, der dazu abgerichtet ist, Teakholzstämme zu schleppen, trottete durch die Mitte des Heeres, auf einer breiten Schneise, die freigelassen worden war, speziell für ihn, wie ich annehme, und umging klug alle der mit Toten angefüllten Fallgruben. Ich nahm an, daß er zwischen den vordersten Reihen der Krieger stehenbleiben würde, doch tat er es nicht. Er verlangsamte seine Gangart lediglich vom Trab zum Schritt, während er zielstrebig weiter auf unsere Befestigungsanlagen zukam. Jetzt hatte ich meine Chance, erkannte ich und versicherte mich, daß meine doppelläufige Elefantenbüchse bereit war und Hans ein zweites Gewehr, ebenfalls doppelläufig und von ähnlichem Kaliber, gespannt so in seinen Händen hielt, daß ich innerhalb einer Sekunde nach ihm greifen konnte.

»Ich werde den Elefanten töten«, sagte ich. »Laßt niemand sonst schießen. Bleibt ruhig, und ihr werdet den Gott Jana sterben sehen!«

Immer näher kam der gewaltige Elefant; bis zu diesem Moment hatte ich nicht gewußt, wie riesig er wirklich war, nicht einmal, als er im Mondlicht über mir gestanden hatte, um mich mit seinem Fuß zu zermalmen. Ich bin sicher, daß noch nie ein Tier wie dieses in Afrika gelebt hat, zumindest nicht zu der Zeit, in der ich mit Afrika vertraut war.

»Schieße, Baas!« flüsterte Hans. »Er ist nahe genug.«

Doch wie der Franzose mit dem Fasanenhahn beschloß ich zu warten, bis er stehen bleiben würde, da ich ihn mit einer einzigen Kugel erledigen wollte, und sei es auch nur aus Prestigegründen.

Schließlich blieb er wirklich stehen, riß die gewaltige Höhlung seines Mauls auf, hob den riesigen Rüssel und trompetete, während Simba, der sich auf seinen Stuhl gestellt hatte, uns den Befehl zuschrie, uns dem Gott Jana, ›dem Unbesiegbaren, dem Unverwundbaren‹, zu ergeben.

»Ich werde dir zeigen, ob du wirklich unverwundbar bist, mein Junge«, sagte ich leise, warf einen Blick zur Seite, um mich zu versichern, daß Hans das zweite Gewehr bereithielt, und sah, daß Ragnall und Harût und alle Weißen Kendah in ihren Gräben aufgestanden waren und mit angehaltenem Atem auf das Ergebnis warteten, wie auch die Schwarzen Kendah, wenige hundert Yards vor uns. Nie hat es eine bessere Schußposition gegeben, oder eine, bei der man einer tödlichen Wunde sicherer sein konnte. Der Elefant hatte den Kopf emporgeworfen und das Maul weit aufgerissen. Alles, was ich zu tun hatte, war, eine Kugel mit Stahlspitze durch den Gaumen in das dahinterliegende Gehirn zu jagen. Es war so leicht, daß ich darauf gewettet hätte, ihn sogar mit einer Hand auf den Rücken gefesselt erledigen zu können.

Ich hob das schwere Gewehr. Ich richtete Kimme und Korn auf einen bestimmten Punkt in der Tiefe der roten Höhle. Ich drückte ab; der Schuß dröhnte – und nichts geschah! Ich hörte keine Kugel einschlagen, und Jana machte sich nicht einmal die Mühe, sein Maul zu schließen.

Ein enttäuschtes »O-oh!« erklang von den Zuschauern. Bevor es erstarb, folgte die zweite Kugel der ersten, mit dem gleichen Ergebnis, oder vielmehr dessen Ausbleiben, und einem zweiten, noch lauteren »O-oh!« Dann schloß Jana ruhig sein Maul, hörte auf zu trompeten, und, wie um mir ein noch besseres Ziel zu bieten, wandte er mir die Breitseite zu und stand völlig still.

Mit einem lautlosen Fluch riß ich Hans das zweite Gewehr aus den Händen, zielte auf eine Stelle hinter dem Ohr, durch die ich, wie mir aus langer Erfahrung bekannt war, das Herz treffen würde, und feuerte wieder, erst den einen Lauf, dann den anderen.

Jana zuckte nicht einmal zusammen. Kein Einschlaggeräusch von Kugeln war zu hören. Kein Blut quoll aus seiner Haut. Mich überkam die entsetzliche Erkenntnis, daß ich, Allan Quatermain, der berühmte Elefantenjäger, viermal dieses Tier von der Größe eines Scheunentors auf die Distanz von vierzig Yards verfehlt hatte. So überwältigend war meine Scham, daß ich glaube, fast ohnmächtig geworden zu sein.

Durch eine Art Nebel hörte ich entsetzte Ausrufe.

»Gütiger Himmel!« sagte Ragnall.

»*Allemagte!*« rief Hans.

»Das Kind stehe uns bei!« murmelte Harût.

Alle anderen starrten mich an, als ob ich ein Aussätziger oder ein Irrer wäre. Dann begann jemand nervös zu kichern, und sofort brachen alle in Gelächter aus. Selbst die entfernt aufmarschierten Krieger der Schwarzen Kendah bogen sich vor Lachen und unheiliger Fröhlichkeit, und ich, Allan Quatermain, war der Mittelpunkt all diesen Spotts, bis ich glaubte, den Verstand zu verlieren. Plötzlich jedoch erstarb das Gelächter, und wieder brüllte Simba, der König, etwas von ›Jana, dem Unbesiegbaren und Unverwundbaren‹, was von den Weißen Kendah mit Schreien von ›Zauberei‹ und ›verhext! verhext!‹ erwidert wurde.

»Ja«, brüllte Simba, »keine Kugel kann den Gott Jana berühren, nicht einmal die des weißen Lords, der aus einem fernen Lande geholt wurde, um ihn zu töten.«

Hans sprang auf den Wall, hinter dem wir standen, wo er wie ein betrunkener Affe umhertanzte und schrie: »Dann sag mir, wo Janas linkes Auge ist. Hat meine Kugel es nicht ausgelöscht wie eine Lampe? Wenn Jana unverwundbar ist, warum hat dann meine Kugel sein linkes Auge herausgeschossen?«

Er hörte auf zu tanzen, suchte festen Stand, hob das kleine Gewehr ›Intombi‹, und schrie: »Laßt uns sehen, ob diese Bestie ein Gott ist oder ein Elefant!«

Dann berührte er den Abzug, und gleichzeitig mit dem Knall hörte ich den Einschlag der Kugel und sah Blut aus Janas Fell quellen, an der gleichen Stelle über dem Herzen, auf die ich ohne Ergebnis gezielt hatte. Natürlich war die weiche Bleikugel, von einer leichten Pulverladung aus einem kleinkalibrigen Gewehr abgeschossen, viel zu schwach, um bis zum Herzen durchzuschlagen. Wahrscheinlich war ihre Kraft gerade ausreichend, um die dicke Haut zu durchdringen und sich einige Zoll tief in das darunterliegende Fleisch zu bohren.

Dennoch war die Wirkung auf diesen ›unverwundbaren‹ Gott bemerkenswert. Er warf sich herum, hob den Rüssel und schrie vor Wut und Schmerz. Dann trottete er zu seinen Leuten zurück, mit einem solchen Tempo, daß die Männer, die zu beiden Seiten von ihm die Ketten hielten, zu Boden gerissen wurden und sie loslassen mußten, während der König und der Priester auf seinem Rücken sich nur dort halten konnten, indem sie sich an dem Stuhl und an dem um seinen Hals geknoteten Seil festklammerten.

Dieses Ergebnis war sehr zufriedenstellend, so weit es die Zerstörung magischer Illusionen betraf, versetzte mich jedoch in eine noch schlechtere Lage als zuvor, da nun klar wurde, daß das, was Jana vor meinen Kugeln geschützt hatte, nichts Übernatürlicheres war als mein Mangel an Können. Oh! Nie in meinem Leben habe ich einen solchen Kelch der Schande trinken müssen, wie ihn mir das Schicksal in dieser unglückseligen Stunde bis auf den Grund zu leeren gebot. Fast hoffte ich, auf der Stelle getötet zu werden.

Und dennoch, und dennoch, wie war es möglich, daß ich trotz all meines Könnens diesen riesigen Fleischberg viermal hintereinander verfehlen konnte? Auf diese Frage habe ich niemals eine Antwort gefunden, besonders, da Hans ihn ohne Schwierigkeit traf, was ihm, wie ich zu der Zeit wünschte, nicht hätte gelingen sollen, da sein Erfolg nur dazu beitrug, mein klägliches Versagen hervorzuheben. Glücklicherweise geschah in diesem Moment etwas, das jedes weitere öffentliche Interesse von mir ablenkte. Mit Schreien und Brüllen erwachte die große Armee der Schwarzen Kendah zum Leben.

Der Angriff hatte begonnen.

20

Allan weint

Sie kamen heran, langsam, doch unaufhaltsam, voran eine Wolke von Plänklern – es mochten ihrer tausend oder mehr gewesen sein – die in einer so offenen Ordnung herabrückten, wie es die Enge des Passes erlaubte, und von denen jeder ein Bündel von Wurfspeeren trug, die in einer Lasche auf der Rückseite seines Schildes steckten. Als diese Männer auf etwa hundert Yards herangekommen waren, eröffneten wir das Feuer auf sie, und auch auf die ihnen folgenden Kolonnen der Hauptstreitmacht. Doch vermochte das ihren Vormarsch nicht zum Stehen zu bringen, denn was waren fünfzig Gewehre gegen eine Horde tapferer Barbaren, die, wie es schien, keine Angst vor dem Tode hatten? Kurz darauf regneten ihre Speere auf uns nieder, und wir hatten die ersten Toten und Verwundeten, nicht viele, wegen der schützenden Wälle, aber doch einige. Immer wieder luden und feuerten wir, streckten die Männer vor uns zu Boden, doch immer erschienen weitere, die ihre Plätze einnnahmen. Schließlich, auf einen Befehl hin, verschwanden diese Plänkler – bis auf jene, die tot oder verwundet waren – hinter den Reihen der vorrückenden Kolonnen, die jetzt auf fünfzig Yards herangekommen waren.

Dann, nach einer momentanen Pause und einem weiteren Kommando, stürmte der erste Heerhaufen in drei dichtgeschlossenen Reihen vor. Wir feuerten eine Salve auf ihn ab, und dann, da es hoffnungslos war, einem solchen Ansturm mit fünfzig Gewehren standhalten zu können, nutzten wir die momentane Verwirrung, um uns zurückzuziehen und, wie vorgesehen, in einer zweiten Linie der Verteidigungsanlagen Stellung zu beziehen, von wo aus wir unser Feuer wirkungsvoller fortsetzten.

Dies war der Zeitpunkt, wo die Hauptmasse der Weißen Kendah, unter der Führung von Ragnall und Harût, eingesetzt wurde. Die Feinde kletterten über den vordersten Wall, den wir gerade aufgegeben hatten, und fanden sich in einem Labyrinth weiterer Wälle, die von unseren Speerkämpfern besetzt waren, in einem Engpaß, wo ihre größere Zahl kaum von Vorteil war.

Hier entbrannte nun ein furchtbarer Kampf, und die Verluste der Angreifer waren verheerend, da sie sich jedesmal, wenn sie eine Stellung nahmen, wenige Yards hinter dieser einer weiteren gegenübersahen, aus der die Verteidiger nur unter großen Verlusten vertrieben werden konnten.

Zwei Stunden oder länger ging der Kampf so. Trotz des verzweifelten Widerstandes, den wir leisteten, gelang es der Masse der Schwarzen Kendah, die hervorragend kämpften, einen Wall nach dem anderen zu stürmen, wobei sie Hunderte von Toten und Verwundeten hinter sich zurückließen, wie um ihr schwieriges Vordringen zu markieren. Währenddessen überschütteten ich und meine Gewehrschützen sie mit einem Hagel von Kugeln, bis schließlich unsere Munition knapp zu werden begann.

Gegen halb acht Uhr morgens wurden wir über offenes Feld zu unserer letzten Stellung zurückgetrieben, einer sehr starken Stellung, unmittelbar vor dem Osttor des Tempels gelegen, das, wie man sich erinnern mag, einen durch Lavafels gebrochenen Tunnel abschloß. Dreimal stürmten die

Schwarzen Kandah heran, und dreimal schlugen wir sie zurück, bis der Graben vor der Tunnelöffnung mit Toten fast gefüllt war. So rasch, wie sie den Schutzwall erkletterten, so rasch wurden sie von den Weißen Kendah mit ihren langen Speeren durchbohrt oder von unseren Gewehren heruntergeschossen, da Geländeform und Art der Wallanlagen lediglich den Frontalangriff zuließen.

Dann zogen sie sich plötzlich zurück, weil sie, wie wir hofften, aufgegeben hatten. Dem war jedoch nicht so, wie wir bald erfahren sollten. Sie ruhten sich nur aus und warteten auf das Eintreffen von Verstärkung. Die rückte herbei, brüllend und unter Absingen von Kriegsgesängen, zweitausend Mann oder mehr, und dann brandeten sie wieder heran, wie eine schwarze Wasserflut. Wir schlugen sie zurück. Sie formierten sich neu und griffen zum zweiten Mal an, und wir schlugen sie erneut zurück.

Nun versuchten sie es mit einer anderen Taktik. Zwischen den Toten und den Sterbenden am Fuße des Walles stehend, der aus losen Steinen und Erde errichtet worden war, wo sie für uns unerreichbar waren, weil jeder, der sich auf der Krone des Walles zeigte, mit einem Schauer von Speeren empfangen wurde, begannen sie, ihn zu unterminieren, brachen die Steine mit Stangen heraus und zerstießen den Wall mit Baumstämmen.

Fünf Minuten später hatten sie eine Bresche hineingebrochen, durch die sie triumphierend hereinströmten. Es war hoffnungslos, dem Ansturm einer solchen Masse von Kriegern standhalten zu wollen. Trotz verzweifelten Widerstands wurden wir zurückgeworfen, in den Tunnel, und durch das Tor, das für uns geöffnet wurde, in den äußeren Hof des Tempels. Mit äußerster Anstrengung gelang es uns, diese Torflügel zu schließen und sie mit Steinen und Erde zu verbarrikadieren. Doch gab uns das nur eine kurze Atempause, denn sie brachten Bruchholz und trockenes Gras heran und steckten es in Brand, und wenig später griffen die Flammen auf die dicken Zedernbohlen über, aus denen das Tor bestand.

Während das Tor brannte, berieten wir uns. Ein weiterer Rückzug schien unmöglich, da der zweite Tempelhof, mit Ausnahme eines schmalen Durchgangs, mit geerntetem Korn gefüllt war, so daß zum Kämpfen kein Platz blieb, während hinter ihm alle Frauen und Kinder, mehr als zweitausend, versammelt waren. Hier oder nirgends also mußten wir siegen oder sterben. Bis jetzt waren unsere Verluste, verglichen mit denen der Schwarzen Kendah, von denen zweitausend oder mehr gefallen waren, verhältnismäßig leicht und beliefen sich auf etwa zweihundert Tote und etwa die gleiche Zahl von Verwundeten. Die meisten der letzteren, die nicht gehen konnten, waren von anderen in den ersten Tempelhof getragen und vor die Wände der umlaufenden Arkaden gelegt worden, von wo aus sie – ein grauenhafter Kreis – zu uns herüberblickten.

Das beließ uns noch etwa sechzehnhundert kampffähige Männer, also viel mehr, als wir in diesem begrenzten Raum wirksam einsetzen konnten. Deshalb setzten wir einen Plan in die Wirklichkeit um, den wir für den Fall vorbereitet hatten, daß sich eine Notsituation wie diese ergeben sollte. Etwa dreihundertfünfzig der besten Männer würden zurückbleiben und den Tempel verteidigen, bis alle gefallen waren. Die anderen, also über eintausend, sollten sich durch den zweiten Tempelhof, und das Westtor zu dem hinter den Außenmauern gelegenen Lager zurückziehen, in dem die Frauen und Kinder waren. Diese sollten sie dann über geheime Pfade, die nur sie kannten, zu jenem Ort führen, wo die Kamele untergebracht waren, so viele wie möglich von ihnen auf diese Kamele setzen und fliehen, wohin sie fliehen konnten. Unsere Hoffnung war, daß die siegreichen Schwarzen Kendah zu erschöpft sein würden, um sie über die weite Ebene zu den fernen Bergen verfolgen zu können.

»Was wird mit meiner Frau?« fragte Ragnall heiser.

»Solange der Tempel steht, muß sie im Tempel bleiben«, antwortete Harût. »Doch wenn alles verloren ist, wenn ich gefallen bin, wirst du, weißer Lord, mit solchen, die verblieben sind, in das Heiligtum gehen und sie und das Elfenbeinkind herausholen und ebenfalls fliehen. Doch erlege ich dir diese Pflicht auf, deren Nichterfüllung den Fluch des Himmels auf dich herabbringt: daß du das Elfenbeinkind auf keinen Fall in die Hände der Schwarzen Kendah fallen läßt. Ehe das geschieht, mußt du es mit Feuer verbrennen oder mit Steinen zu Staub zerschlagen. Außerdem gebe ich diesen Befehl an alle, für den Fall, daß die damit beauftragten Priester versagen sollten: daß sie das Buschholz in Brand stecken, das zwischen die Korngarben gesetzt wurde, so daß solche unserer Feinde, die dem Speer entkommen, Hungers sterben werden.«

Sofort und ohne Widerrede – denn nirgends habe ich eine solche Disziplin erlebt wie bei diesem Volk – wurden die von Harût gegebenen Befehle – er war neben seinem Amt als Hohepriester auch eine Art Präsident dieser Gemeinschaft, die praktisch eine Republik war – ausgeführt. Abteilung um Abteilung zogen die als Eskorte der Frauen und Kinder bestimmten Männer durch das Tor des zweiten Hofes; vor dem Tor blieben sie stehen, wandten sich um und salutierten uns, die wir zurückblieben, durch Heben ihrer Speere, bis alle fort waren. Dann nahmen wir, die dreihundertfünfzig, die zurückgeblieben waren, Aufstellung zum letzten Kampf, so wie die Griechen es im Paß von Thermopylae getan haben mochten.

Die vorderste Linie bildeten ich und meine Gewehrschützen, an welche alle verbliebene Munition ausgegeben wurde – sie belief sich auf acht Schuß pro Mann. Hinter ihnen, in vier Gliedern, von einem Ende des Hofes zum anderen, standen mit Speeren und Schwertern bewaffnete Krieger unter dem Kommando Harûts. Hinter diesen, nahe der Passage zum zweiten Hof, so daß sie, wenn alles verloren war, versuchen sollten, die Priesterin zu retten, waren fünfzig ausgesuchte Männer unter dem Befehl Ragnalls, der, das vergaß ich zu erwähnen, während der verzweifelten Verteidigung unserer Stellungen zwei Wunden davongetragen hatte: einen Speerstich in die linke Schulter, und einen

Schwerthieb in den linken Oberschenkel, die jedoch beide nicht ernstlicher Natur waren.

Als diese Aufstellung abgeschlossen war und jeder Mann Wasser aus den großen Tonbehältern bekommen hatte, welche entlang den Wänden aufgestellt waren, begannen die Flammen sich durch die dicken Bohlen des Tores hindurchzufressen, eine halbe Stunde nachdem der Brand gelegt worden war. Sie fielen schließlich unter den Rammstößen von Stämmen und Knüppeln zusammen, so daß nur der Wall aus Steinen und Erde zurückblieb, den wir nach dem Schließen des Tores aufgeschichtet hatten. Diesen begannen die Schwarzen Kendah, nachdem sie die brennenden Holztrümmer beiseite geräumt hatten, mit Stöcken und Speeren und mit den bloßen Händen wegzuschaufeln, eine Arbeit, die ihnen durch etwa zwanzig unserer Leute sehr erschwert wurde, die mit ihren Speeren nach ihnen stachen und sie mit Steinen niederschlugen, wobei sie viele von ihnen töteten oder verwundeten. Doch wurden die Toten und die Verwundeten stets sofort zurückgeschleift, und andere Männer nahmen ihre Plätze ein, so daß schließlich der Schutzwall praktisch beseitigt war. Nun rief ich die Speerkämpfer zurück, die sich in die hinter uns stehenden Reihen von Kriegern einreihten, und machte mich bereit, meine Rolle zu spielen.

Ich brauchte nicht lange zu warten. Mit einem plötzlichen Ansturm und unter lautem Gebrüll brach eine dichtgedrängte Masse der Schwarzen Kendah aus dem Tunnel hervor. In dem Moment, als sie den Hof erreichten, gab ich Feuerbefehl, und fünfzig Snider-Kugeln fuhren aus einer Entfernung von nur wenigen Yards in sie hinein. Sie fielen reihenweise; sie sanken zusammen wie Halme vor der Sense, und nicht ein Mann kam hindurch. Wir luden sofort nach und erwarteten den nächsten Ansturm. Er erfolgte auch wenig später, und die grauenhafte Szene wiederholte sich. Jetzt waren die Toröffnung und der dahinter liegende Tunnel so von Leichen verstopft, daß die Feinde diese erst herauszerren mußten, bevor sie erneut angreifen konnten.

Dies erfolgte unter dem Feuer von mir, Hans und einigen ausgesuchten Schützen – doch irgendwie schafften sie es trotzdem.

Wieder griffen sie an, und wieder wurden sie niedergemäht. So ging es weiter, bis unsere letzte Patrone verfeuert war, denn nie habe ich einen so bewundernswerten Mut erlebt, wie ihn diese Schwarzen Kendah angesichts furchtbarer Verluste bewiesen. Nun warfen meine Leute ihre nutzlos gewordenen Gewehre fort, bewaffneten sich mit Speeren und Schwertern, zogen sich zurück, um sich auszuruhen, und überließen Harût und seinen Männern ihren Platz. Eine halbe Stunde oder länger tobte dieser furchtbare Kampf, doch da der Raum so eng begrenzt war, gelang es den Schwarzen Kendah nicht, so oft und so wild sie auch angriffen, den Wald von Speeren verzweifelter Krieger zu durchbrechen, die ihr Leben und das Heiligtum ihres Gottes verteidigten. Und da die umgebenden Klippen des Kraters zu steil waren, bot sich ihnen kein anderer Weg.

Schließlich zogen die Feinde sich zurück, als ob sie aufgäben, wordurch wir die Zeit gewannen, unsere Toten und Verwundeten zurückzuschleifen und wieder etwas Wasser zu trinken, denn die Hitze, der Rauch und der Blutgeruch waren inzwischen erdrückend geworden. Wir hofften entgegen jeder Vernunft, daß sie den Angriff aufgegeben hätten, doch dem war ganz und gar nicht so, sie schmiedeten lediglich einen neuen Plan.

Plötzlich erschien im Ausgang des Tunnels die gewaltige Masse des Elefanten Jana, der in schnellem Trott auf uns zukam, angetrieben von Männern, die mit Speeren in seine Kehrseite stachen. Er brach durch die Reihen der Verteidiger, als ob sie nur trockene Grashalme wären, und schlug auf die, die sich ihm entgegenstellen wollten, mit seinem gewaltigen Rüssel ein, an dem die Eisenkugeln schwangen, die allen, die sie trafen, Schädel und Knochen zertrümmerten, und er kümmerte sich nicht mehr um die Speerstöße, als wenn es nur Mückenstiche gewesen wären. Er kam heran, trompetend und trampelnd, und nach ihm, wie eine

Flutwelle, die Schwarzen Kendah, auf die von beiden Seiten unsere Speere flogen.

Um diese Zeit kehrte ich, gefolgt von Hans, gerade von einem Gespräch mit Ragnall am Tor des zweiten Hofes zurück. Kurz zuvor hatte ich mich, erschöpft von dem harten und grausamen Kampf, zurückgezogen, woraufhin er meinen Platz eingenommen und mehrere der Angriffe der Schwarzen Kendah zurückgeschlagen hatte, darunter auch den letzten. Bei diesem Kampf war er noch einmal verwundet worden, durch einen Schlag auf den Kopf mit einem Knüppel oder einem Stein, der ihn mehrere Minuten lang benommen gemacht hatte, woraufhin einige der Männer ihn nach hinten gebracht und ihn dort mit dem Rücken an einen der Pfeiler des zweiten Tores gelehnt, auf den Boden gesetzt hatten. Als mir berichtet wurde, daß er verletzt sei, lief ich zu ihm, um nach ihm zu sehen. Nachdem ich zu meiner Freude festgestellt hatte, daß es nichts Ernsthaftes war, und wieder an die Front zurückeilte, blickte ich auf und sah diesen Teufel, Jana, direkt auf mich zukommen, während sich die Menge bewaffneter Männer vor ihm nach beiden Seiten teilte, wie Wasser vor dem Bug eines sturmgetriebenen Schiffes.

Ehrlich gestanden, obwohl ich nie für unnötige Risiken war, jubelte ich innerlich bei diesem Anblick. Nicht einmal all die Erregung dieser blutigen, langen Schlacht hatte die brennende Scham über mein Versagen, als ich das Tier mit vier Kugeln auf eine Entfernung von vierzig Yards verfehlt hatte, auslöschen können.

Jetzt, dachte ich mit einer Art Freudeschauer, jetzt, Jana, werde ich meine Schande und dich austilgen. Dieses Mal werde ich keinen Fehler begehen, und wenn ich doch einen machen sollte, so wird es mein letzter sein.

Jana kam herangedonnert und schlug mit den Eisenkugeln nach den Kriegern, die nach beiden Seiten auseinanderstoben und so eine breite Gasse zwischen ihm und mir freimachten. Um ganz sicher zu gehen – denn ich zitterte ein wenig vor Erschöpfung und vor Übelkeit über den Anblick des ständigen Blutvergießens – kniete ich mich auf mein rechtes Knie und benutzte das andere, um meinen linken Ellbogen aufzustützen, und da mir ein Kopfschuß nicht sicher genug erschien, weil der Rüssel ständig herumwirbelte, richtete ich das Visier meiner Elefantenbüchse genau auf die Mitte des Tieres, wo die Brust in den Hals übergeht. Ich hoffte, daß das schwere, konische Geschoß entweder das Rückgrat durchschlagen oder eine der großen Halsarterien zerfetzen würde, oder daß zumindest die ungeheure Wucht des Einschlags der schweren Kugel ihn zu Boden reißen würde.

Aus einer Entfernung von etwa zwanzig Schritten feuerte ich und traf – nicht Jana, sondern den lahmen Priester, der die Rolle des Mahouts spielte und auf Janas Nacken saß, mehrere Fuß oberhalb der Stelle, auf die ich gezielt hatte. Ja! Ich traf ihn in den Kopf, der zersprang wie ein rohes Ei, während der enthauptete Rumpf leblos zu Boden stürzte.

In absoluter Verzweiflung drückte ich wieder ab, als Jana nicht mehr als dreißig Fuß entfernt war. Dieses Mal mußte die Kugel zu weit links abgekommen sein, denn ich sah ein Stück von dem Ende des abgebrochenen und deformierten Stoßzahns splittern, der in dieser Richtung mehrere Fuß weit herausragte.

Nun war alles verloren. Es war nicht mehr genügend Zeit, um auf die Füße zu kommen und zu fliehen; und ich hatte auch kein Verlangen danach, da ich fühlte, daß es eine Art des Versagens gibt, das nur durch den Tod gesühnt werden kann. Also kniete ich dort und erwartete das Ende.

Eine Sekunde darauf war das riesige Tier fast über mir. Ich erinnere mich daran, zu ihm aufgeblickt und dabei sehr seltsame Gedanken gehabt zu haben – vielleicht war es irgendeine atavistische Erinnerung – daß ich ein kleines, affenartiges Kind sei, das im nächsten Augenblick von einem vorzeitlichen Elefanten getötet werden würde, der dreimal so groß war wie jene, welche jetzt auf Erden leben. Dann schien etwas zu geschehen, das ich nur berichte, um zu zeigen, daß uns in solchen Momenten absurde und unmögliche Dinge als real erscheinen.

Der Leser mag sich des seltsamen Traumes erinnern, den Hans mir an diesem Morgen schilderte.

Eine Facette dieses Traumes war, daß er dem Geist der Zulufrau Mameena begegnete, die ich in lange zurückliegenden Jahren gekannt hatte, und daß diese ihm befahl, mir zu sagen, sie würde in der Schlacht bei mir sein, und daß ich aufblicken sollte, wenn der Tod sich mir näherte und ›Jana auf mich zustürme‹, denn dann würde ich sie vielleicht sehen.

Nun, zweifellos blitzte die Erinnerung an diese Worte zu diesem Zeitpunkt in meinem Gedächtnis auf, mit dem lächerlichen Resultat, daß meine subjektive Intelligenz, wenn das der richtige Augenblick ist, die Szene nachschuf, die sie beschrieben hatte. So klar wie zuvor, oder vielleicht noch klarer, sah ich auch alles andere, das in meinem Leben geschehen war; ich schien die wunderschöne Mameena in ihrem Pelzumhang und ihrer Kette aus blauen Steinen zu sehen, die zwischen mir und Jana stand, die Arme über der Brust verschränkt, und die genauso aussah wie in dem unvergeßlichen Augenblick ihres Todes vor König Panda. Ich bemerkte sogar, wie eine Brise eine lose Strähne ihres Haares bewegte, und wie sich das Sonnenlicht in einem bestimmten Kupferreif an ihrem Oberarm spiegelte.

Sie stand völlig reglos – oder schien zu stehen –, und wie es der Zufall wollte, blieb der Riese Jana, entweder, weil er durch irgend etwas erschreckt worden war, oder vielleicht, weil der Schock meiner Kugel, die seinen Stoßzahn getroffen hatte, sein Gehirn erschüttert hatte, plötzlich, ruckartig stehen, dann tänzelte er langsam, bis ich glaubte, er würde sich setzen wie ein Zirkuselefant. Dann war es mir, als ob Mameena sich langsam zu mir umwendete, sich über mich beugte und mir etwas zuflüsterte, das ich nicht hören konnte, obwohl ihre Lippen sich bewegten, mich mit ihren wunderbaren Augen anblickte und dann verschwand.

Einen Sekundenbruchteil später war diese ganze Vision

vorüber, und etwas, das keine Vision war, trat an ihre Stelle. Jana hatte sich gefangen und kam wieder auf mich los, mit aufgerissenem Maul und emporgeschwungenem Rüssel. Ich hörte einen holländischen Fluch und sah eine kleine, gelbliche Gestalt; ich sah Hans – denn er war es – die Läufe meiner zweiten Elefantenbüchse fast in die rote Höhle des offenen Mauls schieben, das sie jedoch nicht ganz erreichten, und feuern, zuerst den einen Lauf, dann den anderen.

Im nächsten Moment schlang der gewaltige Rüssel sich um Hans und schleuderte ihn durch die Luft, so daß er dreißig oder vierzig Fuß entfernt auf Kopf und Armen landete.

Jana taumelte, als ob auch er zu Boden fallen würde, fing sich jedoch wieder und wandte sich nach rechts, vielleicht um Hans zu folgen, torkelte ein paar Schritte, an mir vorbei, und blieb stehen. Ich drehte mich herum, saß auf dem Pflaster des Tempelhofs und beobachtete, was weiter geschah, und ich bin froh, daß mir das möglich war, denn nie wieder werde ich eine solche Szene sehen.

Als erstes sah ich Ragnall mit einem Gewehr auf Jana zustürzen und beide Läufe auf den Kopf des Tieres abfeuern, wovon es jedoch keinerlei Notiz nahm. Dann sah ich seine Frau, in diesem Lande als Hüterin des Kindes bekannt, durch das Portal des zweiten Hofes treten, in ihr Gewand der Göttin gekleidet und mit der Federkappe auf dem Kopf, begleitet von zwei Priesterinnen, die ebenfalls als Göttinnen gekleidet waren, so wie wir sie am Morgen des Opfers gesehen hatten, und in ihren ausgestreckten Armen trug sie die Statue des Kindes vor sich her.

Mit ruhigen Schritten kam sie heran, den Blick ihrer weit geöffneten, leeren Augen auf Jana gerichtet. Als sie sich ihm näherte, schien das Monster unruhig zu werden. Jana wandte den Kopf, hob den Rüssel und streckte ihn über seinen Rücken, bis er ein Fußgelenk des Königs Simba erwischte, der während der ganzen Zeit auf seinem Stuhl gesessen hatte, ohne sich zu regen.

Langsam, fast gemächlich, zog er Simba von seinem Stuhl und ließ ihn vor sich zu Boden fallen, so daß er neben seinem linken Fuß lag. Dann schlang er sehr ruhig seinen Rüssel um den Körper des hilflosen Mannes, dessen entsetzte Augen ich bis zum heutigen Tage vor mir sehe, und begann ihn durch die Luft zu wirbeln, langsam zunächst, doch mit rasch zunehmender Geschwindigkeit, bis die glänzenden Ketten auf der Brust des Opfers im Sonnenlicht wie ein silbernes Rad blitzten. Dann schleuderte er ihn mit aller Kraft auf den Boden, wo der König zu einer breiigen Masse zerschlagen liegen blieb.

Jetzt stand die Priesterin unmittelbar vor dem Elefanten-Gott, offenbar ohne jede Furcht, wenngleich ihre beiden Begleiterinnen zurückgewichen waren. Ragnall sprang vor, wie um sie zurückzureißen, doch ein Dutzend Männer fiel ihn an und hielt ihn fest, entweder, um sein Leben zu retten, oder aus einem anderen, geheimen Grund, über den ich niemals etwas erfahren habe.

Jana blickte auf sie hinab, und sie blickte zu Jana empor. Dann stieß er einen wütenden Schrei aus, streckte seinen Rüssel aus, riß das Elfenbeinkind aus ihren Händen, wirbelte es herum, so wie der Simba herumgewirbelt hatte, und schmetterte es dann auf das Pflaster des Hofes, so wie er Simba zu Boden geschmettert hatte, so daß seine Substanz, die im Laufe vieler Jahrhunderte spröde geworden war, in Zehntausende von Bruchstücken zersplitterte.

Bei diesem Anblicke stöhnten die Männer der Weißen Kendah laut auf, die beiden als Göttinnen gekleideten Frauen begannen zu schreien und ihre Gewänder zu zerreißen, und Harût, der in meiner Nähe stand, sank bewußtlos zu Boden.

Noch einmal schrie Jana. Dann brach er langsam in die Knie, schlug dreimal mit dem Rüssel und den klirrenden Eisenkugeln auf den Boden, als ob er sich der schönen Priesterin, die vor ihm stand, unterwerfen wollte, dann lief ein Schauer durch den riesigen Körper und er rollte auf die Seite – tot!

Ich stemmte mich hoch. Als ich auf meinen wackeligen Füßen stand – denn nun, da alles vorüber war, hatte ich das Gefühl, daß mein Körper aus Wasser bestünde – sah ich, daß die Männer, die Ragnall festhielten, ihn jetzt losließen. Er lief sofort zu seiner Frau und stand vor ihr, als ob er geistig verwirrt wäre, fast so, wie Jana vor ihr gestanden hatte, Jana, an dessen Kopf er sich lehnte, die linke Hand auf den gewaltigen Stoßzahn gestützt, denn ich glaube, daß auch er durch Anstrengung, Furcht, Blutverlust und Gefühlsbewegung geschwächt war.

»Luna«, keuchte er, »Luna!«

Auf die Schulter eines Kendah-Mannes gestützt, trat ich näher, um zu sehen, was zwischen den beiden geschehen würde, denn meine Neugier war größer als meine Schwäche. Eine lange Weile starrte sie ihn nur blicklos an, bis sich plötzlich der Ausdruck ihrer Augen veränderte. Es war, als ob eine Seele in ihrer Leere erschiene – so wie der Mond am klaren Abendhimmel aufgeht – und ihnen Licht und Leben gäbe. Und dann sprach sie, mit einer tastenden, zögernden Stimme, an deren Ton ich mich noch heute erinnere, und sagte: »Oh! George, diese furchtbare Bestie« – sie deutete auf den toten Elefanten – »hat unser Kind getötet. Sieh sie dir an! Sieh sie dir an! Jetzt müssen wir einander alles sein, Liebster, wie wir es waren, bevor wir es bekamen – wenn Gott uns nicht ein weiteres schenkt.«

Dann brach sie in eine Flut von Tränen aus und sank ihm an die Brust, woraufhin ich mich abwandte. Und das taten auch, wie ich zu ihrer Ehre feststellen möchte, die Kendah, die die beiden hinter der Masse des toten Jana allein ließen.

Hier möchte ich zweierlei anführen: erstens, daß Lady Ragnall, deren körperliche Gesundheit während der ganzen Zeit völlig intakt geblieben war, in diesem Moment auch geistig wieder völlig gesund wurde. Es war, als ob mit dem Zertrümmern des Elfenbeinkindes ein Bann gebrochen worden wäre. Was für ein Bann das gewesen sein mag, kann ich nicht sagen, doch vermute ich, daß sie, auf eine vage und unbekannte Art, diese Statue mit ihrem eigenen, verlorenen Kinde identifizierte, und daß, solange sie es gehalten und gewiegt hatte, ihr Intellekt in irgendeinem Schwebezustand verblieben war. Wenn dem so gewesen ist, mußte sie seine Zerstörung mit dem Tod ihres Kindes in Verbindung gebracht haben, das, wie man sich erinnern mag, seltsamerweise ebenfalls von einem Elefanten getötet worden war. Der erste Tod, dessen Zeuge sie wurde, hatte ihr den Verstand genommen, der zweite, scheinbare Tod, den sie gleichfalls miterlebte, brachte ihn ihr wieder zurück!

Zweitens, vom Augenblick des Todes ihres kleinen Sohnes auf der Straße eines englischen Landstädtchens an, bis zu dem, als das Elfenbeinkind in Zentralafrika zertrümmert wurde, war ihr Bewußtsein völlig leer gewesen, mit einer einzigen Ausnahme. Diese Ausnahme war ein Traum, den sie wenige Tage später in meinem Beisein Ragnall erzählte. Dieser Traum war, daß sie ihn und Savage eines Nachts in einer Eingeborenenhütte schlafend gesehen hatte. Angesichts eines gewissen Ereignisses, welches hier bereits verzeichnet wurde, überlasse ich es dem Leser, seine eigenen Schlüsse aus dieser seltsamen Begebenheit zu ziehen. Ich habe keine anzubieten, und wenn ich eine Hypothese haben sollte, so ziehe ich es vor, sie für mich zu behalten.

Ich überließ Ragnall und seine Frau sich selbst und torkelte weiter, um nach Hans zu sehen, den ich bewußtlos nahe der Nordwand des Tempels liegend fand. Er war offensichtlich jenseits jeder menschlichen Hilfe, denn Jana schien ihm mit seinem stählernen Rüssel sämtliche Rippen gebrochen zu haben. Wir trugen ihn in die Zelle eines der Priester, und dort blieb ich bei ihm bis zum Ende, das gegen Sonnenuntergang kam.

Bevor er starb, wurde er geistig völlig klar und sprach ziemlich viel mit mir.

»Sei nicht traurig, daß du Jana nicht getroffen hast, Baas«, sagte er, »denn es warst nicht du, der vorbeigeschossen hat, sondern irgendein Teufel hat deine Kugeln abgelenkt. Du mußt wissen, daß Jana gegen euch weiße Männer verhext war. Wenn du genau hinschaust, wirst du sehen, daß der

Lord Igeza ihn auch verfehlt hat« (so seltsam es auch klingen mag, dies stellte sich als wahr heraus) »und als du mit der letzten Kugel die Spitze seines Stoßzahns treffen konntest, begann die Magie schon von ihm zu weichen. Aber, Baas, diese Zauberer der Schwarzen Kendah vergaßen, ihn auch gegen den kleinen, gelben Mann zu verhexen, den sie nicht der Beachtung für wert hielten. Also habe ich ihn jedesmal getroffen, wenn ich auf ihn schoß, und ich hoffe, er mochte den Geschmack meiner Kugeln in seinem großen Maul. Er wußte sehr genau, wer sie ihm geschickt hatte. Das ist der Grund dafür, weshalb er dich in Ruhe ließ und sich auf mich stürzte, wie ich es gehofft hatte. Oh! Baas, ich sterbe glücklich, sehr glücklich, weil ich Jana getötet habe, und weil er mich erwischt hat, und nicht dich, mich, der ohnehin am Ende war. Denn, Baas, obwohl ich dir nichts davon gesagt habe, hat mich ein Speer in den Unterleib getroffen, als ich heute morgen im Lager der Schwarzen Kendah war. Es war nur ein kleiner Schnitt, der ganz wenig blutete, doch als die Kämpfe weitergingen, ist irgend etwas gerissen, und meine Eingeweide begannen herauszuquellen, obwohl ich das Loch mit einem Fetzen Stoff zugebunden habe, was natürlich bedeutet, daß ich in zwei oder drei Tagen ohnehin gestorben wäre.« (Eine spätere Untersuchung zeigte mir, daß Hans' Schilderung absolut den Tatsachen entsprach. Er hätte nicht mehr lange zu leben gehabt.)

»Baas«, fuhr er nach einer Pause fort, »bestimmt werde ich heute nacht die Zulufrau Mameena treffen. Sag mir, steht ihr der königliche Salut wirklich zu? Denn sonst werde ich ihn ihr nicht erweisen, wenn ich genauso ein Spuk bin wie sie. Sie hat mich niemals mit meinem Titel angesprochen, die auf ihre Weise recht gute Titel sind, warum also soll ich ihr das *Bayète* geben, wenn es ihr nicht durch das Recht des Blutes zusteht, obwohl ich nur ein kleiner ›gelber Hund‹ bin, wie sie mich zu nennen beliebte?«

Da dieses lächerliche Problem ihm schaffen zu machen schien, sagte ich ihm, daß Mameena nicht königlichen Geblütes sei und ihr deshalb der königliche Salut nicht zustehe.

»Ah!« sagte er mit einem schwachen Grinsen, »dann weiß ich jetzt, wie ich sie behandeln muß, besonders, da sie nicht behaupten kann, ich hätte nicht meine Aufgabe in dieser Schlacht erfüllt, wie sie es mir aufgetragen hat. Hast du etwas von ihr gesehen, als Jana dich angriff? Weil ich glaube, etwas gesehen zu haben.«

»Ich schien etwas zu sehen, doch zweifellos war es nur eine Phantasiegestalt.«

»Eine Phantasiegestalt? Oh, dann erkläre mir, Baas, wo die Wirklichkeit endet und die Phantasien beginnen, und ob das, was wir als Phantasie ansehen, nicht manchmal die Wirklichkeit ist. Ein- oder zweimal habe ich das in der letzten Zeit gedacht, Baas.«

Ich konnte ihm dieses Rätsel nicht lösen, also gab ich ihm etwas Wasser, und er fuhr fort.

»Baas, hast du irgendeine Botschaft für die beiden Glänzenden, für sie, deren Name heilig ist, und für ihre Schwester, und für das Kind von ihr, deren Name heilig ist, der Missie Marie, und für deinen verehrten Vater, den Prädikanten? Wenn ja, so sag sie mir rasch, bevor mein Kopf zu leer wird, um die Worte aufnehmen zu können.«

Ich will eingestehen, daß ich, so töricht es auch erscheinen mag, ihm gewisse Botschaften mitgab, doch was sie waren, werde ich nicht niederschreiben. Sie sollen ein Geheimnis zwischen ihm und mir bleiben. Ja, zwischen ihm und mir, und vielleicht jenen, denen sie überbracht werden sollten. Denn schließlich, um seine Worte zu gebrauchen, wer kann wissen, wo die Wirklichkeit endet und die Phantasie beginnt, und ob zu Zeiten nicht Phantasien die wirklichen Wahrheiten sind in diesem universellen Mysterium, von dem das individuelle Leben eines jeden von uns ein so geringer Teil ist?

Hans wiederholte das, was ich ihm sagte, Wort für Wort, wie es die Art der Eingeborenen ist, wiederholte alles noch ein zweites Mal, wonach er sagte, daß er es jetzt auswendig könne, und war dann eine lange Weile still. Dann bat er mich, ihn in die Türöffnung der Zelle zu setzen, damit er die

Sonne zum letzten Mal versinken sehen könne. »Denn, Baas«, setzte er hinzu, »ich glaube, daß ich bald weit jenseits der Sonne sein werde.«

Er starrte sie eine Weile an und meinte dann, daß der Himmel so aussähe, als ob es klares Wetter geben würde, »was gut ist für deine Reise zu dem Schwarzen Wasser, Baas, mit all dem Elfenbein, das du fortschaffen mußt.«

Ich antwortete ihm, daß ich das Elfenbein von dem Elefantenfriedhof wahrscheinlich niemals bekommen würde, weil die Schwarzen Kendah das sicher verhindern würden.

»Nein, nein, Baas«, antwortete er, »jetzt, da Jana tot ist, werden die Schwarzen Kendah fortziehen. Ich weiß es, ich weiß es!«

Dann schweiften seine Gedanken ein wenig umher, und er sprach von einigen der Abenteuer, die wir gemeinsam erlebt hatten, bis, unmittelbar vor dem Ende, sein Verstand wieder völlig klar wurde.

»Baas«, sagte er, »hat der Häuptling Mavovo mich nicht ›Licht-im-Dunkel‹ genannt, und ist das nicht mein Name? Wenn auch du eines Tages in das Dunkel gehst, dann halte Ausschau nach diesem Licht; es wird ganz in deiner Nähe leuchten.«

Er sprach nur noch einmal. Seine Worte waren: »Baas, jetzt verstehe ich, was dein verehrter Vater, der Prädikant, meinte, als er gestern nacht zu mir von der Liebe sprach. Es hatte nichts mit Frauen zu tun, Baas, zumindest nicht viel. Es war etwas, das sehr viel größer ist, Baas, etwas, das so groß ist wie das, was ich für dich empfinde!«

Dann starb Hans mit einem Lächeln auf seinem faltigen Gesicht.

Und ich weinte.

21
Heimwärts

Es gibt nicht mehr viel zu schreiben über diese Expedition, oder, wenn diese Feststellung nicht ganz der Wahrheit entspricht, zumindest nicht mehr viel, über das ich schreiben mag, obwohl ich keinerlei Zweifel daran habe, daß Ragnall, wenn er irgendeine Neigung in diese Richtung haben würde, ein gutes und recht lehrreiches Buch über viele Dinge schreiben könnte, die ich, da ich mich auf die Geschichte unseres Abenteuers beschränken wollte, kaum berührt habe. All die Beziehungen etwa zwischen diesem zentralafrikanischen Kult des Himmlischen Kindes und seiner Hüterin und dem von Horus und Isis in Ägypten, dem er zweifellos entstammte. Auch die Rolle, die die große Schlange darin spielte, so wie man sie auch eine Rolle in jedem Grabe entlang des Nils spielen sehen kann, und wie sie genau genommen selbst in unserer und in mancher anderen Religion eine Rolle spielt. Außerdem war unsere Reise durch die Wüste zum Ufer des Roten Meeres sehr interessant, doch bin ich es müde, Reisen zu beschreiben – und sie zu machen.

Die Wahrheit ist, daß nach dem Tod von Hans – so wie es der Königin von Saba erging, als sie die Wunder von König Salomons Hof gesehen hatte – mein Lebensgeist gebrochen war. Eine ganze Weile schien es mir völlig gleichgültig zu sein, was mit mir oder anderen geschah. Wir begruben ihn in einem Ehrengrab, genau an der Stelle, an der er Jana erschossen hatte, vor dem Tor des zweiten Hofes, und als die Erde auf das kleine, gelbe Gesicht fiel, hatte ich das Gefühl, als ob die Hälfte meines vergangenen Lebens mit ihm in dieser Grube versänke. Armer, oft betrunkener, alter Hans, wo in aller Welt werde ich so viel Liebe finden, wie sie den Becher deines seltsamen Herzens füllte?

Ich gebe zu, daß dies eine Form von Selbstsucht ist, doch

was jeder Mensch ersehnt, ist doch etwas, das ihn *alleine* liebt, und das ist der Grund dafür, weshalb wir Hunde so mögen. Hans war ein Hund mit einem menschlichen Gehirn, und seine Liebe galt mir allein. Oft macht unsere Eitelkeit uns glauben, daß dies einigen von uns bei einer oder auch bei mehreren Frauen geschähe. Aber ehrliches und ruhiges Nachdenken führt uns zu Zweifeln an der Wahrheit solcher Annahmen. Die Frau, die, wie wir glaubten, uns allein liebte, hat wahrscheinlich im Laufe ihres Lebens auch andere geliebt, oder zumindest andere Dinge.

Um nur ein Beispiel zu nehmen, das von Mameena, der schönen Zulufrau, die Hans im Reich der Schatten gesehen zu haben glaubte. Sie, nehme ich an, erwies mir die Ehre, mich sehr zu lieben, noch mehr aber liebte sie ihre ehrgeizigen Ziele. Hans hat jedoch nie für irgendein lebendes Wesen, oder für irgendeine menschliche Hoffnung oder Ambition so viel empfunden, wie für mich. Es gab keinen Mann und keine Frau, die er nicht um meinetwillen betrogen oder sogar umgebracht hätte. Es gab nichts auf der Welt, einschließlich seines eigenen Lebens, das er nicht für mich hergegeben hätte – und am Ende auch wirklich hergab. Nehmen wir nur den Fall seines kleinen Vermögens, das er in meine verdammte Goldmine investierte, und dessen Verlust ihm nichts ausmachte – um meinetwillen.

Das ist Liebe *in excelsis,* und der Mensch, dem es gelingt, sie in irgendeinem Wesen zu erwecken, und sei es in einem trunkenen, alten Hottentotten, darf sehr stolz darauf sein. Zumindest bin ich stolz darauf, und während die Jahre vergehen, wird dieser Stolz immer stärker, so wie die Hoffnung wächst, daß ich irgendwo in der Stille jener weiten Ebene, die Hans in seinem Traum sah, das Licht seiner Liebe wie ein Leuchtfeuer in der Dunkelheit brennen sehen werde, so wie er es mir versprach, und es meine zitternde, neugeborene Seele erwärmen möge, bevor ich mich in das Abenteuer des Unendlichen wage.

Jetzt aber, da das Erhabene und das Lächerliche so nahe beieinander liegen, frage ich mich oft, wie er und Mameena diese Frage ihres Anrechts auf den königlichen Salut werden beigelegt haben. Vielleicht werde ich das eines Tages erfahren – das heißt, ich habe bereits eine Andeutung davon bekommen. Wenn diese zutreffen sollte, so bin ich sicher, daß selbst im Glanz einer neuen und universellen Wahrheit ihre Geschichten weit voneinander abweichen werden.

Hans hatte recht, was die Schwarzen Kendah betraf. Sie zogen fort, wahrscheinlich auf der Suche nach Nahrung, wohin, weiß ich nicht, und es interessiert mich auch nicht, und ob es sich dabei um einen vorübergehenden oder um einen endgültigen Auszug handelte, blieb ebenfalls vom Schleier des Ungewissen verhüllt und wird es, so weit es mich betrifft, auch bleiben. Sie waren große Schurken, aber auch außerordentlich gute Krieger, doch was aus ihnen wurde, ist mir gleichgültig. Eines ist jedoch sicher, eine große Anzahl von ihnen zogen nicht mit den anderen fort, denn unsere Leute mußten mehr als dreitausend ihrer Toten begraben, die im Paß und um den Tempel herum gefallen waren, und für diesen Zweck erwiesen sich alle die Gräben und Fallgruben, die wir gegraben hatten, als sehr nützlich. Unsere Verluste beliefen sich auf fünfhundertdrei Gefallene, einschließlich derer, die nach der Schlacht ihren Wunden erlagen. Es war ein überaus harter Kampf gewesen, der abgesehen von der Anfangsphase des ersten Angriffs bei den Fallgruben, praktisch Mann gegen Mann ausgetragen worden war.

Jana begruben wir dort, wo er getötet worden war, da wir ihn nicht bewegen konnten, nur wenige Fuß von seinem Bezwinger, Hans, entfernt. Ich habe immer bedauert, daß ich verabsäumt habe, die genauen Maße dieses Tieres zu nehmen, das, wie ich glaube, der größte Elefant der Welt war, doch hatte ich keine Zeit dazu, und auch keinen Zollstock oder ein Bandmaß zur Hand. Ich sah ihn nur noch einmal am folgenden Morgen, als er in eine riesige Grube gerollt wurde, gemeinsam mit seinem Herrn, Simba, dem König. Ich erkannte jedoch, daß die einzigen Wunden, die an ihm feststellbar waren, abgesehen von einige Stichen und Kratzern durch Speere, jene waren, die Hans ihm zugefügt hatte, nämlich der Verlust eines Auges, das Loch in der Haut über dem Herzen, als er zum zweiten Mal mit dem kleinen Gewehr ›Intombi‹ auf ihn schoß, und die beiden sauberen Löcher im hinteren Teil des Gaumens, durch welche die Kugeln der Elefantenbüchse zur Basis des Gehirns vorgedrungen waren und den Tod durch Hirnblutung herbeigeführt hatten. Ich bat die Weißen Kendah, mir seine beiden gewaltigen Stoßzähne zu überlassen, die an Größe und Gewicht, wie ich glaube, in ganz Afrika nicht ihresgleichen hatten, auch wenn der eine deformiert und abgebrochen war. Doch das lehnten sie ab. Ich nehme an, daß sie sie selbst behalten wollten, zusammen mit den Ketten, die er um den Hals und an seinem Rüssel getragen hatte, als Erinnerung an ihren Sieg über den Gott ihrer Feinde. Auf jeden Fall schlugen sie beide Stoßzähne mit Äxten heraus und lösten die Ketten ab, bevor sie den Kadaver in die Grube wälzten. Aus dem abgenutzten Zustand der Stoßzähne schloß ich, daß das Tier außergewöhnlich alt gewesen sein mußte, wie alt, ist unmöglich zu schätzen.

Das ist alles, was ich über Jana zu berichten habe. Möge er in Frieden ruhen, was ihm bestimmt nicht beschieden ist, falls Hans irgendwo in seiner Nähe wohnen sollte an jenem Ort, den der alte Junge den der ›Feuer, die nie erlöschen‹ zu nennen pflegte. Wegen meines kläglichen Versagens im Zusammenhang mit diesem Elefanten, dessen Erinnerung mich selbst zu dieser Stunde noch beschämt, mag ich nicht mehr daran denken, als es unbedingt nötig ist.

Was alles andere betrifft, so hielten die Weißen Kendah in jeder Beziehung ihr uns gegebenes Wort. In einer seltsamen und halbreligiösen Zeremonie, bei der ich nicht anwesend war, wurde Lady Ragnall von ihrem hohen Amt als Hüterin oder Nährerin eines Gottes entbunden, dessen Symbol nicht mehr existierte, obwohl ich weiß, daß die Priester die winzigen Elfenbeinsplitter, oder so viele von ihnen, wie sie finden konnten, aufsammelten und sie in einem Tontopf im

Heiligtum aufbewahrten. Als das getan war, entkleideten Frauen die Hüterin ihrer heiligen Gewänder uralten Ursprungs, von dem, wie ich annehme, niemand von ihnen, außer vielleicht Harût, eine Ahnung hatte, genauso wenig, wie sie wußten, daß das Kind den ägyptischen Horus repräsentierte, und seine Hüterin die Mondgöttin Isis. Dann, in normale Eingeborenengewänder gekleidet, wurde sie Ragnall übergeben und von da an als Gast behandelt, so wie wir, doch wurde ihr erlaubt, zusammen mit ihrem Mann, weiterhin in dem Haus zu bleiben, wo sie die Zeit ihrer seltsamen Gefangenschaft verbracht hatte. Hier lebten sie zusammen, verloren im Glück dieser wunderbaren Wiedervereinigung, die sie beide durch so viel körperliche und seelische Dunkelheit und Elend erlangt hatten, bis wir, etwa einen Monat später, unsere Reise zu den Bergen und die hinter ihnen liegende große Wüste antraten.

Nur einmal fand ich Gelegenheit, Lady Ragnall allein zu sprechen.

Dies geschah, nachdem ihr Mann die während der Kämpfe erlittenen Verwundungen auskuriert hatte und sich für einen Tag von ihr trennen mußte, um in der Stadt des Kindes einige Dinge zu regeln. Ich glaube, es hatte mit den während der Schlacht benutzten Gewehren zu tun, die er den Weißen Kendah zum Geschenk gemacht hatte. Also ließ er seine Frau in meiner Obhut zurück und machte sich höchst widerwillig auf den Weg, da es ihm schwerfiel, sie auch nur für eine Stunde aus den Augen zu lassen.

Ich machte mit ihr einen Spaziergang durch den Wald zu jener Stelle am Rande des Kraters, von der aus wir sie ihre Rolle als Priesterin beim Fest der Ersten Früchte hatten spielen sehen. Nachdem wir eine Weile dort gestanden hatten, gingen wir unter den riesigen Zedern den Hang hinab und versuchten, den letzten Teil unseres Marsches durch das Dunkel jener furchtbaren Nacht zurückzuverfolgen, dessen ganze Geschichte ich ihr jetzt zum ersten Mal erzählte.

Schließlich wurde Lady Ragnall des beschwerlichen Gehens zwischen den abgefallenen Ästen müde, setzte sich auf einen davon und sagte: »Wissen Sie, Mr. Quatermain, daß dies das erste Gespräch ist, das wir miteinander führen, seit jenem Abend auf Ragnall, bevor wir heirateten, und als Sie, falls Sie sich noch daran erinnern, mein Tischherr waren?«

Ich antwortete ihr, daß es nichts gäbe, an das ich mich besser erinnern könne, was sowohl der Wahrheit entsprach, als auch der Höflichkeit, wie ich meinte.

»Nun«, sagte sie langsam, »Sie sehen, daß doch etwas hinter jenen Träumen steckte, die ich damals hatte – über Afrika und so weiter, meine ich – und von denen Sie damals dachten, daß sie am besten einem Arzt berichtet werden sollten.«

»Ja, Lady Ragnall, obwohl wir immer daran denken sollten, daß viele Dinge auf Zufall beruhen. Auf jeden Fall aber ist ja jetzt alles überstanden.«

»Nicht ganz, Mr. Quatermain, auch wenn Sie das glauben sollten, da wir noch einen langen Weg zu gehen haben. Und auch in einem anderen Sinne glaube ich, daß viele Dinge erst begonnen haben.«

»Ich verstehe das nicht, Lady Ragnall.«

»Ich auch nicht, aber hören Sie zu! Sie wissen, daß ich mich an nichts, was während all dieser Monate geschah, erinnern kann, außer an einen Traum, in dem ich George und Savage in der Hütte sah. Ich erinnere mich daran, daß mein Kind von diesem schrecklichen Zirkuselefanten getötet wurde, gerade so, wie das Elfenbeinkind von Jana getötet, oder vielmehr zerstört, wurde, was wahrscheinlich wieder wie Sie meinen, ein Zufall ist, Mr. Quatermain. Von diesem Zeitpunkt an erinnere ich mich an nichts mehr, bis zu jenem, da ich wieder erwachte und George mit Blut bedeckt vor mir sah, und Sie, und den toten Jana, und so weiter.«

»Weil Ihr Verstand Sie während dieser Zeit verlassen hatte, Lady Ragnall.«

»Ja, aber wohin war er gegangen? Ich sage Ihnen, Mr. Quatermain, daß ich, obwohl ich mich an nichts erinnern kann, was damals mit mir und um mich vorging, mich doch an vieles erinnere, das entweder in sehr weit zurückliegender Vergangenheit geschah, oder erst in Zeiten, die erst kommen werden, geschehen wird. Ich habe George davon nichts gesagt, und ich hoffe, Sie werden es auch nicht tun. Es könnte ihn beunruhigen.«

»An was erinnern Sie sich?«

»Das ist ja das Problem; ich kann es Ihnen nicht sagen. Was mir einst sehr klar war, ist jetzt zum größten Teil vage und gestaltlos geworden. Wenn meine Gedanken es festzuhalten versuchen, entgleitet es ihnen. Es war ein anderes Leben als dieses, ein völlig anderes Leben; da waren große Ereignisse, von denen das was wir hier durchgemacht haben, wie ich glaube, lediglich ein Zwischenakt oder der Prolog ist. Ich sehe, oder sah, Städte und Tempel, und Menschen, die darin gingen, George und Sie waren unter ihnen, und auch jener alte Priester, Harût. Sie mögen lachen, doch ich erinnere mich, daß Sie in irgendeiner engen Beziehung zu mir standen, entweder der eines Vaters oder der eines Bruders.«

»Oder vielleicht der eines Cousins?« meinte ich.

»Oder vielleicht der eines Cousins«, antwortete sie lächelnd, »oder der eines sehr guten Freundes; auf jeden Fall eines, der mir sehr nahe stand. Was George betrifft, so weiß ich nicht, was er war, und auch von Harût kann ich es nicht sagen, doch das Komische ist, daß dieser kleine, gelbe Mann, Hans, den ich nur für wenige Minuten lebend sah, klarer in meine Erinnerung zurückkommt, als jeder andere von euch. Er war ein Zwerg, viel dicker, als an dem Tag, da ich ihn sah, doch sonst sehr ähnlich. Ich erinnere mich, daß er eine höchst seltsame Kleidung aus Federn trug, einen Elfenbeinstab in der Hand hielt und auf einem Hocker zu Füßen einer großen Persönlichkeit saß – eines Königs, glaube ich. Der König stellte ihm Fragen, und jedermann lauschte seinen Antworten. Das ist alles, außer, daß alle diese verschiedenartigen Szenen in ewiges Sonnenlicht gebadet schienen.«

»Was man von diesem Ort hier nicht gerade sagen kann. Ich denke, wir sollten uns jetzt auf den Heimweg machen,

Lady Ragnall, damit Sie sich unter diesen feuchten Zedern keine Erkältung holen.«

Ich sagte das, weil ich dieses Gespräch nicht fortführen wollte, das ich in ihrer Situation für zu aufregend hielt, besonders da ich bemerkte, wie wieder jener rätselhafte Ausdruck auf ihr Gesicht und in ihre wunderbaren Augen trat, an den ich mich aus der Zeit vor ihrer Hochzeit erinnerte.

Sie las meine Gedanken sofort und antwortete mit einem kleinen Lachen: »Ja, es ist feucht; aber Sie wissen, daß ich sehr kräftig bin und Feuchtigkeit mir nichts ausmacht. Was das andere betrifft, so brauchen Sie keine Angst zu haben, Mr. Quatermain. Ich hatte nicht den Verstand verloren. Er wurde mir von irgendeiner Macht genommen und an einen anderen Ort gesandt. Jetzt ist er mir wieder zurückgegeben worden, und ich glaube nicht, daß er mir noch einmal auf diese Weise genommen werden wird.«

»Natürlich nicht«, sagte ich mit Betonung. »Wer könnte so etwas auch nur träumen?«

»*Sie* haben es getan«, antwortete sie und blickte mir in die Augen. »Und jetzt, bevor wir zurückgehen, möchte ich Ihnen noch eines sagen: Harût und die oberste Priesterin haben mir ein Geschenk gemacht. Sie haben mir eine Dose gegeben, die mit dem Kraut gefüllt ist, das sie als ›Tabak‹ bezeichnen, dessen wirklicher Name jedoch, wie ich herausgefunden habe, ›Taduki‹ ist. Es ist das gleiche, das sie in der Schale verbrannten, als Sie und ich in Ragnall Castle Visionen hatten, Mr. Quatermain, Visionen, die durch einen weiteren dieser Ihrer ... *Zufälle* Wahrheit geworden sind.«

»Ich weiß. Wir sahen Sie diesen Rauch wieder einatmen, als Sie beim Fest der Ersten Früchte als Priesterin und Orakel des Kindes die Prophezeiungen aussprachen. Aber was wollen Sie mit diesem Zeug anfangen, Lady Ragnall? Ich hätte angenommen, daß Sie inzwischen von Visionen endgültig genug haben.«

»Das habe ich auch, doch, um die Wahrheit zu sagen, mochte ich sie. Ich werde es behalten und nichts damit anfangen – vorläufig. Doch möchte ich, daß Sie sich immer an eines erinnern – und lachen Sie mich jetzt bitte nicht aus« – sie blickte mir wieder in die Augen –, »daß eine Zeit kommen wird, die noch in der Ferne liegt, wie ich glaube, wo ich und Sie – niemand anderer, Mr. Quatermain – wieder gemeinsam diesen Rauch einatmen und seltsame Dinge sehen werden.«

»Nein, nein!« rief ich, »ich habe den Tabak der Kendah-Sorte aufgegeben, er ist mir zu stark.«

»Ja, ja!« sagte sie, »denn etwas, das stärker ist als der Kendah-Tabak, wird Sie dazu zwingen – wenn ich es will.«

»Hat Harût Ihnen das gesagt, Lady Ragnall?«

»Ich weiß es nicht«, antwortete sie verwirrt. »Ich glaube, das Elfenbeinkind hat es mir gesagt; es hat oft zu mir gesprochen. Sie müssen wissen, daß dieses Kind nicht wirklich zerstört worden ist. Wie mein Verstand, der verloren schien, ist es nur zurück oder vorwärts gegangen in der Zeit, wo Sie und ich es wiedersehen werden. Sie und ich, und niemand sonst – es sei denn, der kleine, gelbe Mann. Ich wiederhole, daß ich nicht weiß, wann das sein wird. Vielleicht steht es auf jenen Papyrusrollen geschrieben, die sie mir ebenfalls gegeben haben, da sie sagten, sie gehörten mir, die ich ›die erste Priesterin und die letzte‹ sei. Sie sagten mir jedoch auch – oder vielleicht« – sie fuhr mit der Hand über ihre Stirn – »war es das Kind, das mir dies sagte, daß ich sie nicht lesen oder lesen lassen dürfe, bevor eine große Veränderung meines Lebens einträte. Was diese Veränderung sein wird, weiß ich nicht.«

»Und ich würde Ihnen raten, nicht danach zu forschen, da die meisten Veränderungen auf dieser Welt Veränderungen zum Schlechten sind.«

»Der Meinung bin ich auch und werde deshalb nicht nachforschen. Ich habe so offen zu Ihnen gesprochen, weil ich das Gefühl hatte, es tun zu müssen. Außerdem möchte ich Ihnen danken für alles, was Sie für mich und für George getan haben. Wahrscheinlich werden wir nicht wieder allein miteinander sprechen können; in meiner Situation wird die Möglichkeit dazu fehlen, selbst wenn der Wunsch vorhanden ist. Also danke ich Ihnen noch einmal von ganzem Herzen. Bis wir uns wiedersehen – ich meine, wirklich wiedersehen – leben Sie wohl.« Sie streckte mir ihre Hand auf eine Weise entgegen, daß ich wußte, sie wollte, daß ich sie küsse.

Das tat ich sehr ehrfurchtsvoll, und dann gingen wir zum Tempel zurück, fast ohne noch ein Wort zu sprechen.

Jenen Monat der Ruhe, oder vielmehr seine letzten drei Wochen, da ich die ersten Tage nach der Schlacht zumeist auf dem Rücken liegend verbrachte, füllte ich mit verschiedenen Unternehmungen aus. Unter anderem ritt ich in Begleitung von Harût nach Simba. Dies wagten wir jedoch erst, nachdem unsere Späher uns versichert hatten, daß die Schwarzen Kendah wirklich fortgezogen seien, in südwestlicher Richtung, wie sie berichteten, wo es in einer Entfernung von etwa dreihundert Meilen fruchtbares, nicht bewohntes Land geben sollte. Es war mit sehr seltsamen Gefühlen, daß ich unseren Weg zurückverfolgte und wieder den sturmzerzausten Baum vor mir sah, der noch immer die Spuren von Janas Stoßzahn trug, in dessen Geäst Hans und ich Schutz vor der Wut dieses Monsters gesucht hatten. Nach dem Durchreiten der Furt im Fluß, dessen Wasserstand jetzt sehr niedrig war, ritt ich den Hang hinauf, und kam zu dem melancholischen See und dem Elefantenfriedhof.

Hier war alles unverändert. Da war der kleine, felsige Hügel, auf dem Jana gestanden hatte, dort waren die Steinblöcke, hinter denen ich mich zu verstecken versucht hatte, und unweit davon zerbrochene, menschliche Knochen, die von dem unglückseligen Marût übrig geblieben waren. Diese begruben wir mit geziemender Ehrfurcht an der Stelle, an der er gestorben war, und dabei dankte ich Gott, daß meine Knochen nicht neben den seinen begraben wurden, was ohne Hans der Fall gewesen wäre – falls sie überhaupt begraben worden wären. Überall lagen die Skelette toter Elefanten, und von diesen nahmen wir soviel des besten Elfenbeins mit, wie wir transportieren konnten, etwa fünfzig

Kamellasten. Natürlich war noch sehr viel mehr da, doch ein großer Teil war so lange Sonne und Witterung ausgesetzt worden, daß es fast wertlos war.

Nachdem ich die Kamele mit dem Elfenbein zur Stadt des Kindes zurückgeschickt hatte, die so gut es möglich war wieder aufgebaut wurde, ritten wir durch den Wald nach Simba, weil vorausgeschickte Späher uns gemeldet hatten, daß sie menschenleer sei. Und menschenleer war sie wirklich; niemals habe ich so viel Trostlosigkeit gesehen.

Die schwarzen Kendah hatten sie offenbar fluchtartig verlassen; zurückgeblieben war lediglich ein Haufen von Leichen, die auf und um den Altar des Marktplatzes lagen, wo die drei armen Kamelreiter Jana geopfert worden waren, zweifellos die von Verwundeten, die während des Rückzuges oder danach gestorben waren. Die Türen der Häuser standen offen, und viele Haushaltsgegenstände, wie große Tonkrüge, die jenem glichen, der über den Kopf des Toten gestülpt worden war, den wir wieder zum Leben hatten erwecken sollen, lagen umher, die nicht hatten mitgenommen werden können. Ebenso eine große Menge von Speeren und anderen Waffen, deren Besitzer getötet worden waren, sie also nicht mehr brauchten. Mit Ausnahme von ein paar Geiern und Hunden und Schakalen, die sich an den Leichen gütlich taten, war kein lebendes Wesen in der Stadt zurückgeblieben. Sie war auf ihre Art genauso trostlos und sogar noch eindrucksvoller als der Friedhof der Elefanten an dem einsamen See.

»Der Fluch des Kindes war sehr wirkungsvoll«, sagte Harût ernst. »Zuerst kam das Unwetter, dann der Hunger, dann der Krieg, und jetzt das Elend von Flucht und Untergang.«

»Es scheint so«, antwortete ich. »Doch hat sich jener Fluch, wie andere, auch bei euch niedergelassen, denn zwar mag Jana tot und sein Volk geflohen sein, doch wo sind das Kind und viele seiner Menschen? Was werdet ihr ohne euren Gott tun, Harût?«

»Unsere Sünden bereuen und warten, bis der Himmel

uns einen neuen schickt, was er ohne Zweifel zu gegebener Zeit tun wird«, antwortete er voller Trauer.

Ich fragte mich, ob das wirklich geschehen ist, und welche Gestalt diese neue Gottheit gewählt haben mag.

Ich schlief – oder schlief vielmehr nicht – in demselben Gästehaus, in dem Marût und ich während unserer furchtbaren Tage der Furcht gefangengehalten worden waren, und rekonstruierten im Geist jedes damit zusammenhängende Geschehnis. Noch einmal sah ich die Opferfeuer auf dem Altar flammen, hörte das Toben der tanzenden, jubelnden Männer, das den Untergang der Schwarzen Kendah so laut ankündigte wie die Trompete eines Racheengels. Ich war sehr froh, als endlich der Morgen kam und ich, nach einem letzten Blick auf Simba, den Wehrgraben überquerte und heimwärts ritt, durch den Wald, dessen entlaubte Äste ebenfalls vom Tod zeugten, obwohl sie im Frühjahr wieder grün sein würden.

Zehn Tage später verließen wir den Heiligen Berg, eine Karawane von etwa hundert Kamelen, von denen fünfzig mit Elfenbein beladen waren, während die anderen von unserer Eskorte und von uns dreien geritten wurden. Doch es lag ein Fluch auf diesem Elfenbein, wie auf allem anderen, das mit Jana zu tun hatte. Einige Wochen nach unserem Aufbruch fiel in der Wüste ein schwerer Sandsturm über uns her, in dem wir mit knapper Not unser Leben retten konnten. Als dieser Sturm seinen Höhepunkt erreichte, rissen die mit dem Elfenbein beladenen Kamele sich los und flohen vor ihm. Wahrscheinlich sind sie gestürzt und von Sandmassen begraben worden; auf jeden Fall konnten wir von den fünfzig Tieren nur zehn wieder einfangen.

Ragnall wollte mir den Wert der verlorenen Ladungen ersetzen, der mehrere tausend Pfund betrug, doch wollte ich das Geld nicht annehmen und sagte, daß dies nicht zu unserer Abmachung gehöre. Später habe ich mir überlegt, daß dies recht töricht war, besonders nachdem ich einen Blick auf den Zusatz seines Testaments geworfen hatte, dasselbe, das er mir vor der Schlacht gegeben hatte, und feststellte, daß er mir ein Legat von zehntausend Pfund ausgesetzt hatte. Doch in solchen Dingen muß jeder seinem Instinkt folgen.

Die Weißen Kendah, ein ziemlich emotionsloses Volk, besonders jetzt, wo sie um ihren verlorenen Gott und ihre Toten trauerten, zeigten keinerlei Zuneigung oder auch nur ein wenig Trauer über unseren Abschied. Lediglich die obersten Priesterinnen, die Begleiterinnen Lady Ragnalls gewesen waren, während sie bei ihnen eine göttliche Rolle gespielt hatte, weinten, als sie sich von ihnen verabschiedete, und beteten, daß sie sie ›in Gegenwart des Kindes‹ wiedersehen mochten.

Der Paß durch die große Bergkette erwies sich als schwierig, da er den Füßen der Kamele kaum Halt bot. Doch konnten wir ihn schließlich bewältigen, wobei wir zumeist zu Fuß gingen, und als wir auf der Paßhöhe eine Pause machten, um einen letzten Blick auf das Land zu werfen, das wir verlassen hatten, war der Berg des Kindes nur noch vage auszumachen. Dann stiegen wir den anderen Hang der Berge hinab und begannen unseren Ritt durch die nördliche Wüste.

Tag um Tag, und Woche um Woche zogen wir durch diese endlose Wüste, auf einer Route, die Harût bekannt war und auf der es Wasserstellen gab, die einzigen lebenden Wesen in ihrer Unendlichkeit, und es gab keinerlei Zwischenfälle, bis auf den Sandsturm, durch den das Elfenbein verlorenging. Ich war während dieser Zeit zumeist allein, da Harût nur wenig sprach, und Ragnall und seine Frau natürlich in ihrer eigenen Welt lebten.

Schließlich, Monate später, erreichten wir einen kleinen Hafen am Roten Meer, dessen arabischen Namen ich vergessen habe, eine Stadt, die so heiß war wie diese ganze infernalische Region. Wenig später fügte es ein glücklicher Umstand, daß zwei Handelsschiffe den Hafen anliefen, um Wasser an Bord zu nehmen, von denen eins nach Aden fuhr, welches ich benutzte, um von dort aus nach Natal zurückzukehren, das andere ging nach Suez, von wo aus Lord und Lady Ragnall über Land nach Alexandria reisen konnten.

Unser Abschied war kurz und hastig, wie es oft nach langer Gemeinschaft der Fall ist, und abgesehen von gegenseitigem Dank und guten Wünschen sagten wir nur wenig zueinander. Ich kann sie noch jetzt stehen sehen; die Arme gegenseitig um die Schultern gelegt blickten sie mir nach, bis ich ihren Blicken entschwunden war. Was ihre Zukunft betrifft, so gibt es darüber so viel zu sagen, daß ich nichts sagen werde, zumindest nicht hier und jetzt, außer daß Lady Ragnall recht behielt. Sie und ich hatten uns nicht für immer voneinander verabschiedet.

Als ich mich von Harût verabschiedete und ihm die Hand drückte, sagte er mir, daß er nach Ägypten weiterziehen würde, und ich fragte ihn nach dem Grund dafür.

»Vielleicht, um nach einem neuen Gott für mein Volk zu suchen, Macumazahn«, antwortete er ernst, »für den es jetzt keinen Jana mehr gibt, den er töten muß. Wir werden darüber sprechen, falls wir uns wiedersehen sollten.«

Das sind einige der Dinge dieser Reise, an die ich mich erinnere, doch, um ehrlich zu sein, interessierten sie mich nicht sonderlich, und auch vieles andere nicht.

Denn, oh, mein Herz schmerzte um Hans.

H. RIDER HAGGARD

Sir Henry Rider Haggards exotische und farbenprächtige Fantasy-Epen spielen vornehmlich im dunklen Herzen Afrikas, das zu jener Zeit noch weitgehend unerforscht und von wilden Völkerschaften bewohnt war.

06/4146 - DM 7,80

06/4147 - DM 9,80

06/4148 - DM 9,80

06/4149 - DM 9,80

06/4310 - DM 8,80

06/4311 - DM 7,80

06/4367 - DM 9,80

06/4368 - DM 9,80